ars vivendi
Krimi

DIRK KRUSE

TOD IM AUGUSTINERHOF

Frank Beauforts erster Fall

Kriminalroman

ars vivendi

Für Britta

Jubiläumsausgabe, Juli 2013
5. Auflage

www.arsvivendi.com

Lektorat: Jürgen Stölzle, Michael Günther
Umschlaggestaltung: ars vivendi verlag
unter Verwendung des Bildes *Der büßende heilige Hieronymus mit Kardinalshut* von Georges de la Tour
Druck: CPI Ebner & Spiegel, Ulm
Printed in Germany

ISBN 978-3-86913-288-4

TOD IM AUGUSTINERHOF

Die Literatur ist die angenehmste Art und Weise,
das Leben zu ignorieren.

Fernando Pessoa

Teil I

Dienstag, 7. Januar

Der Mann in der Jogginghose trat mit seinem Hund vor die Tür. Er hustete, spuckte aus und zündete sich eine Zigarette an. Es war fünf Uhr morgens, der Himmel war sternenklar, und es war kalt. Der Hund zerrte an der Leine, und der Mann setzte sich in Bewegung. Er bog in die Schustergasse ein, passierte das dunkle Gebäude der Industrie- und Handelskammer und ging zum Hauptmarkt, wo immer noch einige Christkindlesmarktbuden standen. An der Bushaltestelle steckte er 60 Cent in den roten Kasten, öffnete den Deckel und zog eine Zeitung heraus. Sie war dicker als üblich, denn wegen des Feiertags gestern waren manche Zeitungen nicht erschienen. Er überflog die Schlagzeilen: Ein Krieg im Irak wurde immer wahrscheinlicher, das Hochwasser in Franken war weiter gesunken, und Londoner Journalisten spekulierten über Eheprobleme des Kanzlers. Er faltete die Zeitung zusammen und schob sie in seine Jacke.

Wieder zog der Hund an der Leine, er musste sein großes Geschäft verrichten. Doch bis zum Maxplatz, einer kleinen Grünfläche mit einem Poseidonbrunnen in der Mitte, von den Hundehaltern im Viertel zum inoffiziellen Hundeklo degradiert, hatte der Mann noch ein Stückchen zu gehen. Vor ihm lag der Eingang zum Augustinerhof. Das verlotterte Areal mit den abbruchreifen Häusern diente nur noch als Parkplatz. Dieser wurde nachts normalerweise mit einem eisernen Schiebetor verschlossen, doch meistens war es nur zugeschoben und nicht verriegelt. So auch heute. Das brusthohe Tor stand einen Spalt weit offen. Ein Passant konnte bequem auf den Hof treten. Der Hund war kaum noch zu bremsen. »Kumm her«, herrschte der Mann das Tier an und zog es zwischen seine Beine. Dann machte er die Leine los und ließ den Hund mit einem Klaps hineinlaufen. Es war nicht das erste Mal, dass er das Tier in den Augustinerhof kacken ließ.

Der Mann wartete. Er rieb sich die Hände und hauchte darauf. Sein Atem war in der Luft zu sehen. Er stellte den Kragen seiner Windjacke hoch und schlug mit den Armen über Kreuz ein paar Mal gegen seinen Oberkörper. »Iich hädd an Schoal brauchd ba dera Saukäld«, dachte der Mann und pfiff nach seinem Hund. Keine Reaktion. »Kumm her«, brüllte er in den dunklen Hof, doch von seinem Hund war immer noch nichts zu sehen. »Bläida Köder«, murmelte er und ging hinein, um ihn zu suchen.

Der Platz war groß und unübersichtlich. Er war umgeben von leer stehenden vier- und fünfstöckigen Gebäuden. Kaputte Fensterscheiben, mit Brettern vernagelte Türen und abgebröckelter Putz zeugten vom verwahrlosten Zustand der Häuser. Auch der Boden des Augustinerhofs sah nicht gepflegter aus. Er war zum Teil mit schadhaftem Asphalt bedeckt, bestand aber überwiegend aus festgestampftem Lehm mit zahlreichen Schlaglöchern, in denen Wasser stand. Eine Eisschicht hatte sich auf den Pfützen gebildet. Es hatte gefroren. Kein Wunder, dass ihm so kalt war. Im Hintergrund sah der Mann drei geparkte Autos. Er bog langsam um die Ecke und ging tiefer in den Hof hinein.

Dort, mitten auf dem Platz, trotz der Dunkelheit deutlich zu erkennen, war sein Hund. Das Tier stand bei einer Gestalt, die auf dem Boden lag. Sie gab kein Lebenszeichen von sich. Ängstlich sah der Mann sich um und ging zögernd näher. Die Gestalt lag auf dem Rücken, die Arme und Beine x-förmig von sich gestreckt. Um sie herum war ein Kreis in den Boden gezogen. Es war ein älterer Mann in einem grünen Lodenmantel. Er war tot. Sein graues Haar war blutig, und der Kopf sah merkwürdig deformiert aus. Jemand hatte ihm den Schädel eingeschlagen. Der Hund, der am Kopf des Toten lauerte, schaute zu seinem Herrchen hoch. Als keine Reaktion kam, widmete sich das Tier erneut dem Kopf der Leiche. Hirnmasse war hervorgequollen, und der Hund leckte sie auf.

Erst in diesem Moment löste sich der Mann aus seiner Erstarrung. Mit ein paar Schritten taumelte er auf den Hund zu, riss ihn am Halsband von der Leiche weg und schlug ihn voller Zorn mit der Leine, die er noch immer in der Hand hielt. Als der Hund vor Schmerz winselte, hörte der Mann abrupt auf. Schweiß stand auf seiner blassen Stirn und ihm war speiübel. Er leinte den Hund an und zerrte ihn vom Hof. Ohne nach links und rechts zu schauen, eilte er durch die leeren Straßen. »Allmächd, Allmächd«, murmelte er die ganze Zeit. Krämpfe durchzuckten seinen Unterleib. Als er seinen Hauseingang erreichte, zitterte er. Nur mit Mühe konnte er den Schlüssel ins Loch stecken und die Haustür öffnen. Die drei Stockwerke zu seiner Wohnung rannte er fast hoch, immer zwei Stufen auf einmal nehmend. Der Hund sah das als Spiel an und wuselte um ihn herum, wobei der Mann beinahe über ihn gestolpert wäre. Doch der hatte keine Zeit, um sich aufzuregen. Nachdem er seine Wohnungstür endlich geöffnet hatte, stürmte er geradewegs auf die Toilette. Schon im Gehen öffnete er den Gürtel, zog kurz vorher die Hosen runter und ließ sich, keine Sekunde zu spät, auf die Brille fallen. Mit einem Geräusch, ähnlich dem Knall eines Korkens aus einer Sektflasche, entleerte sich sein Darm unter Krämpfen. Gleichzeitig übergab er sich ins Waschbecken neben dem Klo. Es stank abscheulich, doch er fühlte sich erleichtert.

Etwa fünf Minuten später reinigte er Gesicht und Hintern gründlich mit warmem Wasser, zog sich wieder an und wischte das Waschbecken aus. Dann ging er den Flur zurück zur Wohnungstür, die immer noch offen stand, und schloss sie. Er hatte sich wieder einigermaßen gefangen. In der Küche lag der Hund in seinem Korb und nagte an einer Gummiente. In jäh aufwallendem Zorn packte er den Hund, zerrte ihn in die Badewanne und duschte das sich sträubende Tier ab. Es jaulte auf, als der Mann sein Maul mit Shampoo einseifte, und versuchte zu beißen, aber er hatte den Hund fest im Griff. Als sich das Tier mehrfach beleidigt geschüttelt und der Mann es oberflächlich abgetrocknet hatte, ging er zurück in die Küche. Mit spitzen Fingern nahm er die Gummiente und warf sie in den Mülleimer. Dann wusch er sich die Hände, ging ins Wohnzimmer, setzte sich ans Telefon und wählte die Notrufnummer der Polizei. Es klingelte nur einmal, ehe sich ein Beamter meldete.

»Horchns amol, dou liechd a Douder«, sagte der Mann in breitem Fränkisch ins Telefon. »Der hodd alle Viere vo sich gstreckt. Dou liechd a Douder im Augustinerhuuf.«

Es war genau 5.38 Uhr.

*

Rote Rosen, roter Wein, Kerzenlicht und Mondenschein.
Alles hab ich schon probiert, doch leider ist noch nichts passiert.

Nackt und mit Schaum vor dem Mund stand Frank Beaufort vor dem Waschbecken. Er sah müde aus. Während er die Zahnbürste kreisen ließ, betrachtete er seine leicht geschwollenen Tränensäcke. Er war wieder mal spät ins Bett gegangen, fühlte sich aber ausgeruht. Sein Haar war verstrubbelt und musste geschnitten werden.

Dieses Mädchen macht mich heiß, doch sie hat ein Herz aus Eis.
Wenn die Sehnsucht mich verbrennt, sagt sie völlig ungehemmt
immer nur denselben Spruch:

Beaufort spülte den Mund aus, wusch sein Gesicht und trocknete es ab. Die Schläfen fingen langsam an, zu ergrauen. Er überlegte seit einiger Zeit, ob er mit dem Tönen beginnen sollte. Aber das ständige Nachfärben würde ihm bei seinem starken Haarwuchs lästig fallen. Und außerdem hatten graue Schläfen bei einem Enddreißiger durchaus etwas Attraktives, fand er.

Schatzi nein, lass das sein.
Heute darf das noch nicht sein.

Viel lästiger war der kleine Rettungsring, der sich in den vergangenen Monaten um seine Körpermitte gebildet hatte. Beaufort war sehr groß und wirkte eher schlank, aber der Wohlstandsbauch ließ sich nur noch schlecht verstecken.

Süßigkeiten gehörten zu seinen Leidenschaften. Er betastete seinen Hüftspeck und zog seinem Spiegelbild eine Grimasse.

Es ist Mitternacht, und ich geh nach Haus. Bye, bye Belinda. Hab genug von dir, denn das Spiel ist aus. Bye, bye Belinda. Ich kenn keinen Mann, der länger warten kann. Bye, bye Belinda. Bleib doch ungeküsst, bis du hundert bist. Bye, bye Belinda.

Außerdem nervte ihn die Musik. Den Sender hatte seine Haushälterin Rita Seidl eingestellt, eine bekennende *Bayern 1*-Hörerin und sogar Mitglied in einem Fanclub. Sie musste gestern in der Wohnung gewesen sein, um sauber zu machen. Beaufort hasste es, von Geräuschen und Gerüchen des Putzens belästigt zu werden, und so hatte er mit ihr das Abkommen geschlossen, dass sie nur dann staubsaugen und die Waschbecken mit ihren Reinigungsmitteln säubern solle, wenn er nicht da war.

Die pfundigen Flippers waren das. Mit so fetziger Musik bringen wir Sie heute Morgen bei dieser Kälte bestimmt richtig in Schwung. Aber jetzt gibt's erst mal die Schlagzeilen aus der Nachrichtenredaktion und danach das Neueste aus Ihrer Region.

Da Frau Seidl unten im Erdgeschoss wohnte, war das kein Problem. Beaufort sagte ihr, wenn er wegging, aber das bekam sie sowieso mit. Sie war neugierig wie ein Boulevardjournalist und thronte dort unten als eine Art Concierge. Das nahm er in Kauf, weil sie zuverlässig war, er ihr vertrauen konnte und sie außerdem noch hervorragend kochte – solange es sich um fränkische Gerichte handelte.

Berlin – Im Tarifstreit im öffentlichen Dienst wollen die Arbeitgeber heute ein neues Angebot vorlegen. Das sei die letzte Chance, den Konflikt einvernehmlich zu lösen und einen drohenden Streik abzuwenden, sagte Verdi-Chef Frank Bsirske.

Sie hielt nicht nur seine 240-Quadratmeter-Wohnung in Ordnung – er bewohnte die beiden oberen Stockwerke dieses sechsgeschossigen Hauses in der Nürnberger Altstadt –, sondern kochte auch für ihn, wenn er es wollte, kümmerte sich um seine Wäsche, machte Erledigungen und nahm seine Pakete an. Sie war eine echte Perle und wurde gut dafür bezahlt.

Würzburg – Der Frost hat das Hochwasser gestoppt. Die Flutwellen an Main und Saale sind niedriger ausgefallen als befürchtet. Überall in Bayern werden sinkende Pegelstände gemeldet. Auch in Würzburg und im stark betroffenen Kallmünz in der Oberpfalz entspannt sich die Lage.

Beaufort sah aus dem Fenster. Die Sebalduskirche leuchtete im schrägen Licht der aufgehenden Sonne, unter ihm strömte die Pegnitz. Am Wehr war deutlich zu erkennen, dass der Fluss immer noch Hochwasser führte. Aber Beaufort musste sich wegen einer Überflutung keine Sorgen machen, obwohl er direkt am Ufer wohnte. Seit der Renaturierung der Pegnitzauen konnte das Wasser sein kanalartiges Bett kontrolliert verlassen. Er wusste, dass das Freizeitgebiet gleich hinter der Stadtmauer überflutet war, aber das sollte so sein.

Es ist 8.30 Uhr und jetzt wieder Aktuelles aus Ihrer Region. Am Mikrofon im Studio Franken begrüßt sie Katja Becker. Grüß Gott.

Er wandte sich wieder dem Waschbecken zu und kämmte sich. Mit Gel brachte er sein widerspenstiges Haar in Form. Ich muss noch heute einen Termin bei *Loulouche* ausmachen, nahm er sich vor.

Rund 400 Friedensaktivisten haben gestern am Nürnberger Flughafen gegen eine verstärkte Nutzung des Luftraums durch das amerikanische Militär protestiert. Sie befürchten, durch den Ausbau der US-Truppenübungsplätze in Grafenwöhr und Hohenfels werde der Flughafen künftig als Startrampe und Drehscheibe für einen möglichen Krieg im Irak missbraucht. Der Protest, zu dem rund 30 Bürgerinitiativen, Friedens- und Umweltgruppen aufgerufen hatten, verlief friedlich.

Manchmal vergaß die Seidl, ihren Lieblingssender wieder zurückzustellen. Dabei hatte er es ihr leicht gemacht und bei sämtlichen Stereoanlagen in seinen Räumen die Stationen programmiert. Taste 1 war für ihren Gute-Laune-Sender, Taste 5 für seinen Informationskanal *B5 aktuell*. Aber nun würde er die Nachrichten eben auf ihrer Frequenz zu Ende hören.

Unbekannte Täter haben bei einem Einbruch in ein Juweliergeschäft in der Nürnberger Innenstadt Schmuck im Wert von 400.000 Euro erbeutet. Der Coup war offensichtlich von langer Hand vorbereitet, teilte ein Polizeisprecher mit. Der oder die Einbrecher hatten das verlängerte Wochenende genutzt, um von einem Büro im Nachbarhaus ein Loch in die Wand zu brechen und so den Juwelierladen auszurauben. Der Einbruch ist erst heute Morgen entdeckt worden.

Beaufort fragte sich, um welchen Juwelier es sich handeln könnte. Es gab drei erstklassige und noch ein paar weniger exquisite Schmuckgeschäfte in der Innenstadt. Bei der hohen Beute kam wohl nur eines der besseren Häuser in Betracht. Noch gestern Abend war er bei einem Spaziergang an zwei von ihnen vorbeigekommen, aber er hatte nichts Ungewöhnliches bemerkt.

Bei einem Brand in einem Mehrfamilienhaus in Erlangen sind sieben Bewohner leicht verletzt worden. Sie haben eine Rauchvergiftung erlitten. Das Feuer war nach Polizeiangaben vermutlich im Treppenhaus im ersten Stock ausgebrochen. Die Brandursache ist noch unklar. Der Schaden beläuft sich auf circa 100.000 Euro.

Mit einer speziell abgerundeten Schere stutzte Beaufort ein Haar, das sich zu weit aus seinem linken Nasenloch hervorgewagt hatte. Das Rasieren ließ er ausfallen. Jetzt war es zwar mehr als ein Dreitagebart, aber das kam heutzutage besser an, als sich glatt zu rasieren. Er wollte einen lässigen Eindruck hinterlassen, denn er hatte heute in seiner Eigenschaft als Vorsitzender der Fränkischen Bibliophilen ein Interview zu geben. Und dass schöne Bücher nicht nur etwas für pensionierte Studienräte, sondern auch für jüngere Menschen mit Geschmack und Intellekt waren, wollte er allein schon durch sein Auftreten vermitteln.

Der Bamberger Krippenweg bleibt noch bis Lichtmess geöffnet. Mehr dazu aus Bamberg von meiner Kollegin Hertha Krämer: Maria, Josef und das Jesuskindlein, Ochs und Esel und die Hirten, dazu die Heiligen Drei Könige. All das kann man in den wunderbaren handgeschnitzten Krippen auf dem Bamberger Krippenweg bewundern ...

Barfuß ging Beaufort vom Bad durch das Schlafzimmer ins Ankleidezimmer auf der anderen Seite. Auch dort waren, in der Decke versteckt, Lautsprecher angebracht. Der fünf mal fünf Meter große Raum war eigentlich ein überdimensionierter begehbarer Kleiderschrank. Nachdem er Unterwäsche und Socken angezogen hatte, entschied er sich für intellektuelles Schwarz. Er wählte einen dunklen Mohairanzug, ein dunkles Hemd und als i-Tüpfelchen fürs Interview eine dezent gemusterte dunkelrote Krawatte.

Nun zum Wetter für Mittel- und Oberfranken. Der Frost hält an. Die Höchsttemperaturen liegen heute zwischen minus drei Grad im westlichen Mittelfranken und minus acht Grad im Fichtelgebirge. Überwiegend ist es bewölkt, in höheren Lagen kann es am Nachmittag sogar schneien. Zur Stunde ist es in Hof bedeckt bei minus 9 Grad ...

Während er sich anzog, versuchte er sich vorzustellen, wie die Journalistin vom *Bayerischen Rundfunk* wohl aussah, die das Interview mit ihm vereinbart hatte. Sie hieß Anne Kamlin und hatte am Telefon mit einer klaren, angenehmen Stimme in einer mittleren Tonlage gesprochen – hochdeutsch ohne regionale Klangfärbung. Er hatte diese Stimme gleich gemocht, aber ein Bild wollte sich nicht einstellen. Von der Stimme auf den Menschen zu schließen, war schwierig: Sie konnte 25 oder 50, hässlich oder schön, grau oder blond, groß oder klein sein.

Zum Verkehr: Auf der Autobahn 9 Nürnberg Richtung Berlin kommt es hinter der Anschlussstelle Schnaittach nach einem Verkehrsunfall zu Behinderungen, die rechte Fahrspur ist gesperrt. Vielerorts ist es glatt auf den Straßen. Bitte fahren Sie vorsichtig.

Einigermaßen zufrieden betrachtete sich Beaufort im Spiegel; so hoffte er Eindruck schinden zu können. Er ging hinüber ins Schlafzimmer und kippte das Fenster zum Lüften. Das Bett würde später Frau Seidl machen.

Hello again, du ich müsste dich heut' noch sehn. Ich will dir gegenüberstehn. Viel zu lang war die Zeit. Huhuhuhuhu, ich sag nur hello again, huhuhuhuhu ...

Er machte das Radio aus: noch ein Schlager überschritt seine Toleranzgrenze deutlich. Dann wandte er sich zur Wohnungstür, öffnete sie, hob die Zeitungen und die Tüte mit den beiden Brötchen auf und ging in die Küche. Dort legte er eine Cello-Sonate von César Franck in den CD-Spieler, machte den Kaffeeautomaten an und bereitete sein Frühstück vor. Es war Viertel vor neun. Wie üblich würde er sich mehr als eine Stunde Zeit nehmen, um in Ruhe Zeitung zu lesen. Danach würde er in seine Bibliothek hochgehen, um die Druckfahnen für den Ausstellungskatalog Korrektur zu lesen. So könnte er sich gleichzeitig auf das Interview vorbereiten, denn um halb eins hatte er sich mit der Journalistin in der Stadtbibliothek verabredet.

*

Um fünf nach zwölf zog Beaufort die Wohnungstür hinter sich zu und ging zu Fuß die fünf Stockwerke hinunter. Im Erdgeschoss klingelte er. Fast unmittelbar darauf öffnete seine Haushälterin die Tür. Die kleine, rundliche Frau trug eine weiße Küchenschürze.

»Grüß Gott, Frau Seidl, das duftet aber gut bei Ihnen.«

»Grüß Gott, Herr Beaufort, ich backe gerade Knieküchle und stell Ihnen nachher ein paar rauf, wenns recht ist.«

»Das ist nett. Aber bitte nur zwei. Die werde ich dann zum Abendtee genießen. Ich bin etwa bis sechs Uhr unterwegs. Und wenn Sie bitte so gut sind, dieses Päckchen hier dem Fahrradboten mitzugeben, den ich gerade angerufen habe. Es muss in die Druckerei. Die Adresse steht drauf.«

»Ist recht, Herr Beaufort. Müssen S' heut' nicht studieren?«

»Nein, heute kümmere ich mich um die Buchkunst-Ausstellung in der Stadtbibliothek, die am Freitag eröffnet wird. Bis später dann, Frau Seidl.«

Draußen zog er den Schal fester um seinen Hals und knöpfte sich den Mantel zu. Es war tatsächlich so kalt, wie sie im Radio gesagt hatten. Er suchte nach seinen Handschuhen, bis ihm einfiel, dass sie noch im anderen Mantel steckten. Aber er hatte keine Lust, noch einmal in die Wohnung zurückzukehren. Wenn er die Hände in den Taschen ließ, würde es auch so gehen.

Der kürzeste und schönste Weg zur Stadtbibliothek, der ältesten in Deutschland, führte direkt an der Pegnitz entlang, quer durch die Altstadt. Da die Ufer fast durchweg bebaut waren, musste Beaufort den Fluss zweimal überqueren, um voranzukommen. Auf dem überdachten hölzernen Henkersteg hingen selbst im Winter die Spinnennetze dicht über ihm. Am Trödelmarkt, auf der Insel im Fluss, musste er aufpassen, denn das Kopfsteinpflaster war tückisch glatt. Als er über den Schleifersteg auf die andere Flussseite wechselte, warf er einen Blick auf die seit Jahren unbewohnten Augustinerhof-Häuser. Von hier aus hatte man gar nicht den Eindruck, dass es sich um einen Schandfleck in der Innenstadt handeln könnte. Da er noch Zeit hatte, trank er in der einzigen Eisdiele in Nürnberg, die auch im Winter geöffnet hatte und nicht zu einem Lebkuchenverkaufsstand umfunktioniert worden war, einen schnellen Espresso im Stehen. An der Museumsbrücke überquerte er die Pegnitz abermals und ging nun einen kleinen Fußweg entlang, direkt an einem Universitätsgebäude vorbei, das den Namen von Ludwig Erhard trug. Als er das Irish Pub passierte, dessen Mauern schon zu der alten Klosteranlage gehörten, in denen die Bibliothek lag, brauchte er nur noch ein paar Stufen zu erklimmen, um den Eingang zu erreichen. Schräg gegenüber befand sich seit ein paar Jahren ein großes Multiplexkino in moderner Architektur aus Glas und Stahl. Ein gelungener, anfangs nicht unumstrittener Kontrast zu den umliegenden älteren Bauten verschiedener Stilrichtungen. Aber das Kino war schnell zu einem der beliebtesten Treffpunkte in der Stadt geworden. Und soviel Beaufort wusste, profitierte auch die

Stadtbibliothek von der neuen Attraktivität. Filme sehen und Bücher lesen oder CDs hören ergänzten sich durchaus.

Im Vorraum der Bibliothek verstaute er seinen Mantel in einem Schließfach. Es war fünf Minuten vor halb eins, sodass es sich nicht mehr lohnte, in der Direktion vorbeizuschauen. Die Leiterin war heute sowieso nicht da, weshalb sie ihn gebeten hatte, dieses vorgezogene Interview allein zu geben. Es war ja auch mehr oder weniger seine Ausstellung. Er hatte die Idee gehabt, einen repräsentativen Querschnitt aller Bücher auszustellen, welche die Fränkischen Bibliophilen in ihrer langen Geschichte schon herausgebracht hatten, unabhängig von einem Jubiläum des Vereins. Die Direktorin hatte sich sehr kooperativ gezeigt, zumal der Verein die Kosten für den Katalog zur Ausstellung trug. Vom Neubau ging er hinüber zum Altbau, wo die Schauvitrinen schon aufgestellt waren. Man hatte erst wenige mit Exponaten bestückt, darum würde er sich am Nachmittag mit einem Bibliotheksmitarbeiter kümmern. Viele der Bücher und Drucke, die nur in geringen Auflagen erschienen waren, befanden sich in der Bibliothekssammlung. Was nicht vorhanden war, wurde von den Mitgliedern der Bibliophilen ergänzt.

Beaufort wartete und war sogar ein wenig aufgeregt. Er hatte noch nicht viele Interviews gegeben. Außerdem musste er auf die Toilette, aber es war schon kurz nach halb, und jetzt konnte er nicht mehr weggehen. Obwohl er selbst gern zu spät kam, mochte er es nicht, wenn andere ihn warten ließen. Dann, zehn Minuten nach der vereinbarten Zeit – es hätte locker für dreimal Pinkeln gereicht –, kam sie endlich mit wehendem Mantel angerannt. Typisch Presse: zu spät kommen und dann noch die Regeln ignorieren. Normalerweise kam man wegen der Möglichkeit des Bücherklauens mit Jacke oder Mantel gar nicht in die Stadtbibliothek hinein. Sie schon. Und das sogar mit ihrer großen Reportertasche.

»Sie müssen Herr Beaufort sein. Tut mir leid, dass ich mich verspätet habe, aber da war ein Auffahrunfall am Plärrer, und nichts ging mehr vorwärts. Ich hasse es, unpünktlich zu sein. Anne Kamlin.«

Sie reichte ihm die Hand und drückte fest zu. Dazu schenkte sie ihm ein Lächeln, das ihn wirklich bezauberte. Seine Verstimmtheit löste sich auf wie eine Nebelwolke in der prallen Mittagssonne. Diese Frau hatte die schönsten braunen Augen, die ihn je angesehen hatten.

»Aber das macht doch gar nichts. Ich bin auch gerade erst gekommen«, log er, und es kam ihm vor wie die reine Wahrheit.

»Nett von Ihnen, dass Sie schon heute Zeit für das Interview haben. Wir wollen den Beitrag über die Ausstellung zwar erst am Freitagmittag senden, aber das ist genau dann, wenn Sie sie eröffnen, und das ist leider zu knapp für uns.«

Sie hatte lange dunkle Haare, die sie offen trug, war schlank, aber nicht zu sehr, und reichte mit ihrem Scheitel bis an seine Nase. Er schätzte sie auf fast 1,80 Meter. Ihre Wangen waren so rosig, dass sie für Rotbäckchen Reklame hätte machen können. Sie musste den Weg vom Auto hierher ziemlich schnell gegangen sein.

»Keine Ursache«, murmelte Beaufort. Er konnte seinen Blick kaum von ihr lösen. Sie mochte etwa Anfang dreißig sein. Sie war toll.

»Es ist warm hier.« Sie schlüpfte aus ihrem Mantel und legte ihn über eine der Glasvitrinen, noch ehe er Gelegenheit fand, ihr zu helfen. Sie schaute sich um. »Da sind aber erst wenig Bücher drin.«

Beaufort fing sich wieder. »Wir sind gerade erst dabei, die Ausstellung aufzubauen. Die meisten Bücher werden erst am Nachmittag platziert. Sie liegen aber schon im Magazin bereit.«

»Das ist nicht so schlimm, ich bin ja nicht vom Fernsehen. Ich schlage vor, Sie zeigen mir drei, vier exemplarische Bücher, die das Spektrum der Präsentation andeuten, und erzählen mir was dazu.«

Während sie das sagte, bereitete sie ihren Rekorder vor, legte eine Kassette ein, schraubte ein Kabel ans Mikrofon, zog ihm den blauen Windschutz mit dem BR-Logo über und pegelte die Lautstärke ein.

Natürlich, Anne Kamlin war ja vom Hörfunk. Sie musste es ihm vergangene Woche am Telefon gesagt haben, aber er hatte es vermutlich nicht wahrgenommen, weil er mit dem *Bayerischen Rundfunk* automatisch das Fernsehen assoziierte. Dass sie vom Radio war, hätte ihm spätestens auffallen müssen, als sie ohne Kamerateam aufkreuzte. Er kam sich töricht vor. Ein Gefühl, das ihn eher selten beschlich. Andererseits hätte er sie so niemals kennengelernt. Wie gut, dass er heute Morgen besondere Sorgfalt auf sein Aussehen verwendet hatte, wenn auch in der irrigen Annahme, er käme ins Fernsehen.

»Ja gerne«, antwortete Beaufort. »Lassen Sie mich nur kurz nachdenken, welche der Bücher sich am besten eignen. Die älteren sind noch im Magazin, aber hier hätten wir eines von den neueren Exemplaren.« Er öffnete eine Vitrine, holte ein schlichtes Buch mit einem grauen, flexiblen Leineneinband heraus und reichte es der Reporterin.

»Oh, *Die fränkischen Erzählungen* von Jakob Wassermann. Etwas altmodisch, aber immer noch lesenswert.«

»Sie lesen Wassermann?« Beaufort war erstaunt. Der in Fürth geborene Jude war in den 20er Jahren ein Bestsellerautor gewesen, bis die Nazis ihn vertrieben hatten. Heute kannten ihn nur noch die wenigsten.

»Ja, *Caspar Hauser oder die Trägheit des Herzens* natürlich. Den Roman habe ich mit 17 gelesen, als mich das Kaspar-Hauser-Rätsel brennend interessierte. Und vor einiger Zeit habe ich mir ein Taschenbuch mit den *Fränkischen Erzählungen* gekauft. Darauf war so ein hübsches Porträt, das der Nürnberger Maler Michael Mathias Prechtl von Wassermann gemalt hat. Kennen Sie das?«

»Schlagen Sie das Buch auf. Ganz vorne werden Sie das Porträt wiederfinden. Wir haben das Aquarell bei Prechtl extra in Auftrag gegeben und dann 1990 diesen Band gemacht. Davon existieren nur 400 Exemplare innerhalb des Vereins. Das Taschenbuch ist ein paar Jahre später auf der Grundlage unserer Ausgabe entstanden. Das Originalbild habe ich daheim in meiner Sammlung. Aber ich werde es bis Freitag noch dazulegen.«

Gemeinsam betrachteten sie das surrealistische Porträt. Wassermann mit seinem üppigen Schnauzbart war deutlich zu erkennen. Aber dort, wo seine Nase war, hatte Prechtl einen senkrechten Goldfisch hingemalt, dessen dunkle Schwanzflosse bei genauerem Hinsehen den Schnauzer bildete. Auch die Haare auf der hohen Stirn hatten eine Metamorphose durchgemacht: Sie gingen in Wasserpflanzen über.

»Ein typischer Prechtl. So malt er auch seine Plakate und *Spiegel*-Titelbilder«, sagte Anne Kamlin. »Er hat Wassermann wohl wörtlich genommen. Obwohl ich mehr für abstrakte als für gegenständliche Malerei bin, finde ich es doch stimmig: die grünen Haare, der rote Goldfisch und das blassblaue Jackett, welches das Wasser symbolisiert. Wirklich originell.«

Beaufort war hingerissen. Diese Frau sah nicht nur gut aus und hatte eine angenehme Stimme, sie war auch noch belesen und kunstverständig. Und sie handhabte das Buch mit der nötigen Sorgfalt, wenn sie darin blätterte. Verstohlen betrachtete er ihre Hände. Sie waren gepflegt, kurze Nägel, kein Nagellack und auch kein Ehering, soweit er sehen konnte.

»Ich muss Ihnen ein Kompliment machen, Frau Kamlin«, sagte Beaufort und schob seine Brille zurecht. »Ich habe nicht damit gerechnet, auf so viel Kompetenz und Interesse bei jemandem Ihres Berufszweiges zu treffen.«

»Als Journalistin bin ich an vielen Dingen interessiert, Neugier ist eine Grundvoraussetzung für meinen Beruf. Und ich kann auch fast über jedes Sachgebiet berichten. Aber natürlich gibt es Dinge, die einem mehr, und welche, die einem weniger liegen. Kulturelle Themen, Sport, Nachrichten und bunte Geschichten mag ich lieber als Wirtschaft, Politik und

Kirche. Außerdem habe ich unter anderem auch Literaturwissenschaften studiert.« Sie sah ihm direkt ins Gesicht. »Aber da wir gerade beim Verteilen von Komplimenten sind. Sie haben mich auch überrascht. Ich war mehr auf einen Vereinsvorsitzenden im Rentenalter eingestellt. Eher der Typ: karierter Hut und Hosenklammern am grauen Anzug. Mit Ihrer« – sie machte eine Pause – »stattlichen Erscheinung hätte ich nicht gerechnet, Herr Beaufort.«

Noch während er darüber nachdachte, wie er auf diese kleine Provokation reagieren sollte, klingelte ihr Handy. Das Gespräch dauerte nicht lang, aber nachdem sie es beendet hatte, schien Anne Kamlin wie ausgewechselt. Das erotische Knistern zwischen ihnen war verschwunden.

»Tut mir leid, Herr Beaufort, ich muss dringend weg.« Sie verstaute Telefon und Rekorder, mit dem sie noch keinen Ton von ihm aufgenommen hatte, notdürftig in ihrer Tasche. »Das war mein Chef vom Dienst. Im Augustinerhof ist heute Nacht jemand ermordet worden. Ich muss dringend zur Pressekonferenz der Polizei, die in fünf Minuten beginnt. Können wir unser Interview auf morgen oder übermorgen verschieben?«

»Das ist kein Problem. Rufen Sie mich einfach an, meine Nummer haben Sie ja.«

»Haben Sie vielen Dank für Ihr Verständnis, aber die Aktualität geht nun mal vor, besonders wenn es sich um Mord handelt. Ich melde mich bei Ihnen. Danke.«

Sie schnappte sich ihren Mantel und eilte davon.

»Moment noch«, rief Beaufort ihr hinterher, »wo kann ich Sie denn im Radio hören?«

»In ein paar Stunden irgendwo auf *B5 aktuell.* Ganz sicher erfahren Sie aber mehr um 16.30 Uhr auf *Bayern 1* in den regionalen Nachrichten!« Mit diesen Worten verschwand Anne Kamlin um die Ecke.

Beaufort blieb etwas verdutzt zurück. Dieses Gehetze kam ihm ungesund vor. Außerdem war er es nicht gewohnt, einfach so abserviert zu werden. Aber er war noch viel zu bezaubert, um sich wirklich darüber zu ärgern. Gedankenverloren wandte er sich um und schaute durch das Fenster mit dem gotischen Sandsteinbogen auf den Innenhof hinab. Dies war der Ort, an dem man am besten erkennen konnte, dass das Innere der modernen Bibliothek das im Zweiten Weltkrieg weitgehend zerstörte Katharinenkloster gewesen war. Doch Beaufort nahm das Bild nicht wirklich wahr. Seine Miene erhellte sich und er fing langsam an, den Vorteil an der Sache zu sehen. Durch den überstürzten Aufbruch hatte er wenigstens die Möglichkeit, die Journalistin wiederzusehen. Er würde jetzt ins Zeitungscafé gehen, eine Kleinigkeit essen und über diese interessante Begegnung nachdenken. Danach würde er sich um die Ausstellung kümmern. Zuerst musste er aber dringend auf die Toilette.

*

Anne Kamlin kam mit zehn Minuten Verspätung im Polizeipräsidium am Jakobsplatz an. Auch das hatte sie nur geschafft, weil sie ihr Auto gleich davor im eingeschränkten Halteverbot geparkt hatte. Der wachhabende Polizist am Eingang winkte sie durch, als sie im Vorbeigehen ihren Namen und den ihres Senders sagte. Die Pressekonferenz war wie üblich im ersten Stock.

Sie hatte Glück. Die vordere Tür schloss sich eben, und sie konnte noch hinter dem letzten Uniformierten hineinschlüpfen. Polizeipressesprecher Stadlober, Kommissar Miederer in Zivil und zwei weitere Polizisten, die sie nicht kannte, nahmen auf dem Podium Platz. Sie war gerade noch rechtzeitig gekommen. Aber es war zu spät, um das Mikrofon aufzubauen und die ganze Pressekonferenz mitzuschneiden. Auch waren die vorderen Plätze alle besetzt. Und dort hätte sie sitzen müssen, um das Mikrofon dem jeweils Antwortenden hinzuschieben. Jetzt musste sie versuchen, den Pressesprecher oder den Kommissar, am besten beide, hinterher zu einem Interview zu bewegen. Das hatte zumindest den Vorteil, dass sie für ihren Beitrag nicht so viel Band abhören musste. Sie nickte den BR-Fernsehkollegen zu und suchte sich einen Platz in den hinteren Reihen. Es war ein ziemlicher Presseauftrieb: drei Kamerateams, mehrere Reporter der Privatradios, die Schreiber der Agenturen und etliche Zeitungsjournalisten von den *Nürnberger Nachrichten*, der *Nürnberger Zeitung*, der *Bild-* und der *Abendzeitung*. Selbst ein Kollege von der *Süddeutschen* war da. Es musste etwas Besonderes an dem Fall sein.

Der Polizeipressesprecher ergriff das Wort und stellte die Teilnehmer auf dem Podium kurz vor. Der kleine, rundliche Stadlober war wie immer freundlich und jovial. Daneben wirkte der hagere Kommissar mit den beiden Falten zwischen Nase und Mundwinkeln, die auf eine Magenkrankheit hindeuteten, richtig miesepetrig.

»Wir haben Sie heute hier zusammengerufen«, wandte sich Stadlober an die Journalisten und zwirbelte an seinem breiten Schnauzbart herum, »weil heute Morgen im Augustinerhof eine Leiche entdeckt wurde. Dabei handelt es sich um einen pensionierten 66-jährigen Sozialverbands-Geschäftsführer aus Nürnberg. Soweit wir bislang sagen können, starb der Mann vermutlich an einer massiven Schädelverletzung. Der Zeitpunkt des Todes liegt nach vorläufiger Schätzung zwischen 23.00 und 1.00 Uhr in der vergangenen Nacht. Genauere Erkenntnisse darüber wird erst eine Obduktion liefern können. Sie ist für diesen Donnerstag angesetzt. Wir gehen von einem Gewaltverbrechen aus. Ihre Fragen, bitte.«

Mehrere Journalisten hoben ihre Arme, und der Assistent des Polizeisprechers notierte die Reihenfolge der Wortmeldungen.

»Da ich die meisten von Ihnen als Polizeireporter kenne, verzichten wir auf Ihre Vorstellung.« Stadlober lächelte breit. »Herr Möller, was wollen Sie wissen?«

»Können Sie ausschließen, dass nicht doch ein Unfall vorliegt?«

»Mit an Sicherheit grenzender Wahrscheinlichkeit: ja.«

»Warum?«

»Aus mehreren Gründen: Erstens handelt es sich vermutlich um eine stumpfe Schädelverletzung, sodass wir momentan ausschließen können, dass der Getötete bei einem Sturz ums Leben kam ...«

»Heißt das, jemand hat dem Mann den Kopf eingeschlagen?«, fragte ein anderer Reporter dazwischen.

»So sieht es nach dem derzeitigen Stand der Ermittlungen aus, Herr Huber«, sagte der Polizeisprecher, sich an den Fragenden wendend.

»Haben Sie die Tatwaffe gefunden?«, hakte der nach.

»Nein, noch nicht. Aber vielleicht lassen Sie mich meine Gründe zu Ende führen. Denn zweitens sieht es so aus, als sei der Fundort der Leiche nicht der Tatort, aber das steht noch nicht endgültig fest, und drittens war sie auf besondere Weise, wie soll ich sagen, drapiert.«

»Und wie sah das aus?«

»Das kann Ihnen mein Kollege besser erläutern. Er hat dazu eine kleine Powerpoint-Präsentation vorbereitet.«

Anne Kamlin wunderte sich. Eine Grafik direkt aus dem Computer an die Wand zu projizieren, war neu. Im vergangenen Jahr hatten sie noch mit Filzstift auf den Overheadprojektor gemalt, wenn sie eine Tatortskizze anfertigten. Da mussten zu Jahresende wohl ein paar Haushaltsposten für Bürokommunikation ungenutzt gewesen sein, die schnell noch bewilligt worden waren, ehe sie verfallen konnten. Der junge Polizist, der jetzt das Wort führte, war sichtlich stolz auf seine technische Ausrüstung.

»Wie die meisten von Ihnen sicherlich wissen, ist der Augustinerhof ein unübersichtliches, ziemlich heruntergekommenes Areal. Der Tote lag genau hier auf dem Hauptplatz und war von der Straße aus nicht zu erkennen. Das, was hier auf meiner Computerskizze wie ein überdimensionales Kreuz auf einem Stimmzettel aussieht, markiert die Lage des Toten. Wir haben ihn dort genau so gefunden.«

»Und wofür hat der Tote gestimmt?«, witzelte einer der Journalisten.

Der Polizeipressesprecher schaltete sich ein. Von seiner Jovialität war nichts mehr zu spüren. »Es ist exakt so, wie der Kollege gesagt hat. Der Tote lag in einem Kreis, der mit einem Stock auf den Boden gezeichnet war. Er lag in X-Form da, seine Extremitäten waren entsprechend abgespreizt. Keine sehr natürliche Lage, weshalb wir, wie gesagt, von einem Gewaltverbrechen ausgehen.«

»Und wie haben Sie die Leiche abtransportiert? Bei dem Frost war die Leichenstarre doch bestimmt schon eingetreten?«, legte der Journalist nach, der nicht gewillt war, auf eine Pointe zu verzichten.

»Mit einem sehr breiten Leichenwagen«, donnerte Stadlober. »Aber das reicht jetzt. Hat noch jemand eine wirkliche Frage?«

»Können Sie etwas über die Identität des Ermordeten sagen?«

»Wir können noch nicht sagen, ob es sich um Mord oder um Totschlag oder doch etwas anderes handelt«, tadelte der Polizeisprecher. »Aber es steht nichts im Wege, die Identität des Toten preiszugeben, nachdem wir seine Familie bereits verständigt haben. Aus ermittlungstaktischen Gründen ist es sogar wichtig, das zu tun. Bei dem Toten handelt es sich um Hubert Pelzig, den Vorsitzenden von ProNürnberg e.V.«

Ein Raunen ging durch die Reihen der Reporter. Auch Anne Kamlin war überrascht. Das war tatsächlich eine kleine Sensation, die zu vielen Spekulationen Anlass gab. ProNürnberg war der einflussreichste und populärste Verein in der Stadt. Seine zahlreichen Mitglieder und Förderer traten seit 30 Jahren dafür ein, die historische Bausubstanz in der Altstadt zu retten. Mehrere jahrhundertealte Fachwerkhäuser wären in den 70er-Jahren einfach abgerissen worden, hätte sich ProNürnberg nicht für deren Erhalt eingesetzt. 1978 kam es sogar zur legendären Besetzung des Schürstabhauses, die bundesweit

Schlagzeilen machte, weil sich hier eine breite Allianz aus Jung und Alt zum zivilen Ungehorsam entschloss. Fast ausschließlich ehrenamtlich hatten die Mitglieder diese Häuser in Eigenarbeit saniert und wieder bewohnbar gemacht. Ohne ProNürnberg lief seitdem kein Bauvorhaben in der Altstadt. Als vor ein paar Jahren auf dem Augustinerhof-Areal mitten in der historischen Altstadt ein protziges Einkaufszentrum in moderner Architektur entstehen sollte, hatte ProNürnberg das gegen den Willen des Stadtrates mit einem Bürgerentscheid zu Fall gebracht. Manche warfen dem Verein seitdem einen Hang zum Konservatismus vor. Als der Baureferent Hansen vor ein paar Wochen einen neuen möglichen Investor mit ähnlichen Interessen für den Augustinerhof ins Spiel brachte, lief ProNürnberg Sturm dagegen. Der streitbare Pelzig drohte mit einem weiteren Bürgerentscheid, und erst vor ein paar Tagen soll es während einer Podiumsdiskussion vor Architekturstudenten beinahe zu einer Prügelei zwischen Pelzig und dem Baureferenten gekommen sein. Wie es hieß, habe Hansen sogar Morddrohungen gegen Pelzig ausgestoßen. Und nun war der beliebte Pelzig tot, garniert als Kreuz auf dem Stimmzettel für den Augustinerhof. Die Fragen prasselten nur so auf den Polizeipressesprecher ein.

»Hat das etwas mit dem möglichen Bürgerbegehren zu tun?«

»Haben Sie schon einen Verdächtigen?«

»Wie wichtig ist der Fundort der Leiche für Ihre Ermittlungen?«

»Haben Sie schon den Baureferenten verhört?«

»Was sagt der Grundstücksbesitzer?«

»Gibt es Zeugen?«

Währenddessen flüsterte der Kommissar dem Pressesprecher etwas ins Ohr. Der sah ihn an und nickte bedächtig. Als es langsam wieder still wurde im Saal, antwortete Stadlober.

»Ihre Fragen sind reine Spekulation. Beim derzeitigen Stand der Ermittlungen können wir dazu keinen Kommentar abgeben.« Gegen das lautstarke Murren setzte er sich stimmlich ohne Weiteres durch. »Wir bitten Sie aber, die Bevölkerung zur Mithilfe aufzurufen. Wer hat am Augustinerhof am Abend des 6. Januar und in der darauffolgenden Nacht etwas Verdächtiges bemerkt? Wer hat Hubert Pelzig im selben Zeitraum in der Nürnberger Innenstadt oder woanders gesehen? Eine genaue Beschreibung des Opfers und unsere Telefonnummern haben wir in einer Presseerklärung für Sie vorbereitet. Sie können sich Ihr Exemplar dort bei meinem Kollegen abholen. Damit ist die Pressekonferenz beendet. Manche von Ihnen sehe ich ja vielleicht noch heute Abend beim Jahresempfang der Nürnberger Justiz.«

Daher wehte also der Wind, dachte Anne. Die Polizei tappte im Dunkeln oder hatte zumindest noch keine heiße Spur und brauchte die Hilfe der Bevölkerung. Und die bekam sie nur über die Medien. Deshalb die Pressekonferenz.

Die Männer verließen das Podium und ignorierten die Proteste der Journalisten. Stadlober wurde von einigen zurückgehalten und gab weitere Auskünfte. Also versuchte Anne Kamlin, die ihr Aufnahmegerät bereits vorbereitet hatte, sich zuerst den Kommissar zu schnappen, der während der ganzen Konferenz kein Wort gesagt hatte. Sie eilte durch die hintere Tür auf den Flur und fing Miederer ab, als er gerade aus der vorderen Saaltür kam.

»Anne Kamlin, *Bayerischer Rundfunk*. Geben Sie mir ein kurzes Interview, Herr Kommissar?«

»Wenden Sie sich bitte an den Pressesprecher«, antwortete er höflich, aber bestimmt und ließ sie stehen. Sie hatte schon ein paar Mal mit Miederer zu tun gehabt und wusste, dass er ungern Interviews gab. Aber immerhin hatte sie es versucht. Also schob sie sich wieder hinein ins Getümmel zu Stadlober. Sie wartete, bis der *dpa*-Journalist mit seinen Fragen fertig war, und interviewte den Pressesprecher dann gemeinsam mit den beiden Reportern vom Privatfunk, damit er nicht alles fünffach erzählen musste. Sie hatte, anders als manche ihrer öffentlich-rechtlichen Kollegen, keine Berührungsängste zu den Privaten.

Stadlober fasste sich mit seinen Antworten kurz und sagte in etwa das Gleiche wie vor der versammelten Pressemannschaft. Trotzdem gelang es ihr, zwei zusätzliche Informationen zu erfragen. Lebend war Pelzig zuletzt gestern Abend gegen elf Uhr in der Innenstadt gesehen worden, und die Polizei hatte den Baureferenten noch nicht vernommen, weil der zu einem internationalen Architektur-Kongress in Nürnbergs Partnerstadt Nizza gereist war. Dass sie Hansen überhaupt sprechen wollten, deutete darauf hin, dass sie seine Drohungen ernster nahmen, als sie bereit waren, öffentlich zuzugeben.

Anne sah auf ihre Uhr. Gleich zwei. Sie musste sich beeilen, ins Studio zurückzufahren. Noch auf dem Weg ins Treppenhaus rief sie den Chef vom Dienst an.

»Hallo Axel, hier Anne. Die PK ist zu Ende. Halt dich fest: Der Tote ist Hubert Pelzig.«

»Weiß ich schon. Die Polizei hat vor zehn Minuten die Pressemeldung rausgeschickt. Hast du O-Töne?«

»Nur von Stadlober, der Kommissar hat keine Interviews gegeben. Soll ich noch woanders hin?«

»Nein, sieh zu, dass du ins Studio kommst. Schaffst du es, bis drei Uhr einen Kurzbeitrag nach München zu überspielen?«

»Wenn mein Wagen nicht abgeschleppt ist, ja. Ich stehe nämlich im Halteverbot.«

Sie würde ganz schön rotieren müssen, dachte sie, während sie das Polizeipräsidium verließ. Eine Minute über den Mord, nur von ihr gesprochen, für *B5*, so schnell wie möglich, eine Minute mit dem O-Ton des Polizeipressesprechers für *Bayern 3*, dasselbe für die Regionalnachrichten um halb fünf auf *Bayern 1* und dann einen ausführlicheren Dreiminüter mit mehreren O-Tönen für das *Bayernmagazin*, das ebenfalls auf *B1* lief. Diesen Beitrag würde *B5* dann übernehmen. Hoffentlich war eine gute Technikerin frei. Schade, dass sie keine Zeit mehr hatte, um sich den Augustinerhof anzusehen und dort die Leute zu interviewen.

Ihr Auto stand noch da, sogar ohne Strafzettel. Sie warf ihre Sachen auf den Beifahrersitz, steckte die Kassette mit dem Interview in den Autorekorder, um sie beim Fahren abzuhören, und gab Gas. Es dauerte ein wenig, bis ihre zitronengelbe Ente volle Fahrt aufgenommen hatte.

*

Es war bereits dunkel, als Beaufort die Stadtbibliothek verließ. Genau 17.05 Uhr zeigte seine Taschenuhr an. Einen Moment hielt er auf dem Treppenabsatz inne, dann entschied er sich, auf ein Glas bei seinem Weinhändler in der Weißgerbergasse vorbeizuschauen, ehe er nach Hause ging.

Beaufort war zufrieden mit dem, was er heute geschafft hatte. Eine Weile hatte die attraktive Journalistin noch in seinem Kopf herumgespukt, aber als er dann gemeinsam mit dem Bibliotheksangestellten die Bücher für die Ausstellung zusammensuchte, hatte er sich voll auf seine Arbeit konzentriert. Rund drei Viertel der Vitrinen waren jetzt mit den raren Büchern bestückt. Den Rest würde er aus seiner eigenen Sammlung ergänzen und die bibliophilen Schätze morgen per Kurier in die Bibliothek schicken. Er hatte mit dem Mitarbeiter vereinbart, dass dieser die Bücher ab zwei Uhr in Empfang nehmen und in den Schaukästen arrangieren sollte. Auch um die wenigen noch fehlenden Beschriftungskärtchen wollte der Mann sich kümmern. Und der Katalog sollte am Donnerstag direkt aus der Druckerei in die Bibliothek geliefert werden. Jetzt brauchte er nur noch seine Eröffnungsrede für den Freitag vorzubereiten, aber er nahm sich vor, übermorgen Nachmittag noch einmal nach dem Rechten zu sehen.

Als Beaufort am *Bratwursthäusle* vorbeikam, kaufte er sich ›Drei im Weckla‹, ein Brötchen mit drei kleinen Nürnberger

Würstchen, von asiatischen Hilfsarbeitern auf Holzkohlefeuer gegrillt. Das sollte als Abendessen reichen. Daheim warteten ja noch die Knieküchle von Frau Seidl. Wegen der Kälte aß er im Gehen, was er sonst ungern tat, und prompt kleckerte er sich Senf auf den Mantel.

Vor dem alten Fachwerkhaus mit den gelb gestrichenen Balken, in dem der Weinhändler Wolf-Dieter Winkler seinen Laden hatte, standen drei Gäste und rauchten. Beaufort nickte ihnen beim Hineingehen kurz zu. Der Weinhändler, der auch eine Schanklizenz besaß, hatte vor zwei Jahren das Rauchen bei sich verboten. Anfangs hatten viele Kunden gemurrt und mit Boykott gedroht, aber nun gingen sie schön brav zum Qualmen nach draußen. Seitdem Winkler den Rauch verbannt hatte, war die Schänke von Beaufort zu seiner Stammkneipe erhoben worden. Von hier aus waren es bis zu seiner Wohnung am anderen Pegnitzufer nur drei Minuten zu Fuß.

Im Laden waren etwa zehn Gäste, die sich zwischen Arbeitsschluss und Abendbrot noch ein Gläschen genehmigten. Beaufort kannte sie fast alle vom Sehen. An der Bar war Wolf-Dieter mit zwei Stammgästen in ein Gespräch vertieft. Sie redeten über den Toten im Augustinerhof, den Beaufort total vergessen hatte.

»Hallo Frank«, begrüßte ihn Wolf-Dieter, »hast du schon gehört, wen sie drüben im Augustinerhof ermordet haben?«

»Nein, ich habe heute Mittag nur zufällig mitbekommen, dass dort ein Toter gefunden wurde, aber nicht wer. Muss ich ihn kennen?«

»Die haben den Hubert Pelzig ermordet. Er ist erschlagen worden, haben sie im Radio gesagt«, ereiferte sich Sibylle. Die dürre Mittfünfzigerin führte in der Nähe einen Laden für Innenausstattung und hatte ein Faible für Gold und Kristall. »So ein netter Mann. Wie der sich für unser schönes Nürnberg eingesetzt hat. Das waren bestimmt diese Baulust-Aktivisten, die den auf dem Gewissen haben.«

»Aber das ist doch Unsinn, Sibylle«, regte sich Rudi auf. Er war Buchhalter bei Grundig und Hobbyhistoriker, der seit Jahren an einer Geschichte der fränkischen Hohenzollern schrieb. »Man bringt doch niemanden um, nur weil er keine moderne Architektur mag.«

»Aber die haben den Hubert doch immer kritisiert und unseren Verein ProNürnberg auch. Wir sind von gestern, haben sie gesagt. Wir wären nur für Butzenscheibenromantik zu haben und würden uns dem Modernen verschließen. Dabei ist doch genug moderner Schmarrn gebaut worden in der letzten Zeit. Dieses Multiplex-Kino an der Pegnitz, das wie ein Aquarium ausschaut. Oder der Anbau am Germanischen Nationalmuseum, wo sie den ganzen Weg mit Säulen von diesem Juden zugepflastert haben, die nichts tragen als Luft. Das verschandelt richtig unsere schöne Altstadt.«

»Dabei sind doch gerade das sehr gelungene Beispiele dafür, wie sich moderne Architektur in die Altstadt einfügt und sie bereichert. Und die Säulen am Germanischen Museum von Dani Karavan sind ein Kunstwerk. Auf jeder Säule ist ein Menschenrechtsartikel in einer anderen Sprache eingemeißelt. Das ist doch eine schöne Idee. Aber ob einem das nun gefällt oder nicht, das ist doch kein Grund, einander umzubringen. Wir sind doch keine Neandertaler, wir sind doch alle Franken.« Rudi schaute, Bestätigung suchend, in die Runde.

»Ehe Sie weiterstreiten, kann mir vielleicht mal jemand erzählen, was genau mit Herrn Pelzig passiert ist? Das ist ja schrecklich«, unterbrach Beaufort und wandte sich Hilfe suchend an Wolf-Dieter, der ihm ein Glas Prosecco über die Theke schob.

»Wenn ich richtig verstanden habe, was im Radio gesagt wurde, ist Pelzig heute Nacht im Augustinerhof erschlagen worden. Vom Täter keine Spur.«

»Das stimmt nicht ganz«, warf Rudi ein. »Es hieß doch, dass der Augustinerhof der Fundort ist. Der Tatort könnte demnach ganz woanders gewesen sein, und man hat die Leiche erst später hingebracht. Ich bin übrigens heute Morgen auf dem Weg zur Arbeit am Augustinerhof vorbeigekommen. Es waren mehrere Polizeiwagen dort, und alles war abgesperrt. Bestimmt haben sie gerade den Fundort untersucht. Aber von der Straße aus konnte ich nichts sehen, und ich musste auch weiter ins Büro.«

»Ich komme gar nicht drüber weg, dass die den guten Hubert ausgerechnet in diesem Drecksloch umgebracht oder ihn später hingeschleppt haben. Das hat doch was zu bedeuten. Ich bleibe dabei: Das waren die von Baulust. Der Verein hat es doch schon lange auf uns von ProNürnberg abgesehen. Aber weil sie kaum Zulauf haben, haben die bestimmt ein Exempel statuieren wollen«, meldete sich Sibylle wieder zu Wort.

»Das wirkt tatsächlich wie ein Fanal«, antwortete Beaufort, »aber hätten da nicht andere stärkere Motive? Was ist mit dem Besitzer des Grundstücks? Der hat es teuer gekauft, um darauf sein Einkaufszentrum zu bauen. Und dann kam ProNürnberg mit Herrn Pelzig als treibender Kraft und hat mit einem Bürgerentscheid alles zu Fall gebracht. Der sitzt nun schon seit Jahren auf seinem Grundstück und wird es nicht mehr los.«

»Das war aber auch ein ganz scheußliches Gebäude, das dieser amerikanische Stararchitekt da hinbauen wollte.«

»Da muss ich Sibylle ausnahmsweise mal recht geben«, sagte Rudi. »Ich bin für moderne Architektur durchaus empfänglich, aber dieses Betonungetüm hätte doch etwas den Rahmen gesprengt.«

»Also mir hat's gefallen. Das wäre doch mal etwas ganz Besonderes gewesen zwischen all den verputzten Fassaden. Und besser ein Einkaufszentrum als diese Ruinen, in denen die Ratten rumhuschen«, meinte Wolf-Dieter. »Ich glaube aber nicht, dass es der Pananaikos war. Der soll doch Multimillionär sein und zwischen Nürnberg und Athen jede Menge Immobilien besitzen. Ich denke mir, der sitzt in Griechenland und wartet ab, was sich hier tut.«

»Vielleicht hat er aber auch einen Killer angeheuert. So einer macht sich doch die Hände nicht selber schmutzig«, sagte Rudi.

»Und warum sollte der die Leiche ausgerechnet in den Augustinerhof legen, wo alle Spuren auf Pananaikos deuten?«, fragte Wolf-Dieter.

»Vielleicht ist er besonders clever und denkt, dass man ihn nicht verdächtigen wird, wenn solche offensichtlichen Spuren in seine Richtung weisen«, konterte Beaufort.

»Dann ist aber immer noch die Frage zu klären, was es Pananaikos überhaupt nützt, Pelzig umbringen zu lassen. Würde das an dem Augustinerhof-Problem irgendetwas ändern?«

»Das Argument ist nicht von der Hand zu weisen. Wir kennen eben das Motiv nicht«, räumte Beaufort ein.

»Wenn, dann tippe ich eher auf den Baureferenten«, warf der Buchhalter ein. »Dessen Reputation als Ideengeber und Befürworter des Einkaufszentrums hat unter dem Widerstand von ProNürnberg doch am meisten gelitten. Außerdem soll er Pelzig sogar gedroht haben. Das stand jedenfalls letzte Woche in der Zeitung.«

»Das habe ich auch gelesen«, sagte der Wirt. »Anscheinend gibt es einen neuen Investor, aber der gefällt ProNürnberg auch nicht, weil der statt Wohnungen auch ein Einkaufszentrum bauen will. Daraufhin hat Pelzig angekündigt, ein neues Bürgerbegehren zu initiieren, wenn der Baureferent das wirklich ernst meint.«

»Deshalb bringt Baureferent Hansen aber doch nicht gleich den Hubert um. Das ist dann genauso weit hergeholt wie meine Baulust-Theorie.«

»Wahrscheinlich können wir noch den ganzen Abend weiterspekulieren, ohne hinter das Geheimnis zu kommen. Mich beschäftigt aber noch eine ganz andere Frage: Ist im Radio auch gesagt worden, wann Pelzig ermordet wurde?«, fragte Beaufort.

»Zwischen elf und eins gestern Nacht«, antwortete Wolf-Dieter. »Er ist um 23.00 Uhr zuletzt lebend gesehen worden.«

»Das wundert mich aber.« Beaufort trank sein Glas leer. »Denn ich habe Pelzig gestern Abend gesehen. Und das war deutlich nach elf Uhr.«

*

Schwer bepackt kam Anne Kamlin aus der Tiefgarage ins Treppenhaus, wo das Licht bereits brannte. Es ging in dem Moment aus, als sie vor ihrer Wohnungstür im ersten Stock stand. Im Dunkeln stellte sie Lebensmittel und Laptop ab, nur die Reportertasche ließ sie umgehängt. Dann machte sie das Licht wieder an und schloss die Tür auf. Sie zog ihre Schuhe aus, stellte Computer und Tasche in eine Ecke im Flur und trug ihre Einkäufe in die Küche. Immer noch im Mantel, schnappte sie sich einen Apfel, biss hinein und drehte in Küche und Wohnraum die Heizung an. Dann zog sie auch den Mantel aus, warf ihn über einen Stuhl und ging auf die Toilette. Dort aß sie ihren Apfel auf und ließ den Arbeitstag noch einmal Revue passieren. Heute war sie zufrieden mit sich. Ihre Beiträge hatte sie trotz des großen Zeitdrucks alle rechtzeitig fertig bekommen und das, obwohl zwei Kollegen das Tonstudio auch für Aufnahmen brauchten. Da sie sich auf ihre Fähigkeiten als Reporterin verlassen konnte, war dieser Stress positiv für sie. Ein richtiger Adrenalinkick, der sie in Hochstimmung versetzte, wenn alles gut lief. Außerdem hatte es sich auch finanziell gelohnt. Nur ihren Bewegungsdrang hatte sie noch nicht ausleben können. Zum Joggen war es zu dunkel und zu kalt, und so entschloss sie sich für eine Runde auf ihrem Heimtrainer. Sie zog sich um, räumte schnell die Lebensmittel in den Kühlschrank und schwang sich aufs Rad.

Etwa vierzig Minuten später, nachdem sie zweimal das mittelschwere Bergprogramm durchgeradelt und ordentlich geschwitzt hatte, ging es ihr richtig gut. Sie brauste sich kurz ab und zog sich gleich Pyjama und Bademantel an, obwohl es erst Viertel nach acht war. Morgen hatte sie Frühdienst und musste um vier Uhr aufstehen. Da sie die Tagesschau gerade verpasst hatte, machte sie den Fernseher gar nicht erst an. Als sie in die Küche ging, um sich ein Brot zu schmieren, fiel Anne ein, dass sie den Anrufbeantworter noch nicht abgehört hatte. Es waren drei Anrufe auf dem Band: Ihr Plattenladen meldete, dass die aus England bestellte Jazz-CD von Stacey Kent eingetroffen war. Ein Redakteur vom *Deutschlandfunk* in Köln fragte an, ob sie am kommenden Wochenende wieder so einen unterhaltsamen Beitrag von der Verleihung des Deutschen Kabarettpreises machen könnte wie im vergangenen Jahr. Der dritte Anrufer war der Vorsitzende der Fränkischen Bibliophilen.

»Frank Beaufort hier. Guten Abend, Frau Kamlin. Sie müssen entschuldigen, dass ich Sie privat anrufe, aber ich glaube, dass ich eine interessante Information für Sie habe. Es hat nichts mit der Ausstellung in der Stadtbibliothek zu tun, sondern mit dem Toten im Augustinerhof. Es könnte sein, dass ich der Letzte bin, der Herrn Pelzig gestern Nacht noch lebend gesehen hat. Wenn es Sie interessiert, können Sie mich heute Abend gern noch anrufen. Es ist jetzt gleich sieben Uhr, aber ich gehe für gewöhnlich recht spät ins Bett. Apropos ... Ich habe gerade Ihren Beitrag auf *B5* gehört. Ich muss sagen, Ihre Stimme hat mir sehr gefallen. Schön, dass jetzt auch noch ein Bild von Ihnen dazugekommen ist. Ich habe mich gefreut, Sie einmal persönlich kennenzulernen, wenn das Vergnügen auch nur von kurzer Dauer war. Auf Wiedersehen.«

Was sollte das denn heißen? Diese merkwürdige Pause nach dem Apropos? Sollte sie ergänzen: Apropos Bett – Sie haben eine tolle Stimme? Ganz schön dreist. Eigentlich müsste sie sauer sein, aber vielmehr spürte sie ein leises Prickeln. Wenn sie ehrlich war, hatte der Mann ja nur gekontert. Schließlich hatte sie in der Bibliothek die erste zweideutige Bemerkung gemacht. Beaufort hatte sie irgendwie gereizt mit seiner übertriebenen Höflichkeit und seiner konservativen Erscheinung. Manchmal schickte sie gern kleine Provokationen aus, nur um zu sehen, wie ihr Gegenüber reagierte. Und er hatte es nicht überhört oder ignoriert, sondern den Ball zurückgeschlagen. Dieser Mann fing an, sie zu interessieren. Aber noch mehr interessierte sie natürlich, was er Spektakuläres zu sagen hatte. Sie hoffte nur, dass er nicht einer dieser Wichtigtuer war, die nur einen Vorwand suchten, um sie anzumachen. Da verstand sie überhaupt keinen Spaß.

Es klingelte fünfmal, ehe er abhob und sich meldete. Beaufort hatte nicht gerade neben dem Telefon auf ihren Anruf gewartet.

»Kamlin. Guten Abend, Herr Beaufort. Ich habe gerade Ihre Nachricht gehört.«

»Ah, Frau Kamlin. Wie schön, dass Sie zurückrufen. Ich muss Sie nochmals um Entschuldigung bitten, dass ich Sie daheim gestört habe. Aber im *Bayerischen Rundfunk* hat man mir gesagt, dass Sie das Haus schon verlassen hätten.«

»Und wer hat Ihnen meine Nummer gegeben? Das wird nämlich normalerweise nicht gemacht.«

»Das hat die Dame in der Telefonvermittlung auch gesagt. Sie war da ganz korrekt und trotzdem sehr nett. Sie hat sogar ein wenig herumtelefoniert, um Sie im Studio ausfindig zu machen. Aber Ihre Privatnummer herauszubekommen, ist ja nun kein Problem bei Ihrem seltenen Namen. Es gibt nur eine Kamlin im Nürnberger Telefonbuch. Wo kommt der Name eigentlich her?«

»Aus Schweden. Mein Vater ist Schwede, meine Mutter kommt aus Coburg. Da haben wir wohl etwas gemeinsam. Beaufort ist ja auch nicht gerade ein Allerweltsname. Ich vermute, Sie stammen von Hugenotten ab.«

»Meine Familie gehörte zu den ersten Flüchtlingen, die 1686 in Erlangen Aufnahme fanden. Wie Sie vielleicht wissen, hat Markgraf Christian Ernst von Bayreuth, wie viele seiner evangelischen Fürstenkollegen auch, die wegen ihres

Glaubens aus Frankreich vertriebenen Hugenotten aufgenommen. Nach dem Dreißigjährigen Krieg ...«

»Interessant«, fiel Anne ihm ungeduldig ins Wort – das musste als Smalltalk reichen –, »aber nun mal zu Ihrem Anruf zurück. Was haben Sie mir denn Bedeutendes über Hubert Pelzig zu erzählen?«

Beaufort, der einen Hang zum Dozieren hatte, liebte es nicht, in seinen Ausführungen unterbrochen zu werden. Diese Journalistin hatte ein Tempo, an das er sich erst gewöhnen musste.

»In Ihrem Radiobericht sprachen Sie davon, dass Herr Pelzig zwischen elf und ein Uhr gestern Nacht getötet wurde. Und Sie sagten, dass er zuletzt um elf Uhr lebend gesehen wurde. Wissen Sie noch etwas Genaueres darüber?«

Es bestand kein Grund, ihm ihre Informationen zu verheimlichen.

»Der Polizeisprecher hat mir erzählt, dass Pelzig eine Sitzung mit seinem Verein ProNürnberg hatte.«

»Am Feiertag?«, warf Beaufort ein.

Sie zögerte und dachte nach. »Gute Frage. Das klingt tatsächlich etwas ungewöhnlich. Aber vielleicht treffen sie sich immer am Dreikönigstag, oder sie hatten etwas Dringliches zu besprechen. Jedenfalls war das Treffen gegen elf Uhr zu Ende, und Pelzig wollte nach Hause gehen.«

»Wissen Sie, wo ProNürnberg seinen Vereinssitz hat?«

»Natürlich, in diesem schicken Fachwerkhaus am Unschlittplatz, gegenüber dem Leihhaus. Wir haben schon häufig über die gemeinnützige Arbeit von ProNürnberg berichtet. Ich glaube, jeder meiner Kollegen hatte schon mal damit zu tun. Ich allein habe Pelzig bestimmt schon vier- oder fünfmal interviewt in den letzten Jahren.«

»Und ich wohne nur ein paar hundert Meter davon entfernt, an der Pegnitz, in der Nähe des Kettenstegs. Ich komme fast täglich daran vorbei und kenne Herrn Pelzig auch ganz gut, obwohl ich kein Mitglied bei ProNürnberg bin.

Meistens plaudern wir ein wenig, denn er weiß viel über die Stadtgeschichte und kann gut erzählen. Obwohl ich jetzt wohl in der Vergangenheitsform von ihm sprechen müsste. Jedenfalls habe ich Herrn Pelzig gestern Nacht gesehen, und zwar am Unschlittplatz. Es war nicht elf, sondern halb zwölf. Und er ging nicht nach Hause, sondern in umgekehrter Richtung direkt auf das Vereinshaus zu.«

»Wow«, sagte Anne. »Das könnte ja ein ganz neues Licht auf die Angelegenheit werfen. Sind Sie sicher, dass er es wirklich war? Haben Sie mit ihm gesprochen?«

»Nein, er hat mich gar nicht gesehen. Ich ging gerade die Obere Wörthstraße hinunter, als er von links kam und über den Platz marschierte. Er hatte es ziemlich eilig und hat nicht in meine Gasse hochgeschaut. Aber er war es ganz bestimmt. Er hatte einen grünen Lodenmantel an und einen Hut auf. Einen mit Gamsbart – oder was das ist.«

»Und haben Sie gesehen, dass er das Haus betreten hat?«

»Nein. Als ich auf den Unschlittplatz kam, war er nicht mehr zu sehen. Und ich habe auch nicht weiter nach ihm Ausschau gehalten. Es ist ja nichts Besonderes, bei einem späten Abendspaziergang in der Altstadt anderen Menschen zu begegnen.«

»Er könnte also auch an dem Haus vorbeigegangen sein und weiter Richtung Augustinerhof?«

»Vielleicht. Ich weiß es wirklich nicht. Daran kann ich mich nicht mehr erinnern. Ich weiß nicht einmal, ob in dem Fachwerkhaus Licht gebrannt hat, obwohl ich direkt daran vorbeigekommen bin.«

»Immerhin haben Sie ihn eindeutig erkannt. Das sind doch echte News. Es könnte sein, dass ich Sie noch mal im O-Ton bräuchte, aber da muss ich erst mit meinem CvD sprechen.«

»Bitte was? So komme ich nicht mehr mit. Ich habe gerade ein ähnliches Gefühl wie in einem Computerladen, wo ich auch immer nur die Hälfte verstehe. Ich dachte, Ihr Job als

Journalistin ist es, Fachsprache zu vermeiden und komplizierte Sachverhalte so zu erklären, dass sie jedermann verstehen kann.«

Anne holte tief Luft. »Da haben Sie völlig recht. Aber erstens bin ich nicht on air, also auf Sendung, wollte ich sagen, sondern führe ein privates Telefongespräch, und zweitens hat mich gerade ein bisschen der berufliche Eifer gepackt. Darüber habe ich wohl vergessen, dass Sie meinen Fachjargon nicht unbedingt verstehen können. O-Ton steht für Original-Ton und soll heißen, dass ich von Ihnen wahrscheinlich ein Interview auf Band brauche. Und CvD ist der Chef vom Dienst, der die Reporter einteilt, Themen vergibt und Bestellungen der verschiedenen Wellen und Sender entgegennimmt. Und mit dem würde ich mich gern besprechen, wie ich in dieser Sache weiter verfahren soll. Darum zuerst die Frage: Wären Sie bereit, das, was Sie mir gerade über Pelzig erzählt haben, auch ins Mikrofon zu sagen?«

»Ich bin immer bereit, Ihnen ein Interview zu geben. Auch zwei. Sie müssen nur die Zeit finden, es auch zu führen.«

Der kleine Seitenhieb war angekommen. »Nicht böse sein, Herr Beaufort, dass ich Sie heute Mittag in der Bibliothek habe stehen lassen, aber der Augustinerhof-Tote war wirklich dringend. Und trotz aller Eile bin ich zu spät zur PK, also zur Pressekonferenz, gekommen.« Ihre Stimme klang sehr einschmeichelnd, und Beaufort dachte einen winzigen Moment lang an Telefonsex. »Vielleicht können wir uns auf Folgendes einigen: Ich habe morgen Frühdienst, das heißt, ich moderiere die regionalen Nachrichten auf *Bayern 1*. Die dauern immer drei Minuten lang und kommen um 6.30, 7.30 und 8.30 Uhr. In diesen Fenstern, wie wir sie nennen, reicht es aus, wenn ich die neuen Informationen, die ich von Ihnen bekommen habe, als Nachricht vermelde. Um neun Uhr haben wir dann unsere tägliche Konferenz, danach kann ich Ihnen genauer sagen, ob ich Sie im O-Ton brauche. Ich würde mich also gegen halb zehn morgen früh bei Ihnen melden.

Wäre Ihnen das recht? Vielleicht können wir das Bücherinterview gleich anhängen.«

»Das geht in Ordnung«, sagte Beaufort. »Ich werde mir Zeit für Sie nehmen. Rufen Sie mich um halb zehn zu Hause an. Eine Frage noch: Mögen Sie Schlagermusik?«

Anne lachte. »Sie meinen wegen *Bayern 1*? Das ist doch ein unterhaltsames Programm. Sicher, mein Musikgeschmack ist das auch nicht, aber es ist der Sender mit den meisten Hörern in Bayern. Er liegt weit vor *Bayern 3* und den meisten Privaten. Und diese Hörer wollen auch informiert werden. Programme, die Sie vielleicht bevorzugen, wie unseren Wort-Kanal *Bayern 2*, den Klassiksender *Bayern 4* oder unser Rund-um-die-Uhr-Nachrichten-Radio *B 5* aktuell, erreichen viel weniger Hörer. Und übrigens: *Bayern 1* bringt nicht nur Schlager.«

»Heute Morgen, als ich das Programm zufällig eingeschaltet hatte, waren es hintereinander Rex Gildo, Michelle, Die Flippers und Howard Carpendale.«

Sie lachte wieder. Ein Lachen zum Verlieben, wie Beaufort fand.

»Na, da haben Sie die volle Breitseite erwischt. Es werden aber auch die Beatles, Haindling oder Jacques Brel gespielt, Sie müssen nur etwas Geduld haben.«

»Ich glaube nicht, dass ich bereit bin, die aufzubringen.«

»Dazu zwingt Sie auch keiner, obwohl Sie morgen früh ja mich hören könnten. So, jetzt muss ich aber Schluss machen. Wenn der CvD die Sache auch so sieht, wie ich sie Ihnen eben dargelegt habe, und davon gehe ich aus, melde ich mich morgen um halb zehn bei Ihnen. Gute Nacht, Herr Beaufort.«

»Gute Nacht, Frau Kamlin.«

Zögernd legte er den Hörer auf. Während Anne Kamlin mit dem CvD telefonierte und dann früh ins Bett ging, sah Beaufort in die Nacht hinaus. Unter ihm leuchtete Nürnberg. Die Burg und mehrere Kirchen wurden angestrahlt, die Straßenbeleuchtung war an, in vielen Fenstern brannte Licht, und über allem erhob sich ein sternenklarer Himmel. Orion, der

Krieger, hielt Wache. Es musste eisig kalt sein. Lange stand Beaufort da und bewegte sich nicht. Dann setzte er sich ans Klavier und fantasierte ein wenig.

*

Es war dunkel, als er erwachte. Und er fror erbärmlich. Sein zotteliger Bart war mit Raureif bedeckt, an seinem linken Mundwinkel hing ein kleiner Eiszapfen. Ihm war so kalt, dass er seine Beine nicht mehr spürte. Das machte ihm Angst. Er musste aufpassen, sich keine Erfrierungen zu holen, besonders an den Füßen. Bloß keine Infektion kriegen. Das war das Gefährlichste. Wenn man ein offenes Bein bekam, war man geliefert. Er kannte niemanden, bei dem es wieder geheilt war. Wie sollte es auch bei dem Dreck, in dem man lebte. Für zu viele seiner Kumpel war das der Anfang vom Ende gewesen. Die Beine faulten ab, bis nur noch eine Amputation übrig blieb. Einmal auf den Rollstuhl angewiesen, in einem Heim mit festen Regeln und all dem Zeug, war Endstation. Meist dauerte es nicht lange, bis sie ganz hinüber waren.

Er durfte nicht wieder einschlafen. Er musste versuchen, einen klaren Kopf zu bekommen. Langsam, ganz langsam, zog er ein Bein an und schälte sich aus seiner Decke. Auch die war mit Raureif bedeckt. Es waren mindestens minus zehn Grad. Er hatte Durst. Seine Zunge fühlte sich an wie ein Scheuerlappen, die Lippen waren rissig und rot. Er suchte nach etwas zu trinken, konnte im Dunkeln aber nichts finden. Als er langsam auf die Beine kam, klirrte eine Flasche auf dem Betonboden. Mühsam bückte er sich, bekam sie zu fassen und hielt sie sich an den Mund. Sie war leer, nicht ein Tropfen war mehr drin. Enttäuscht ließ er sie aus seiner Hand gleiten. Sie zerbarst vor seinen Füßen, und die Scherben schlitterten über den Boden. Das war dumm von ihm gewesen, nun musste er höllisch aufpassen, wohin er trat, wenn er seine Sachen zusammensuchte. Er konnte hier nicht über Nacht bleiben, sonst würde er erfrieren. Und er konnte nicht dahin zurückgehen, woher er kam. Auf keinen Fall. Er hatte Angst. Es war ein Gefühl, das ihn ganz zu beherrschen drohte. Er musste also dagegen angehen. Er durfte der Angst keinen Raum geben. Aber sie war schon da. In ihm. Dann durfte er sie eben nicht überall wohnen lassen, höchstens in einer Kammer zur Untermiete.

Er kicherte. Seit acht Jahren hatte er keine Wohnung mehr besessen. Eine komische Vorstellung, dass er als Obdachloser Vermieter sein könnte, Vermieter seines Körpers an die Angst als Untermieter. »Scheiße«, murmelte er, und dann immer lauter »Scheiße, Scheiße, Scheiße!« Es gab einen Hall wie in der Kirche. Er lauschte. In der Ferne hörte er jetzt nur den Verkehr rauschen. Er war allein, aber hier konnte er nicht bleiben.

Das Gefühl kehrte in seine Beine zurück. Sein linker Fuß war eingeschlafen, aber nun spürte er ihn wieder, spürte, wie das Blut pochte. Er bückte sich, fasste einen Zipfel von Isomatte und Decke und zog beides hinter sich her, dem Licht der Glühbirne entgegen. Vier Meter unter ihm schimmerte der Asphalt, von zwei Laternen beleuchtet. Der Parkplatz des Dokumentationszentrums war genauso leer wie heute Morgen, als er im Dunkeln hier angekommen war. In der Zwischenzeit musste diese Fläche voll gewesen sein von den Autos der Besucher, aber er hatte davon nichts mitbekommen. Er hatte alles getrunken, was er bei sich hatte, und dann den ganzen Tag in seiner dunklen Nische geschlafen. Er stand im Wandelgang der niemals fertiggestellten Kongresshalle. Von außen sah das Gebäude aus wie das Kolosseum, nur größer natürlich. Die Nazis hatten protzig gebaut. Aber die Decke hier im Wandelgang, 15 Meter über ihm, sah aus wie in einer Kirche. Die meisten fanden den Platz abscheulich, aber im Sommer war er oft hier draußen. Er mochte die Teiche. Doch jetzt war es zu kalt, und das Wasser in den Teichen war abgelassen, sie waren nur noch ein riesiges Matschfeld.

Er pinkelte in die Ecke. Das dauerte lange. Obwohl er großen Druck hatte, wollte das wohlige Gefühl der Entspannung nur schwer kommen. Er brauchte was zu trinken, und er musste hier weg. Aber zurückgehen konnte er nicht. Jetzt nicht. Zu gefährlich. Er wusste, was er gesehen hatte, aber er wollte nicht daran denken. Nicht an das silberne Pferd; an gar nichts. Die Angst kroch wieder in ihm hoch. Schmeiß ihn raus, den Untermieter, sagte er sich. Das half.

Er ging noch einmal zu dem Schlafplatz und kehrte mit seiner gelben Tasche in das Licht zurück. Er war so schnell aufgebrochen, dass er nur das Notdürftigste seiner wenigen Sachen mitgenommen hatte. So viel Angst hatte er gehabt. Er schüttelte ein paar Scherben von seiner Decke, legte sie zusammen und tat sie in die Tasche. Auch die Isomatte fand Platz. Es war eine große Tasche. Von IKEA. Man benutzte sie dort im Laden. Sie war aus unverwüstlichem Plastik, wie bei einem Zeltboden. Und sie war wasserdicht. Er nahm sie und schwankte die Stufen runter auf den Parkplatz. Niemand war zu sehen, er war zu weit weg von der Innenstadt. Ihn fror noch immer. Langsam machte er sich auf in Richtung Bahnhof.

Mittwoch, 8. Januar

Es war kurz vor fünf, als Anne Kamlin am Eingang des *Bayerischen Rundfunks* ihren Wagen stoppte. Der Nachtpförtner spähte aus seinem Häuschen zu ihr ins Dunkel und öffnete die weiß-rote Schranke. Während sie sich hinter ihr wieder senkte, hielt Anne ihre Ente erneut an, stieg aus und holte sich die Morgenzeitungen. Den Motor ließ sie laufen.

»Morgen, Frau Kamlin. Sie sind aber früh dran heute«, begrüßte sie der grauhaarige Pförtner, der herausgekommen war und ihr die Zeitungen reichte.

Diesen Satz sagte er jedes Mal, wenn sie Frühdienst hatte. Sie antwortete schon lange nicht mehr darauf, sondern bedankte sich kurz, legte den Stapel auf den Beifahrersitz und fuhr über das weitläufige, parkähnliche Gelände.

Vor dem Hörfunkstudio standen nur zwei Autos, sie hatte freie Parkplatzwahl. Anne fühlte sich nach nur fünf Stunden Schlaf ausgeruht. Sie hatte eine Schale Müsli gegessen, zwei Becher Kaffee getrunken und war voller Tatendrang. Im abgedunkelten Sendekomplex nickte sie der Technikerin am Mischpult kurz zu. Diese betreute gerade die Klassiksendung auf *Bayern 4*. Den Moderator hinter der Scheibe konnte Anne von ihrer Position aus nicht sehen. Sie wusste aber, dass er im Studio war; das Rotlicht über der Tür brannte. Manchmal beneidete sie ihn darum, dass er noch eine Technikerin für die Livesendung hatte. So konnte er sich voll auf seine Moderationen konzentrieren.

Sie ging weiter bis zum Studio 3, auch Selbstfahrerstudio genannt, weil man von dort, ohne technische Hilfe von außen, selbst senden konnte. Anne knipste die Lichter im Studio an, startete die beiden Computer und drehte die Heizung auf. Sie nutzte die Zeit, bis die Programme hochgefahren waren, und ging durch den langen, leeren Flur vom Technik- in den Bürokomplex hinüber. Im Besprechungszimmer nahm sie die Post aus ihrem Fach. Axel hatte ihr zwei Meldungen hineingelegt, die gestern aus Zeitmangel nicht mehr gesendet worden waren. Außerdem war da ein neuer Auftrag von der Regionalchefin für die nächste Woche. Sie sollte einen Beitrag darüber machen, wie weit die Pläne für das Deutsche Burgenmuseum in der Cadolzburg gediehen waren. Sie schaute noch die in der Nacht eingegangenen Faxe durch: Die Korrespondentin aus Forchheim meldete den Beginn der Bamberger Kurzfilmtage, und der Kollege aus Ansbach hatte über die finanziellen Sorgen der Diakonie in Neuendettelsau recherchiert. Beides Meldungen von unterschwelligem Nachrichtenwert. Sie nahm die Faxe trotzdem mit. So früh im neuen Jahr herrschte in der Region hinsichtlich verwertbarer Nachrichten meist noch Flaute, weil ein Großteil der Ämter, Verwaltungen und Firmen gerade erst wieder mit der Arbeit begonnen hatte.

Im Studio waren die Rechner mittlerweile einsatzbereit. Im Sendecomputer lag ein fertiger Beitrag von ihrer Kollegin Katja. Er war eine knappe Minute lang und handelte davon, wie die Nürnberger Feuerwehr einen festgefrorenen Hund aus einem See gerettet hatte, inklusive O-Ton von Herr und Hund – genau das richtige Rührstück für das Ende ihrer kleinen Sendung. Da an dem Beitrag nichts mehr geschnitten werden musste, gab sie ihm per Mausklick das Prädikat ›sendefertig‹ und zog ihn auf ihr Sendungsfeld. Seitdem die Studios im BR vor ein paar Jahren auf digitale Technik umgestellt worden waren, hatte sich die Arbeit des Schneidens wesentlich erleichtert. Sie hatte gerade noch die Zeit miterlebt, wo die Technikerinnen an der Bandmaschine standen und die Tonbänder tatsächlich zerschnitten und wieder per Hand zusammenklebten, um aus einem langen Interview die entscheidenden Aussagen herauszufiltern. Heute ging das am Computer mit einem Schnittprogramm viel schneller. Und weil das so einfach war, hatte man den Journalisten immer mehr Arbeit aufgebürdet und auf der Technikseite Personal eingespart, bis hin zum Selberfahren von Sendungen. Das hatte aber auch Vorteile. So war sie autonom und nur ganz selten, bei komplizierten Mischungen etwa, auf Hilfe angewiesen. Wenn einem die technischen Fertigkeiten in Fleisch und Blut übergegangen waren, ging es ähnlich flott wie Auto fahren. Man musste nicht mehr über jeden Schritt nachdenken, es geschah automatisch.

Mit ihrem Codewort loggte Anne sich in den Nachrichtencomputer ein und studierte die Meldungen der vergangenen zehn Stunden. Während es weltpolitisch aufgrund der Irak-Krise genug Interessantes gab, sah es regional recht mau aus. Ein Fall der BSE-ähnlichen Krankheit Scrapie war bei einem Schaf diagnostiziert worden, und nun mussten auf einem Hof bei Hersbruck 90 Schafe vorsorglich getötet werden. Außerdem warnten die fränkischen Oberbürgermeister vor einem zu hohen Tarifabschluss im öffentlichen Dienst, der die leeren Kassen zusätzlich belasten würde. Alles keine Sensationen. Topmeldung des Tages war weiterhin der Mord im Augustinerhof. Die Agenturen brachten nichts Neues, deshalb sah sie die Zeitungen durch. Die *AZ* hatte als Einzige ein Foto vom toten Pelzig veröffentlicht. Kein Wunder, die hatten ihre Redaktionsräume gleich am Augustinerhof und mussten von der Sache rechtzeitig Wind bekommen haben. Das Foto zeigte einen Beamten, der gerade dabei war, die Leiche abzudecken. Das Gesicht von Pelzig war nicht mehr zu erkennen, man sah aber deutlich einen abgespreizten Arm und ein Bein. Die *Nürnberger Nachrichten* fragten in einem Kommentar, warum es so lange dauere mit der Obduktion. Es sei ein Skandal, dass die Leiche erst zwei Tage nach dem Auffinden obduziert werde. ›Schlamperei, Desinteresse oder Unterbesetzung?‹, hieß es provokativ. Anne schluckte, denn diese Tatsache war ihr gestern auf der Pressekonferenz ganz entgangen. Dabei wäre das mal eine Reportage wert: ›Engpass in der Gerichtsmedizin‹. Das würde die Hörer bestimmt interessieren; sie wollte das Thema in der Konferenz nachher vorschlagen.

Auf keinen Fall hatte sonst jemand den heißen Tipp von Frank Beaufort erhalten. Doch bevor sie ihre Meldung dazu schrieb, rief sie die Nürnberger Polizei an. Der diensthabende Beamte in der Einsatzzentrale konnte zum Augustinerhof nichts Neues sagen und verwies auf den Polizeisprecher. Der würde allerdings erst ab acht Uhr in seinem Büro sein, also erst in gut zwei Stunden. Der Ordnung halber fragte sie, ob sonst noch etwas vorgefallen sei: ein Verkehrsunfall, Raub oder Neuigkeiten im Juwelendiebstahl, aber der Polizist hatte nichts zu bieten. Routinemäßig rief sie die anderen großen Polizeidienststellen in Mittelfranken an. Auch dort war es in der Nacht ruhig gewesen, von Kleinkram wie einer Prügelei in der Kneipe, Automatenaufbruch und Sachbeschädigung an mehreren geparkten Autos durch Jugendliche einmal abgesehen.

In der nächsten halben Stunde schrieb sie ihre Meldung über Pelzigs letztes Auftauchen in der Stadt und stellte die Nachrichten für ihre Sendung zusammen. Dann druckte sie den Wetterbericht und die aktuelle Verkehrslage aus und setzte sich ans Mikrofon. Pünktlich um 6.31 Uhr, direkt im Anschluss an die Schlagzeilen aus München, zog sie ihren Regler am Mischpult auf, startete den Erkennungsjingle und ging auf Sendung.

*

20 Minuten vor neun, nachdem sie ihr letztes Nachrichtenfenster ohne Probleme gesendet hatte, verließ Anne das Studio. Sie hätte sich jetzt gerne einen Kaffee geholt, aber die Kantine war immer noch wegen Renovierung geschlossen. Auf dem Weg in ihr Büro, das sie sich mit ihrem Kollegen Roland teilte, brachte sie der Sekretärin die verwendeten Meldungen zum Abrechnen vorbei. Die unterhielt sich gerade mit dem Hausmeister, einem richtigen Zerberus, über die verstärkten Sicherheitskontrollen am Flughafen. Er war seit dem 11. September nicht mehr geflogen und machte sich Sorgen, ob er mit den Titanteilen in seinem Bein, die ihm nach einem Unfall eingesetzt worden waren, am Metalldetektor

vorbeikommen würde. Die Sekretärin riet ihm, auf alle Fälle ein ärztliches Attest mitzunehmen, ehe er am Ende nicht mitfliegen dürfe, und zwinkerte Anne heimlich zu. Um nicht loszuprusten, verschwand Anne gleich wieder und ging nach oben an ihren Schreibtisch. Die Leßmann mit ihrer gespielten Naivität wirkte absolut glaubhaft, wenn sie jemanden aufzog.

Sie hörte ihr Telefon schon auf der Treppe klingeln, legte einen Gang zu und nahm den Hörer noch im Stehen ab. Ihr Kollege war noch nicht da. Am anderen Ende meldete sich der neue Justizpressesprecher Ekkehard Ertl. Sie hatte erst ein paar Mal mit dem relativ jungen Richter zu tun gehabt. Er war ihr gegenüber immer höflich und korrekt aufgetreten, jetzt aber schäumte er regelrecht vor Zorn.

»Frau Kamlin, ich habe gerade im Autoradio gehört, was Sie von dem Toten im Augustinerhof berichtet haben. Was verbreiten Sie denn da für wilde Spekulationen über die letzten Stunden von Hubert Pelzig? Das ist in hohem Maße unseriös. So etwas hätte ich von Ihrem Sender nicht erwartet.«

Anne hörte ihren Puls laut schlagen und fühlte, wie sie schlagartig rot wurde. Auf Aggressivität reagierte sie nicht eingeschüchtert, sondern wütend. »Das ist unerhört. Ich spekuliere nicht, sondern berichte gut recherchierte Fakten.« Ihre Stimme klang schriller als gewollt.

»So, und wo haben Sie diese Fakten her, die besagen, dass der Vorsitzende von ProNürnberg nach halb zwölf vor dem Vereinshaus gesehen worden ist?«, fragte Ertl erregt.

»Da gibt es ja wohl noch das Zeugnisverweigerungsrecht des Journalisten«, konterte sie, obwohl überhaupt keine Veranlassung bestand, Frank Beauforts Namen nicht zu nennen. »Was haben Sie überhaupt damit zu tun?«

»Die Öffentlichkeitsarbeit ist an die Justiz übergegangen. Die Polizei ist nicht mehr befugt, Ihnen in diesem Fall weitere Auskünfte zu geben.« Ertl wurde ruhiger und änderte seine Strategie, als er merkte, dass er bei der Reporterin auf starke Gegenwehr stieß. »Frau Kamlin, es müsste Ihnen doch klar sein, dass Sie solche wichtigen Informationen an uns weitergeben müssen. Wenn Sie das nicht tun, behindern Sie die Polizeiarbeit.«

»Ich habe heute Morgen um sechs Uhr in der Polizeizentrale angerufen, um es dem Pressesprecher zu erzählen. Aber der war so früh leider noch nicht da. Prüfen Sie es nach, der Beamte erinnert sich bestimmt noch an meinen Anruf.« Das war zwar eine ziemliche Verdrehung der Wahrheit, klang aber sehr überzeugend.

»Sie hätten sich auch vertrauensvoll an den diensthabenden Beamten wenden können. Der ist nämlich auf so etwas geschult. Denn es wäre doch nett, zunächst die Polizei zu informieren und erst dann die Meldung über den Äther zu verbreiten und nicht umgekehrt. Also wer war denn nun Ihr Zeuge?«

Da hatte Ertl sicher nicht ganz unrecht, auch wenn ihr sein ironischer Ton mächtig auf die Eierstöcke ging. Sie hatte schlicht und einfach vergessen, die Polizei anzurufen oder Beaufort daran zu erinnern, es zu tun. Na ja, wenn sie sich selbst gegenüber ganz ehrlich war, dann hatte sie es auch ein wenig darauf angelegt, exklusiv mit der Geschichte rauszukommen. Doch sie durfte es sich mit dem Justizpressesprecher nicht ganz verscherzen. Sie musste noch oft genug mit ihm zusammenarbeiten. Wenn sie jetzt einlenkte, vergab sie sich nichts.

»Sie haben ja recht. Ich hätte die Polizei natürlich gleich verständigen sollen. Das nächste Mal werde ich daran denken. Aber Sie hätten auch nicht gleich so rumschnauzen müssen.«

»Da stimme ich Ihnen zu. Ich möchte mich für meinen Ton entschuldigen, ich war wohl etwas zu aufgebracht.«

»Nett, dass Sie sich entschuldigen. Derjenige, der Pelzig zuletzt in der Altstadt gesehen hat, heißt Frank Beaufort, er ist der Vorsitzende der Fränkischen Bibliophilen. Ich kann Ihnen gleich seine Nummer heraussuchen ...«

»Frank Beaufort!« Ertl schrie ins Telefon. »Nicht nötig, ich habe seine Nummer. Frank ist mein bester Freund. Und ich werde ihn jetzt gehörig zusammenstauchen. Darauf können

Sie sich verlassen. Sie brauchen die Polizei nicht mehr anzurufen, das wird Frank selbst erledigen, und zwar sofort.« Er hängte auf, ohne sich zu verabschieden.

Anne schaute auf die Uhr. Noch zwei Minuten bis neun. Sie würde auf der Morgenkonferenz einiges zu erzählen haben.

*

Beaufort, der kein Frühaufsteher war, hatte sich den Wecker extra auf kurz vor halb neun gestellt, um Anne Kamlin zu hören. Er schaltete das Radio an und kroch zurück ins Bett. Marianne Rosenberg bat Marleen, zu gehen, und Beaufort, der in sentimentaler Stimmung war, summte ein wenig mit. Dann kam Anne. Er achtete nicht so sehr auf das, was sie sagte, sondern ließ sich vielmehr von dieser wohlklingenden Stimme bezirzen und hing seinen Tagträumen nach ...

Das Telefon läutete. Nur schwer kam er in die Wirklichkeit zurück. Er schaute auf den Wecker: neun Uhr. Er musste noch mal kurz eingenickt sein. Das Telefon klingelte lange und penetrant. Er zog die Decke über die Ohren. Dann fiel ihm ein, dass es ja Anne Kamlin sein könnte, und mit einem Ruck stand er auf und lief in den Flur zum Telefon.

»Ja, bitte?«

»Sag mal, tickst du noch sauber? Der Presse solche wichtigen Informationen zu geben und der Polizei nicht. Wie stehen wir jetzt da? Hast du eine Vorstellung davon, was das für eine Außenwirkung hat? Was ist nur in dich gefahren? Du gehst jetzt sofort los und ...«

Beaufort legte auf. Ein schreiender Freund, der ihm Vorwürfe machte, war das Letzte, was er sich jetzt antun wollte. Mechanisch wollte er seine Brille zurechtschieben und stellte fest, dass sie noch auf dem Nachttisch lag. Als er auf die Toilette ging, klingelte das Telefon erneut, doch er ließ es läuten. Nachdem Beaufort ein Glas Wasser getrunken und sich die Zähne geputzt hatte, ging er doch ran. Es hatte ja keinen Zweck. Er musste mit Ekkehard Ertl sprechen, allein schon damit er die Leitung für die Journalistin nicht blockierte.

»Hallo Ekki«, sagte er matt.

»Was ist denn los, Frank? Warum gehst du nicht ran? Ich versuche jetzt seit zehn Minuten, dich zu erreichen.«

»Ja, komisch. Du warst plötzlich weg. Und dann hat mein Telefon keinen Piep mehr von sich gegeben. Es war tot, bis eben.« Die Lüge kam so glaubwürdig rüber, dass Ertl fast darauf reingefallen wäre. Aber dafür kannte er Beaufort doch zu gut.

»Vertiefen wir das jetzt nicht. Du hast genug mitgekriegt, um zu wissen, dass ich sauer auf dich bin. Stimmt es, dass du Pelzig nachts in der Stadt gesehen hast?«

Beaufort erzählte ihm, was er wusste.

»Was hast du dir eigentlich dabei gedacht, der Polizei nichts davon mitzuteilen?«

Beaufort dachte nach. »Wenn ich ehrlich bin, wollte ich wohl diese Journalistin ein bisschen beeindrucken.«

»Die Kamlin? Eine attraktive Frau ist sie ja, aber die hat ganz schön Haare auf den Zähnen. Ich hatte gerade das Vergnügen, mit ihr zu telefonieren, die hat mich richtig auflaufen lassen. Ich glaube, die beeindruckt so leicht überhaupt nichts. Na dann, viel Spaß mit ihr. Aber zuerst gehst du rüber zur Polizei, hörst du, und machst deine Aussage. Das sind ja nur ein paar Schritte von deiner Wohnung aus. Du meldest dich bei Kommissar Miederer, Zimmer 222. Ich rufe ihn an, dass du gleich kommst. Und, Frank: Du erledigst das bitte sofort!«

»Okay, ich gehe gleich los«, seufzte Beaufort. Es lohnte sich nicht, mit seinem Freund zu diskutieren, wenn er in dieser Laune war. »Was ist eigentlich mit heute Abend? Es ist Mittwoch. Willst du lieber italienisch oder fränkisch?«

Sie einigten sich auf fränkische Küche, entschieden sich für den *Schindlerhof* in Boxdorf, der genau zwischen Nürnberg und Erlangen lag, und beendeten das Gespräch.

Er hatte den Hörer gerade auf die Feststation gelegt, als es wieder klingelte.

»Ja?«

»Guten Morgen, Kamlin hier. Na, hatten Sie gerade ein Gespräch mit dem neuen Justizpressesprecher?«, fragte sie süffisant.

»Ja, aber erst nach Ihnen, oder?«

»Allerdings. Mich wundert, dass Sie beide befreundet sind. In puncto Höflichkeit hat Ihr Umgang aber nicht sehr auf ihn abgefärbt.«

»Das dürfen Sie nicht so eng sehen, Frau Kamlin. Ekki ist in Ordnung. Wir kennen uns schon seit dem Gymnasium. Ich glaube nur, dass er in seine neue Aufgabe erst noch richtig hineinwachsen muss. Er steht in letzter Zeit etwas unter Strom.«

»Wenn Sie es sagen. Aber nun zu uns beiden. Ich brauche Sie tatsächlich für einen kleinen O-Ton, aber das müsste noch heute Vormittag sein, denn ich soll für die Mittagssendung einen Beitrag über den Mord machen: mit ein bisschen Atmosphäre vom Augustinerhof, einer Straßenumfrage und mit Ihnen. Ich bin deshalb ziemlich unter Zeitdruck. Könnten Sie vielleicht in den Augustinerhof kommen? Dann kann ich meine Interviews alle auf einmal machen und schnell wieder ins Studio zurück.«

»Das ist kein Problem. Ich muss nur vorher noch kurz zur Polizei und meine Aussage machen. Ich hoffe, dass die Sache dort schnell über die Bühne geht. Reicht es Ihnen in etwa einer Stunde?«

Sicherheitshalber tauschten sie ihre Handynummern aus.

*

Zehn Minuten später verließ Beaufort seine Wohnung, ohne gefrühstückt zu haben. Mit großem Bedauern legte er Brötchen und Zeitungen auf die alte Kommode im Flur und ging hinunter. Bei Frau Seidl klingelte er heute nicht. Wenn sie da war, würde sie auch so mitbekommen, dass er fortging. Die Sonne spitzte unter den Wolken hervor, aber es war weiterhin frostig. Minus acht Grad zeigte das Thermometer am Hauseingang.

Am Unschlittplatz bog Beaufort nach links ab, anstatt die Karl-Grillenberger-Straße zur Polizei hochzugehen. Kein Termin konnte so eilig sein, dass er ihn wahrnehmen würde, ohne einen Kaffee getrunken zu haben. Glücklicherweise gab es den Besten in der Stadt nur ein paar Schritte entfernt in einem schmalen Altstadthaus.

Das *Charles Lindbergh* bestand nur aus einem einzigen, nicht sehr großen Raum. Vorne rechts waren zwei hohe Bistrotische mit Marmorplatten, an denen drei Studenten standen und rauchten, links stand ein riesiges altes Buffet aus dunklem Holz, in welchem Kaffeezubehör zum Verkauf angeboten wurde, und hinten war der niedrige Tresen, ebenfalls aus dunklem Holz, mit der großen italienischen Kaffeemaschine dahinter. Arno, ein ehemaliger BWL-Student, der aus dieser früheren Boutique einen Tempel des Kaffeegenusses geschaffen und sich zu einem wahren Kaffee-Experten entwickelt hatte, war nicht da. Stattdessen fragte eine hübsche, kleine Blondine nach Beauforts Wünschen. Er bestellte einen doppelten Espresso, schnappte sich ein Croissant aus dem Korb und sah dem Mädchen zu, wie es seinen Kaffee kochte. Sie bediente das dampfende Ungetüm wie ein gelernter Maschinist. Arno hatte ein Händchen für seine Aushilfsstudentinnen. Ihr bauchfreies T-Shirt ließ einen kleinen, rosafarbenen Edelstein im Bauchnabel erkennen. Die enge Jeans reichte gerade zwei Finger breit über ihren Schamhaaransatz. Beaufort gab zu viel Trinkgeld, trank aus und ging. Obwohl er sich nur ein paar Minuten im Café aufgehalten hatte, roch seine Kleidung nach Rauch.

*

Im Polizeipräsidium ging es geschäftig zu. Uniformierte und Zivilisten kreuzten durch die Halle, Türen schlugen zu, Schritte schallten, ein Kopierer summte im Drei-Sekunden-Takt, irgendwo klapperte tatsächlich noch eine mechanische Schreibmaschine. Beaufort fragte nicht nach dem Weg, obwohl er noch niemals hier gewesen war, sondern ging die breite Treppe in den zweiten Stock hoch und suchte das Zimmer des Kommissars Miederer. Die Bürotür mit der Nummer 222 hatte außen keine Klinke, aber ein Schild: »Anmeldung in Zimmer 221« stand da geschrieben. Beaufort klopfte nebenan und trat ein.

Die Vorzimmereinrichtung stammte original aus den 60er-Jahren. Hinter einer Theke aus dunkel furniertem Pressspan, die wie ein Bollwerk gegen die Besucher wirkte, standen mehrere Schreibtische aus dem gleichen Material. Rechts türmten sich zwei graue Aktenstahlschränke. Die Wände waren zu zwei Dritteln mit einer beigen Ölfarbe gestrichen, das obere Drittel war weißer Putz. Zwei verblichene Kalenderblätter an der Wand, welche die griechische Insel Santorin zeigten, und eine Yuccapalme mit nur wenigen grünen Blättern, die korkenzieherartig dem Fensterlicht entgegenwuchs, deuteten Sehnsucht nach Wärme an. Eine pummelige Dunkelhaarige mit Dauerwelle und glänzender Satinbluse, gerade über ihrem zweiten Frühstück sitzend, sah ihn fragend an.

»Beaufort, mein Name. Ich habe einen Termin bei Herrn Miederer, glaube ich. Justizpressesprecher Ertl muss mich angekündigt haben.«

»Der Herr Kommissar ist gerade in einer Besprechung, da müssen Sie noch etwas warten. Nehmen Sie bitte solange draußen Platz.«

Es war nicht so, dass Beaufort sich gerne länger in diesem Raum aufgehalten hätte, aber ihm war klar: Wenn er jetzt das Feld räumte, würde er draußen ewig warten müssen und es nicht rechtzeitig in den Augustinerhof schaffen. In diesem Fall gab es nur zwei Möglichkeiten: Charme oder Unverschämtheit. Beaufort wählte die erste Variante.

»Wissen Sie, ich bin leider etwas unter Zeitdruck. Was meinen Sie denn, wie lange es dauern wird, bis der Herr Kommissar frei ist?« Er versuchte ein gewinnendes Lächeln.

Sie schluckte ihren Streuselkuchen runter und lächelte zurück. »Das kann ich Ihnen wirklich nicht genau sagen. Es könnte schon etwas dauern.«

Er zog seine Augenbrauen hoch, was ihm ein leicht zerknirschtes Aussehen gab. »Nein, wie ungünstig. In einer Dreiviertelstunde beginnt meine Vorlesung. Und es ist ziemlich peinlich, wenn die ganzen Studenten dastehen und auf ihren Dozenten warten«, log er.

Sie war beeindruckt. »Was unterrichten Sie denn?«

»Oh, ich versuche gerade einen Pfad von Kants kategorischem Imperativ zu Adornos Dialektik des Engagements zu schlagen, wenn ich es denn rechtzeitig schaffe.« Beaufort hatte keine Ahnung, ob es überhaupt Wege von Kant zu Adorno gab. »Ja, da denkt man immer, Philosophen hätten massenhaft Zeit zum Nachdenken und seien nie in Eile. Wissen Sie, ich wollte ja nur eine kleine Zeugenaussage machen, dass ich den armen Herrn Pelzig am Montagabend noch in der Stadt gesehen habe. Gibt es nicht andere Beamte, die an dem Fall arbeiten?«

»Wenn das so ist, dann glaube ich schon, dass ich Ihnen vielleicht helfen kann, Herr Professor. Ich rufe eben drüben an.«

Es klappte. Mit einem Kompliment über ihre Bluse verabschiedete sich Beaufort, ohne rot zu werden, und zwei Minuten später saß er drei Zimmer weiter vor einem Schreibtisch. Der grauhaarige Beamte dahinter stand offenbar mit seinem Computer und der Rechtschreibung auf Kriegsfuß.

»Name«, schnarrte er.

»Frank Beaufort.«

»B-O-F-O-R?«, fragte er skeptisch, als ahnte er Schlimmes.

»Nein. B-E-A-U-F-O-R-T.«

»Allmächd. Können Sie das noch mal langsam wiederholen?«

»B--E--A--U--F--O--R--T.« Der Mann tippte angestrengt mit zwei Fingern.

»Ach, wie das Spielzeug?«

»Genau, wie das Spielzeug. Aber ich habe wenig Zeit. Wenn wir uns bitte etwas beeilen könnten. Ich wohne am Kaspar-Hauser-Platz 12 in 90402 Nürnberg.«

Er schrieb es beleidigt auf.

»Geboren.«

»Beaufort nannte das Datum und den Geburtsort Nürnberg.«

»Beruf.«

»Privatier.«

»Allmächd.«

»P-R-I-V-A-T-I-E-R. Das bedeutet, dass ich von meinen Einkünften lebe.«

»Aber das ist doch kein Beruf. Arbeiten Sie gar nichts?«

»Dann schreiben Sie halt Essayist.« Beaufort sah in das entnervte Gesicht des Mannes. »Nein, schreiben Sie: Privatgelehrter.«

Eine halbe Stunde später, nachdem der Drucker seine Aussage etwa neunmal hintereinander ausgespien hatte, konnte er eine davon endlich unterschreiben und durfte gehen. Er war sich unsicher, ob er nicht besser doch auf den Kommissar gewartet hätte. Beim Hinausgehen sah er Frau Lösl, die Zweite Vorsitzende von ProNürnberg, im Flur sitzen, nickte ihr zu und eilte die Treppen hinunter. Er musste sich beeilen, zum Augustinerhof zu kommen.

*

Ein wenig erhitzt vom schnellen Gehen bog Beaufort in den Augustinerhof ein. Er war ein paar Minuten über der vereinbarten Zeit, aber nicht zu spät. Anne Kamlin stand mit dem Aufnahmegerät über der linken Schulter da und hielt dem Parkwächter das Mikrofon unter die Nase. Sie trug denselben hellgrauen Mantel wie gestern, unter dem schwarze Stiefel hervorragten. Ein schwarzes Wollstirnband schützte sie an den Ohren gegen die Kälte. Das Haar war offen. Er kam langsam näher, sie nickte ihm zu, ohne sich im Interview stören zu lassen, und er blieb so weit entfernt stehen, dass er den beiden nicht in die Quere kam, aber nah genug war, um gut zuhören zu können.

»Wann beginnen Sie normalerweise Ihren Dienst?«

»Ich komme jeden Morgen um neun Uhr hierher. Dann schließe ich das Tor auf, gehe zu meinem Kassenhaus hier hinten und warte, dass die Autos kommen. Abends um acht ist Feierabend. Ich mache das Tor zu und gehe nach Hause.« Der Parkwächter in Turnschuhen, Jeansjacke und mit Baseballkappe war Anfang zwanzig, ein ausgemergelter, dünner Kerl mit osteuropäischem Akzent.

»Verriegeln Sie das Tor immer? Was ist, wenn Leute ihr Auto später abholen wollen?«

»Na ja, meistens schließe ich nicht ab, weil sowieso wieder jemand aufsperrt. Ein paar Leute aus der Nachbarschaft haben hier Dauerparkplätze. Die haben einen eigenen Schlüssel, schließen aber auch nicht immer ab.«

»Ich dachte nur, weil Sie sagten, Sie machen morgens als Erstes hier auf.«

»Ja, gut. Es ist höchstens ein paar Mal im Monat abgeschlossen. Die meiste Zeit ist offen.«

»Das heißt also, dass hier in der Nacht jeder hereinkönnte? Auch mit einem Auto?«

»Ich glaube schon. Aber wer morgens da steht und keinen Parkschein hat, muss gleich bezahlen.«

»Dann erzählen Sie doch mal, was gestern Morgen passiert ist, als Sie hier ankamen.« Anne lächelte ihn ermunternd an.

»Das war ein ganz schöner Hammer. Überall waren Polizisten, sechs Autos mit dem Leichenwagen. Bezahlt hat natürlich keiner. Am Eingang war alles abgesperrt. Die wollten mich erst gar nicht reinlassen. Aber dann hab ich es doch geschafft, bin in mein Häuschen gegangen und habe zugesehen.«

»Und was haben Sie gesehen? Können Sie das beschreiben?«

»Da lag dieser alte Mann und der war komplett tot. Der Kopf war ganz matschig an der einen Seite. Und er hat so dagelegen.« Der Parkwächter machte es vor. Er spreizte die Beine und reckte die Arme weit von sich. In schauspielerischer Begeisterung riss er die Augen weit auf und ließ die Zunge heraushängen.

»Sehr schön machen Sie das. Aber im Radio kann man das leider nicht sehen. Glauben Sie, dass Sie es beschreiben können?«

Der Mann überlegte. »Der Tote sah aus wie ein Fallschirmspringer, der gerade aus dem Flugzeug hüpft. Nur, dass er auf dem Rücken lag. Und auf seinem Bauch lag sein Hut mit so einem Büschel dran.«

Annes Augen blitzten auf. »Das haben Sie sehr, sehr schön beschrieben. Wie lange hat es denn gedauert, bis alle wieder weg waren?«

»Um drei Uhr ist der letzte Polizist gegangen. Aber sie haben da vorn so ein Sperrgitter aufgestellt, wo der tote Mann gelegen hat. Und sie haben auch den Eingang vorne noch abgesperrt. Aber der Chef hat bei der Polizei angerufen. Heute können die Autos wieder parken. Nur nicht da vorne an dem Gitter.«

»Sagen Sie mir bitte noch Ihren vollen Namen.«

»Peter Dragomirescu.«

»Vielen Dank, Herr Dragomirescu.« Sie drückte die Pausentaste an ihrem Rekorder und wandte sich Beaufort zu. »Danke, dass Sie kommen konnten. Haben Sie Ihre Aussage beim Kommissar gemacht?«

Er erzählte ihr kurz die komischen Höhepunkte der Protokollaufnahme, um sie zum Lachen zu bringen, was auch vorzüglich gelang. Dann drückte sie ihn sanft am Arm und sagte, dass sie ihm gern noch weiter zuhören wolle, aber unter ziemlichen Zeitdruck stehe. Also erzählte er ihr noch einmal kurz ins Mikrofon, wie er Hubert Pelzig in der Stadt begegnet war. Das dauerte kaum drei Minuten, und er hoffte, dass er seine Sache gut gemacht hatte. Als sie sich zum Gehen anschickte, fragte er: »Wann wird denn der Beitrag gesendet?«

»Jetzt gleich in der Mittagssendung. Eigentlich sollte er als Aufmacher kommen, aber weil ich so knapp dran bin, rutscht er wohl an die letzte Stelle. Dann wird er so gegen zehn vor eins ausgestrahlt.«

»Bei dem ganzen Stress kommen Sie ja gar nicht zum Mittagessen. Und das, wo Sie heute schon so lange auf den Beinen sind.«

»Mittagessen fällt heute sowieso aus, da unsere Kantine gerade renoviert wird.«

Betont beiläufig fragte er: »Hätten Sie vielleicht Lust, mit mir eine Kleinigkeit essen zu gehen, gleich nachher? Sie haben doch bestimmt heute früher Schluss.«

Anne sah ihm prüfend in die Augen. »Warum nicht«, sagte sie zu ihrem eigenen Erstaunen. Erfahrungsgemäß wusste sie, dass nach dem Frühdienst irgendwann am Nachmittag der Punkt der Erschlaffung kommen würde. Nicht die beste Voraussetzung für eine Verabredung. »Wie wäre es mit dem *Cosmo*? Sagen wir um halb zwei?«

Beaufort stimmte eilig zu. Er hätte sich mit ihr auch bei McDonald's oder am WELA-Suppenstand verabredet, wenn er sie nur wiedersehen konnte. Sie stieg in ihren Citroën und brauste davon.

Da er schon mal da war, konnte er sich wenigstens ein bisschen umschauen. Zuerst ging er an die Absperrung mitten auf dem Platz. Das weiß-rote Plastikband flatterte im Wind, es war ein zugiger Ort. Auf dem festen Sandboden war noch immer der Kreis zu sehen, den der Mörder um den Toten gezogen hatte. An einer Stelle war der Boden dunkler. Vermutlich hatte da der Kopf von Pelzig gelegen. Beaufort wurde plötzlich von einer Welle des Mitleids für das Opfer erfasst. So direkt am Ort des Geschehens verpuffte alles Sensationelle und Aufputschende, das einen häufig befällt, wenn man von einem schlimmen Unglück oder einem tragischen Schicksal erfährt.

Man hat natürlich auch Mitleid, aber vorherrschend sind eher zwei andere Empfindungen: die Lust am Schaudern – man brennt förmlich darauf, die schlechten Nachrichten anderen weiterzuerzählen – und das Beziehen auf die eigene Person. Man sagt sich, dass einem so etwas auch hätte zustoßen können, und ist erleichtert, weil man verschont wurde. Wer hat nicht schon mal daran gedacht, wozu er fähig wäre, wenn jemand das eigene Kind quälen und töten würde? Beaufort nahm sich vor, ausführlicher über dieses Thema nachzudenken und einen kleinen Essay darüber zu schreiben. Pelzig war erschlagen und dann als Toter hier auf diesem unwirtlichen Platz in so grotesker Weise bloßgestellt worden. Niemand hatte ein solches Schicksal verdient.

Beaufort sah sich um und versuchte den Ort, den er bislang lieber gemieden hatte, in sich aufzunehmen. Der Augustinerhof lag zwischen der Pegnitz und der Augustinerstraße, die zum Hauptmarkt führte. Der trapezförmige Platz war rundherum von leerstehenden Wohnblocks umgeben. Nur die Häuser zur Straßenseite hin wurden noch genutzt. Dort waren Geschäfte untergebracht: ein Kürschner, ein Kunstsalon, ein Antiquitätenhändler und ein Süßwarenladen, in dem er viel zu häufig Kunde war. Alle diese Läden hatten nach hinten hinaus Anbauten, die in den Hof ragten, aber keine Fenster. Die Stockwerke darüber waren zum Teil bewohnt oder dienten als Lager. Nahezu alle Gebäude, die den Augustinerhof begrenzten, waren gesichtslose Bauten, die nach dem Krieg hochgezogen worden waren. Davon gab es viele in Nürnberg, schließlich hatten verheerende Luftangriffe die Altstadt zu beinahe 90 Prozent zerstört. Die Stadt, die Hitler für die Reichsparteitage ausgewählt hatte und deren Name ewig mit den diskriminierenden Rassengesetzen gegen die Juden verbunden sein würde, war ein logisches Ziel für die Bomben der Alliierten gewesen.

Die Gebäude am Augustinerhof standen jedenfalls seit Jahren leer. Sie waren innerhalb weniger Jahrzehnte immer weiter heruntergekommen, bis niemand mehr darin wohnen oder arbeiten wollte. Teilweise waren die Glasscheiben in den Fenstern eingeworfen worden, weiter hinten türmte sich ein Geröllhaufen. Alles machte einen trostlosen Eindruck, der durch die Unübersichtlichkeit des ganzen Platzes noch verstärkt wurde. Richtung Fluss schlossen sich mehrere verwinkelte Hinterhöfe an. Früher konnte man über diese verschachtelten Höfe bis zum Hauptmarkt gelangen. Jetzt waren die beiden Hinterausgänge mit großen Toren und dicken Ketten verschlossen – vermutlich, um der weiteren Zerstörung durch Jugendliche Einhalt zu gebieten. Beaufort rüttelte an einem Tor. Es bewegte sich nicht. Wer auch immer hierher kam, musste den Eingang von der Straße benutzen. Sollte der Mörder Pelzig hier aufgelauert haben oder ihm bis hierher gefolgt sein, dann hatte der keine Chance gehabt, zu entkommen. Die Abgeschiedenheit des Ortes war ideal für ein solches Verbrechen. Und falls Pelzig an anderer Stätte erschlagen worden war, was auch möglich war, konnte seine Leiche nur über den einzigen Zugang hierher gebracht worden sein. Höchstwahrscheinlich nicht zu Fuß, sondern mit einem Auto, in dem sich der Tote unauffälliger transportieren ließ.

Beaufort kickte eine Dose über den Boden. Nur wenige Autos parkten auf dem Areal. Es wunderte ihn, wieso überhaupt jemand seinen Wagen hier abstellen wollte und nicht lieber ins Parkhaus gegenüber fuhr. Aber vielleicht war es dort teurer. Er war sich sicher, dass die Polizei die Anwohner zu ihren Beobachtungen befragt hatte. Auch die Spurensicherung hatte bestimmt das ganze Areal durchkämmt. Trotzdem wollte er sich eines der leeren Gebäude gern näher ansehen. Er blickte sich um. Der Parkwächter weit hinten in seinem Verschlag beachtete ihn nicht. Also drückte Beaufort die Klinke einer Haustür, aber die war abgeschlossen. Dann versuchte er es unauffällig im nächsten Gebäude, das wie eine stillgelegte Fabrik aussah. Auch hier hatte er kein Glück. Ein paar Meter weiter jedoch, an dem gegenüberliegenden ehemaligen Wohnhaus, entdeckte er ein Fenster, in dem die Scheibe fehlte. Er zog einen Leinenbeutel aus der Tasche, legte ihn aufs Fensterbrett, raffte seinen Mantel, setzte sich auf den Beutel und schwang seine langen Beine ins Zimmer.

Innen roch es feucht und modrig. Der Raum war leer, und Beaufort ging durch einen türlosen Rahmen in einen Flur. Auch die Räume rechts und links des Flures waren leer. Nur einer war bis zur Hälfte mit schimmeligem Schutt gefüllt. Vermutlich hausten dort Ratten. Eine Tür versperrte ihm den Weg aus dieser Wohnung hinaus. Sie war nicht ganz geschlossen, nur leicht verzogen, und ließ sich mit etwas Mühe öffnen. Beaufort kam sich vor wie Huckleberry Finn auf Höhlenexpedition. Was suchte er hier eigentlich?

Er befand sich im Treppenhaus. Die Stufen nach oben waren mit einem zierlich geschwungenen Treppengeländer aus den 50er-Jahren versehen, das sich einen gewissen Charme bewahrt hatte. Die Treppe sah stabil aus. Er ging hinauf. Ein Stockwerk höher bot sich Beaufort ein ähnliches Bild. Rechts und links lag jeweils eine Wohnung. Die eine Tür war abgeschlossen, die andere ließ sich öffnen. Es war eine ehemalige 2-Zimmer-Wohnung: links das Badezimmer mit bunten Mosaikfliesen, hinten das frühere Wohnzimmer mit blankem Betonboden. Es war leer und lag zur Flussseite. Beaufort schaute hinunter. Die Pegnitz strömte leise dahin und gurgelte nicht so laut wie an seiner Wohnung, denn das Wehr lag hier weiter weg. Er sah auf die bebaute Insel im Fluss. Hinter den Gebäuden lag der Trödelmarkt und schräg links erblickte er den Schleifersteg. Dort hatte er gestern noch auf seinem Weg in die Bibliothek gestanden und hierher geschaut. Beaufort hatte ein mulmiges Gefühl. Er nahm sich vor, von der anderen Seite der Wohnung noch einen Blick in den Innenhof zu werfen und dann zu gehen.

Die Küche war im Gegensatz zu den anderen Räumen nicht leer. Auf dem Linoleumboden lagen zahlreiche Bierdosen verstreut. Sie stammten aus einem Billigsupermarkt, der sie wegen der Einführung des Dosenpfands zu Dumpingpreisen verschleudert hatte. Auch einige leere Flaschen lagen herum: billige Schnaps- und Weinpullen mit Schraubverschluss. Auf einer leeren Obstkiste stand ein angeschlagener Goldrandteller mit den Resten einer fettigen Mahlzeit. In einer Ecke lagen zwei Kissen und eine alte Decke. Ein verschlissener roter Sessel, der keine Beine mehr hatte, war auf ein paar Ziegelsteinen aufgebockt. An der Wand stand eine Kommode, auf der einige Illustrierte und Zeitungen lagen: obenauf eine *Blitz-Illu* vom Dezember und eine *Bild* vom 3. Januar. Hier musste sich vor Kurzem jemand aufgehalten haben, vermutlich ein Obdachloser. Das Zimmer sah aus wie die Karikatur eines trauten Heims.

Beaufort schaute aus dem Fenster, dessen einer Flügel nach außen geöffnet war. Von hier aus hatte er einen guten Überblick über den Augustinerhof. Er sah, wie der Parkwächter gerade von einem älteren Paar Geld kassierte und den Parkschein hinter den Scheibenwischer ihres Autos klemmte. Beaufort spürte ein Grummeln in seinem Magen. Sein Jagdinstinkt war geweckt.

*

Anne fuhr vom Studio wieder in die Stadt zurück. Der Beitrag war mit Mühe rechtzeitig fertig geworden, und sie war nicht ganz zufrieden mit sich. Ans Ende hätte sie lieber einen anderen O-Ton gesetzt, doch die Zeit hatte nicht mehr gereicht, um ihn noch zu kopieren und zu schneiden. Nach der Sendung hatte sie kurz mit der Regionalchefin und dem Chef vom Dienst besprochen, wie in der Augustinerhof-Sache weiter berichtet werden sollte. Falls sich vorher nichts Neues ergäbe, sollte Anne bis Freitagmittag eine Umfeld-Story über den Getöteten machen. Würden bis dahin wichtigere Themen auf der Tagesordnung stehen, könnten sie das Pelzig-Porträt auch noch zu seiner Beerdigung senden, deren Termin jedoch noch nicht feststand. Nachbarn und Hinterbliebene zu befragen, war etwas, was Anne am wenigsten mochte, aber es gehörte zu ihrem Job nun mal dazu.

Sie fand mit etwas Glück einen Parkplatz gleich in der Nähe des Café-Restaurants. Vor dem Eingang stand Beaufort, seine hohe Gestalt war nicht zu übersehen. Er hatte es offensichtlich vorgezogen, draußen auf sie zu warten. Sie gaben sich die Hand, Beaufort hielt ihr die Tür auf und sie gingen gemeinsam hinauf. Das *Cosmo* hatte sich nach seiner letzten Renovierung von einem hellen, freundlichen Café in ein kühles Szenelokal verwandelt. Rote Wände und schwarze Möbel versuchten Weltstadtflair zu entfalten. An der Decke leuchtete ein virtuoses Gewirr von etwa 50 Neonröhren. Das war nicht Annes Geschmack, aber sie mochte das Tageslicht im Lokal und den Blick durch die Fensterfronten. Außerdem gab es hier den besten Salat in der Stadt.

Sie wählten einen Tisch am Fenster, Beaufort nahm ihr den Mantel ab und schaffte es sogar noch, ihr den Stuhl unterzuschieben, bevor er zur Garderobe ging. Normalerweise hätte sie so viel bemutternde Aufmerksamkeit genervt, aber von diesem Mann ließ sie es sich zu ihrem eigenen Erstaunen gefallen. Bei ihm schien das keine Masche zu sein, um Eindruck zu schinden, sondern verinnerlichte Höflichkeit – ein Mann mit ausgesprochen guten Manieren eben. Das fand Anne auf der einen Seite rührend altmodisch, andererseits setzte das ihren Widerspruchsgeist in Gang. Es reizte sie förmlich, Beaufort aus der Reserve zu locken.

»Ich komme selten im Winter her«, sagte Beaufort, »es ist mir hier drinnen ein wenig zu cool. Aber im Sommer bin ich häufiger hier. Ich mag die Terrasse mit den Deckchairs und dem Bambusgras. Und sie machen einen köstlichen Salat hier.«

Anne lächelte und sagte ihm, dass sie gerade Ähnliches gedacht hatte. Dann bestellten sie zwei große Salate, und Beaufort versuchte sie zu überreden, ein Glas Wein zu trinken, was sie ablehnte. Sie entschied sich für eine Cola, um die Müdigkeit fernzuhalten.

»Schön, dass Sie sich mal Zeit für mich nehmen«, sagte Beaufort, »Sie sind immer so schnell wieder weg, wenn ich Sie sehe.«

»Ja, außerdem erwarte ich, dass Sie immer für mich parat stehen. Nochmals danke, dass Sie sich heute Vormittag freimachen konnten. Was machen Sie eigentlich beruflich?«

Beaufort hob Mr-Spock-like eine Augenbraue: »Nichts. Ich mache nichts. Ich lebe.«

»Wie jetzt? Sie müssen doch mit irgendetwas Ihr Geld verdienen?« Sie hatte das unangenehme Gefühl, auf den Arm genommen zu werden.

»Ach, es reicht zum Überleben«, wiegelte Beaufort ab, »meistens tue ich, was mir Spaß macht.«

»Sind Sie nicht etwas zu jung, um sich schon aufs Altenteil zurückzuziehen?«

»Wieso? Ist es nicht gerade das, was sich die meisten Menschen wünschen?«

»Und gegen die Langeweile verabreden Sie sich ab und zu mit einer Journalistin, die Ihnen dann ein bisschen aus ihrem aufregenden Leben erzählen kann«, spöttelte Anne. »Was machen Sie denn den ganzen Tag?«

»Oh, ich sammle Bücher, schreibe Kritiken und Essays, halte Vorträge, unterrichte ein wenig, reise, lese, mache Musik. Mir wird nicht fad.«

»Sie Beneidenswerter. Und wie sind Sie in den Genuss gekommen, sich das finanzieren zu können? Lottogewinn oder Erbschaft?«

Beaufort spürte, dass sie ihm nicht glaubte, und spielte das Spiel mit.

»Normalerweise sage ich den Leuten tatsächlich immer, dass ich geerbt habe. Aber Ihnen will ich die Wahrheit gestehen.« Er beugte sich vor und flüsterte ihr zu: »Ich bin Auftragskiller.«

Einen kleinen Moment war Anne irritiert. »Und wie viele müssen Sie da töten, um auf Ihren Schnitt zu kommen? Ein Mord pro Monat?«

»Nein, mit zwei, drei Einsätzen im Jahr komme ich gut über die Runden.« In dem Moment kamen die Getränke. Er prostete ihr zu: »Schade, dass Sie keinen Wein mittrinken. Keine Angst, er ist garantiert nicht vergiftet. Ich ziehe Handfeuerwaffen vor.« Beaufort lächelte selbstgewiss, was ein wenig affektiert wirkte. Zeit für einen kleinen Gegenangriff.

»Ich trinke niemals Alkohol, wenn ich menstruiere.«

Er verschluckte sich und hustete.

»Was erschreckt Sie so, Herr Beaufort? Ihnen ist doch sicher bekannt, dass das Leben einer Frau in Zyklen verläuft, während der Mann an sich ja eher der lineare Typ ist.« Anne war das Spielen leid, bereute aber im gleichen Moment ihre Patzigkeit.

»Ich glaube, das Lokal bekommt uns nicht«, sagte Beaufort, »rot macht einfach aggressiv. Wir sollten uns das nächste Mal vor zartgelben oder cremefarbenen Wänden treffen, allenfalls noch ein frisches Anthrazit. Aber mal im Ernst, ich habe tatsächlich ein nicht unbeträchtliches Vermögen geerbt, das mich unabhängig macht.«

Sie glaubte ihm, und sie war froh, dass er galant die Kurve gekriegt und das Gespräch gerettet hatte. Ihre Bemerkung von eben war ihr plötzlich peinlich, und sie kam sich gerade gar nicht mehr geistreich, sondern zickig vor. Jetzt bloß nicht entschuldigen und die peinliche Thematik damit auch noch breittreten.

»Jetzt erzählen Sie mir aber nicht, Sie hätten etwas mit dem Spielzeugkonzern Beaufort zu tun?«

»Doch, ich bin der letzte Spross unserer Familie. Vor dreizehn Jahren sind meine Eltern bei einem Verkehrsunfall in der Schweiz ums Leben gekommen. Das hat mich sehr mitgenommen, wie Sie sich denken können. Mir wurde bewusst, dass es von einem Moment auf den anderen aus sein kann mit dem Leben. Damals habe ich noch studiert. Und ich entschied mich, das Unternehmen zu verkaufen und nur noch Dinge zu tun, die ich für richtig halte.«

»Dann sind sie so eine Art Jan Philipp Reemtsma?«

»Wenn Sie so wollen. Nur glaube ich, dass er noch ein bisschen wohlhabender ist.«

Der Mann war Millionär. Das war es! Er strömte die Selbstsicherheit desjenigen aus, dem Geld wenig bedeutet, weil er zu viel davon hat. Er war nicht angeberisch, vielmehr höflich und korrekt, aber er wirkte wie jemand, der sich seines Wertes bewusst war. Ein nur schmaler Grat bis zur Arroganz. Anne beschloss, sich erst einmal nicht beeindruckt zu zeigen.

»Ich habe mir vorhin übrigens Ihren Bericht mit meinem Interview angehört.«

»Und haben Sie Ihre Stimme wiedererkannt?«

»Irgendwie schon. Aber es fiel mir trotzdem schwer, zu glauben, dass ich das war.«

»Das geht den meisten so, wenn sie sich das erste Mal im Radio hören.«

»Ja, das ist mir bekannt. Aber was ich gern wissen würde: Warum haben Sie aus dem Interview mit dem Parkwächter gerade die Stelle ausgewählt, an der er die Leiche beschreibt und den Vergleich mit dem Fallschirmspringer macht?«

»Weil das der beste O-Ton aus dem ganzen Interview war. Die Polizei spricht immer sehr unpersönlich über die Getöteten. Aber dieser Parkwächter hat seine Gefühle in die Beschreibung mit hineingelegt. So etwas berührt den Hörer. Was der Mann gesagt hat, wirkte auch nicht peinlich oder blutrünstig. Und dann dieses groteske Detail mit dem Hut auf Pelzigs Bauch. Das wirft mehr Licht auf den skrupellosen Mörder als jeder Polizeibericht.«

»Was glauben Sie denn, wer der Mörder ist?«

»Ich weiß es wirklich nicht. Aber eines scheint klar zu sein: Wer immer Pelzig ermordet hat, wollte uns eine Nachricht hinterlassen. Die Frage ist nur, welche. Pelzig war einer der populärsten Männer in der Stadt. Streitbar und nicht unumstritten. Seit Jahren kämpfte er dafür, dass der Augustinerhof neu bebaut wird, aber mit Wohnungen und Gewerbe, die sich architektonisch in die Altstadt einfügen sollen. Er und sein Verein gewannen sogar einen Bürgerentscheid gegen Investoren, die etwas anderes wollten. Damit waren der Stadt drei Jahre lang die Hände gebunden, denn so lange hat ein kommunaler Volksentscheid in Bayern Gültigkeit. Und jetzt, wo die drei Jahre um sind, ein anderer Investor bereitsteht und ein neuer Bürgerentscheid droht, wird Pelzig ermordet im Augustinerhof aufgefunden. Sein Körper bildet ein Kreuz wie auf einem Stimmzettel. Was heißt das? Wählt für oder wählt gegen den Entscheid? Waren das seine politischen Feinde, die dem Verein drohen wollten, die Finger vom Bürgerbegehren zu lassen? Oder waren das seine eigenen Parteigänger, die ihn opferten, um Stimmung zu machen? Immerhin geht es bei der ganzen Angelegenheit um ziemlich viel Geld.«

»Vielleicht will uns aber auch nur jemand ein X für ein U vormachen. Möglicherweise hatte Pelzig einen persönlichen Feind, der die ganze Diskussion um den Augustinerhof nur genutzt hat, um die Aufmerksamkeit von sich abzulenken. Vielleicht ist die Nachricht deshalb auch so kryptisch.« Beaufort fiel ein Stückchen gebratener Hähnchenbrust von der Gabel und landete auf dem Teller. Das Salatdressing spritzte auf seine Krawatte, aber er merkte es nicht.

»Ich würde was darum geben, wenn ich es rauskriegen könnte«, sagte Anne.

»Als Sie heute weg waren, habe ich mir den Augustinerhof einmal ganz genau angesehen. Ich bin auch in eines der leeren Häuser gegangen. Dort habe ich einen Raum entdeckt, in dem bis vor Kurzem jemand gehaust hat. Mit einem hübschen Ausblick auf den Platz, wo Pelzig gefunden wurde. Es ist nur eine vage Vermutung, aber könnte nicht dieser oder ein anderer Obdachloser etwas gesehen haben?«

»Glauben Sie nicht, dass die Polizei auch schon darauf gekommen ist?«

»Das ist gut möglich. Mittwochs treffe ich immer Ekki Ertl, mit dem wir beide heute ja schon telefoniert haben. Vielleicht kann ich ihm heute Abend unter Freunden ein paar Informationen aus der Nase ziehen.«

»Das würden Sie tun? Warum?« Anne bestellte sich einen Cappuccino. Beaufort schloss sich an.

»Weil es mich wirklich interessiert. Vielleicht aber auch, weil ich dann einen Grund habe, Sie öfter zu sehen«, flirtete er.

»Gleich werden Sie aber nicht mehr viel von mir haben. Ich muss nämlich in der Sache noch etwas arbeiten, obwohl ich langsam anfange, müde zu werden.«

»Und was müssen Sie machen? Wieder eine Pressekonferenz?«

»Nein, die Umfeld-Story.« Anne fing seinen fragenden Blick auf. »Es geht darum, ein Porträt des Toten zu machen. Was hat er gemacht? War er beliebt? Werden ihn jetzt alle vermissen? Das Ganze natürlich nicht zu kritisch, es soll mehr eine Art akustischer Nachruf sein. Das bedeutet, Kollegen, Freunde und Angehörige zu befragen. Das ganze Umfeld eben. Ich mag das nicht so gern. Manche sind ganz heiß darauf, etwas zu erzählen, andere fühlen sich in ihrer Trauer gestört. Das weiß man leider erst, wenn man fragt. Mir graut es ehrlich gesagt schon davor, die Witwe anzurufen. Aber versuchen will ich es wenigstens.«

»Möchten Sie, dass ich Ihnen die Tür öffne? Ich kenne Frau Pelzig einigermaßen gut. Sie ist sehr engagiert im Lions-Club. Und sie ist wirklich eine sehr nette Frau mit einem großen Herzen. Ich müsste ihr sowieso mein Beileid aussprechen. Vielleicht wollen wir gemeinsam hingehen?«

Anne, die immer mehr Gefallen an diesem Frank Beaufort fand, stimmte zu. Er telefonierte, und eine halbe Stunde später standen sie vor der Tür der Pelzigs.

*

Frank und Anne waren gemächlich zu Fuß gegangen. Die Wohnung des Mordopfers lag zwar außerhalb der Altstadt, jenseits der Stadtmauer, aber vom *Cosmo* aus waren es nur ein paar Minuten zu gehen. Sie befand sich hinter dem Theater in der Beletage eines gut erhaltenen Jugendstilhauses mit einer zartgrünen Fassade.

Die Witwe trug schwarz. Sie war eine kleine, zarte Frau mit hochtoupiertem grauem Haar, das einen Stich ins Blaue hatte. Ihre Augen sahen verweint aus, aber sie lächelte ihre unerwarteten Besucher tapfer an. Beaufort überreichte ihr einen kleinen Strauß weißer Tulpen, den er schnell noch gekauft hatte, und sprach sein Beileid aus. Anne schloss sich an.

Sie setzten sich in den Salon, wo Kaffee in einer hohen, schlanken Kanne auf einem Stövchen bereitstand. Anne erklärte noch einmal ihr Anliegen, ein kurzes Porträt über den Verstorbenen machen zu wollen. Um Frau Pelzig nicht zu sehr durch ihre Reporterrolle aus der Fassung zu bringen, nahm sie das Mikrofon nicht in die Hand, sondern stellte es mit einem kleinen Stativ auf den Tisch. Meistens vergaßen die Interviewten schon bald das Vorhandensein des Aufnahmegeräts und sprachen frei und ungezwungen, was das Gesagte viel authentischer machte. Anne war behutsam. Sie stellte kurze, präzise Fragen und ließ die Witwe reden. Nur hier und da unterbrach sie, um nachzufragen oder das Gespräch in eine andere Richtung zu lenken.

Und Frau Pelzig erzählte, wie sie die Todesnachricht empfangen hatte, in welchen Schock diese sie versetzt hatte, dass sie zusammen noch so viel vorgehabt hätten, gerade jetzt, wo ihr Mann erst seit Kurzem im Ruhestand war. Sie erzählte von seinem sozialen Gewissen und seinem Interesse für Heimatgeschichte, all den Dingen, die er gewusst hatte, und vom Verein, den er vor 26 Jahren gegründet hatte, von den Häusern, die ohne seinen Einsatz abgerissen worden wären, davon, wie sie bei den Renovierungen alle mit angefasst, Schutt transportiert, Fachwerk gebaut und Dächer gedeckt hatten, vom Gemeinschaftsgefühl und den kulturellen Wurzeln ihres Engagements. Und sie erzählte von all den Preisen für den Verein und ihren

Mann, dem Kulturstiftungspreis, der Bürgermedaille und dem Bayerischen Verdienstorden – späte Anerkennung, als endlich alle eingesehen hatten, wie wichtig die Arbeit des Bewahrens und Erhaltens sei. Frau Pelzig erzählte ein Vielfaches von dem, was Anne für den Beitrag verwenden konnte, aber es schien der Witwe gut zu tun, von ihrem Mann zu sprechen. Irgendwann drückte Anne die Pausentaste an ihrem Aufnahmegerät.

Beaufort hatte sich während des Gesprächs im Hintergrund gehalten, Kaffee getrunken und mit Keksen herumgekrümelt. Eine Frage hatte ihn die ganze Zeit beschäftigt, aber er wusste nicht, wie empfindlich Anne reagieren würde, wenn er sich in ihr Interview einmischte. Doch jetzt, da die Reporterin scheinbar am Ende angelangt war, wagte er es.

»Können Sie uns sagen, ob Ihr Mann irgendwelche Feinde hatte? Wurde er bedroht?« Er merkte, dass er wie Inspektor Derrick klang, aber er wollte es wirklich wissen.

»Das hat die Polizei auch schon gefragt. Und dann habe ich ihnen die Drohbriefe gezeigt«, antwortete sie leutselig. Anne löste die Pausentaste wieder.

»Was waren das für Drohbriefe? Wollen Sie uns davon erzählen?«, fragte Beaufort. Er hatte sich aufgesetzt. In seiner Stimme schwang Erregung mit.

»Also, angefangen hat es eigentlich schon vor den Drohbriefen, und zwar am Pelzmärtl. Sie wissen ja sicher, dass in Franken viele Kinder am 11. November, dem Martinstag, Süßigkeiten und kleine Geschenke bekommen …«

»Ja, genau. Martin Luther hatte den Heiligen Martin zu einer Art Gegen-Nikolaus aufgebaut. Dieser katholische Heilige, der den Kindern am 6. Dezember Süßigkeiten bringt, war sehr populär und hat die Reformation behindert. Deshalb wurde der gutherzige Martin auserkoren, der seinen Mantel zerschnitt, um ihn mit einem frierenden Armen zu teilen. In unseren Breiten ist daraus dann Martin mit dem Pelz, auf Fränkisch der Pelzmärtl, geworden …« Anne warf Beaufort einen drohenden Blick zu.

»Nicht wahr, Herr Dr. Beaufort, Sie sind auch so an historischen Dingen interessiert, wie mein armer Mann es war ...« Dann weinte Frau Pelzig, und Anne reichte ihr ein Taschentuch, während sie Beaufort gleichzeitig unter dem Tisch einen sanften Tritt gegen das Schienbein gab. Sie übernahm wieder die Gesprächsführung.

»Was war denn nun mit dem Pelzmärtl?«

»Mein Mann ist vom Pelzmärtl angegriffen worden. Am Martinstag, so gegen sieben Uhr abends. Es war hier ganz in der Nähe auf dem Heimweg in die Wohnung. Ich war nicht dabei, aber er hat mir erzählt, dass er gerade durch die menschenleere Weidenkellerstraße ging, als er hinter sich Schritte hörte. Und wie er sich umdrehte, war hinter ihm ein Pelzmärtl mit seinem roten Mantel, der roten Mütze und dem langen Bart. Äußerlich unterscheidet er sich ja kaum vom Weihnachtsmann. Mein Mann sagte noch, dass er sich nichts dabei gedacht hatte, als der Pelzmärtl ihn plötzlich von hinten schubste, sodass er fast hingefallen wäre. Und dann hat er ihm seinen leeren Sack übergestülpt, ihn immer im Kreis gedreht und ihm gedroht, er soll die Finger von der Altstadt lassen. Danach hat er ganz irre gelacht, Huberts Hut zertrampelt, der ihm runtergefallen war, und ist weggelaufen. Ich kann Ihnen sagen, mein Mann kam völlig fertig hier an. Aber anzeigen wollte er die Sache auch nicht. Er dachte, es wäre ein Dummer-Jungen-Streich gewesen.«

»Wieso Jungenstreich? Hat er dem Pelzmärtl unter die Maske gesehen?«

»Nein, das nicht, aber an der Stimme meinte er einen Jugendlichen oder jungen Erwachsenen erkannt zu haben.«

»Und was war mit den Drohbriefen?«

»Das begann ein paar Wochen später, so Anfang Dezember. Die kamen ganz normal mit der Post und waren immer adressiert an Herrn Hubert Pelzig, 1. Vorsitzender von ProNürnberg. Und darin waren ganz üble Morddrohungen zu lesen.«

»Was genau stand denn drin?«

»Wortwörtlich kann ich das nicht mehr sagen, aber die waren alle gereimt. Mein Mann sollte die Finger von den Altstadthäusern lassen, er solle zurücktreten und sich zum Teufel scheren, so etwas in der Art. Aber aufgehört haben sie jedes Mal mit dem Vers: ›Sonst wird die nächste Neumondnacht der freche Pelzig umgebracht‹.«

»Können Sie mir die Briefe zeigen?«, fragte Anne hoffnungsvoll.

»Nein, die hat die Polizei gestern mitgenommen.«

»Warum erst gestern? Sind Sie mit den Drohbriefen nicht gleich zur Polizei gegangen?«

»Mein Mann hat sie mir zuerst ja gar nicht gezeigt. Er wollte mich nicht beunruhigen. Aber als es dann auf Neumond zuging, hat er mich doch eingeweiht. Das war in der Silvesternacht. Ich wollte natürlich, dass er gleich zur Polizei geht, aber das hat er partout abgelehnt. Er hat gesagt, er will sich weder lächerlich machen noch den Schmierfinken den Triumph gönnen, Angst vor ihnen zu haben.«

»Und wann war Neumond, doch nicht etwa am 6. Januar?« Anne war richtig aufgeregt.

»Nein, am 2. Januar, aber da waren wir weg. Ich habe meinen Mann überzeugen können, unsere Tochter in München zu besuchen und dort zu übernachten. Das fand er dann auch gut. Und als nichts weiter passierte, haben wir die Angelegenheit für beendet gehalten.«

Frau Pelzig fing wieder an zu weinen und das so sehr, dass sie nicht mehr weiterreden konnte. Anne stoppte die Aufnahme und bekam beim Trösten einen ganz nassen Pullover. Beaufort holte währenddessen die Nachbarin, die sich um die Witwe kümmerte und die beiden zornig aufforderte, die Wohnung zu verlassen.

»Die arme Frau. Es muss schrecklich sein, den liebsten Angehörigen auf so grauenvolle Weise zu verlieren«, sagte Beaufort vor der Tür.

»Ja, furchtbar. Aber vielleicht können Sie einen Schritt schneller gehen. Ich hab's eilig, ich muss so schnell wie möglich in die Redaktion zurück. Das muss natürlich heute noch auf Sendung.«

»Sie denken auch zuerst nur ans Geschäft.« Obwohl Beaufort längere Schritte als Anne machte, musste er sich anstrengen, ihr zu folgen.

»Ich bin nun mal Journalistin. Wenn ich eine Information habe, die ein ganz neues Licht auf eine Sache wirft, dann bringe ich sie auch unter die Hörer. Das heißt nicht, dass ich immer und in jedem Fall alles ausplaudere. Aber dass Pelzig Morddrohungen bekommen hat, ist doch ein ganz neuer Aspekt. Vielleicht trägt die Meldung sogar dazu bei, den Mörder zu fassen.«

»Aber warum müssen Sie denn immer die Erste sein? Lassen Sie sich doch mal ein bisschen Zeit zum Nachdenken.«

»Ich bin nun mal gerne die Erste. Wenn das morgen die Agenturen melden oder es in der *Bildzeitung* steht und ich sagen würde: ›Ach ja, das habe ich gewusst, ich fand es aber nicht so wichtig‹, erklären mich alle meine Kollegen für verrückt. Jedenfalls fast alle«, schränkte sie ein.

Beaufort kam langsam außer Atem. »Aber Sie müssen zugeben, dass Sie ohne meine Frage gar nichts von den Drohbriefen erfahren hätten.«

»Da könnten Sie recht haben«, gab Anne zu. »Aber genauso gilt auch, dass Sie es beinahe verbockt hätten. Und damit meine ich nicht nur ihre gelehrten Exkurse zum Pelzmärtl. Zum Beispiel haben Sie am Anfang gleich eine Doppelfrage gestellt. Sie haben gefragt, ob Pelzig Feinde hatte und ob er bedroht wurde. Fast immer beantworten die Leute nur eine Frage, wenn man ihnen mehrere gleichzeitig stellt. Was, wenn Frau Pelzig gesagt hätte: ›Mein Mann hatte eigentlich keine Feinde bis auf den Oberbürgermeister, der ihn nicht ausstehen konnte‹? Dann wären wir plötzlich ganz woanders gewesen und hätten vielleicht nichts von den Drohbriefen erfahren.

Oder noch etwas: Als Sie gefragt haben, was das für Drohbriefe sind, haben Sie ein ›Möchten Sie uns davon erzählen?‹ hinterhergeschickt. Was, wenn diese verständnisvolle Frage sie dazu gebracht hätte, darüber nachzudenken und uns lieber nichts zu erzählen? Am besten sind kurze, präzise Fragen und entsprechende Nachfragen, wenn etwas unklar ist. Bringe deinen Interviewpartner auf keinen Fall dazu, die Gesprächssituation zu reflektieren.«

Beaufort blieb stehen. »Jetzt machen Sie mich doch nicht fertig mit Ihrem Seminarwissen aus dem Handbuch für Journalisten. Ich dachte, wir sind ein Team!«, rief er ihr hinterher und riss in ehrlicher Verzweiflung die Hände in die Höhe.

Anne hielt an, ging langsam zurück zu ihm, sah etwas schuldbewusst aus und stupste mit ihrem Finger gegen seine Krawatte. »Sie haben da vorhin Dressing auf ihren Schlips gekleckert.«

Baufort sah auf die Krawatte und dann wieder in ihre Augen. Sie lächelte ihn an und sagte: »'Tschuldigung, aber ich muss wirklich los. Horchen Sie doch mal heute Abend ein bisschen ihren Justiz-Freund aus, Partner.«

Dann strich sie ihm mit der Rückseite ihrer Hand zärtlich über die Wange, lief noch bei Rot über die Straße und verschwand durchs Kartäusertor. Ihr üblicher Abgang mit wehendem Mantel. Beaufort fing beinahe an, sich daran zu gewöhnen.

*

»Übrigens, deine neue Flamme vom *Bayerischen Rundfunk* hat heute bei mir angerufen«, sagte Ekki Ertl und pustete auf seinen Löffel. Es war fränkische Kürbissuppe mit gerösteten Brotwürfelchen, eine Spezialität des *Schindlerhofes.*

»Das hat sie mir schon erzählt. Auch, dass du ziemlich unhöflich warst. Ich musste regelrecht eine Lanze für dich brechen und ihr vorschwärmen, was du doch für ein netter Typ bist, wenn du weniger Stress hast. Ich habe ihr gesagt, dass es sich geben wird, wenn du dich erst einmal in deinen neuen Job eingearbeitet hast.«

Der Justizpressesprecher sah nicht wie ein typischer Richter aus. Er war einen Kopf kleiner als Beaufort, hatte eine beginnende Halbglatze, weshalb er sich den Schädel komplett rasierte, und den durchtrainierten Körper eines Langstreckenläufers. Ertl war die Freundlichkeit und Ausgeglichenheit in Person. Nur wenn er nicht zu seinem Sport kam, wurde er unleidlich.

»Danke, dass du mich als jemanden darstellst, der nicht in der Lage ist, seinen Beruf anständig auszuüben, und die daraus entstehenden Frustrationen unkontrolliert an seine Mitmenschen weitergibt. Wirklich vielen Dank«, parierte Ertl. »Aber das Gespräch mit der Kamlin meine ich gar nicht. Das war heute Morgen, und da habe ich sie angerufen und hatte auch das Recht, vergrätzt zu sein, auf sie und auf dich. Aber, Schwamm drüber. Nein, ich meine ihren Anruf heute Nachmittag. Sie wollte nämlich wissen, ob ich bestätigen könne, dass Pelzig Morddrohungen erhalten habe.«

»Und, konntest du?« Auch Beaufort löffelte die Kürbissuppe, die mit genau dem richtigen Hauch von Muskat verfeinert war.

»Nein, konnte ich nicht. Und dann hat sie gesagt, das sei aber merkwürdig, weil sie aus verlässlicher Quelle wisse, dass es mehrere Drohbriefe mit gereimten Morddrohungen gegen Pelzig gegeben habe. Worauf ich erwiderte, ich könne das weder bestätigen noch dementieren. Daraufhin meinte sie, sie sei mit dieser Antwort zufrieden. Denn wer betone, dass er nicht dementiert, bestätige damit indirekt den Sachverhalt und könne oder wolle zum Thema selbst nur nichts sagen. Ich entgegnete, dass sie mit dieser Interpretation vielleicht recht habe, und fragte, woher sie denn von den Drohbriefen, sofern sie wirklich existierten, erfahren habe. Da sagte sie, ich solle heute Abend doch mal dich fragen und legte auf.« Ertl hatte sein betont im Konjunktiv wiedergegebenes Telefongespräch geradezu gesäuselt. Jetzt wurde er ernst: »Kannst du mir bitte mal erzählen, was sich da zugetragen hat?«

Beaufort berichtete ausführlich von seinem Treffen mit Anne Kamlin und ihrem gemeinsamen Besuch bei Pelzigs Witwe. Nur ihre zärtliche Geste, über deren Bedeutung er sich erst noch klar werden musste, ließ er weg.

»Sag mal, hast du nichts Besseres zu tun, als jetzt auch noch Polizeireporter zu spielen? Was ist denn mit deiner Bücherausstellung? Die müsste dich doch voll auslasten.«

»Das läuft alles reibungslos. Ich habe heute Mittag die letzten Stücke aus meiner Sammlung in die Stadtbibliothek bringen lassen und muss jetzt nur noch meinen Vortrag vorbereiten. Kommst du eigentlich zur Eröffnung?«

»Nenne mir einen arbeitenden Menschen, der am Freitagmittag Zeit hat. Tut mir leid, Frank, ich habe wahnsinnig viel zu tun. Ich sehe mir die Ausstellung lieber nächste Woche ganz in Ruhe an, ohne den Eröffnungsrummel.«

»Schade. Aber sag mal, Ekki, was glaubst du denn, wer Pelzig die Drohbriefe geschrieben hat?«

»Ich glaube gar nichts. Ich beobachte nur die Ermittlungen in dem Fall. Dann wird in Absprache mit Staatsanwaltschaft und Polizei entschieden, was davon an die Öffentlichkeit gelangen soll.«

»Ihr frisiert also die Wahrheit?«

»Quatsch! Nehmen wir zum Beispiel diese Drohbriefe. Wir wollten das nicht in den Medien verbreiten, damit der Schreiber der Briefe nicht gewarnt ist, dass wir ihm auf der Spur sind.«

»Und seid ihr ihm auf den Fersen?«

»Nein, nicht wirklich. Ich habe mir die vier Drohbriefe heute angesehen. Sie sind auf ganz normalem Recyclingpapier und am Computer geschrieben. Die Zeiten, in denen so etwas mit ausgeschnittenen Buchstaben aus der Zeitung gemacht wurde, sind lange vorbei. Auch die Briefumschläge sind unauffällig. Sie wurden alle in Nürnberg aufgegeben. Fingerabdrücke gibt's kaum welche, und die wenigen haben wir alle durch die Verbrecherdatei geschickt – ohne Erfolg. Unser Mann oder unsere Frau ist anscheinend nie erkennungsdienstlich behandelt worden. Was natürlich auffällt, ist die ungewöhnliche Reimform der Morddrohungen. Die sind alle im richtigen Versmaß und liegen weit über Hochzeitszeitungsniveau. Es muss jemand sein, der intellektuell ein bisschen was auf dem Kasten hat. Aber im Moment lassen sich die Briefe noch keinem Verdächtigen zuordnen. Deshalb ist es vielleicht ganz gut, dass die Sache jetzt doch öffentlich bekannt wird, nachdem wir sie nicht mehr aufhalten können. Möglicherweise wird unser Schreiber aus der Deckung gescheucht und verrät sich dadurch.«

Das Hauptgericht wurde serviert: Fränkische Flugente mit Blaukraut und rohem Kloß. Beide Männer widmeten sich der Mahlzeit ausgiebig und mit Genuss. Die Ente war perfekt, kross und nicht zu trocken, die Soße gut abgeschmeckt und nicht zu fett, der Kloß hatte gerade die richtige Festigkeit, und das Rotkraut schmeckte nach einem Hauch Zimt. Dazu tranken sie dunkles Landbier aus Osternohe, das ganz in der Nähe, in der Fränkischen Alb, gebraut wurde.

»Du hast vorhin von Verdächtigen gesprochen«, sagte Beaufort nach der Mahlzeit. »Wen habt ihr denn auf dem Kieker?«

Ertl, der seinen Seelenfrieden während des guten Essens wiedergefunden hatte, sank erschöpft auf die Bank zurück.

»Das stärkste Motiv hat sicherlich Pananaikos, der Besitzer des Augustinerhofes. Der hat sich beim Kauf des Ensembles vor ein paar Jahren einfach verspekuliert. Schon damals soll er eine zweistellige Millionensumme in D-Mark dafür hingeblättert haben. Es wäre ja auch beste Altstadtlage, wenn man was daraus machen könnte.«

»Wie groß ist das Gelände eigentlich? Ich schätze so 3.500 bis 4.000 Quadratmeter.«

»Es sind knapp über 5.000. Und der Verkehrswert ist auf 14 Millionen Euro festgelegt. Das weiß ich so genau, weil das Gelände zwangsversteigert werden soll.«

»Echt? Das höre ich zum ersten Mal. Ist Pananaikos pleite?«

»Die Zwangsversteigerung ist kein Geheimnis. Der Termin ist in knapp vier Wochen, am 3. Februar, vor dem Amtsgericht, Sitzungssaal 216. Es ist bislang nur noch niemand von den Journalisten darauf gekommen, mal nachzuschauen. Pananaikos ist angeblich tatsächlich hoch verschuldet, jedenfalls bei einigen deutschen Banken. Und die haben die Versteigerung vor Gericht beantragt, auch wenn sich wohl kaum ein Bieter finden wird.«

»ProNürnberg und allen voran Pelzig haben Pananaikos mit dem Bürgerentscheid also einen mehr als dicken Strich durch die Rechnung gemacht. Besonders, da sich jetzt mit einem neuen Investor die gleiche Situation abzeichnet wie vor drei Jahren. Wer auch immer dort ein Einkaufszentrum hinbauen will, wird abgeschmettert. 14 Millionen sind natürlich ein starkes Motiv.«

»Nur, dass Pananaikos ein mehr als felsenfestes Alibi hat. Er ist in Griechenland, und ein Verhör durch die dortige Polizei hat keine belastenden Anhaltspunkte ergeben.«

»Könnte er einen Killer engagiert haben?«

»Vielleicht. Aber würde der Pelzig nicht einfach erschießen, anstatt einen solchen Zauber im Augustinerhof zu veranstalten? Das Ganze auch noch mit der Gefahr verbunden, beim Transport der Leiche entdeckt zu werden? Es war nämlich kein Blut auf dem Boden, und das bei dieser riesigen Wunde. Deshalb ist definitiv klar, dass er woanders umgebracht wurde, nur leider nicht, wo. Und dann nützt Pelzigs Ermordung dem Griechen finanziell auch nichts. Der Verein wird wohl eher mit einem ›Jetzt-erst-recht‹ reagieren und alles verhindern, was nicht in Pelzigs Sinne gewesen wäre. Obwohl ...«

»Rache ist aber auch ein gutes Motiv. Schließlich ist ProNürnberg schuld am finanziellen Ruin von Pananaikos«, warf Beaufort ein. Er griff einen Zahnstocher und wandte sich ab, um ein Stückchen Ente aus seinen Zähnen zu entfernen.

»Möglich, aber ich wollte gerade noch etwas zu ProNürnberg sagen. Im Verein war Pelzig anscheinend nicht mehr der unumstrittene Held, wie ihn die Öffentlichkeit kennt. Es gab da wohl eine interne Palastrevolution, um Pelzig als Vorsitzenden abzuwählen.«

»Etwa angezettelt von Frau Lösl, der Zweiten Vorsitzenden?«

Ertl sah Beaufort erstaunt und beinahe mit Hochachtung an. »Woher weißt du denn das schon wieder?«

»Ich habe sie heute im Polizeipräsidium gesehen. Sie wartete vor der Tür von Kommissar Miederer. Ich nehme mal an, dass sie verhört werden sollte. Das würde ich übrigens nicht wissen, wenn du mich heute Morgen nicht so dringend hingeschickt hättest.«

»Nicht verhört, sondern befragt. Am Abend, als Pelzig getötet wurde, gab es eine Vorstandssitzung von ProNürnberg, in der einige Mitglieder versuchten, Pelzig zum Rücktritt zu bewegen. Es kam dann zu einem heftigen Streit, und am Ende sind alle ohne Ergebnis auseinandergegangen. Nur ist das kaum ein Mordmotiv. Man bringt schließlich niemanden um, nur weil man scharf auf seinen Posten als Vereinsvorsitzender ist.«

»Hat Frau Lösl denn ein Alibi?«

»Kein wirkliches. Sie sagt, sie sei nach der Sitzung nach Hause gefahren. Dafür gibt es aber keinen Zeugen, da sie allein lebt. Aber sie will, weil sie wegen des Streits nicht schlafen konnte, noch einen Spätfilm gesehen haben. Den Inhalt kann sie jedenfalls nacherzählen. Nur hat der Film erst kurz vor ein Uhr begonnen. Da war Pelzig wahrscheinlich schon tot. Wenn wir bei den anderen Verdächtigen nicht weiterkommen, wie zum Beispiel dem Drohbriefschreiber, lassen wir die Spurensicherung mal ihren Kofferraum unter die Lupe nehmen.«

»Und was ist mit dem Baureferenten? Der könnte doch

auch ein Motiv haben. Es heißt, die Augustinerhof-Sache hat ihm so geschadet, dass er um seine Wiederwahl bangen muss.«

»Hansen konnte von der Polizei noch nicht vernommen werden, da er in Nizza ist. Er wollte auch nicht einsehen, deshalb seinen Kongress vorzeitig abzubrechen. Ich kann diesen arroganten Kerl ja nicht leiden. Aber Miederer hat ihm so zugesetzt, dass er nun doch früher zurückkommt. Morgen Abend landet er am Flughafen und wird gleich vom Kommissar vernommen. Doch genug jetzt davon. Ich habe sowieso schon viel mehr ausgeplaudert, als ich eigentlich darf. Das gute Essen und das Bier haben mich zu milde gestimmt.«

»Aber ein Dessert passt doch noch rein. Sollen wir uns ein Lebkuchenparfait teilen?«

»Jemand ein Tagesanschub-Getränk gefällig? Ich habe nämlich meine alte Kaffeemaschine aus dem Keller geholt, solange die Kantine geschlossen ist.«

Bernd C. Müller schaute fragend in Anne Kamlins Büro. Dort waren Anne, Ina Pröls und ihre Freundin Katja Becker gerade dabei, die eben beendete Neun-Uhr-Konferenz zu kommentieren. An seinem Arbeitsplatz, auf der anderen Seite des Zimmers, versuchte Roland Salewski die Wirtschafts-Pressemitteilung einer in die Krise geratenen fränkischen Privatbank zu verstehen.

»Das ist der beste Vorschlag, der mir heute unterbreitet wurde«, sagte Ina, sich auf dem Besucherstuhl räkelnd.

»Du bist ein echter Schatz, Bernd C.«, schloss sich Anne an.

»Bernd C., hast du auch an Milch und Zucker gedacht?«, wollte Katja wissen.

Seitdem Bernd Müller sich vor ein paar Wochen ein schickes Mittelinitial zugelegt hatte, wurde er von seinen Reporterkollegen nur noch spöttisch als Bernd C. angesprochen. Dabei war es keine modische Marotte von ihm gewesen, weil in München noch ein Bernd Müller für den Rundfunk arbeitete, mit dem er manchmal verwechselt wurde.

»Ich habe an alles gedacht, sogar an Becher und Teelöffel. Ihr müsst mir nur versprechen, eure schmutzigen Becher wieder auszuspülen und mir nicht auch noch den Abwasch zu überlassen. Dann würde ich euch den Kaffee zur Feier des Tages sogar servieren. Es kommt ja nicht alle Tage vor, dass SPD ihre Mitarbeiter öffentlich belobigt.«

Er blickte vielsagend zu Anne, die wieder, wie vorhin schon in der Konferenz, einen heißen Kopf bekam, und ging Kaffee holen.

Die Regionalchefin Sabine Peschel-Dorant, die von ihren Mitarbeitern kurz SPD genannt wurde, was doppelt originell war, wenn man wusste, dass ihr Mann der CSU-Bürgermeister von Leutershausen war, galt als schroff bis unnahbar. Vielleicht lag es daran, dass die 61-Jährige immer besonders hart sein musste, um in einer damals noch männerdominierten Journalistenwelt Karriere zu machen. Sie hatte vor versammelter Mannschaft Annes Berichte über den Augustinerhof-Mord gelobt und betont, zu welchen Ergebnissen man doch kommen könne, wenn man sich die Zeit zur gründlichen Recherche nehme. Anne war rot geworden, gleichzeitig stolz und peinlich berührt, denn ihre gründlichen Recherchen waren reine Zufallsprodukte gewesen, die sie zum Großteil Frank Beaufort zu verdanken hatte.

»Ich schlage vor, wir ernennen Anne zur Mitarbeiterin des Monats«, sagte Ina. »So richtig mit Passbild, Lebenslauf und Hobbys, wie man das von großen Firmen kennt.«

»Komm schon«, nahm Katja ihre Freundin in Schutz, »schließlich erlebt man nicht alle Tage, dass die Zeitungen schreiben: ›nach Informationen des *Bayerischen Rundfunks*‹. Die mussten die Informationsquelle der Morddrohungen gegen Pelzig zitieren, weil Anne die Einzige ist, die das herausbekommen hat.«

»Jetzt sei doch nicht so empfindlich, Katja. Ich hab doch nur Spaß gemacht. Okay, Anne?«

Anne winkte ab. Ihr wäre es lieber gewesen, die beiden würden zur Tagesordnung übergehen.

»Aber sag mal, dieser geheimnisvolle Herr Beaufort, mit dem du dich seit zwei Tagen triffst, hat der etwas mit dem Spielwarenkonzern zu tun?«, wollte Katja wissen.

»Ja, er hat den Laden vererbt bekommen. Und da er sich mehr fürs Büchersammeln interessiert, hat er die Firma vor ein paar Jahren verkauft.« Anne sagte das betont beiläufig und kramte in ihrem Schreibtisch nach einem Blatt Papier, das sie, ohne es wahrzunehmen, zerknüllte.

»Echt? Geil!« Ina und Katja waren ganz aus dem Häuschen. »Der muss ja millionenschwer sein. Wie sieht er denn aus? Ist er nett? Hast du seine Villa gesehen?« Die Fragen und Anmerkungen schwirrten nur so auf Anne ein. Sie musste zugeben, das Interesse zu genießen.

»Er ist groß, hat hübsche blaue Augen, trägt eine Brille, ist sehr gentlemanlike, immer total höflich, gut gekleidet, ziemlich konservativ, würde ich sagen, und er ist nicht älter als Roland.« Sie schaute zu ihrem Kollegen hinüber.

»Bist du dir sicher, dass du nicht gerade sowieso von mir sprichst?«, rief Roland, der von seiner Pressemitteilung aufsah. Anne warf die Papierkugel nach ihm, traf aber nur seinen Bildschirm.

»Klingt himmlisch. Wo ist der Haken an dem Typ? Er ist bestimmt verheiratet«, sagte Ina.

»Keine Ahnung. Einen Ring trägt er jedenfalls nicht.«

»Dann ist er schwul.«

»Den Eindruck hat er bei mir ganz und gar nicht erweckt. Ich glaube, er steht sogar ein bisschen auf mich.«

»Warum lerne ich nie solche Männer kennen? Für mich haben sich in letzter Zeit nur ein Eishockeyspieler ohne Schneidezähne und ein Versicherungsagent interessiert.« Katja seufzte.

»Lädst du mich zur Hochzeit ein? Ich könnte deine Brautjungfer sein.«

»Findest du nicht, Ina, dass du für diesen Job gewisse Voraussetzungen einfach nicht mehr mitbringst?«, witzelte Katja.

»Der Kaffee ist fertig«, flötete Bernd C. und balancierte ein Tablett ins Zimmer. Die nächsten Minuten sprachen sie über Millionäre, Männer, Frauen, Sex, Fußball und Gott und machten mit ihrem Lachen einen ziemlichen Radau. Schließlich wurde es Roland zu bunt, und er warf sie alle aus dem Zimmer, weil er arbeiten musste.

Auch Anne verließ den Raum und ging hinunter ins Archiv, um sich ältere Interviews mit dem Vorsitzenden von ProNürnberg zu besorgen. Vielleicht könnte sie den einen oder anderen O-Ton des Toten für ihre Umfeld-Story gebrauchen. Während sie darauf wartete, dass der Mitarbeiter ihr die Bänder heraussuchte, überlegte sie, wie sie diesen Tag am besten planen sollte. Sie hatte heute keinen aktuellen Beitrag in Sendung, doch für morgen und fürs Wochenende war einiges vorzubereiten. Wegen der Kabarettpreis-Verleihung am Samstagabend musste sie noch ein Angebot schreiben und an die *ARD*-Sender mailen, den Redakteur vom *Deutschlandfunk* zurückrufen, sich mit dem CvD besprechen und abklären, ob sie den Übertragungs-Wagen, der die Veranstaltung für *Bayern 2* aufzeichnete, für ihre Arbeit mitbenutzen durfte. Und bis morgen Mittag mussten sowohl der Beitrag über die Ausstellung der Fränkischen Bibliophilen als auch die Umfeld-Story fertig sein.

Anderthalb Stunden später hatte Anne das meiste erledigt. Die Planung für den Samstag lief. Und unter den ProNürnberg-Bändern, die im Archiv aufbewahrt wurden, hatte sie einen interessanten, fast 30 Jahre alten O-Ton von Pelzig entdeckt. Er war während der Besetzung eines alten Fachwerkhauses aufgenommen worden, das der Verein dann vor dem Abriss bewahrt hatte. Pelzig klang jung und kämpferisch, als er die ›Kapitalinteressen skrupelloser Grundstücksspekulanten ohne Geschichtsbewusstsein‹ anprangerte. Eine Kritik, die Pelzig heute bestimmt nicht mehr so klassenkämpferisch formulieren würde. Nachdem sie nun Pelzigs Witwe und ihn selbst auf Band hatte, brauchte sie für die Umfeld-Story nur noch jemanden vom Verein. Sie machte mit der Zweiten Vorsitzenden, Verena Lösl, einen Termin für den Nachmittag im Vereinshaus von ProNürnberg aus.

Dann endlich rief sie Beaufort an, um mit ihm ebenfalls einen Interviewtermin zu vereinbaren. Dieses Telefonat hatte sich Anne extra bis zum Schluss aufgehoben. Neben dem angenehmen Gefühl, Beauforts Stimme wiederzuhören, brannte sie auch darauf, zu erfahren, ob er Neuigkeiten von seinem Treffen mit dem Justizsprecher mitbrachte. Hätte sie ihn allerdings gleich am Morgen deswegen angerufen, wäre sie vielleicht nicht mehr richtig zum Arbeiten gekommen, weil sie der Augustinerhof-Mord dann zu sehr abgelenkt hätte.

»Hier bei Beaufort«, meldete sich die Stimme einer älteren Frau.

»Anne Kamlin, *Bayerischer Rundfunk*. Ich möchte bitte mit Herrn Beaufort sprechen.«

Am anderen Ende ertönte ein Schrei des Entzückens. »Ich kenn Sie aus dem Radio. Ich hör den ganzen Tag *Bayern 1*. Des ist so ein schönes Programm. Grad am Vormittag hör ich's am liebsten. Kennen Sie da wohl auch den Wiesner Schorsch und die Leisterer Anette? Sie, die mag ich grad am meisten! Hätten S' von denen nicht mal a Autogramm für mich? Sie hör ich aber fei auch gern, Frau Kamlin.« Die beiden Namen, die diese unbekannte Frau gerade genannt hatte, waren die beiden Starmoderatoren des Vormittags. Sie moderierten jeden Tag drei Stunden lang das Programm und waren bayernweit ziemlich populär. Gegen diese allumfassende Mikrofonpräsenz hatte sie als Reporterin, die nur punktuell mit einem Beitrag zu hören war, keine Chance. Aber da diese Frau auch ihren Namen kannte, musste es sich um einen Hardcore-Fan handeln. Wenn sie Beaufort endlich an die Strippe bekommen wollte, war es besser, den Autogrammwunsch zu befriedigen.

»Wie ist denn Ihr Name?«

»Ich bin die Frau Seidl, Rita Seidl. Ich bin die Haushälterin vom Herrn Beaufort.« Sie sagte das mit Stolz in der Stimme.

»Gut, Frau Seidl, dann rufe ich mal den Hörerservice in München für Sie an und veranlasse, dass man Ihnen die Autogrammkarten schickt. Sagen Sie mir bitte Ihre genaue Anschrift.« Anne zog ihren Zettelblock heran.

»Rita Seidl, ohne e vorm l, und dann die gleiche Anschrift wie der Herr Beaufort. Gell, ich wohne ja im selben Haus, unten im Erdgeschoss. Des ist Kaspar-Hauser-Platz 12 in 90402 Nürnberg. Hätten S' nicht auch noch a Autogramm von der Frau Peschel-Dorant, die immer die fränkischen Sendungen moderiert, und von Ihnen natürlich auch?« Frau Seidl war fest entschlossen, die Gunst der Stunde zu nutzen.

»Ich werde sehen, was ich für Sie tun kann, Frau Seidl, aber jetzt müsste ich bitte dringend mit Herrn Beaufort sprechen.«

»Ja, der Herr Beaufort ist grad nicht da. Der ist in der Stadtbibliothek. Wissen S', da beginnt a Ausstellung, die der Herr Beaufort organisiert. Der ist ja a solcher Bücherwurm. Allein des Abstauben kostet mich einen ganzen Tag.«

»Das mit der Ausstellung ist mir bekannt. Genau deshalb will ich ihn ja interviewen«, unterbrach Anne schnell.

»Der Herr Beaufort kommt ins Radio! Des hat er mir ja gar nicht erzählt.« Anne hätte ihr sagen können, dass Frank Beaufort gestern schon im Radio zu hören war, aber darauf verzichtete sie lieber. Wahrscheinlich müsste sie dann mindestens fünf Minuten lang Mordtheorien mit Frau Seidl erörtern.

»Wann ist er denn zurück?«

»Das hat er mir nicht gesagt. Aber vielleicht erreichen S' ihn aufm Handy. Nur hat er des nicht immer dabei«, sagte Frau Seidl hilfsbereit.

Das Handy. Warum war Anne nicht schon früher darauf gekommen? Sie hatte ja sogar seine Nummer. Also verabschiedete sie sich von der Haushälterin und erreichte Beaufort mühelos auf seinem Mobiltelefon. Das Gespräch dauerte nicht lange, weil er in der Stadt unterwegs war und der Empfang Probleme bereitete. Da er sich schon auf dem Rückweg von der Bibliothek befand, aber noch kurz woandershin musste, schlug er Anne vor, ihn um zwölf Uhr in seiner Wohnung zu treffen. Über den Abend mit Ekki Ertl wollte er ihr dann auch gleich Bericht erstatten. Anne stimmte gerne zu. Zum einen lag das Vereinshaus von ProNürnberg, wo sie Frau Lösl um zwei Uhr treffen wollte, von Beaufort aus nur einen Katzensprung entfernt, und zum anderen war sie gespannt auf seine Wohnung. Selbst Anne, die beruflich schon viele beeindruckende Häuser von innen gesehen hatte, betrat nicht alle Tage das Domizil eines Millionärs.

Bis zwölf Uhr hatte sie noch eine Stunde Zeit. Sie überlegte kurz, ob sie vorher noch schnell nach Hause fahren sollte, um sich umzuziehen, fand dann aber, dass ihr kurzer Wollrock und die lilafarbene Bluse im Schnitt der 70er-Jahre genau richtig waren. Sie beschloss, die Zeit für eigene Recherchen im Augustinerhof-Mord zu nutzen. Das nur halb berechtigte Lob von SPD hatte ihren Ehrgeiz angestachelt. Sie wollte ihr Augenmerk mehr auf die Verdächtigen richten, zum Beispiel auf den Baureferenten. Privatdozent Hansen, der darunter litt, dass er immer noch keine Berufung auf einen Architektur-Lehrstuhl bekommen hatte, war für Anne der Unsympath schlechthin. Er war ein Blondkopf Mitte vierzig, der nicht schlecht aussah und sich deshalb für unwiderstehlich hielt. Er baggerte alles an, was jung war und einen Rock trug. Auch Anne hatte das schon zu spüren bekommen. In der Neujahrsnacht 2000, als das historische Rathaus für die Bevölkerung geöffnet worden war und sie einen Bericht über die Stimmung machen sollte, hatte er, schon ziemlich angetrunken, versucht, sie zu begrapschen. Anne hatte ihn einfach stehen lassen und seitdem Interviews mit ihm gemieden. Sie fand Hansen eklig und arrogant. Sie wusste nicht, ob sie ihm den Mord zutrauen konnte oder ob seine Motive ausreichend waren, aber wenn sie sich einen Mörder für Pelzig hätte aussuchen dürfen, wäre ihre Wahl auf Hansen gefallen.

Sie beschloss, über ihren Schatten zu springen und ein Interview mit dem Baureferenten zu machen. Vielleicht könnte sie so einiges erfahren. Dazu musste sie aber wissen, wann er von seinem Kongress aus Nürnbergs Partnerstadt Nizza zurückkäme.

»Baureferat der Stadt Nürnberg, Schiele am Apparat.« Anne hatte Glück. Hansen hatte zwei Sekretärinnen: eine nette, die etwas ältere Frau Schiele, die auch schon für den letzten Baureferenten gearbeitet hatte, und eine Zicke namens Schumacher mit tiefem Dekolleté, die Hansen selbst eingestellt hatte und die, obwohl erst Mitte zwanzig, schon bald zur

Chefsekretärin aufgestiegen war. Anne nannte ihren Namen, machte ein wenig Smalltalk mit Frau Schiele und fragte dann, wann der Baureferent wieder im Büro sei.

»Herr Privatdozent Hansen ist voraussichtlich am Montag wieder an seinem Schreibtisch.«

»Aber er kommt doch bestimmt schon früher zurück und nicht erst am Montag?«

»Ja, das stimmt. Wenn sich nichts an seinen Plänen geändert hat, landet er am Samstag mit der Abendmaschine aus Nizza am Nürnberger Flughafen.«

»Was heißt denn, wenn sich nichts an seinen Plänen geändert hat?«, bohrte Anne nach.

Frau Schiele wurde vertraulich: »Na ja, die Polizei möchte ihn gern sprechen. Ich nehme an, wegen der schrecklichen Sache im Augustinerhof. Er und der Herr Pelzig konnten sich ja noch nie leiden. Aber meinen Chef deshalb gleich zu verdächtigen, das geht dann doch zu weit. Und deshalb könnte es sein, dass er vielleicht früher zurückkommt. Aber mir sagt ja keiner was. Frau Schumacher hält es nicht für nötig, mich zu informieren.«

»Wieso müssen Sie von Ihrer Kollegin informiert werden?«

»Na, die ist doch mit in Nizza«, sagte Frau Schiele voller Empörung. »Den früheren Chef habe ich ja manchmal auf seinen Geschäftsreisen begleiten dürfen, aber Herr Privatdozent Hansen zieht Frau Schumacher vor.«

So wie Anne Hansen einschätzte, forderte er von seiner Sekretärin auf Geschäftsreisen aber auch Dienstleistungen, die zu erfüllen Frau Schiele weder willens noch in der Lage war. Dann fiel ihr noch etwas ein: »Wann sind die beiden denn abgeflogen nach Nizza?«

»Das kann ich Ihnen genau sagen, weil ich die Flugscheine besorgt habe. Denn das war gar nicht so einfach. Der Baureferent hat sich nämlich erst ganz kurzfristig entschlossen, an dem Kongress teilzunehmen. Am liebsten wäre er Montagnachmittag geflogen, aber da war schon alles ausgebucht. Die einzige Möglichkeit, nach Nizza zu kommen, war am Dienstag ganz früh um sechs Uhr. Aber nicht ab Nürnberg, sondern ab München. Es gab allerdings keinen so frühen Flug nach München, sodass Herr Privatdozent Hansen und Frau Schumacher den Zug nehmen mussten. Sie sind in der Nacht von Montag auf Dienstag um 1.52 Uhr mit dem Intercity vom Nürnberger Hauptbahnhof abgefahren.«

Anne bedankte sich und legte auf. Das war eine Neuigkeit nach ihrem Geschmack. Hansen war also erst in der Mordnacht abgefahren. Das bedeutete, dass er zumindest die theoretische Möglichkeit gehabt hatte, Pelzig zu töten. Anne malte Blumen und Sterne auf ihre Schreibtischunterlage aus Papier, während sie nachdachte. Jetzt musste sie nur noch herausbekommen, ob Hansen zur Tatzeit in der Stadt war. Sicher hatte er in der Nacht ein Taxi genommen, um zum Bahnhof zu kommen. Sie suchte im Telefonbuch nach seiner Privatadresse und rief dann die Taxizentrale an, um zu erfahren, ob sie Montagnacht eine Fahrt vom Bärenbühlgraben in Fischbach in die Innenstadt gehabt hatten. Wie zu erwarten war, erfuhr Anne mit Hinweis auf den Datenschutz nichts. Aber einen Versuch war es wenigstens wert gewesen. Sie kannte leider niemanden aus dem Taxigewerbe, der ihr einen Tipp geben konnte. Vielleicht sollte sie in so einen Informanten mal etwas investieren, aber dann wischte sie den Gedanken wieder beiseite. Der Aufwand lohnte sich nicht, so selten, wie sie solche Auskünfte brauchte. Dann beschloss Anne kurzerhand, die Frau von Hansen anzurufen. Mehr als eine Abfuhr konnte sie sich auch nicht holen.

»Hansen.«

»Grüß Gott. *Bayerischer Rundfunk*. Anne Kamlin. Ich würde ganz gern Ihren Mann interviewen. Können Sie mir sagen, wann er zurückkommt?«

»Rufen Sie im Büro an. Mein Mann informiert mich schon lange nicht mehr über seine Termine.« Die Frau am anderen Ende klang müde und lallte. Sie war offenbar betrunken. Man konnte das Zusammenleben mit Hansen wahrscheinlich nur unter Drogeneinfluss ertragen.

»Da habe ich schon angerufen«, sagte Anne. »Könnte es sein, dass er am Samstag zurückkommt?«

»Ich glaube, er hat so etwas in der Art gesagt, als er losgefahren ist.«

»Wann ist er denn abgereist?«

»Am Montagabend. Sie sind aber neugierig.« Der letzte Satz war so genuschelt, dass Anne ihn kaum verstehen konnte.

»Frau Hansen, können Sie sich noch erinnern, wann genau er am Montagabend abgefahren ist? Ich nehme an, er hat ein Taxi genommen.«

Anne hörte nur noch das Schnaufen von Frau Hansen ins Telefon. Entweder schlief sie gerade ein, oder sie überlegte. Anne wagte nicht, sie zu stören. Dann antwortete die Frau. Sie sprach abgehackt und betonte jedes Wort, als müsste sie sich sehr anstrengen, um zu antworten.

»Er ist mit dem Taxi weg, gleich als Napoleon zu Ende war. Er wollte noch ins Büro, bevor sein Zug …«

Die Leitung war tot. Vermutlich war Frau Hansen auf die Gabel gekommen. Anne lief die Treppen hinunter ins Zeitungsarchiv, suchte eine Ausgabe mit dem Fernsehprogramm vom vergangenen Montag und sah, dass das ZDF den ersten Teil des großen Napoleon-Films mit Gérard Depardieu, John Malkovich und Isabella Rossellini zur Primetime ausgestrahlt hatte. Die Sendung war um 21.45 Uhr zu Ende gewesen. Wenn man den Angaben der betrunkenen Frau Glauben schenkte, dann hatte Hansen so gegen zehn Uhr sein Haus verlassen, war aber erst kurz vor zwei in der Nacht mit dem Zug nach München gefahren. Was hatte der Baureferent während dieser Zeit in der Stadt getrieben? Anne schwitzte vor Aufregung. Sie war gespannt, was Beaufort ihr zu erzählen hatte. Es war Zeit, zu ihm zu fahren.

*

Anne hatte keine Chance. Noch während sie die Klingelknöpfe nach Beauforts Namen absuchte, öffnete ihr auch schon eine kleine, dralle Frau in weißer, gestärkter Schürze die Haustür und stellte sich als Rita Seidl vor. Es dauerte fast zehn Minuten, bis die Lobpreisungen, kritischen Anmerkungen und Fragen zum Programm gehört und beantwortet waren. Und erst als sie an einem kleinen Gläschen selbstgemachten Schlehenlikörs zumindest genippt hatte, gelang es ihr, sich höflich, aber bestimmt zu verabschieden. So hatte sie wenigstens einen Fan glücklich gemacht. Es konnte nicht schaden, sich mit Beauforts Haushälterin gut zu stellen.

Als sie im fünften Stock aus dem Fahrstuhl stieg, war Anne überrascht. Das Treppenhaus, das unten noch schlichte Modernität mit grauschwarzen Fliesen und weißen Wänden ausgestrahlt hatte, war hier wie das private Vorzimmer zu Beauforts Wohnung ausgestattet. Die Wände waren cremefarben gestrichen und mit einigen historischen Nürnberger Stadtansichten in dunklen Holzrahmen geschmückt. Die Fliesen waren zwar die gleichen wie unten, aber es führte ein Teppich vom Fahrstuhl zur Tür, die sich von den Wohnungseingängen im Erdgeschoss erheblich unterschied. Sie war eine echte Antiquität, eine Kassettentür aus dunklem Holz: groß, schwer, prunkvoll und bestimmt sehr alt. Es gab eine Klingel und einen Klopfer. Und da Anne sich nicht erinnern konnte, jemals einen solchen benutzt zu haben, tat sie es jetzt. Drei laute Schläge hallten im Treppenhaus wider. Sollte sie noch mal herkommen, würde sie bestimmt die Klingel benutzen.

Kurz darauf öffnete sich die Tür und ein sichtlich gut gelaunter Beaufort bat sie herein. Er trug einen dunkelgrünen Rollkragenpullover, eine hellbraune Hose und weiche Ledermokassins. Ohne Krawatte sah er viel legerer aus, als sie ihn bislang kennengelernt hatte. Er gab ihr einen vollendeten Handkuss, ohne ihre Hand mit seinen Lippen zu berühren, und sah ihr dabei in die Augen. Obwohl Anne diese Geste bei jedem anderen eitel und verstaubt vorgekommen wäre, hatte sie bei Beaufort etwas Natürliches und Spielerisches. Während er ihren Mantel aufhängte, sah sie sich in der Halle um. Sie befand sich tatsächlich nicht in einem Flur, sondern in einer achteckigen Halle, die zwei Stockwerke hoch war und von einer großzügigen, aber schlichten Wendeltreppe aus Eichenholz beherrscht wurde. Ein kreisförmiges Oberlicht erleuchtete sanft den Raum, der Himmel war wolkenverhangen. In drei verschiedenen Richtungen deuteten verschlossene Türen an, dass es dahinter weiterging. Die schrägen Wände zwischen den Türen hatten eingelassene Regale mit Büchern, die alle in denselben glänzenden Karton eingebunden waren: vorne links rote Bücher, hinten links gelbe, hinten rechts blaue und vorne rechts nur grüne Bücher. Die Halle war schlicht, die Bücher bildeten den einzigen Schmuck. Beaufort bat Anne, ihm die Treppe hinauf zu folgen.

»Ich bin sicher nicht die Erste, die von dieser Rotunde überrascht ist. Und mir gefällt es, wie Sie die Bücher zur Farbgestaltung des Raumes benutzt haben, auch wenn das eine ziemlich ungewöhnliche Art ist, seine Bücher zu sortieren. Was ist das überhaupt für eine Reihe? Die habe ich ja noch nie gesehen.«

»Können Sie auch nicht. Die habe ich alle so einbinden lassen. Ehrlich gesagt, dahinter versteckt sich meine Kriminalbibliothek – eine meiner Leidenschaften«, gestand er. »Ich empfinde es als äußerst entspannend, mich ab und zu dem Verbrechen zu widmen und mich mit einem guten Krimi zurückzuziehen. Nur leider haben die meisten dieser Bücher so geschmacklose Einbände, dass es mich graust sie in die Hand zu nehmen. Das ist ein echtes Verbrechen, nämlich ein ästhetisches. Deshalb trage ich meine Krimis zum Buchbinder, ehe ich sie lese.«

»Und die Farben, haben die etwas zu bedeuten?«

»Rot sind die Kriminalromane mit den harten Privatdetektiven, die schon zum Frühstück mit Whisky gurgeln. Blau sind die mit den geschiedenen, ständig übermüdeten

Kommissaren. Grün sind die englischen Landhauskrimis, in denen auch die kompliziertesten Fälle locker am Kamin gelöst werden. Und gelb sind alle anderen, die sich einer solchen Schematisierung entziehen.«

Anne lachte.

»Außerdem sind die Bücher so angeordnet, dass das warme Spätnachmittagslicht genau auf die gelben fällt. Das macht einen sehr hübschen Effekt, wenn die Sonne denn scheint. Aber danach sieht es heute wohl nicht aus.« Beaufort blieb stehen und schaute prüfend nach oben.

Wenn das nicht abgefahren war – Bücher nach ihrer Leuchtfähigkeit zu arrangieren. Aber irgendwie kam ihr das bekannt vor.

»Kennen Sie Verner von Heidenstam?«

»Sie meinen den schwedischen Literaturnobelpreisträger?« Beaufort war erstaunt. »Der ist ja selbst vielen Literaturwissenschaftlern unbekannt.«

»Nun, den meisten Schweden nicht. Er wird zwar auch dort kaum noch gelesen, aber da er einen Literaturpreis gestiftet hat, fällt doch alljährlich zumindest sein Name. Zum Preis gehört auch ein Abendessen mit den Juroren in Heidenstams Villa, die heute ein Museum ist. Wunderschön gelegen, hoch über dem Vätternsee, der mindestens dreimal größer als der Bodensee ist. Man hat das Gefühl, am Meer zu stehen. Ich war während eines Urlaubs mit meinen Eltern einmal dort in Övralid – ich habe Ihnen ja bereits gesagt, dass mein Vater Schwede ist. Und ich erinnere mich, dass Verner von Heidenstam die Bücher in seinem Arbeitszimmer auch nach Farben sortiert hatte. Und zwar genau so, dass seine goldenen Bücher von der letzten Abendsonne beschienen wurden.«

Beaufort schaute sie mit ehrlicher Bewunderung an. »Ich bin begeistert, Anne. Ich darf Sie doch Anne nennen? Von Ihnen kann ich ja noch richtig was lernen. Es freut mich, dass Sie auch so eine Affinität zu Büchern haben. Ich fürchte jetzt nur, dass ich Ihnen gar nichts Beeindruckendes mehr zeigen kann.«

Aber das stimmte nicht. Anne war schon beeindruckt von der Halle gewesen. Aber was sich jetzt ihren Augen bot, überstieg ihre Erwartungen, wenn sie sich denn überhaupt konkrete Vorstellungen gemacht hatte. Der Raum oben, in den Frank Beaufort sie geführt hatte, war außerordentlich groß. Sicherlich weit über hundert Quadratmeter. Rechterhand gab es zwei große Panoramafenster, die etwa vierzig Zentimeter über dem Boden endeten. Vor dem einen Fenster stand seitlich ein moderner Schreibtisch aus Ahornholz. Er hatte eine konvexe, geschwungene Form und nicht eine einzige scharfkantige Ecke, alles war abgerundet. Vor dem anderen Fenster befand sich ein Esstisch, ebenfalls aus hellem Ahornholz. Anne trat ans Fenster. Sie blickte über die braunroten Dächer der Altstadt. In der Nähe erkannte sie Burg und Sebalduskirche. Unter ihr floss schnell die Pegnitz. Der Fluss führte immer noch Hochwasser.

»Dieser Blick ist fantastisch. Hier müssen Ihnen die Gedanken am Schreibtisch nur so zufliegen, stelle ich mir vor.«

»Ich genieße den Ausblick auch sehr. Besonders nachts ist es schön, wenn sich zu meinen Füßen ein Lichtermeer auftut. Das sollten Sie sich mal ansehen.«

»Vielleicht«, sagte Anne unbestimmt. »Wie ich sehe, interessieren Sie sich für Feng-Shui?«

Beaufort wich zurück. »Wie kommen Sie denn darauf?«, fragte er fast schroff.

»Ich dachte nur wegen Ihres Schreibtischs. Er hat nicht eine scharfe Kante, was nach Feng-Shui ideal ist. Und dann steht er genau richtig, sodass Sie die Tür im Auge und nicht im Rücken haben. Fehlt eigentlich nur noch eine leere Schale in der hinteren linken Schreibtischecke. Das verheißt Wohlstand und Reichtum.«

»Ich habe mich noch nie mit diesen esoterischen Dingen beschäftigt. Der Schreibtisch hat mir einfach gefallen. Und er steht nicht mit dem Rücken zur Tür, weil einem das der gesunde Menschenverstand sagt. Außerdem bin ich Rechtshänder und habe deshalb gern das Licht von links. Und was den Wohlstand anbelangt, lief es bislang auch ohne leere Schale ganz gut, obwohl die fallenden Aktienkurse mich in den vergangenen beiden Jahren ganz schön gebeutelt haben.«

»Sehen Sie«, sagte Anne halb triumphierend, halb ironisch und sah sich weiter um. Zur anderen Seite der Penthousewohnung lag eine vielleicht zwanzig Quadratmeter große, nicht einsehbare Dachterrasse. Ein paar winterharte Grünpflanzen standen dort in großen Terrakotta-Töpfen. Von hier aus war der Blick über die Stadt nicht ganz so schön, dafür war es aber die Südseite. Im Sommer musste dort fast den ganzen Tag die Sonne scheinen.

Mehr Öffnungen in den Wänden, außer der Terrassentür Richtung Süden und den beiden Panoramafenstern Richtung Norden, gab es nicht. Wahrscheinlich, um so viel Wandfläche wie möglich zu gewinnen, denn der hohe Raum war eine einzige Bibliothek. Rundherum gab es bis unter die Decke helle Buchenregale mit Tausenden und Abertausenden von Büchern. Diesmal nicht nach Farben, sondern nach Sachgebieten geordnet, wie Anne beim Überfliegen der Titel feststellen konnte. Es gab Bücher zu Kulturgeschichte, Architektur, Kunst, Politik, Welt- und Regionalgeschichte. Der größte Teil der Bibliothek bestand aber aus Belletristik: Romane, Erzählungen, Gedichte und Essays nach Ländern geordnet. Einige Prunkstücke lagen hinter Glas in den Regalen. Die Mitte des Raumes wurde beherrscht von einem großen alten Bibliothekstisch, auf dem sich Bücher stapelten. Hier lagen die noch nicht einsortierten Neuanschaffungen sowie Bücher, die Beaufort gerade für eine Arbeit brauchte. Weiter hinten standen zwei bequem aussehende Ohrensessel und eine Ottomane. Weiter vorn, in der Nähe der Tür, befand sich ein schwarzer Steinway-Flügel. Beleuchtet wurde der Raum zusätzlich durch zwei große, runde Oberlichter in der Decke, deren Radius sich mittels einer Irisblende verkleinern oder ganz schließen ließ.

»Das hier ist einfach fantastisch. Obwohl es so groß ist, wirkt es irgendwie gemütlich. Wie viele Bücher sind das hier?«, wollte Anne wissen.

»Etwa 10.000. Im unteren Stockwerk stehen noch einmal 5.000«, sagte Beaufort stolz. »Das ist aber noch nichts gegen die Privatbibliothek des Arztes und Polyhistors Thomasius, der im 17. Jahrhundert in Nürnberg lebte. Er soll 30.000 Bände besessen haben.«

»Wahrscheinlich war er älter als Sie. Da haben Sie ja noch ein bisschen Zeit zum Weitersammeln. Aber bekommen Sie nicht manchmal Albträume, dass Sie von den Büchern erschlagen werden oder dass hier mal ein Feuer ausbrechen könnte?«

»Nein, eigentlich nicht. Das Brandrisiko verdränge ich einfach. Und Albträume habe ich keine, weil es in meinem Schlafzimmer nur ein einziges Buch gibt. Es ist immer das, welches ich gerade lese, und liegt für gewöhnlich auf meinem Nachttisch. Ansonsten halte ich diesen Raum bücherfrei.«

»Wann haben Sie Zeit, das alles zu lesen?«

»Jetzt enttäuschen Sie mich aber, Anne. Eine Bibliothek ist nicht unbedingt dazu da, alle Bücher auch zu lesen. In vielen Haushalten steht beispielsweise ein mehrbändiges Lexikon, aber es gibt nur ganz wenige Menschen, die ihre Enzyklopädie komplett gelesen haben. Nein, sie benutzen ein Lexikon zum Nachschlagen, und natürlich funktioniert eine Bibliothek im Ganzen ebenso. Ich arbeitete mit meiner Bibliothek, ich versuche, bestimmte Fachgebiete zu vervollständigen. Und was die Zeit zum Lesen betrifft: Menschen, die glauben, sie haben keine Zeit zum Bücherlesen, wissen nur noch nicht, dass ihnen Literatur viel mehr gibt, als sie ihnen an Zeit nimmt.«

»Klingt wie ein Kalenderspruch, auch wenn er wahr sein könnte.«

Beaufort lachte. »Das ist ein Kalenderspruch. Den hat mir mal Frau Seidl mitgebracht. Ich glaube, Sie haben schon ihre Bekanntschaft gemacht?«

Auch Anne lachte. »Allerdings. Sie hat mir gewissermaßen aufgelauert. Dabei konnte sie doch gar nicht wissen, dass ich komme.« Sie runzelte die Stirn.

»Doch, ich habe es ihr erzählt, weil ich sie gebeten habe, einen kleinen Lunch für uns zu richten. Ich dachte mir, Sie könnten vielleicht Hunger haben.« Beaufort wies mit einer Handbewegung auf den Tisch am Fenster, auf dem das Essen bereitstand.

»Das sieht ja sehr verlockend aus. Aber bevor wir uns häuslich niederlassen, holen wir doch bitte zuerst unser verschobenes Interview nach. Wer weiß, was sonst wieder dazwischenkommt. Morgen Mittag soll der Beitrag über Ihre Ausstellung schließlich gesendet werden. Haben Sie noch ein paar der Bücher da, die auch in der Stadtbibliothek zu sehen sind?«

Noch während sie das sagte, hatte Anne ihre Rundfunktasche geöffnet und ihren Rekorder vorbereitet. Sie setzten sich an den Tisch und führten das Interview. Beaufort erzählte ein paar hübsche Anekdoten zu den Büchern der Fränkischen Bibliophilen, und eine Viertelstunde später war alles auf Band.

Dann aßen sie und plauderten, sich die Bälle nur so zuwerfend. Es gab eine Quiche, Feldsalat, Wildschweinpastete nach einem Spezialrezept von Frau Seidl, Stangenweißbrot und Orangen. Heute lehnte Anne ein Glas mainfränkischen Riesling nicht ab. Aber so bezaubert sie auch von der ganzen Atmosphäre und diesem ungewöhnlichen Mann war, drängte es sie doch, mit ihren Recherchen über den Baureferenten zu brillieren und Beauforts Neuigkeiten vom Justizsprecher zu erfahren. Sie erzählte ihm, wie sie vorhin herausbekommen hatte, dass Hansen zur Tatzeit in der Stadt war. Und Beaufort ergänzte das mit Ekkis Hinweis, dass der Baureferent schon am heutigen Abend zurückkommen werde. Er sollte dann sofort vernommen werden. Anne überlegte kurz, ob sie am Abend zum Flughafen hinausfahren sollte, um ihn abzufangen. Doch hielten es beide für keine gute Idee, da sie kaum die Möglichkeit zu einem Interview bekommen würde, wenn die Polizei schon auf Hansen wartete. Stattdessen wollte sich Anne gleich am nächsten Morgen um einen Termin mit dem Baureferenten bemühen.

Danach berichtete Beaufort, was Ekki über die möglichen Tatverdächtigen Pananaikos und Lösl erzählt hatte. Die Zwangsversteigerung des Augustinerhof-Areals, die Anne neu war, wollte sie gleich morgen früh melden, wenn sie sich beim Amtsgericht rückversichert hatte, ob sie auch wirklich bevorstand. Beide fanden, dass der Grieche das stärkste Motiv von allen Verdächtigen hatte, wussten aber nicht, wie sie diese Spur weiter verfolgen sollten. Man konnte ja schlecht nach Athen fliegen und Pananaikos um ein Interview bitten.

Die Fährte, der Anne aber unbedingt folgen wollte, war jene, die zur Zweiten Vorsitzenden von ProNürnberg führte. Sie musste herausbekommen, was am Abend vor Pelzigs Tod vorgefallen war. Das Bild des populären Streiters für den Erhalt historischer Bausubstanz bekam immer mehr Risse. Für einen Helden mit Verdienstorden hatte er reichlich Feinde, scheinbar selbst innerhalb des Vereins. Beaufort, der sich immer mehr für den Mord interessierte und Anne nicht gleich wieder gehen lassen wollte, fragte, ob er sie nachher zu Verena Lösl begleiten dürfe. Anne stimmte unter der Bedingung zu, dass er sich erst einschalten dürfe, wenn sie ihr Interview beendet habe. Beaufort hob theatralisch sein Bein, um ihr den blauen Fleck zu zeigen, den sie ihm gestern mit ihrem Tritt verpasst habe. Aber auf dem behaarten Unterschenkel war nichts zu sehen. Was, nicht? Dann könne es nur daran liegen, dass er eine so wunderbar heilende Haut habe.

Den Kaffee machte Beaufort unten in der Küche. Währenddessen schaute sich Anne in der Bibliothek noch ein wenig um. In einer indirekt beleuchteten Vitrine lag ein aufgeschlagenes Originalexemplar der Schedelschen Weltchronik. Der große Foliant war über 500 Jahre alt und galt als das bekannteste Buch, das in Nürnberg gedruckt wurde. Es beinhaltete

Hunderte von Holzschnitten, die zum Teil von Dürers Lehrer Michael Wolgemut stammten. Aufgeschlagen war eine stilisierte Stadtansicht Wiens in Schwarz-Weiß. Der Text in Frakturschrift war auf Deutsch. Anne hatte erst vor Kurzem von einer Ausstellung mit Inkunabeln im Germanischen Nationalmuseum berichtet, in der auch dieses Buch ausgestellt war, und wusste, dass solch ein kiloschweres Prachtexemplar bis zu 100.000 Euro kosten konnte. Beaufort schien nicht nur bibliophil, sondern ein richtiger Bibliomane zu sein. Sie ging ans Panoramafenster, um noch einmal den Blick über die Stadt zu genießen. Auf dem Schreibtisch lagen Zettel mit Notizen für die Eröffnungsrede zur Ausstellung morgen. Außerdem arbeitete Beaufort offenbar gerade an einem sprachkritischen Aufsatz. Er hatte sich Unwörter des Jahres notiert, wie Zellhaufen, Rentnerschwemme, Wohlstandsmüll, Topterrorist, Kollateralschaden, Gotteskrieger, Gewinnwarnung, Ich-AG und Ausreisezentrum.

»Sie interessieren sich für meine Arbeit?«

Anne schreckte auf, sie hatte Beaufort nicht kommen hören. Er balancierte ein Tablett mit Espressotassen, italienischen Keksen und einer Original-Brikka-Espressokanne von Bialetti auf den Tisch. Er schenkte ein und brachte ihr die schlichte weiße Tasse an den Schreibtisch, an dem sie noch immer stand. Das Aroma des Kaffees stieg in ihre Nase. Beaufort zeigte auf seine Notizen.

»Sprachkritik ist ja auch ein wichtiges Thema für Journalisten. Schließlich sind sie Mittler und Vervielfältiger von Sprache. Wenn Sie und Ihre Kollegen von Inline-Skatern statt von Rollschuhfahrern oder von Factory-Outlet-Center statt von Fabrikverkauf reden, unterwerfen Sie sich sprachlichen Moden, die nicht nötig sind, finde ich. Besonders, wenn es ein passendes deutsches Wort für den entsprechenden englischen Begriff gibt.«

»Da rennen Sie bei mir offene Türen ein. Ich habe meinen Wolf Schneider gelesen. Nur sind bestimmte Dinge einfach nicht mehr zu ändern. Sie werden jetzt aus dem Mountainbike kein Bergfahrrad mehr machen.«

»Es hat eben schon vor ein paar Jahren keiner aufgepasst, als der Begriff aufkam und unkritisch übernommen wurde. Dahinter steckten knallharte Werbeinteressen, oder sollte ich besser Marketingstrategien sagen? Bei einem Bergrad hätte der Käufer ja gleich gemerkt, dass er es im Flachland eigentlich nicht braucht.« Beaufort rührte den Zucker in seiner Tasse um.

»Ich sehe schon, Sie sind Sprachpurist. Aber bei dem Wort Ausreisezentrum«, Anne deutete auf seinen Schreibtisch, »habe ich auch meine Bauchschmerzen. Das erste bayerische Ausreisezentrum für Ausländer, die in ihre Heimat zurückgeschickt werden sollen, steht ja in Fürth, und ich habe schon mehrfach darüber berichtet. Der Begriff der Regierung ist natürlich absolut beschönigend, aber der, den die Gegner benutzen, nämlich Abschiebelager, ist auch ziemlich tendenziös. Es steht zwar ein hoher Zaun um die Wohncontainer, und es gibt jemanden am Eingang, der aufpasst, aber die Bewohner können jederzeit rein und raus. Nicht gerade ein typisches Lager. Mir ist noch kein geeigneter Begriff eingefallen.«

»Wie wäre es mit Abschiebeunterkunft? Denn abgeschoben werden die Ausländer ohne Aufenthaltsgenehmigung ja schließlich, aber Sie ersetzen das stark belastete Wort Lager, bei dem immer das Wort KZ mitschwingt, durch ein neutraleres.«

Anne dachte nach. »Das klingt noch etwas gewöhnungsbedürftig, aber warum nicht? Die Richtung stimmt zumindest.« Sie trank den heißen Kaffee in kleinen Schlucken. Dann zeigte sie auf den Flügel: »Was spielen Sie denn so? Ich tippe auf Mozart. Oder stehen Sie mehr auf die Romantiker?«

Beaufort setzte sich auf den Klavierhocker und begann, schwer und bedeutungsvoll die Tasten anzuschlagen. Die dramatische Musik mit quälenden Dissonanzen im Bass waberte in akustischen Nebelschwaden durch die Bibliothek. »Erkennen Sie die Melodie?«, fragte er schelmisch.

»Es könnte sein.« Anne lauschte angestrengt. »Eine Sonate von Prokofjew? Nein, warten Sie: Es ist eine von Skrjabin ... Ich glaube die Siebte, opus 64.«

»Sie sind eine schlechte Lügnerin.« Beaufort strahlte sie an. »Sie haben auf die Noten geschaut, als ich den Kaffee geholt habe.«

»Reine Recherche.«

»Ich schätze mal, Sie bevorzugen mehr diese Musik.«

Er ging von der Klassik zur Jazzmusik über, machte ein paar Läufe und Improvisationen und landete dann bei einem Jazzstandard von J. Fred Coots und Haven Gillespie. Leise fing Beaufort an, zu singen. Es war nicht das erste Mal, dass er den Flügel als Postillon d'Amour einsetzte.

»You go to my head
and you linger like a haunting refrain
and I find you spinning 'round in my brain
like the bubbles in a glass of champagne ...«

Anne, die Beauforts ziemlich gutes Klavierspiel seinem nur mäßigen Gesang bei Weitem vorzog, stellte sich an den Flügel und sang die zweite Strophe. Ihre wunderbar klare Altstimme füllte den Raum.

»You go to my head
like a smile that makes my temperature rise
like a summer with a thousand Julys
you intoxicate my soul with your eyes ...«

Gemeinsam sangen sie das Lied im Wechsel zu Ende. Sie ließen den letzten Ton noch lange nachklingen. Keiner der beiden wollte den Zauber des Augenblicks zuerst zerstören.

Schließlich brach Beaufort das Schweigen doch. »Ihre Stimme ist zum Verlieben.« Er lächelte weltentrückt. »Sie haben doch ganz sicher eine Ausbildung.«

Anne hob die Brauen. »Keine wirklich professionelle an der Hochschule, aber ich hatte ein paar Jahre Gesangsunterricht. Wir sind eine musikalische Familie. Meine Mutter spielt Violine und mein Vater Cello. Zusammen mit ihrer Schwester, also meiner Tante, und meinem Onkel bilden sie ein Streichquartett. Mein Bruder spielt Gitarre, und ich singe. Und nebenbei dilettiere ich auch ein bisschen auf dem Klavier. Leider sehen wir uns alle zusammen höchstens noch an Weihnachten, sodass das Musizieren in meinem Leben nur noch eine kleine Nebenrolle spielt.« Anne schaute auf die Uhr. »Es ist höchste Zeit, Frau Lösl wartet bestimmt schon. Schön ist es mit Ihnen. Ich weiß nicht, wann ich das letzte Mal so entspannt war. Aber jetzt muss ich los. Wenn Sie immer noch mitwollen, dann kommen Sie mal aus den Startlöchern.«

Beaufort wollte. Und wie.

*

Das alte Fachwerkhaus von ProNürnberg war ein Schmuckstück. Anders ließ sich das nach Beauforts Meinung nicht ausdrücken. Das Erdgeschoss bestand aus dem typischen rotbraunen Sandstein der Region. Die vier Stockwerke darüber wurden durch ein kleinteiliges, fast filigranes Fachwerk aus dunklen Balken getragen, das Mauerwerk dazwischen war weiß verputzt. Ein Erker und zwei Gauben krönten das steile Dachgeschoss. Die Fenster waren jeweils in sechs Felder unterteilt. Ins Erdgeschoss hatte sich eine Werbeagentur eingemietet, die erste Etage diente als Hauptsitz von ProNürnberg. Darüber befanden sich Wohnungen, die an Vereinsmitglieder vermietet waren.

Hinter der historischen Fassade strahlte das ProNürnberg-Büro gediegene Modernität aus. Im Kontrast zum alten Boden aus dicken Eichenbohlen und den schweren Holztüren waren die Wände mit schlichter weißer Raufaser tapeziert. Beeindruckende Fotos von verschiedenen Projekten vor und nach der Sanierung hingen an den Wänden. Die Schreibtische waren wuchtige Antiquitäten aus Eichenholz, aber die Computer schienen neuester Bauart zu sein.

Verena Lösl bot der Journalistin und dem Millionär Kaffee und Kekse an, den sie, obwohl sie gerade erst welchen getrunken hatten, der entspannteren Atmosphäre wegen gerne annahmen. Die Zweite Vorsitzende war eine imposante Erscheinung: Alles an ihr war groß und fleischig, ihr riesiger Vorbau zog selbst Annes Blick magisch an. Die etwa 50-jährige Frau mit den blonden, hochtoupierten Haaren, den großen blauen Augen und den zu stark geschminkten roten Wangen war eine gelungene Verkörperung Brunhildes. Sie trug ein schlichtes hellbraunes Trachtenkostüm. Nur die goldene Brille von Dior, deren geschwungene Bügel unten an den Gläsern ansetzten, widersprach dem Eindruck von Biederkeit, den sie vermittelte.

Anne machte eine lobende Bemerkung über das prächtig wiederhergerichtete Gebäude, und schon sprudelte es nur so aus Verena Lösl heraus.

»Sie hätten das Haus vor zwanzig Jahren sehen sollen. Das war nichts weiter als ein absichtlich vernachlässigtes Spekulationsobjekt. Unter dem Putz waren die Balken teilweise verfault, die ganze Statik war schief, und der Besitzer wollte uns weismachen, dass sich nur noch der komplette Abriss lohnen würde. Eine richtige Schande, wenn man bedenkt, wie wenig alte Häuser der Bombenkrieg übrig gelassen hat. Aber damals bildeten wir schon eine mächtige Lobby. Seit den medienwirksamen Hausbesetzungen von Hubert Pelzig und der Gründung des Vereins vor bald dreißig Jahren – ich war damals noch nicht dabei – hat sich im Bewusstsein der Nürnberger Bevölkerung viel verändert. Der Besitzer hat uns das Gebäude unter dem Druck der Öffentlichkeit schließlich verkauft, und wir haben es in mühevoller ehrenamtlicher Arbeit selbst saniert. Damals hatten wir fast 10.000 zahlende oder mitarbeitende Mitglieder, und all das auf die Initiative von Hubert Pelzig hin. Er hat wirklich Großartiges für diese Stadt geleistet.«

»Bevor Sie mir alles zweimal erzählen müssen«, unterbrach Anne, »schlage ich vor, wir machen unser Interview jetzt sofort. Sie wissen ja, ich mache ein kleines Porträt über Herrn Pelzig und wäre Ihnen dankbar für ein paar persönliche Erinnerungen.«

Während des Gesprächs zwischen den beiden Frauen saß Beaufort aufmerksam am Tisch und widmete sich seinem Kaffee, aß ganz allein die Keksschale leer und beobachtete, wie sich Frau Lösl verhielt. Sie sprach ein ziemlich breites Nürnbergerisch mit stark rollendem R, aber es hatte etwas beherzt Charmantes. Sie war auf ihre Art eloquent und gebildet, eine alleinstehende Gymnasiallehrerin, wie sich herausstellte, und ehrgeizig. Man neigte dazu, sie auf den ersten Blick zu unterschätzen. Beaufort jedenfalls hatte es getan.

Sie erzählte von den Verdiensten Pelzigs, dem Gesinnungswandel, den er bei den Nürnbergern erreicht hatte, seinem unbeugsamen Engagement, seiner Fähigkeit, sich medienwirksam zu inszenieren, und seiner Gabe, Menschen zu mobilisieren. Und sie erzählte von den Erfolgen des Vereins, den Dutzenden von Bauprojekten, dem Wiederauftauchen der historischen Chörlein an manchen Altstadthäusern und den historischen Führungen für Einheimische und Fremde. Bald 300.000 Menschen seien so die Augen für die Schönheit der Altstadt geöffnet worden. Wenn Beaufort nicht von Ekki gewusst hätte, dass diese Frau daran gearbeitet hatte, Pelzig vom Vereinsvorsitz zu verdrängen, wäre er nie darauf gekommen, so viel Friede, Freude, Eierkuchen vermittelte die Lösl. Es juckte ihn, ins Gespräch einzugreifen und endlich zu den Punkten zu kommen, die Anne und ihn wirklich interessierten. Aber er hielt sich zurück. Offenbar war es Annes Taktik, die Zweite Vorsitzende einzulullen, um sie dann mit ihren kritischen Fragen zur Mordnacht aus dem Konzept zu bringen.

Genauso war es. »Können Sie mir genau erzählen, was auf der Vorstandssitzung abends am 6. Januar passiert ist?«, fragte Anne plötzlich, und Verena Lösls Gesichtsfarbe änderte sich schlagartig. Sie wurde so blass, dass ihr Gesicht mit den rot geschminkten Wangen wie ein Zerrbild des weiß-roten fränkischen Rechens wirkte.

»Was war das für ein Streit, den es am Montagabend hier in diesen Räumen gegeben hat?« Anne rückte mit ihrem

Oberkörper und dem Mikrofon in der Hand näher an die völlig irritierte Lösl heran. Die Journalistin wirkte richtig aggressiv. »Es ist kein Geheimnis mehr, dass Sie Hubert Pelzig abwählen wollten«, hakte Anne nach und beugte sich noch ein Stück vor.

Mit empörter Geste schob Verena Lösl das Mikrofon beiseite. »Das ist eine Lüge. Wir wollten ihn nicht abwählen. Wir haben ihm lediglich nahegelegt, darüber nachzudenken, wann er den Vereinsvorsitz in Zukunft denn mal abzugeben gedenke. Das ist ein ganz schöner Unterschied.«

Damit hatte Anne schon mal die Bestätigung für die Vorstandssitzung.

»Und dann hat es Streit gegeben, weil der arme Herr Pelzig natürlich enttäuscht über Ihren Vorschlag war.« Anne versuchte, Verena Lösl aus der Reserve zu locken.

»Enttäuscht? Man soll den Toten ja nichts Schlechtes nachsagen, aber der arme Herr Pelzig, wie Sie ihn nennen, hat getobt wie ein Irrer, als litte er unter Verfolgungswahn. Da waren die anderen im Vorstand, die vorher noch mit mir einer Meinung gewesen waren, plötzlich ganz still, und ich stand ohne Unterstützung da. Aber ich habe ihm trotzdem gesagt, was ich von ihm halte.«

»Und was war das?« Anne ließ den Rekorder weiterlaufen, was die Zweite Vorsitzende gar nicht wahrnahm.

»Hubert hat als kleiner Bub von acht Jahren die große Bombardierung vom 2. Januar 1945 miterlebt. Das hat ihn zeitlebens geprägt. Danach sah die Altstadt so schlimm aus, dass man ernsthaft überlegt hat, das Trümmerfeld liegen zu lassen und Nürnberg vor den Toren der Stadt ganz neu zu errichten. Glücklicherweise hat man das nicht getan, sondern sie nach dem Krieg wiederaufgebaut: die Kirchen, die Burg, die Stadtmauer, das Germanische Museum, Dürers Wohnhaus. Natürlich hat man schlimme Bausünden begangen. In den 50ern galt die Devise: Hauptsache Wohnungen für die vielen Menschen ohne Heim. Und Hubert ist dann regelrecht auf die

Barrikaden gegangen, als noch in den 70er-Jahren einfach alte Häuser abgerissen wurden. Das war wichtig, und es ist ihm gelungen, viele Menschen davon zu überzeugen, wenigstens die Reste zu erhalten. Das Problem war nur, und das wurde im Laufe der Jahre immer offenkundiger, dass er gegen alles zu Felde zog, was nur entfernt nach zeitgenössischer Architektur roch. Mit der Moderne stand er einfach auf Kriegsfuß. Ich habe immer versucht, ihn zu überzeugen. ›Hubert‹, habe ich gesagt, du kannst nicht ein Nürnberg wiederaufbauen, wie es vor 400 oder 200 Jahren existierte. Das ist falsch. Es hat den Krieg gegeben, und es hat seitdem fast sechzig Jahre Nachkriegsarchitektur gegeben, die auch ihre schönen Seiten hat. Du kannst das nicht leugnen‹. Aber er war richtig verbohrt, geradezu fanatisch. Wo es möglich war, hat er sich unnachgiebig gegen alles gestellt, was seinem Nürnbergbild widersprach.«

»Und das hat einige Mitglieder im Verein gestört?«, wollte Anne wissen, um Frau Lösl wieder auf die Ereignisse des Abends zurückzuführen.

»Nicht nur einige. Wir hatten mal fast 10.000 Mitglieder, jetzt sind es nur noch knapp 5.500. Die meisten sind in den vergangenen Jahren ausgetreten, als das mit der Augustinerhof-Sache immer akuter wurde. Es war einfach so: Hubert fühlte sich als der große Zampano, der das Abendland vor dem Untergang rettete. Aber dabei hat er so viele Scherben hinterlassen und so viele Leute gekränkt, dass er ProNürnberg zuletzt mehr geschadet als genützt hat. Das ist die Wahrheit, und das haben auch immer mehr Vorstandsmitglieder so gesehen.«

»Und was ist nun genau passiert an dem Abend?«

»Wir haben um acht Uhr angefangen und erst die Routinedinge erledigt. Die Kritik an Hubert war der letzte Tagesordnungspunkt, das lief unter ›Sonstiges‹. Gegen halb elf habe ich es zur Sprache gebracht, und dann hat es eine halbe Stunde lang nur harte Worte gegeben. Und zwar gegen mich. Ich bin gar nicht dazu gekommen, die Sachargumente auszuformulieren. Hubert hat überhaupt nicht zugehört, sondern nur noch verbal um sich getreten. Er denke überhaupt nicht daran, aufzugeben. Wem es hier nicht passe, der könne jederzeit gehen. Die Beleidigungen wiederhole ich hier nicht. Von meiner Fraktion haben sie daraufhin alle kalte Füße bekommen, ich war plötzlich der alleinige Buhmann. Und da habe ich George Bernhard Shaw zitiert. Ich habe gesagt: ›Nehmt euch vor den alten Männern in Acht, sie haben nichts zu verlieren‹. Da hat er nach Luft geschnappt, seinen Mantel und Hut genommen und ist nach Hause gegangen. Allerdings nicht, ohne mir vorher noch zu sagen, ich solle mich hier nie wieder blicken lassen. Nach zwanzig Jahren Engagement im Verein hat er die Stirn, mir das zu sagen.«

»Und was geschah dann?«

»Dann haben sich alle ziemlich still und leise verkrümelt. Ich bekam noch zwei, drei zaghafte Schulterklopfer und ein bisschen Gemurmel, ich solle es nicht so tragisch nehmen, aber innerhalb von fünf Minuten waren alle weg.«

»Und was haben Sie dann gemacht?«

Verena Lösl wurde wieder blass. »Nichts, was sollte ich machen? Ich habe die Lichter ausgemacht, abgeschlossen, bin ins Parkhaus gegangen und nach Hause gefahren. Da war es kurz nach elf.«

»Was haben Sie für ein Auto?«, fragte Beaufort aus dem Hintergrund.

»Einen schwarzen Landrover«, antwortete Verena Lösl automatisch. »Wieso?«

»Nur so«, murmelte Beaufort und ignorierte die Augenblitze, die Anne auf ihn abschoss. Aber es gab nichts Wichtiges mehr zu fragen oder zu sagen, und so beendeten sie das Gespräch, bedankten sich und gingen.

Auf dem Platz vor dem Haus blieben sie stehen. »Frank Beaufort«, sagte Anne streng und tippte ihren Zeigefinger gegen seine Brust. Ihre dunklen Augen funkelten. »Wir hatten ein Abkommen, dass Sie schweigen, wenn ich ein Interview führe.«

Beaufort ergriff den Zeigefinger und gab einen zarten Kuss auf die Fingerspitze. Er antwortete der verdutzten Anne, ihre Hand immer noch vor seiner Brust haltend.

»Aber Anne, erstens waren Sie fertig mit Ihrem Interview, und zweitens wollte ich es wirklich dringend wissen. Ich habe nämlich eine Idee.«

Anne zog ihre Hand zurück. »Was für eine Idee?«, fragte sie, Beauforts zärtliche Geste ignorierend.

»Gegenfrage. Sagt Frau Lösl die Wahrheit, oder lügt sie?«

»Am Anfang, als sie Pelzig lobpreiste, hat sie gelogen. Oder zumindest ein bisschen. Wie es aussieht, hat Pelzigs Persönlichkeit mehrere Seiten. Nachher, auf den Drei-Königs-Abend angesprochen, hat sie aber die Wahrheit gesagt.«

»Ja, bis auf ihre letzte Antwort. Als Sie gefragt haben, was sie nach dem Streit gemacht hat, ist sie ziemlich blass geworden. Ich glaube nicht, dass sie sofort nach Hause gefahren ist. Irgendetwas muss nach elf Uhr noch geschehen sein.«

»Vielleicht haben Sie recht. Aber was bedeutet das? Glauben Sie, die Lösl hat Pelzig erschlagen? Ich meine, stark genug wäre sie ja dazu. Und mit der richtigen Wut im Bauch ...«

»Ich weiß es nicht. Aber ich weiß, dass wir versuchen können, ihr Alibi zu überprüfen. Kommen Sie mit?«

*

›Parken: 1 Stunde – 1,50 Euro, Tageskarte – 15,00 Euro, Geöffnet täglich 6.00–24.00‹, stand auf dem weißen Schild. Frank und Anne quetschten sich an der rot-weißen Schranke vorbei ins Parkhaus und gingen in die Tiefe. Die Wände waren aus grauem Beton. Es roch unangenehm nach Autoabgasen. Ab und zu kam ihnen ein Wagen mit eingeschalteten Scheinwerfern auf dem engen Weg entgegen. Sie mussten sich fast an die Wand drücken, um ihn vorbeifahren zu lassen. Ausnahmslos alle Autofahrer hatten sich den Parkschein zwischen die Lippen geklemmt, was ziemlich bescheuert aussah. Die beiden hielten Ausschau nach Verena Lösls Wagen.

»Ich wette, wer das viele Geld für einen Landrover ausgibt, hat auch noch die paar Euro mehr für ein Nummernschild eigener Wahl. Ich tippe auf N-VL 52«, sagte Beaufort.

Anne entdeckte das Auto als Erste. Es war schwarz, hatte ein großes Reserverad am Heck hängen und war so riesig, dass es gerade noch zwischen die Pfeiler an diesem Stellplatz passte. Das Kennzeichen lautete N-VL 47.

»Alle Achtung«, sagte Anne.

»Bewundern Sie jetzt meinen Scharfsinn, oder dass sich Frau Lösl so jung gehalten hat? Wer hätte gedacht, dass sie schon 56 Jahre alt ist.«

»Beides«, antwortete Anne und schob den Riemen der schweren Rundfunktasche, die gerade herunterzurutschen drohte, auf ihre Schulter zurück. »Die Frage ist nur: Was nützt es uns, zu wissen, dass Frau Lösls Auto im Moment hier parkt? Das hätten wir uns auch denken können. Wichtig ist doch, was sie am Montagabend gemacht hat.«

»Genau«, sagte Beaufort, sah sich suchend an der Decke um und spazierte durch die Halle. »Sehen Sie, auf jedem Parkdeck sind zwei Kameras installiert«, rief er. »Dazu jeweils eine an Ein- und Ausfahrt, die mir aufgefallen sind. Irgendwo müssen die Bilder dieser Videoüberwachung zusammenlaufen …«

»Und wenn wir Glück haben, gibt es noch die Bänder vom Montag«, ergänzte Anne. »Gute Idee. Jetzt müssen wir nur noch die Überwachungszentrale finden. Da es hier keinen Kassierer gibt, sondern nur noch Automaten, über uns aber das Kaufhaus ist, schätze ich mal, dass die Videokameras von dort aus eingesehen werden.«

Sie gingen vom Parkdeck ins Treppenhaus, wo ein großer gelber Kassenautomat stand, in den ein Mann gerade Münzen einzuwerfen versuchte, die aber immer wieder durchfielen. Erst als er die Münzen am Automaten rieb und sie erneut in den Schlitz steckte, wurden sie angenommen. Die Maschine spuckte sein Billett aus, und der Mann ging. Rechts oben am Gerät war der gelbe Lack schon ganz abgerieben. Beaufort wies Anne auf eine weitere Kamera an der Decke hin. »Wir kommen wahrscheinlich am schnellsten in die Überwachungszentrale, wenn wir hier am Automaten etwas herumrandalieren«, scherzte Beaufort.

»Es gibt noch andere Wege. Ich habe den Geschäftsführer erst vergangenen Monat interviewt, als ich einen Beitrag über das schleppende Weihnachtsgeschäft im Einzelhandel gemacht habe. Er ist nett. Aber bevor wir ihn fragen, muss ich dringend mal wohin. Der viele Kaffee treibt.« Anne kniff demonstrativ ihre langen Beine zusammen, die in schwarzen Wollstrumpfhosen steckten.

Nachdem sie ins Kaufhaus gegangen waren, verschwanden beide auf der Kundentoilette. Als Beaufort sich die Hände wusch und im Spiegel die Zähne fletschte, bemerkte er zu seinem Verdruss einen kleinen grünen Rest Feldsalat zwischen den Eckzähnen. Mit dem Fingernagel entfernte er ihn und schnippte ihn ins Waschbecken. Anne wartete bereits, als er zurückkam. Sie sah verändert aus. Sie hatte sich die Lippen rot geschminkt, was Beaufort nicht so gut gefiel. Anne bemerkte seinen Blick und sagte: »Das ist Bemalung für unseren Kriegspfad. So wie ich den Oberhäuptling hier einschätze, steht er darauf.«

Sie begaben sich in den dritten Stock zu den Büros der Geschäftsleitung. Es bereitete keinerlei Schwierigkeiten, mit dem Geschäftsführer persönlich zu sprechen, der sich fast überschlug, um Anne behilflich zu sein. Er residierte hinter einem geschmacklosen Mahagonischreibtisch und vor einer dazugehörigen Mahagonischrankwand. In den Regalen standen neben einigen Katalogen ein paar Buchclubausgaben und einige *Reader's-Digest*-Bände. Der Bestand an Büchern war nicht gerade geeignet, die Intelligenz seines Besitzers besonders ins Licht zu rücken. Da der Geschäftsführer Anne weder auf den kurzen Rock starren wollte noch sich traute, ihr lange in die Augen zu schauen, heftete sich sein Blick ständig an ihren Busen, womit er auch keine bessere Figur machte. Aber er führte sie in die Sicherheitszentrale, gab dort dem Kaufhausdetektiv die Order, »der Frau Kamlin vom *Bayerischeh Rundfunk* jedwede Unterstützung zu geben«, und verabschiedete sich unter fast devoten Bücklingen von Anne. Sie nahm die Zuneigungsbekundungen huldvoll entgegen. Beaufort beugte sich vor und flüsterte ihr zu: »Aber Geschmack in punkto Frauen hat er, der Gute.« Dass er dabei sowohl den Duft ihres Haares riechen als auch einen Blick in ihren Ausschnitt werfen konnte, empfand er als sehr vorteilhaft.

Der Kaufhausdetektiv erklärte seinen Arbeitsplatz. Er wies auf die acht Bildschirme, mit denen er die vier Stockwerke des Kaufhauses und die vier Parkdecks überwachen konnte. An einem großen Schaltpult gab es die Möglichkeit, pro Etage verschiedene Kameraeinstellungen zu wählen. Man sah schwarzweiße Videobilder von Menschen, die eine Treppe hochgingen, in Kleiderständern wühlten, an einer Kasse anstanden, Tüten in ihren Kofferraum packten und so fort. Anne hatte gehört, dass es auch Kaufhäuser geben soll, die in den Umkleidekabinen geheime Aufnahmegeräte installiert hatten, um Klamottendiebe zu entlarven, was natürlich ein nicht zu rechtfertigender Eingriff in die Privatsphäre war. Aber sie wollte den Mann jetzt lieber nicht danach fragen, weil sie auf seine Hilfsbereitschaft angewiesen war.

Die Bilder jeder Kamera wurden aufgezeichnet. Etwa zwei Wochen lang lagerten die Magnetbänder in einem Schrank, ehe sie wieder überspielt werden konnten. Es gab 38 Videokameras und entsprechend viele Tapes. Sie beschlossen daher, nur die Bänder von der Parkhauseinfahrt und -ausfahrt anzusehen. Obwohl die jeweilige Uhrzeit auf den Videoaufnahmen mitlief und man auch spulen konnte, dauerte es länger, als sie gedacht hatten, bis sie fündig wurden. Zuerst prüften sie, ob Verena Lösl ihren Wagen überhaupt am 6. Januar vor der

Vorstandssitzung in der Tiefgarage geparkt hatte. Sie begannen mit dem Betrachten ab sieben Uhr. Wegen des Feiertags waren es nicht besonders viele Autos, die ins Parkhaus kamen. Genau um 19.38 Uhr fuhr der große Landrover mit dem Nummernschild N-VL 47 an die Schranke. Es war unverkennbar Frau Lösls molliger Arm, der sich aus dem Fenster reckte, um das Parkticket aus dem Automaten zu ziehen. Dann öffnete sich die Absperrung, und der schwarze Wagen fuhr an der Kamera vorbei. Frank und Anne schauten sich triumphierend an – Beaufort hatte recht gehabt. Hierauf legten sie die Videoaufzeichnung von der Ausfahrt in den Rekorder. Sicherheitshalber begannen sie schon um halb elf und spulten dann langsam vor. Manchmal ging ein Passant blitzschnell am Ausgang vorbei, dann verließ ein Auto in Rekordgeschwindigkeit das Parkhaus, aber der Landrover war nicht darunter. Schließlich schlossen sich die Gitter der Ausfahrt, und die Kamera wurde ausgeschaltet. Verena Lösl hatte gelogen. Was immer sie auch der Polizei erzählt hatte, sie war in dieser Nacht auf keinen Fall mit ihrem Auto nach Hause gefahren.

Um ganz sicher zu gehen, wann der schwarze Landrover das Parkhaus wieder verlassen hatte, investierten Anne und Frank eine weitere Stunde in das Ansehen des Videoprogramms vom nächsten Tag. Um 14.12 Uhr wurden sie fündig. Eindeutig war es Verena Lösl, die ihren Wagen mit dem großen Ersatzrad am Heck aus dem Parkhaus fuhr. Vermutlich war sie erst nach ihrem Unterricht dazu gekommen, ihn abzuholen.

Es war bereits dunkel geworden, als Anne und Frank auf die Straße traten, und es war eisig kalt. Die Videobeweise hatte ihnen der Geschäftsführer als Leihgabe überlassen.

»Was tun wir jetzt?«, fragte Beaufort.

Anne, die aus ihrer Tasche eine Plastikflasche mit Mineralwasser gezogen hatte und gierig trank, reichte die Flasche an ihn weiter und sagte: »Wir sollten Frau Lösl einen Hausbesuch abstatten, und zwar jetzt gleich. Ich bin gespannt, was sie uns zu erzählen hat.«

»Gute Idee, Anne. Aber sollten wir nicht wenigstens Ekki anrufen?« Er trank auch aus der Flasche und gab sie zurück.

»Du wirst doch jetzt nicht den Schwanz einziehen. Selbst wenn sie Pelzig erschlagen hat, war es bestimmt kein vorsätzlicher Mord. Sie wird uns schon nicht auch gleich umbringen.«

Beaufort schmunzelte. »Das war eine Steilvorlage, die ich jetzt lieber nicht zu einer eindeutig zweideutigen Antwort gebrauchen möchte. Das Gegenteil deiner Metapher ist natürlich der Fall.« Anne dachte darüber nach, was er meinte, und runzelte die Stirn. »Doch ich habe mit Freude zur Kenntnis genommen«, fuhr Beaufort fort, »dass du mich eben geduzt hast. Und Brüderschaft haben wir gerade auch quasi getrunken. Ich heiße Frank.« Er spitzte die Lippen.

»Du hast mich eh schon den ganzen Tag bei meinem Vornamen genannt. Da können wir uns auch gleich duzen«, sagte Anne patzig. »Aber einen Kuss gibt es nicht.«

Und damit drehte sie sich auf dem Absatz um und stapfte wütend davon. Beaufort sah ihr nach. Er verstand nicht ganz, was Anne so erzürnt hatte: seine kleine Anzüglichkeit oder ihre ungewollte Vorlage dazu. Nach zehn Metern blieb sie stehen, rief: »Verdammt«, machte kehrt und marschierte wieder auf Beaufort zu.

»Ich habe meinen Wagen ja auch im Parkhaus stehen«, sagte sie nur noch halb so sauer und ging an ihm in entgegengesetzter Richtung vorbei. Nach ein paar Metern drehte sie sich um: »Was ist, kommst du jetzt mit?«

*

Humphrey Bogart schaute von einem Poster an der Wand herab. Der Sandler stellte seine gelbe Tasche an einen Tisch in der hintersten Ecke der Wärmestube und holte sich einen Kaffee. Als er zu seinem Platz zurückging, schnappte er sich zwei Zeitungen vom Lesetisch. Langsam ließ er den Zucker in die Tasse rieseln und rührte um. Er hustete, tief und trocken.

Dann drehte er sich eine Zigarette und rauchte. Dabei las er alles über den Mord im Augustinerhof. Über ihn stand nichts drin. Er war erleichtert.

Zwei Tage lang hatte er sich schon verkrochen und die Innenstadt sorgsam gemieden. Er war an keinen der Orte gegangen, an denen er sich sonst sehen ließ. Solange es hell war, verkrümelte er sich in seine Nische im Wandelgang der Kongresshalle. Dahin verirrte sich bei diesen Temperaturen kein Tourist. Er musste nur aufpassen, dass er nicht zu nah ans *Quelle*-Lager kam. Das Versandhaus hatte einen Teil der Räume mit den meterdicken Mauern für seine Katalogwaren gemietet. Wenn die Laster zum Be- oder Entladen kamen, machte er sich unsichtbar. Mit manchen Fahrern war nicht zu spaßen. Sie dachten immer, man wollte etwas klauen. Einer war richtig sadistisch und schlug schon mal zu, oder er machte einem die Sachen kaputt und warf sie weg. Doch bislang hatte ihn keiner bemerkt.

Wenn es dunkel war, zog er los. Aber außerhalb seines gewohnten Gebiets war es schwer, Orte zu finden, an denen er sich aufwärmen konnte. Ausgerechnet jetzt musste es so frieren. Deshalb trank er noch mehr als sonst. Das half zu vergessen. Die Kälte zu vergessen und das, wovor er sich fürchtete. Dann wurde sein Untermieter Angst ganz klein, ein armes Würstchen, das er herumkommandieren konnte. Aber er wusste, dass das viele Trinken gefährlich war, gerade jetzt bei dem starken Frost. Der Alkohol machte zwar warm, doch er half nur kurz. Und es war ein trügerisches Gefühl. Durch den Alkohol spürte er die Kälte nicht mehr, sie war aber immer noch da. Wenn er nicht aufpasste, konnte er erfrieren. Darum fuhr er nachts Zug. Mit der Bahn nach Schwabach und wieder zurück. Immer hin und her. Er musste sich zwar eine Fahrkarte kaufen, aber dafür war es im Abteil warm.

Nur der Hauptbahnhof war gefährlich. Das Risiko war groß, auf einen Kumpel zu treffen, einen Streetworker oder gar die Polizei. Doch bisher hatte er Glück gehabt. Alles war gut gegangen. Das hatte ihn leichtsinnig gemacht. Das und der

Dauerfrost. Er hatte es heute da draußen auf dem Reichsparteitagsgelände nicht mehr länger ausgehalten und war hierher in die Köhnstraße gekommen. Natürlich nicht zur Mittagszeit, wenn hier wegen der Essensausgabe Hochbetrieb war. Da war die Gefahr zu groß, angesprochen zu werden. Jetzt am späten Nachmittag war es ruhiger, und er konnte in Ruhe seinen Kaffee trinken. Ein paar der Typen in der Wärmestube kannte er zwar, aber sie schienen sich nicht für ihn zu interessieren. Gut so. Hoffentlich war bald Gras über die Sache gewachsen.

»Hallo, Paul.« Die Stimme riss ihn aus seinen Gedanken. »Kommst du zurecht bei der Kälte?«

Es war Heidi, Streetworkerin bei der Stadtmission. Sie sprach schwäbisch, was er gern hörte, und eigentlich mochte er sie. Er nickte ihr zu. Sie musste erst eben hereingekommen sein. Sie hatte noch eine dicke Kunststoffjacke an, trug Moonboots, und ihr Schal war mehrfach um den Hals gewickelt. Mütze und Handschuhe legte sie auf seinen Tisch und schnappte sich einen freien Stuhl. Heidi putzte sich die Nase, hauchte in ihre Hände und sagte: »Puh, ist das kalt. Ich brauche erst einmal einen Kaffee. Magst du auch noch einen? Komm, ich bring dir einen mit. Und dann müssen wir mal reden, ob du nicht ins Männerhaus gehen willst oder ins Haus *Domus Misericordiae*, wenigstens für ein paar Tage. Im Augustinerhof kannst du doch nicht bleiben bei dem Frost. Und nachdem da einer ermordet wurde, ist es doch bestimmt ganz schön gruselig dort. Schwarz mit viel Zucker, stimmt's?«

Als Heidi aus der Küche mit zwei Bechern Kaffee zurückkam, war der Tisch leer. Paul hatte es so eilig gehabt, wegzukommen, dass er nicht mal seine Zigarette ausgedrückt hatte.

*

Trotz des dichten Feierabendverkehrs fuhr Anne schnell. Oft wechselte sie die Fahrspur, beschleunigte, wenn sich eine Lücke auftat, bremste wieder ab, überholte rechts oder bog unvermittelt in schmale Seitenstraßen ab, die sie mit aufheulendem Motor entlangraste, bis sie an einer Kreuzung wieder stehen bleiben musste. Beaufort, der Mühe hatte, seine langen Beine unterzubringen, saß auf dem Beifahrersitz und hielt sich krampfhaft an seiner Armlehne fest. Ihm fing an, übel zu werden. Glücklicherweise war es nach Erlenstegen nicht allzu weit. Im Telefonbuch hatte hinter Verena Lösls Namen eine Straße in der Nähe des Platnersbergs gestanden.

»Ist dir nicht gut? Du siehst so blass aus«, fragte Anne, als sie einen Seitenblick auf Beaufort warf.

»Du fährst ziemlich zügig.« Er fixierte den Wagen vor ihnen, auf den Anne gerade zuraste. Im letzten Moment wechselte sie, ohne zu blinken, die Fahrbahn und zog rechts an dem Auto vorbei.

»Das hier ist zwar eine Ente, aber keine lahme. Ich fahre gern ein bisschen sportlich«, rechtfertigte sich Anne.

»Da bin ich aber froh, dass du keinen Sportwagen besitzt. Wo hast du diese Ente denn her? Die werden doch schon lange nicht mehr gebaut.«

»Die fahre ich, seitdem ich einen Führerschein habe«, sagte Anne und versuchte, einen vor ihr fahrenden Wagen mit dem linken Blinker davon zu überzeugen, endlich nach rechts auszuscheren und die Spur freizumachen. »Und da mein Bruder ein begeisterter Autobastler ist, repariert er sie mir immer wieder.«

»Ich übergebe mich gleich in dein Handschuhfach. Kannst du nicht etwas gleichmäßiger fahren? Auf die fünf Minuten kommt es doch nicht an. Wir wissen noch nicht mal, ob die Lösl überhaupt zu Hause ist.«

Anne änderte ihren Fahrstil. Der Wagen schnurrte brav in seiner Spur.

»Mich wundert, dass du gar nicht mitbremst. Das tun fast alle Beifahrer, wenn man zu dicht auffährt. Was fährst du eigentlich? Lass mich raten. Zu dir passt am besten ein Jaguar oder vielleicht ein Mercedes.«

»Ich habe kein Auto. Ich habe noch nicht mal einen Führerschein.« Beaufort saß nicht mehr ganz so verkrampft da. Die Übelkeitswelle ebbte langsam wieder ab.

Anne schaute ihn mit einem Von-welchem-Stern-kommst-du-denn-Blick an: »Wirklich? Bist du dreimal durch die Prüfung gefallen oder Überzeugungstäter?«

»Ich brauche kein Auto. Ich wohne mitten in der Stadt und gehe fast immer zu Fuß oder nehme mein Fahrrad.« Beaufort sagte das ohne großes Engagement. Er hatte dieses Gespräch schon Dutzende Male geführt.

»Und was ist, wenn du mal irgendwohin musst, was weiter weg ist? Nach Erlangen zum Beispiel oder nach Berlin oder in die Fränkische Schweiz für einen Sonntagsausflug?« Anne war immer noch ungläubig.

»Nach Erlangen nehme ich den Zug, nach Berlin das Flugzeug und in die Fränkische Schweiz fahre ich mit der Regionalbahn und nehme mein Fahrrad mit. Oder ich lasse mich von Freunden mitnehmen. Außerdem fahre ich Taxi. Dazu sind sie ja da.«

»Das könnte ich nicht«, überlegte Anne. »Ich bin allein schon beruflich auf mein Auto angewiesen. Und ich fahre gern Auto. Es gibt mir Unabhängigkeit.«

»Wenn du daran glaubst«, sagte Beaufort wenig überzeugt. »Aber hören wir auf, das jetzt zu vertiefen. Ich glaube, wir sind bald da. Wie war noch mal die Hausnummer?«

Anne fuhr langsam durch eine verkehrsberuhigte Straße mit gediegenen Villen und Einfamilienhäusern. Erlenstegen war ein begehrter Stadtteil für die etwas Betuchteren. Vor einem schlichten Flachdachbungalow im Bauhausstil mit weißem Verputz hielt sie den Wagen an.

Zwei Fenster waren erleuchtet. Beaufort streckte sich und atmete die kalte Luft tief ein. Die Rundfunktasche ließ Anne im Kofferraum liegen. Ihr war klar, dass Verena Lösl, wenn sie überhaupt etwas sagte, es ganz sicher nicht ins Mikrofon tun würde.

Das Gartentor war verschlossen. Kurz nach dem Klingeln meldete sich aus der Gegensprechanlage Verena Lösls Stimme.

»Wir sind es noch mal: Anne Kamlin und Frank Beaufort. Wir wollten Sie noch etwas fragen.«

»Worum geht es denn? Habe ich nicht schon alles im Interview gesagt?« Frau Lösl klang verunsichert.

Durch Blickkontakt verständigten sie sich darauf, zum Angriff überzugehen. »Es geht um die Nacht, in der Hubert Pelzig ermordet wurde. Sie haben die Polizei angelogen. Sie sind nicht gleich mit Ihrem Wagen nach Hause gefahren. Wir haben dafür Beweise.«

Es folgte ein langes Schweigen. »Wollen Sie uns nicht erzählen, was wirklich passiert ist?«

»Also gut«, sagte sie schließlich, »kommen Sie herein.« Der Summer erklang, das Gartentor ging auf, und mit ein paar Schritten waren die beiden am Haus angelangt. Verena Lösl öffnete. Sie trug dasselbe Kostüm wie vorhin, nur an den Füßen hatte sie dicke Fellhausschuhe. Sie sah abgespannt aus.

Nachdem sie in einer Sitzecke aus schwarzem Leder um einen niedrigen Glastisch Platz genommen und Verena Lösl einen Mirabellenschnaps heruntergekippt hatte, brach Anne schließlich das Schweigen.

»Was hat sich am Montagabend wirklich abgespielt, als alle ProNürnberg-Mitglieder die Vereinsräume verlassen hatten?«

Frau Lösl zögerte noch.

»Ich habe Herrn Pelzig nämlich am Montagabend um halb zwölf am Unschlittplatz getroffen. Und er ging in das Fachwerkhaus zurück«, log Beaufort. »Ich habe gesehen, dass im ersten Stock noch Licht brannte.«

Ein gequälter Seufzer kam aus Verena Lösls Mund, der jetzt schmal wirkte. Im Moment sah sie älter als 56 aus. Mit leiser Stimme begann sie zu sprechen.

»Ich bin nicht gleich gegangen wie die anderen, so aufgewühlt und enttäuscht war ich. Die Mitglieder, die zuerst mit mir einer Meinung gewesen waren, hatten mal wieder gekuscht, nur weil Hubert wie ein Hütehund böse geknurrt hatte. Ich setzte mich an seinen Schreibtisch und las das Protokoll unserer Sitzung noch einmal durch. Nichts stand dort über unseren Streit. Die Feiglinge hatten sich nicht mal getraut, das ins Protokoll zu schreiben. Ich habe mir überlegt, ob ich nicht den ganzen Kram hinschmeißen soll. Und dann, so gegen halb zwölf, kam Hubert zurück. Auch ihm war der Streit nachgegangen. Er war nicht nach Hause gelaufen, sondern wahrscheinlich ziellos durch die Stadt gestreift. Ich dachte, vielleicht könnten wir jetzt noch mal in Ruhe über alles reden. Aber ich hatte mich natürlich getäuscht. Ich habe mich all die Jahre in dem Schwein getäuscht.« Frau Lösl bekam feuchte Augen und schluckte ein paar Mal.

»Was ist passiert, als Pelzig in sein Büro kam?« Anne hatte feuchte Hände.

»Er sah mich nur an seinem Schreibtisch sitzen und fing auch schon an zu zetern, schlimmer und ordinärer als ein Waschweib. So sei es recht, sagte er. Wenn ich an seinem Platz sitze, sei er ja wohl ganz abgemeldet. Aber das lasse er nicht mit sich machen. Darauf hat er mich so wüst beschimpft, dass ich das gar nicht wiederholen mag.« Sie verzerrte angeekelt ihr Gesicht. Ihre Stimme wurde jetzt hoch, laut und fast hysterisch. »Wissen Sie, was er gesagt hat? Ich sei eine trockene, alte Fotze, hat er gesagt, die mal wieder anständig durchgefickt gehöre! Die blöde Sau!« Ihre letzten Worte gingen in einem empörten Schluchzer unter. Gleichzeitig sah sie Beaufort voller Hass an, wahrscheinlich stellvertretend für seinen getöteten Geschlechtsgenossen.

»Und dann haben Sie irgendetwas Schweres vom Schreibtisch genommen und Hubert Pelzig damit auf den Kopf geschlagen«, folgerte Anne eifrig.

Verena Lösl schaute sie völlig erstaunt an und hörte augenblicklich mit dem Weinen auf.

»So ein Quatsch«, erwiderte sie entrüstet. »Ich hätte es vielleicht gerne getan, aber ich habe das gemacht, was wahrscheinlich viele Frauen in meiner Situation getan hätten. Ich bin auf die Toilette gerannt, habe mich dort eingeschlossen und vor Wut und Empörung geheult wie ein Schlosshund. Denn ich wollte Hubert nicht die Genugtuung geben, vor seinen Augen zu weinen.«

»Und was hat Pelzig in der Zwischenzeit gemacht?«, fragte Anne.

»Ich weiß es nicht. Ich war vielleicht zwanzig Minuten auf der Toilette. Ich habe versucht, mit kaltem Wasser die Verwüstungen in meinem Gesicht etwas zu mildern, aber es hat nicht viel genützt. Als ich rauskam, war das Büro so still wie vorher. Hubert musste in der Zwischenzeit gegangen sein. Ich habe alle Lichter ausgemacht, abgeschlossen und bin nun wirklich zu meinem Auto gegangen. Nur eine Stunde später, als ich Ihnen vorhin erzählt habe.«

»Aber als Sie am Parkhaus ankamen, war es schon geschlossen, und Sie konnten nicht mehr an Ihren Wagen heran«, schaltete sich Beaufort ein. »Wie sind Sie nach Hause gekommen?«

»Ja, es war etwa zehn nach zwölf. Ich hatte ganz vergessen, dass das Parkhaus um Mitternacht schließt. Ich habe mich dann zu Fuß auf den Weg gemacht.«

»Den weiten Weg ganz allein im Dunkeln?«

»Ich dachte zuerst noch, dass ich zum Taxistand in der Innenstadt gehe. Aber dann hat mir das Gehen so gutgetan, dass ich bis nach Hause gelaufen bin. Das hat fast eine Stunde gedauert. Es war eisig kalt. In der Nacht hat der Frost angefangen. Und daheim habe ich mir einen Grog gemacht und den Fernseher angeschaltet, weil ich noch nicht gleich schlafen konnte.«

»Und Ihr Auto? Wann haben Sie das geholt?«

»Morgens bin ich mit dem Taxi zur Schule gefahren. Und nach der sechsten Stunde habe ich dann die Straßenbahn genommen. Ich habe meinen Wagen irgendwann am frühen Dienstagnachmittag abgeholt.«

Das stimmte mit den Videobändern aus dem Parkhaus überein.

»Der Polizei haben Sie aber etwas anderes geschildert. Ich bin Ihnen doch gestern im Präsidium kurz begegnet. Haben Sie da Ihre Aussage gemacht?«

»Ja. Als mir klar wurde, dass ich wahrscheinlich der letzte Mensch war, der Hubert vor seinem Mörder gesehen hat, vermutete ich, dass die Polizei mich verdächtigen würde. Sie haben es ja auch getan. Ich habe eben kein Alibi für die Tatzeit. Aber es ist genau so gewesen, wie ich es gerade erzählt habe. Ich schwöre es.«

»Würden Sie uns bitte einen Moment entschuldigen?«, bat Anne. »Ich möchte mich mit Herrn Beaufort kurz besprechen.«

Er folgte ihr in den Flur und schloss die Tür.

»Glaubst du ihr?«, fragte er leise.

»Ich glaube schon. Aber das ist mehr eine Entscheidung aus dem Bauch heraus, vielleicht so etwas wie weibliche Solidarität. Doch ein Beweis wäre mir lieber, ehrlich gesagt. Und was ist mit dir?«

»Ich denke auch nicht, dass sie es war. Aber einen Beweis habe ich auch nicht dafür, nur ein Indiz oder, besser formuliert, eine Frage. Wenn sie Pelzig erschlagen haben sollte, wie hat sie die Leiche dann in den Augustinerhof gebracht, wo doch ihr Auto in der Tiefgarage stand? Bestimmt nicht huckepack durch die nächtlichen Gassen. Der Weg vom Unschlittplatz zum Augustinerhof ist zwar nicht sehr weit, nur ein paar hundert Meter schätze ich, aber die Gefahr, entdeckt zu werden, ist doch zu groß.«

»Was machen wir jetzt?« Anne nestelte an ihrem Schal herum.

»Auf alle Fälle muss sie der Polizei ihre Geschichte erzählen. Sie hat gelogen, sie hat kein Alibi und sie hat ein Motiv, so viel steht mal fest. Aber ich glaube nicht, dass es reichen wird, um sie festzunehmen. Wie gehst du denn mit den Informationen für deine Berichterstattung um?«

»Ich tue erst mal gar nichts. Ich mache mein Pelzigporträt und nehme dazu einen ihrer Lobhudel-O-Töne von heute Nachmittag. Sollte die Polizei die Lösl aber verhaften oder andere Medien das Thema groß aufrollen, springe ich auf den Zug auf. Dann habe ich ja noch auf Band, wie sie sich über Pelzig und die Vorstandssitzung äußert. Das reicht mir erst einmal.«

Sie gingen ins Wohnzimmer zurück, wo Verena Lösl zusammengesackt auf dem Sofa saß und sie fragend anschaute, als seien sie ihre Richter. Sie akzeptierte, dass sie zur Polizei gehen musste, um ihre Aussage zu machen. Anne selbst wählte die Nummer des Kommissars und gab den Hörer an Frau Lösl weiter, als er sich meldete. Sie sollte sofort kommen. So verließen alle drei gemeinsam das Haus. Verena Lösl fuhr mit ihrem schwarzen Landrover voraus und Anne und Beaufort mit der gelben Ente hinterher. Während der ruhigen Fahrt – ihr Auto glitt wie auf Schienen dahin – schwiegen sie. Sicherheitshalber folgten sie dem Geländewagen bis zum Polizeipräsidium und sahen zu, wie Verena Lösl im Gebäude verschwand. Dann fuhr Anne Beaufort nach Hause.

Das Auto stand mit laufendem Motor am Kettensteg, aber Beaufort stieg noch nicht aus.

»Ich finde es ganz toll von dir, dass du dein Material gegen die Lösl zurückhältst. Das würde nicht jeder Journalist tun.«

Anne beugte sich zu Beaufort, bis ihr Gesicht ganz nah vor seinem war. In ihren Augen spiegelten sich die Lichtreflexe der Scheinwerfer eines vorbeifahrenden Autos. Beaufort kam es vor, als schlügen aus den Augen Funken. Dann küsste sie ihn kurz und zärtlich auf den Mund.

»Danke, Frank«, sagte sie lächelnd.

Anne hatte das erste Mal seinen Namen gesagt, und sie hatte ihn geküsst. Er ergriff vorsichtig ihre Hand. »Kommst du noch mit rauf?«, fragte er leise, aber er ahnte ihre Antwort bereits.

»Nein«, sagte sie bestimmt. »Ich fahre jetzt heim und bereite die Beiträge über deine Ausstellung und die

Pelzig-Umfeld-Story vor. Und um acht gehe ich mit meiner Freundin Katja schwimmen und danach in die Sauna. Frauenabend. Du musst ja auch noch an deiner Rede für morgen feilen.«

Das hatte Beaufort völlig vergessen. Er hatte doch heute Nachmittag in der Stadtbibliothek noch einmal nach dem Rechten sehen wollen, aber dafür war es jetzt zu spät.

»Was ist mit morgen? Sehen wir uns da?«

»Ich kann es nicht versprechen«, sagte Anne. »Wir haben morgen doch beide viel zu tun. Ich will auch noch versuchen, an den Baureferenten heranzukommen. Lass uns einfach telefonieren, ja?«

Beaufort stieg aus. Anne setzte zügig zurück und brauste davon. Ein echtes Déjà-vu-Erlebnis, dachte Beaufort und ging über den Kettensteg nach Hause.

*

Nachdem Beaufort eine halbe Stunde lang sein Spiegelbild angegrinst, aus Annes benutztem Weinglas getrunken, von ihrem schmutzigen Teller Wildschweinpastetenreste gegessen, den Abend über mit ständigem Heißhunger erst eine Tüte Erdnussflips, dann eine Tafel Schokolade und schließlich ein Glas eingelegter Artischocken verdrückt, sich mindestens zwanzigmal rastlos an seinem Schreibtisch niedergelassen hatte, aber immer wieder aufgesprungen war; nachdem er nur mit Unterhose und Strümpfen bekleidet am Klavier den Text von *You go to my head* auswendig gelernt, ohne Unterhose, nur in Socken, über das Parkett geschlittert war und zu einer CD von Gloria Gaynor getanzt – er war eben ein Kind der 80er-Jahre – sowie schließlich auch noch in eine alte Socke onaniert hatte – kurz, nachdem er all die Stadien psychischer, trophischer und motorischer Unruhe durchlebt hatte, die mit einer Verliebtheit einhergehen, und er erschöpft auf seinem Diwan lag, klingelte das Telefon. Es war kurz nach zehn Uhr, vielleicht war Anne schon aus der Sauna zurück. Sein Denken war im Moment so monothematisch ausgerichtet, dass er noch nicht einmal in Erwägung zog, es könnte jemand anders sein.

»Ja«, brummte er zärtlich in den Hörer, die Stimme zwei Oktaven tiefer als gewöhnlich.

»Frank, bist du es?« Bei Ekkehard Ertl am anderen Ende der Leitung kamen Zweifel auf.

»Hmmmh«, brachte Beaufort träge heraus, der sich darauf einzustellen versuchte, seinen Freund dranzuhaben.

»Sag mal, hast du was geraucht? Du klingst, als wärst du völlig zugekifft.«

»Quatsch, ich habe seit zehn Jahren keinen Joint mehr berührt, aber es ist so ähnlich: Ich bin verliebt!« Beaufort strahlte den Hörer an, als könne das dessen tote Materie beleben.

»Mein lieber Schwan, die Kamlin hat dir aber mächtig den Kopf verdreht. Dabei dachte ich, sie ist mit einem Kollegen vom Fernsehen liiert.«

»Was?« Beaufort war völlig entgeistert.

»Ich weiß es nicht genau, irgendwer hat es mal erwähnt, als sie im Gericht auf dem Gang vorbeilief. Aber es kann auch nicht wahr sein, keine Ahnung. Es ist nur ein unbestätigtes Gerücht.«

»Das glaube ich nicht«, sagte Beaufort sicherer, als er es eigentlich war. Er war jedenfalls gerade von Wolke Sieben herabgestoßen worden.

»Aber jetzt mal zur Sache. Ich bin ziemlich sauer. Was muss ich von Miederer hören? Die Zweite Vorsitzende, diese Lösl, hat ausgesagt, nachts um halb zwölf mit Pelzig gestritten zu haben?« Ertls Stimme klang ernst. Er war hörbar bemüht, seinen Zorn zu unterdrücken.

»So ist es«, antwortete Beaufort gleichermaßen stolz und trotzig. »Anne und ich haben sie interviewt und zur Vorstandssitzung befragt. Wir haben ihr nicht geglaubt, dass sie um elf nach Hause gefahren ist. Du hast ja selbst gesagt, dass sie kein wirkliches Alibi hat. Und dann hatte ich die brillante Idee, die

Videoüberwachung im Parkhaus zu kontrollieren. Sie hat erst am folgenden Tag so gegen halb drei mit ihrem schwarzen Landrover das Parkhaus verlassen.«

»Daraufhin seid ihr zur Polizei gegangen und habt eure Erkenntnisse mitgeteilt«, schnaubte Ekki ironisch.

»Nein, wie du ja mittlerweile schon weißt. Wir sind zu ihr gefahren, haben sie in ihrem Haus zur Rede gestellt, und sie hat uns erzählt, wie es wirklich war. Moment, ich präzisiere: Sie hat uns von Pelzigs Rückkehr erzählt, und das klang zumindest sehr glaubwürdig. Anschließend haben wir sie zur Polizei geschickt und sind ihr sogar noch hinterhergefahren, um sicherzustellen, dass sie auch wirklich hineingeht. Und geredet haben muss sie bei der Polizei ja wohl, sonst würdest du dich jetzt nicht so aufspielen.«

»Und die BR-Journalistin verbreitet es gerade über den Äther, oder was?«

»Nein, sie hat versprochen, erst einmal nichts mit den Informationen anzufangen. Es sei denn, ihr verhaftet die Lösl.«

»Sehr nett! Jetzt hör mir mal zu. Wenn ich mich gestern Abend zu weit aus dem Fenster gelehnt und dir Sachen erzählt habe, die du eigentlich gar nicht hören durftest, dann doch nicht, damit du gemeinsam mit der Presse eigene Recherchen betreibst. Gottverdammt, Frank! Bist du wahnsinnig? Hast du eine Ahnung, wie ich dastehe? Mir brennt der Kittel. Gottverdammt!«

»Wenn du weiter so lästerlich fluchst, werde ich mich nie mehr während eines Gewitters in deine Nähe stellen«, sagte Beaufort spitzfindig.

»Was?« Ekki verstand nicht und geriet aus dem Konzept.

»Weißt du denn nicht, warum Flann O'Brien Gotteslästerer meidet? Er hat gesagt: ›Wenn es keinen Gott gibt, wozu ihn lästern? Und wenn es ihn doch gibt – wer garantiert mir, dass ER zielen kann?‹«

»Das ist das beschissenste Bonmot, das jemals an der gottverdammt unpassendsten Stelle gesagt wurde«, tobte der

Justizsprecher. »Und jetzt leg nicht gleich wieder auf, hörst du? Ich verbiete dir, weiter in der Augustinerhof-Angelegenheit herumzuwühlen! Du behinderst die Ermittlungen, wenn du dich einmischst. Oder glaubst du, die Polizei ist wirklich so dumm? Wir hatten das mit dem Auto tatsächlich noch nicht herausgefunden, aber natürlich war die Spurensicherung im Büro von ProNürnberg. Dort ist Pelzig jedenfalls auf keinen Fall umgebracht worden. Das steht definitiv fest.«

»Und was macht ihr mit Frau Lösl? Habt ihr sie verhaftet?«

»Sie ist weiterhin verdächtig, aber auf freiem Fuß. Doch du bist schon wieder so neugierig. Du und die Kamlin, ihr haltet eure Nasen da raus, verstanden!«

Freitag, 10. Januar

Anne stand im Augustinerhof und interviewte Verena Lösl. Sie hatte Stiefel an und trug ihren grauen Mantel weit geöffnet. Darunter war sie nackt. Sie fror, was an den harten Brustwarzen deutlich zu erkennen war. Verena Lösl trug einen bronzenen Helm mit Rinderhörnern und einen Badeanzug aus Fell. Zu ihren Füßen lag der tote Pelzig in grünem Loden. Einen Fuß in einem dicken Fellstiefel hatte Verena Lösl auf seine Brust gestellt und sie antwortete auf die Fragen. Im Hintergrund hockte ein Penner und blies auf einem Kamm den Walkürenritt. Als das Mikrofon sich unter Verena Lösls Nase in einen riesigen rosafarbenen Phallus verwandelte, biss sie mit ihren großen weißen Zähnen beherzt ein Stück davon ab. Während sie kaute, sprang von hinten der Pelzmärtl auf die Frauen zu und warf sie um, sodass sie auf der Leiche landeten. Er lachte irre, schwang eine Rute und tanzte wie der Bibabutzemann im Kreis herum. Doch der Tanz wurde von einem immer lauter werdenden Geräusch gestört, und das Bild verblasste.

Piep. Piep. Piep. Piep.

Beaufort schlug mit der Hand auf den Wecker. Er hätte so gern noch einen Blick auf Annes entschwindende Brüste geworfen. Es war halb fünf Uhr morgens. Er fühlte sich wie betäubt. Langsam setzte er sich auf die Bettkante und kratzte sich am Kopf. Er beschloss, diesen Traum besser nicht zu interpretieren. Sein Mund war trocken, und er hatte großen Druck auf der Blase. So eine Schnapsidee, mitten in der Nacht aufzustehen, dachte er. Aber dann fiel ihm das Telefongespräch mit Ekki wieder ein. Er hatte nicht vor, sich aus dem Augustinerhof-Mord herauszuhalten. Jetzt erst recht nicht.

Zehn Minuten später stand er notdürftig gewaschen, aber mit geputzten Zähnen und angezogen an seinem Kaffeeautomaten. Die Maschine dampfte. Er ließ den Espresso gleich in zwei kleine Tassen laufen. Die Crema war fast perfekt.

Während er den Zucker umrührte, schaute er sicherheitshalber noch einmal in den Zeitungen vom Mittwoch nach. Da stand es: Der Tote war zwanzig Minuten vor sechs von einem Passanten entdeckt und der Polizei gemeldet worden. In einer anderen Zeitung hieß es sogar ein Passant mit Hund. Er trank mit jeweils zwei Schlucken beide Tassen leer, schlüpfte in Mantel und Schuhe, steckte sich eine Taschenlampe ein und zog die Wohnungstür hinter sich zu.

Auf dem Weg zum Augustinerhof begegnete Beaufort niemandem. Noch schienen die Menschen in der Stadt fest zu schlafen. Am Tor flatterte das weiß-rote Absperrband zerrissen im eisigen Wind. Das Thermometer an der Haustür hatte minus elf Grad angezeigt. Auch heute war das Tor nicht abgeschlossen. Es stand einen Spalt weit offen, durch den Beaufort bequem auf den Hof treten konnte. Kein Geräusch war zu hören. Der Himmel unter der dichten Wolkendecke schimmerte grauorange, verursacht durch das reflektierte Licht der Straßenbeleuchtung. Trotzdem war es so dunkel, dass Beaufort die Taschenlampe anknipste. Zwei Autos standen rechts in der Nähe einer Hauswand. Er hielt sich halblinks und ging über den Platz auf die schmale Öffnung zu, die sich zwischen der alten Druckerei und dem Wohngebäude auftat. Beim Einsteigen in das verlassene Haus wiederholte Beaufort die Prozedur mit dem Leinenbeutel. Auch diesmal blieb sein Mantel sauber. Der Lichtkegel wies ihm den Weg durch die Wohnung ins Treppenhaus. Als er die Stufen hochschlich, erschreckte ihn ein Geräusch über seinem Kopf. Blitzschnell löschte er das Licht und blieb regungslos stehen. Er hielt den Atem an, sein Herz schlug wie wild. Dann hörte er das Geräusch wieder, das wie ein Gurren klang, und zielte mit der Taschenlampe in seine Richtung. Ein schwarzes Auge blitzte auf. Über ihm, auf dem Fenstersims des Treppenhauses, saß eine dick aufgeplusterte Taube, die er im Schlaf gestört hatte. Beaufort spürte erleichtert, wie die Adrenalinwelle, die ihn in Alarmbereitschaft versetzt hatte, langsam wieder abflaute. Er stieg weiter hoch und ging in die Wohnung, in der er den Unterschlupf des unbekannten Obdachlosen entdeckt hatte. Der Raum war leer und schien seit seinem letzten Besuch von niemandem betreten worden zu sein. Pech gehabt. Mission Nummer Eins war schon mal schiefgegangen. Er musste wohl leider noch häufiger herkommen, um den Mann anzutreffen. Weil er sichergehen wollte, ob jemand den Raum in der Zwischenzeit betrat, baute er aus herumliegenden leeren Bierdosen ein kleines Hindernis im Türeingang auf. Wer immer hier hereinkam, würde vermutlich gegen die Dosen stoßen und sie umwerfen.

Beaufort verließ die unwirtliche Wohnung wieder. Die Taube, die immer noch im Treppenhaus saß, blinzelte im Lichtkegel. Als Beaufort unten aus dem Fenster kletterte, knipste er die Taschenlampe wieder aus. Draußen kam es ihm jetzt viel heller vor als vorhin. Seine Augen hatten sich besser an die Dunkelheit gewöhnt.

Vom Eingang her kam ein mittelgroßer Hund über den Hof getrippelt. Er lief schnurstracks in das noch immer umzäunte Karree, in dem der Tote gelegen hatte. Dort schnüffelte er am Boden herum und trabte weiter zu einer Hausecke, wo er sein Hinterbein hob. Beaufort trat aus dem Schatten des Wohnhauses und schnalzte mit der Zunge. Der Hund hob den Kopf und kam auf ihn zu. Es war eine bunt gescheckte Promenadenmischung mit wachen Augen, die auf der Hut waren. Doch er wurde schnell zutraulich und ließ sich streicheln. Von der Straße her ertönte ein Pfiff. Der Hund spitzte seine Ohren, ließ sich aber noch etwas weiterkraulen. Als Beaufort schließlich quer über den Platz in Richtung Tor ging, folgte ihm der Hund und lief schwanzwedelnd neben ihm her.

»Ist das Ihr Hund?«, fragte Beaufort einen etwa 50-Jährigen, um dessen dicken Bauch sich eine Windjacke spannte. Der Mann, der in seine Zeitung vertieft gewesen war, starrte ihn an wie eine Erscheinung. Seine Augen riss er weit auf.

»Sie haben doch am Dienstag den Toten hier gefunden, oder nicht?«, sagte Beaufort streng. Er hatte diesen Ton nicht absichtlich angeschlagen, eher unterbewusst, vielleicht weil der Mann so viel Angst vor ihm zu haben schien.

»Ich hobb goar nix gseng, iiberhabd nix«, stammelte er. »Und mei Hund hodd fei mit dem Douden aa nix gmachd.« Als Beaufort einen Schritt auf ihn zumachte, drehte sich der Mann ruckartig um und lief über die Straße davon. Der Hund rannte hinterher, als handle es sich um ein Wettrennen.

»Moment mal, Sie brauchen keine Angst zu haben«, rief Beaufort dem Flüchtenden nach, aber da war er schon hinter dem Parkhaus verschwunden.

Blöder Kerl, dachte Beaufort und folgte nun seinerseits dem Mann und seinem Hund. Als er hinter dem Parkhaus angelangt war, sah er die beiden gerade noch in eine Gasse abbiegen. Bis Beaufort die Stelle erreicht hatte, war von Herr und Hund nichts mehr zu sehen. Aber es war eine Sackgasse. Er reduzierte sein Tempo und trabte sie langsam entlang. Bis auf ein Haus auf der linken Seite waren alle Häuser dunkel. Dort brannte Licht im Treppenhaus und eben gingen in der Wohnung im dritten Stock rechts die Lampen an. Das musste der Mann sein. Beaufort sah sich die Klingelschilder genauer an. Es gab acht Namen in zwei Viererreihen übereinander. Semmler stand auf dem zweitobersten rechten Schild. Beaufort klingelte und trat zurück, um nach oben zu schauen. Das Licht in der Wohnung erlosch. Ein Hund bellte dort und jaulte kurz auf, ehe er verstummte. Niemand drückte auf den Summer. Auch Mission Nummer Zwei war nur halb zufriedenstellend verlaufen. Beaufort machte lieber, dass er fortkam. Bei so viel Angst, die der Mann vor ihm gehabt hatte, rief er womöglich noch die Polizei. Als Beaufort vier Minuten später über die Maxbrücke ging und einen Blick zurückwarf, sah er das erste Auto dieses Morgens vorbeifahren. Es war ein Streifenwagen.

*

»Was drängt ins Programm?«, fragte SPD in die Runde. Etwa zehn Mitarbeiter hatten sich zur Neun-Uhr-Sitzung eingefunden. »Frau Pröls, Sie hatten die Frühfenster heute Morgen. Gibt es irgendetwas, was wir weiterverfolgen müssen?«

»Auf der A3 Richtung München hat es bei Greding einen schweren Verkehrsunfall mit einem umgekippten LKW und zwei Schwerverletzten gegeben. Da könnte man für die Mittagssendung vielleicht noch eine Fortschreibung machen. Und dann hatte ich eine Vorausmeldung, dass heute der Prozess gegen den Familienvater aus Rednitzhembach beginnt, der seine Frau und seine beiden Kinder getötet hat«, sagte Ina.

»Der Verkehrsunfall interessiert mich nicht. Verkehrsunfälle gibt es jeden Tag. Und in drei Stunden ist der Stau sowieso längst vorbei«, raunzte die Regionalchefin. Sie hatte, wie fast immer morgens, schlechte Laune. »Aber geht jemand fürs Gesamtprogramm ins Gericht?«

Nadine Petrowa meldete sich und teilte mit, dass sie einen Beitrag für das *Bayernmagazin* am Nachmittag machen würde.

»Gut, Frau Petrowa. Wenn sich bis zwölf schon etwas Spannendes im Prozess ergibt, dann nehme ich Sie telefonisch live rein in die Sendung. Aber nur kurz. Bleiben Sie unter zwei Minuten. Ich kann stattdessen die Buchkritik auf nächste Woche schieben. Rufen Sie Frau Leßmann um halb zwölf an, ob von Ihnen was kommt. Und vergessen Sie nicht wieder, das Telefon mitzunehmen.«

Sie hatte das Telefon noch nie vergessen. Das war Katja gewesen, und es war auch schon mindestens vier Jahre her. Aber es hatte keinen Zweck, das richtigzustellen, wenn SPD schlechter Laune war.

»Die meisten Beiträge für die Mittagssendung liegen schon vor. Aus Hof haben wir einen Bericht über das Artenschutzprojekt ›Flussperlmuschel in Oberfranken‹, dann eine bunte Geschichte über Englisch-Lernen in einem Londoner Doppeldeckerbus, der in Treuchtlingen steht, und einen Beitrag über eine neue Therapie der Weißfleckenkrankheit in der Hautklinik Hersbruck. Herr Müller, von Ihnen bekomme ich noch den Beitrag über die neuen DVDs gegen Gewalt und sexuellen Missbrauch, die jetzt in den Nürnberger Schulen benutzt werden sollen, und Ihr Beitrag über die Ausstellung der Fränkischen Bibliophilen fehlt auch noch.« Sie schaute Anne fragend an.

»Ich habe ihn gerade fertiggestellt. Was ist mit der Umfeld-Story zu Hubert Pelzig?«, wollte Anne wissen.

»Dafür habe ich heute keinen Platz mehr. Sie machen sie am besten zeitnah fertig und legen sie ins Archiv bis zu Pelzigs Beerdigung. Sonst noch irgendwelche Themenvorschläge?« Sie blickte fragend in die Runde.

»Ja, ich hätte gleich einen. Ich bin doch immer noch am Augustinerhof-Mord dran. Und ich habe herausbekommen, dass der Baureferent schon gestern Abend vorzeitig vom Kongress aus Nizza zurückgekommen ist, weil die Polizei ihn dringend vernehmen wollte. Vielleicht bekomme ich ein Interview.«

SPD überlegte kurz. »Langsam ist die Augustinerhof-Sache nachrichtentechnisch ausgelutscht. Aber wenn Sie hingehen, machen Sie doch ein Rundum-Interview mit Hansen über den Kongress, die neuen Planungen für die U-Bahn, den Ausbau der Fachhochschule und so weiter. Dabei können Sie ja auch nach dem drohenden neuen Referendum zum Augustinerhof fragen und ob sich durch Pelzigs Tod etwas in der Angelegenheit ändert. Aber bitte nur als ein Aspekt unter mehreren. Kann ich das Montagmittag senden?«

»Ich denke schon«, sagte Anne. »Ich kümmere mich gleich um einen Termin.« Die Regionalchefin hatte sich abgewendet und hörte schon nicht mehr zu. »Ach ja, und noch etwas. Der Augustinerhof soll zwangsversteigert werden. Ich habe mir gerade die Bestätigung beim Amtsgericht geholt. Der Termin ist am 3. Februar. Der Verkehrswert beträgt 14 Millionen Euro.«

Hinter ihrer Brille fixierten die Augen von SPD Anne scharf. »Sie haben eine merkwürdige Art, uns die wesentlichen Dinge bis zum Schluss vorzuenthalten, Frau Kamlin. Aber gut, das ist doch eine schöne Meldung. Schreiben Sie sie gleich als Erstes. Die will ich in der Mittagssendung haben.«

Der Chef vom Dienst hatte noch zwei Aufträge zu vergeben. Eine Theaterkritik, für die sich schnell ein Reporter fand, und eine Umfrage zum Thema: ›Wie schützen Sie sich am besten gegen die Kälte‹, zu der niemand Lust hatte und die deshalb dem Hospitanten aufs Auge gedrückt wurde. Dann war die Sitzung beendet, und jeder ging seinen Aufgaben nach.

Anne hatte Glück. Frau Schiele konnte ihr für zwölf Uhr einen Termin beim Baureferenten geben. Dann schrieb sie ihre Meldung über die Zwangsversteigerung und druckte sie zweimal aus. Ein Exemplar brachte sie ins Sekretariat zu Frau Leßmann, das andere gab sie dem CvD, der es in der Terminmappe unter dem 3. Februar ablegte. In der nächsten Stunde beschäftigte Anne sich damit, die Umfeld-Story über Pelzig zu beenden. Sie schnitt die O-Töne im Computer und nahm dann ihren Text im Studio auf. Eine Technikerin fügte den Beitrag schließlich zusammen. Außerdem brannte sie noch den Bericht über die Bibliophilen-Ausstellung für Beaufort auf CD. Anne wollte sie ihm bei nächster Gelegenheit schenken, weil er den Beitrag ja nicht hören konnte.

Da sie immer noch eine Stunde Zeit hatte, ehe sie bei Hansen sein musste, beschloss sie, sich auf das Gespräch gründlich vorzubereiten. Sie fragte Roland, ob er sich daran erinnern könne, was vergangene Woche auf der Podiumsdiskussion zwischen dem Baureferenten und dem Vorsitzenden von ProNürnberg vorgefallen war. Er wusste nur vage etwas darüber, riet ihr aber, zum Fernsehen hinüberzugehen. Auf der Veranstaltung war ein Kamerateam gewesen, das einen Beitrag für die *Frankenschau* gedreht hatte. Anne dankte für den Tipp und machte sich auf den Weg.

Das Fernsehstudio sah aus wie das Bruchstück eines Ringes. Das geschwungene Gebäude bestand aus Glas, rotem Backstein und blauem Stahl. Während der Hörfunk in einem alten

Pferdelazarett untergebracht war, hatten die Fernsehleute vor ein paar Jahren einen Neubau bekommen. Anne ging in den Keller und schwatzte ein wenig mit der jungen Archivarin, die sich gerade frischen Kaffee gekocht hatte und ihr einen Becher anbot. Sie erklärte ihr Anliegen, und wenig später hielt sie zwei Bänder in der Hand: die *Frankenschau* vom Sonntag mit dem Beitrag über die Podiumsdiskussion und das ungeschnittene Material, das der Kameramann von der Veranstaltung gedreht hatte. Ein Stockwerk höher schaute sie sich die Aufnahmen in einem leeren Büro an.

Die Moderatorin der *Frankenschau* teilte mit, dass der Streit um den Augustinerhof in eine neue Runde gegangen sei, und dann folgte ein kurzer, gut gemachter Beitrag. Er begann mit Bildern vom Augustinerhof, die das Herunterkommen des Areals ins Licht rückten: Schutthaufen, rostige Türen, ein wehender Vorhang in einem zerbrochenen Fenster. Dazu erklärte ein Sprecher aus dem Off die Hintergründe des jahrelangen Streits. Dann kam Hansen ins Bild. Er präsentierte sich als moderner Stadterneuerer mit seiner Vision für das Gelände. Die Archivbilder zeigten, wie er in gut sitzendem Anzug das alte Modell des Einkaufszentrums erläuterte, das wie eine aufgeplatzte Betonbratwurst aussah. Anschließend wurde Hubert Pelzig als Bewahrer des Guten und Schönen vorgestellt, der im Areal stehend sein Traumbild von hübschen Wohnhäusern mit Butzenscheiben und spielenden Kindern entwarf. Als Nächstes sah man beide Männer auf einem Podium sitzen, zwischen ihnen ein Moderator mit dickem Schnauzer. Ein Schwenk über das Publikum zeigte hauptsächlich junge Studenten und ältere Leute. Der arbeitende Mittelbau der Gesellschaft schien an der Diskussion weniger Interesse zu haben. Danach war wieder der Baureferent zu sehen, und im O-Ton hörte man, wie er ProNürnberg eine Blockadehaltung vorwarf, fernab jeder Realität. Es gebe keinen Investor für Wohnungen, weil man damit nicht auf seine Kosten kommen könne. Hansen gestikulierte wild und wirkte in dem Moment wenig souverän.

Es folgte ein harter Schnitt auf Pelzig, der mit verschränkten Armen und weißlich angetrockneten Mundwinkeln dasaß und Hansen persönlich angriff. Er warf ihm Unfähigkeit im Amt vor und drohte, dass ProNürnberg jeden seiner Pläne zunichte machen werde. Der Sprecher aus dem Off berichtete, die Emotionen seien noch höher geschlagen bis hin zu gegenseitigen Beleidigungen, was beinahe in einer Prügelei geendet habe. Die wirkungsvollen Schlussbilder zeigten, wie sich der erhitzte Hansen mit hochrotem Kopf, der sich kontrastreich von seinen blonden Haaren abhob, auf Pelzig stürzen wollte, aber vom Moderator zurückgehalten wurde, woraufhin Pelzig zum Gegenangriff blies. Schließlich trennten mehrere Männer die Kampfhähne. Dazu sagte der Sprecher, dass das letzte Wort im Kampf um den Augustinerhof noch nicht gesprochen sei, da ProNürnberg damit beginne, Unterschriften für ein erneutes Bürgerbegehren zu sammeln.

Der Beitrag war originell, weil er Hansen und Pelzig von Anfang an als Gegner eines Boxkampfes vorgestellt hatte, unterlegt mit Musik aus den Rocky-Filmen. Nur über die Beschimpfungen hatte der Journalist korrekterweise den Mantel des Schweigens ausgebreitet. Es genügte zu sehen, dass sich die Männer deshalb fast geprügelt hatten, die Verbalattacken mussten nicht noch im Einzelnen im Fernsehen wiederholt werden.

Gerade das interessierte Anne aber am meisten. Deshalb legte sie das zweite Band mit dem Mitschnitt von der Podiumsdiskussion in den Rekorder und spulte es bis fast ans Ende vor.

Hansen (erregt, langsam aus der Haut fahrend): »Ich wiederhole es zum x-ten Mal. Das Gelände ist zu teuer. Es gibt keinen Investor für Wohnungen und Kleingewerbe. Sehen Sie das doch endlich ein. Solange Ihr Verein jede meiner Anstrengungen blockiert, neue Investoren zu finden, wird der Augustinerhof weiter eine Brache bleiben.«

Pelzig (stoisch): »Sie haben sich nie richtig bemüht. Sie wollen sich hier mit einem Großprojekt nur einen Namen machen. Ihnen ist die Stadt doch völlig egal.«

Hansen (wird rot, streicht seine Haare zurück, gestikuliert): »Das ist eine Lüge. Sie mit Ihrem Meistersingerbild von Nürnberg werfen jeder, aber auch jeder meiner Bemühungen Knüppel zwischen die Beine. Ich wiederhole noch mal: Für Ihre Ideen, so schön sie auch sein mögen, wird sich nie ein Investor finden. Nicht mitten in der Innenstadt. Geht das denn nicht in Ihren Schädel hinein?«

Pelzig (mit seinem Finger gegen Hansen in die Luft pickend): »Sie sind absolut unfähig. Ich weiß gar nicht, womit Sie das viele Geld verdienen, das wir mit unseren Steuern für Sie bezahlen. Ich werde Gott auf den Knien danken, wenn Sie dieser Stadt endlich wieder den Rücken kehren. Gehen Sie doch auf Ihre niedersächsische Kuhweide zurück, wo Sie hergekommen sind, und bauen da so viele Einkaufszentren, wie Sie wollen. Bei uns nicht, Sie Ignorant!«

Hansen (springt auf, reißt den Stuhl um und will sich auf Pelzig stürzen): »Ich mach dich alle, du ... du Betongreis, du Altstadtfaschist.« (Er wird vom Moderator mühsam festgehalten.) »Dafür wirst du bezahlen!«

Pelzig (weicht einen Moment nach hinten, prescht aber vor, als er merkt, dass Hansen festgehalten wird. Er wird nun seinerseits von Studenten zurückgehalten, droht aber triumphierend mit erhobener Faust): »Das gibt eine saftige Beleidigungsklage. Ich schätze, das kostet Sie den Job, Herr Baureferent.«

Pelzig hatte diese Auseinandersetzung eindeutig gewonnen, weil er seine Contenance besser bewahrt hatte. Anne, welcher der ProNürnberg-Vorsitzende im Laufe ihrer Recherchen der letzten Tage immer unsympathischer geworden war, fühlte sich voll bestätigt. Allerdings brachte sie seinen strategischen Winkelzügen eine gewisse Bewunderung entgegen. Pelzig hatte Hansen absichtlich provoziert, um ihn dann ins Messer laufen zu lassen. Möglicherweise hatte ihn aber gerade diese Mischung aus Rechthaberei, Rankünе und Renitenz das Leben gekostet.

*

Privatdozent Jan Hansen residierte im Baumeister-Haus an der südlichen Stadtmauer. Das Sandstein-Palais, 1615 von Jakob Wolff erbaut, war seit jeher Amtssitz des Reichsstädtischen Baumeisters gewesen. Es war drei Stockwerke hoch und hatte im Dachgeschoss eine dekorative Gaube. Das rötlichbraune Barockpalais wirkte besonders anheimelnd durch den Kontrast zum grauen klassizistischen Gebäude gegenüber, wo die Bauordnungsbehörde, das Bauverwaltungs- und das Vergabeamt der Stadt Nürnberg untergebracht waren. Durch die dunkle geteilte Bogentür aus Eiche hätte bequem eine ganze Kutsche gepasst, dachte Anne, als sie hindurchging. Sie stieg eilig die große hölzerne Treppe bis in den zweiten Stock hinauf, wo das Büro des Baureferenten beinahe den kompletten linken Flügel einnahm, und musste ein paar Sekunden verschnaufen, ehe sie ins Vorzimmer trat.

Hinter ihrem Schreibtisch sah Hansens blonde Privatsekretärin Evelyn Schumacher von einem Aktenordner auf und musterte Anne kritisch von oben bis unten. Ihr kam es so vor, als ginge von der Frau eine Welle der Antipathie aus. Die nette Frau Schiele war offenbar in der Mittagspause.

»Frau Kamlin, nehme ich an, vom *Bayerischen Rundfunk*. Sie sind zu früh. Sie müssen noch etwas warten. Der Herr Baureferent hat gerade noch ein wichtiges Gespräch.«

Der Baureferent führt wahrscheinlich nur wichtige Gespräche, dachte Anne. Es war zwei Minuten vor zwölf, was sie als extrem pünktlich empfand. Sie konnte es überhaupt nicht leiden, wenn so schnippisch mit ihr gesprochen wurde.

»Wenn Sie ablegen wollen. Direkt vor Ihnen in dem Wandschrank ist die Garderobe. Hängen Sie Ihren Mantel bitte dort hinein. Und dann nehmen Sie auf der Besucherbank Platz, bitte. Es wird vermutlich nicht lange dauern.«

Der Ton der Sekretärin war spitz und anmaßend, ihr Lächeln kalt. Sie hielt es nicht für nötig, Anne den Mantel abzunehmen, also rächte sie sich, indem sie den Hinweis auf die Garderobe ignorierte und das Kleidungsstück unordentlich quer über die

Bank legte, was der Sekretärin ein Dorn im Auge sein musste. Das gediegene, holzvertäfelte Büro war tadellos aufgeräumt. Genauso akkurat war die hochgesteckte Frisur von Evelyn Schumacher, für die sie sehr viel Haarspray benutzt haben musste.

Anne setzte sich, fuhr ihre langen Beine aus und vertiefte sich in die Zeitung, die sie mitgebracht hatte. Sie bemerkte, dass die Sekretärin sie heimlich mit neidischem Blick betrachtete. Anne hatte einen edlen dunkelblauen Hosenanzug an, dazu ein enges weißes Top, eine Perlenkette und Perlenohrstecker. Auch die Sekretärin trug einen Hosenanzug, in hellgrau. Da sie aber einen Kopf kleiner war und ein wesentlich breiteres Becken hatte, stand er ihr längst nicht so gut wie der Journalistin. Nach zehn Minuten meldete Frau Schumacher Anne über die Gegensprechanlage bei Hansen an. Nur ein paar Augenblicke später trat der Baureferent aus seinem Büro und begrüßte sie mit einem breiten Schauspielerlächeln, das seine blütenweißen, ebenmäßigen Zähne zur Geltung bringen sollte, für die er sicherlich viel Geld bezahlt hatte. In ihrer unnatürlichen Perfektion sahen sie absolut künstlich aus. Sein Händedruck war fest und feucht. Der metallgraue Anzug stand ihm gut, doch die angeberische Collegekrawatte aus Oxford und das Einstecktuch hoben den Eindruck wieder auf. Nachdem er die doppelte Tür mit der Lederpolsterung hinter ihnen geschlossen hatte, setzten sie sich nicht an seinen imposanten Schreibtisch, sondern an den Konferenztisch am anderen Ende seines großen Herrenzimmers. Wie um das Bild perfekt zu machen, bot er ihr nicht Kaffee oder Mineralwasser zu trinken an, sondern einen alten französischen Cognac, den Anne verschmähte. Hansen hingegen goss sich einen Finger breit ein, fragte, ob er rauchen dürfe, wartete die Antwort gar nicht erst ab und steckte sich einen Zigarillo an. Er betrachtete sie mit unverhohlenem Wohlwollen, machte ein Kompliment über ihr Aussehen, sodass Anne ganz schlecht vor Ekel wurde, antwortete dann aber sehr eloquent auf die Fragen zu den Themen, welche die Regionalchefin ihr aufgetragen hatte.

Doch der Mann war ein schrecklicher Pfau, und Anne konnte sein gestelztes Gehabe und Gerede einfach nicht ausstehen.

Nach dem Abhaken ihres Pflichtpensums ging sie zu dem Fragenkomplex über, der ihr eigentlich am Herzen lag. »Kommen wir als Letztes zum Augustinerhof. Glauben Sie, dass sich durch den Tod von Herrn Pelzig irgendetwas an der Sachlage ändert?«

»Der tragische Tod von Hubert Pelzig hat uns, und da spreche ich nicht nur für das Baureferat, sondern für alle Einrichtungen unserer Stadt, äußerst betroffen gemacht. Der Vorsitzende von ProNürnberg war ein harter, aber immer fairer Gegner, mit dem ich zwar manche politische Meinungsverschiedenheit hatte, doch dem Menschen Hubert Pelzig und dessen Integrität haben stets meine vollsten Sympathien gegolten. Ob dieses schlimme Unglück allerdings an der ganzen verfahrenen Situation um den Augustinerhof etwas ändert, vermag ich zur Stunde noch nicht zu sagen.«

Du eitler Schmierenkomödiant, dachte Anne und lächelte Hansen aufmunternd zu.

»Erwarten Sie einen weiteren Bürgerentscheid gegen Ihre neuen Bebauungspläne des Augustinerhof-Areals?«

»Ich sagte gerade bereits, Frau Kamlin, dass sich die Situation so kurz nach dem feigen Attentat auf den Vorsitzenden von ProNürnberg noch nicht vollständig analysieren lässt. Fest steht aber, dass eine lockere Bebauung mit vielen Grünflächen, wie sich der Verein das wünscht, so zentrumsnah nicht zu verwirklichen ist. Es hat sich in den vergangenen drei Jahren, in denen wir an den Bürgerentscheid gebunden waren, kein Investor dafür gefunden, und es wird sich auch in Zukunft keiner finden.«

»Aber Sie haben angeblich doch einen neuen Investor an der Hand?«

»Eine Münchener Architektengruppe würde dort gerne, alternativ zu einem umstrittenen Einkaufszentrum in moderner Architektur, siebzehn fünfgeschossige Häuser zum Wohnen und Arbeiten in fränkischem Stil mit den für Nürnberg typischen Dächern hinbauen. Aber auch das gefällt ProNürnberg nicht, obwohl nahezu alle Fraktionen im Nürnberger Stadtrat für diesen Vorschlag wären. Schauen Sie: Baurecht ist kompliziert. Aber der Bürgerentscheid hat festgelegt, dass der Augustinerhof nur als locker bebautes Mischgebiet genutzt werden darf. Wir müssten aber auch für diesen Investorenvorschlag in einem neuen Bebauungsplanverfahren ein dichter bebautes, sogenanntes Kerngebiet ausweisen. Das ist etwas, was ProNürnberg nicht mittragen will. Deshalb droht der Verein der Stadt ein neues Referendum an. Das Problem ist nur: Jeder Investor, der so baut, wie ProNürnberg das will, kann sein Geld gleich in die Pegnitz kippen. Das kommt auf dasselbe heraus.« Hansen warf eine heruntergerutschte blonde Haartolle mit schwungvoller Kopfgeste zurück. Er trug seinen Scheitel so seitlich, dass ihm häufiger eine Haarsträhne ins Gesicht fiel. In den 80er-Jahren nannte man das eine Popperfrisur.

»Das heißt, die Interessengruppe ProNürnberg ist so stark, dass sie der Stadt seit Jahren in die Parade fahren kann? Oder anders ausgedrückt: Was immer Sie planen, Sie müssen sich erst von ProNürnberg grünes Licht holen?«

»Ich würde es nicht so formulieren, aber es trifft doch den Kern der Sache. Deshalb möchte ich noch einmal an die Vernunft aller Mitglieder von ProNürnberg appellieren: Geben Sie Ihre Blockadehaltung auf, sonst bleibt der Augustinerhof weiterhin ein Schandfleck. Das ist besonders wichtig, weil demnächst die Zwangsversteigerung des Geländes ansteht. Ein Menschenleben ist genug!«

Anne grauste es regelrecht vor den aalglatten Beschwörungen Hansens. Wenn sie auch inhaltlich mit ihm übereinstimmte, war der Typ einfach nur ein einziges Gräuel. Sie ging härter zur Sache.

»Sie hatten ja ein sehr angespanntes Verhältnis zu Hubert Pelzig. Auf einer Podiumsveranstaltung letzte Woche haben Sie ihm sogar gedroht. Stimmt es, dass die Polizei Sie gezwungen hat, früher als geplant von Ihrem Kongress zurückzukommen, und Sie gestern Abend noch verhört hat?«

Hansens Züge verhärteten sich. Dann bedeutete er ihr mit einer herrischen Geste, die Aufnahme zu stoppen. Anne tat, als verstehe sie nicht, und sagte: »Ich warte immer noch auf eine Antwort, Herr Baureferent.«

Durch seine zusammengebissenen, wie geklont wirkenden Zähne zischte er laut genug für Anne, aber zu leise fürs Mikrofon: »Machen Sie den Rekorder aus, oder ich sage nichts mehr.«

Anne gehorchte, weil ihr eine nicht aufgezeichnete Antwort lieber war als überhaupt keine.

»Jetzt hören Sie mir mal gut zu, junges Fräulein. Und ich sage das nur einmal und nur off the records. Hubert Pelzig war der sturste Hund, den ich kenne. Und ich weine ihm gewiss keine Träne nach. Aber sollten Ihre Fragen suggerieren, dass ich mit dem Mord irgendetwas zu tun habe, dann sind Sie auf dem Holzweg.«

Er packte sie, während er das sagte, am Oberarm und strich dabei wie zufällig mit der Außenseite seines Daumens über ihre Brust. Wütend riss Anne sich los und rief: »Und wo waren Sie in der Nacht von Montag auf Dienstag?«

»Oh, Madame sind unter die Polizisten gegangen«, merkte er ironisch an. »Ich war auf Dienstreise nach Nizza. Das wissen Sie doch sicherlich.«

»Ihr Zug ging erst um 1.52 Uhr. Sie haben Ihr Haus aber schon gegen zehn Uhr verlassen. Ich habe dafür Beweise. Was haben Sie denn die ganze Zeit getrieben? Vielleicht Hubert Pelzig erschlagen, weil er Sie verklagen wollte und Sie deshalb bestimmt nicht wiedergewählt werden?«

Hansen schaute sie erstaunt an. Doch anstatt sie jetzt rauszuschmeißen, verzog sich sein Gesicht zuerst zu einem breiten Grinsen, und dann begann er zu lachen. Es war ein Lachen, so laut und schallend, dass ihm sogar eine kleine Träne an der Nase entlanglief. Anne hätte nicht überraschter sein können.

Als er langsam wieder zu Atem kam, rief er, immer noch von kleineren Lacheruptionen erschüttert: »Chapeau, young girl!« Allein für diesen herablassenden Ausspruch hätte sie ihm an die Gurgel gehen können.

»Sie sind wirklich die kratzbürstigste und dabei attraktivste Journalistin, die mir begegnet ist. Wenn Ihre Augen so böse funkeln wie jetzt, sehen Sie unglaublich sexy aus. Sie denken also, ich hätte Pelzig erschlagen? Das ist köstlich. Und Sie haben sogar herausbekommen, dass ich zu Hause um zehn aufgebrochen bin. Ich vermute, meine Frau hat es Ihnen erzählt, als sie gerade mal nüchtern war. Was glauben Sie denn, was ich in den gut drei Stunden gemacht habe bis zur Abfahrt?«

»Ich denke, Sie werden mir gleich erklären, dass Sie noch ein wenig hier im Büro gearbeitet haben.« Auch Anne konnte ironisch sein. Sie hätte dem arroganten Kerl jede Krone einzeln rausreißen können, wollte sich aber auf keinen Fall provozieren lassen.

»Ich war tatsächlich hier und habe noch ein paar Überstunden gemacht. Zusammen mit meiner Sekretärin, die Sie eben empfangen hat.« Er zwinkerte ihr zu und grinste anzüglich. »Genau hier auf diesem Tisch habe ich mit ihr diese, äh, Überstunden gemacht. Das wird Evelyn sicher liebend gern bestätigen.«

»Da kann ich Sie zu Ihrer Virilität ja nur beglückwünschen«, sagte Anne spöttisch. »Aber das überzeugt mich noch lange nicht von Ihrer Unschuld.«

»Liebe Frau Kamlin, Sie haben sich da in etwas verrannt. Mein schönstes Argument ist nämlich: Ich habe kein Motiv, Pelzig zu ermorden. Das musste übrigens auch die Polizei einsehen. Dieser Giftgnom ist mir herzlich egal, wenn er mir nicht gerade mit seinen Tiraden auf die Nerven geht. Ganz Nürnberg ist mir nämlich egal. Alle Ihre Theorien von wegen gescheiterter Wiederwahl sind falsch. Noch ist es ein Geheimnis, aber Ihnen verrate ich es: Ich werde Nürnberg schon im April verlassen. Ich habe nämlich endlich eine Berufung als ordentlicher Professor für Architektur bekommen. Bereits zum Sommersemester lehre ich in Leipzig. Kommen Sie mich doch mal besuchen.«

Anne ließ Hansen wortlos an seinem Tisch sitzen. Ihr Abgang wurde allerdings etwas in seiner Wirkung geschmälert, weil sie die Bürotür zwar aufriss und durchrauschte, jedoch vergaß, dass es Doppeltüren waren. Der Aufprall gegen die noch geschlossene zweite Tür tat nicht besonders weh, da diese ja gepolstert war, doch Hansens Lachen, das er ihr hinterherschickte, schmerzte sie wirklich.

Sie war auf 180 und wäre am liebsten sofort zehn Kilometer gelaufen, um sich abzureagieren. Hansen, der seine Sekretärin und Geliebte vor der Abfahrt nach Nizza noch mal auf dem Konferenztisch in seinem Büro durchvögelte, das klang absolut überzeugend. Auch die Berufung als Professor nach Leipzig erschien glaubhaft. Sie musste den schleimigen Baureferenten, der sie selbst noch in dieser Situation angebaggert hatte, wohl oder übel von der Liste der Verdächtigen streichen. Und, was für sie noch schlimmer war, sie konnte mit ihren Informationen nichts anfangen. Hansen war clever genug gewesen, ihr nichts von all dem ins Mikrofon zu sagen. Sie hatte nur seine Krokodilstränen über Pelzig und die üblichen Ausführungen zur Augustinerhof-Problematik im Kasten. Nicht einmal als Verdächtigen konnte sie ihn öffentlich lancieren. Ihre einzige Quelle für Hansens frühen Aufbruch am Montagabend war seine Frau, die offensichtlich ein Alkoholproblem hatte. Als Zeugin war sie unglaubwürdig, außerdem hatte Anne ihre Aussage nicht einmal im O-Ton. Und auch die Polizei, sollte sie denn von Hansens Alibi wissen, würde ihr sicher nichts darüber weitergeben – nicht über eine so hochgestellte Persönlichkeit der Stadt, die mittlerweile außer Verdacht war.

Anne stapfte über den schwarzen Splitt, der überall gegen die Eisglätte auf den Wegen verstreut lag, in Richtung Parkhaus zurück. Am liebsten würde sie sich jetzt mit Frank Beaufort besprechen. Sie hatte das Gefühl, wegen ihrer misslungenen Baureferentenaktion ein wenig Trost zu brauchen. Praktischerweise lagen Baumeisterhaus und Stadtbibliothek nur ein paar hundert Meter auseinander. Und ihr Wagen war gleich in der neuen Tiefgarage an der Bibliothek geparkt. Es war ein Uhr. Die Ausstellung der Bibliophilen musste gerade eröffnet worden sein.

Annes Handy klingelte. Es war der Chef vom Dienst.

»Hey, Anne. Die *Bayernchronik* hat gerade für morgen Mittag einen längeren Beitrag über den Augustinerhof-Mord bestellt. Du sollst in sechs Minuten noch einmal den Mord aufrollen, die Ermittlungen schildern und auch den Streit um den Augustinerhof erläutern.«

Anne stöhnte: »Ach nein, kannst du denen das nicht irgendwie ausreden oder es jemand anderen machen lassen? Ich bin langsam echt fertig. Und das ganze Wochenende muss ich auch arbeiten.«

»Komm schon. Nur keine Müdigkeit vorschützen«, sagte der CvD einschmeichelnd. »Ich kann doch jetzt keinen anderen mehr darauf ansetzen. Du hast doch die meisten O-Töne sowieso schon fertig. Verwende sie ruhig noch mal. Dann tust du nur noch den Baureferenten von heute dazu und machst ein Update bei der Polizei mit Obduktionsbericht und so weiter. Da hast du das Ding doch in drei Stunden gemacht. Es ist sonst keiner da, den ich losschicken könnte. Alle sind im Einsatz.«

Natürlich ließ Anne sich breitschlagen. Noch gestern hätte sie sich gegen den Vorschlag, einen anderen an die Story zu lassen, vehement gewehrt. Doch heute hätte sie Hilfe gebrauchen können. Gerade jetzt fühlte sie sich ausgelaugt und niedergeschlagen. Und während sie auf die Bibliothek zuging, sah sie in Gedanken, wie Frank Beaufort sie sanft in seine Arme schloss, ihr verständnisvoll über das Haar streichelte, sie sehr, sehr bemitleidete und ihr in allem recht gab, was sie auch vorbrachte.

So war es dann leider nicht. In ihrem kleinen Tagtraum hatte Anne vergessen, dass nicht sie, sondern Frank heute im Mittelpunkt stand. Als sie die Ausstellungsräume betrat, war der offizielle Teil der Eröffnung gerade vorüber, die Reden waren alle gehalten, und nun labte sich das Publikum vom Kulturreferenten über die Bibliotheksangestellten bis zum bibliophilen Studienrat an den obligatorischen B & B, die es auf kleineren festlichen Anlässen der Stadt immer gab: Bocksbeutel und Brezen. Anne schnappte sich eines der Gläser vom Tablett, trank den Wein, einen herben fränkischen Silvaner, in einem Zug aus, ließ sich aus der bauchigen Flasche nachschenken und machte sich im Gewühl auf die Suche nach Beaufort. Es war nicht schwer, ihn zu finden. Da stand er – umringt von einem Kreis älterer Damen und junger Frauen, die gierig jedes seiner beredten Worte von seinen Lippen ablasen, seine Bonmots mit perlendem Gelächter belohnten und bewundernd zu ihm hinaufblickten. Während Beaufort es sichtlich genoss, der Hahn im Korb zu sein, nahm von Anne schlagartig ein Gefühl Besitz, das sie schon lange nicht mehr empfunden hatte: Eifersucht.

Beaufort war prächtig gelaunt. Er hatte eine hübsche Rede gehalten mit wohl kalkulierten Pointen, die vom Publikum auch mit dankbaren Lachern quittiert worden waren. Er hatte darüber aber nicht seine eigentliche Mission vergessen, nämlich für das gut gestaltete Buch zu werben. Er hatte außerdem ein paar kritische Anmerkungen zu den Rissen in der Belletristik angebracht, genauer gesagt zu den beunruhigenden Deckenspalten in der Belletristikabteilung der Stadtbibliothek. Seitdem direkt nebenan eine 25 Meter tiefe Baugrube ausgehoben und ein gewaltiges IMAX-Kino hineingebaut worden war, klafften hier große Risse im Gemäuer – Schäden, für die der Kinobesitzer nur zähneknirschend aufkommen wollte. Und nun unterhielt er diese reizenden Frauen, die ihn größtenteils anhimmelten – was er sichtlich genoss.

Anne kochte innerlich. Sie stellte fest, dass sie viel zu wenig über diesen Mann wusste. Als Beaufort sie nach einiger Zeit in dem Gewühl wahrnahm, begrüßte er sie sofort, zog sie in den Kreis und stellte sie den Frauen vor.

»Da haben wir eine sehr fähige Journalistin vom *Bayerischen Rundfunk*: Anne Kamlin. Sie werden ihre Stimme sicher schon im Radio gehört haben. Frau Kamlin hat heute einen Beitrag über diese Ausstellung gemacht. Ich freue mich, dass Sie es noch geschafft haben, hierher zu uns zu kommen.« Er strahlte sie an, denn er freute sich wirklich. Ihre schlechte Laune nahm er nicht wahr.

»Wie interessant, meine Liebe«, sagte eine vielleicht 70-jährige Frau, die reichlich mit Schmuck behängt war. »Wann können wir den lieben Herrn Dr. Beaufort denn im Radio hören? Werden Sie seine ganze Rede senden, die mal wieder sehr lehrreich und unterhaltsam war?«

»Der liebe Herr Dr. Beaufort ist leider schon gesendet worden«, sagte Anne in einem viel zu sarkastischen Ton. »Und auch nur drei Minuten lang, aber das ist ja wohl durchaus genug, um die Ausstellung hier zu würdigen. Sie haben übrigens Lippenstift auf den Zähnen, meine Liebe.« Dann nahm sie einen Schluck aus ihrem Glas und schaute trotzig in die Runde. In dem Kreis trat schlagartig Stille ein. Anne spürte, wie sie von allen als störender Fremdkörper betrachtet wurde, und sie fühlte sich nicht wohl in dieser Rolle, in die sie sich selbst manövriert hatte. Ihren letzten Satz hatte sie so laut ausgesprochen, dass sich selbst Leute, die weiter weg standen, nach ihr umsahen.

Beaufort nahm Annes Glas, sagte augenzwinkernd in die Runde: »Ich rate Ihnen von diesem Wein ab, der scheint mir nicht ganz in Ordnung zu sein«, schnappte Anne am Arm und zog sie lächelnd aus dem Saal. Draußen stellte er sie zur Rede. Er sprach ruhig und bestimmt.

»Hör zu, es gibt einiges, was ich nicht leiden kann: Leute, die im Fahrstuhl rauchen, unfreundliche Verkäuferinnen oder Guido Westerwelle zum Beispiel. Aber ganz oben auf meiner Liste steht launisches Verhalten. Was ist denn bloß in dich gefahren?«, fragte er ratlos.

Anne war tief beschämt. Sie hatte ihre Entgleisung schon in dem Moment bereut, als sie sie gesagt hatte. Sie kämpfte mit dem Drang, loszuheulen.

»Entschuldige bitte«, bat sie leise.

Beaufort rührte es das Herz. Er war in der Phase der Verliebtheit, in der man bereit ist, fast alle Fehler des anderen zu verzeihen. Und eine so kleinlaute Anne war mal etwas ganz Neues für ihn.

»Es ist okay«, sagte er. Seine Stimme klang tief und sanft. Sie schaute ihn an und lächelte vorsichtig.

»Ich weiß auch nicht, was mit mir los ist im Moment. Aber ich hatte gerade eine sehr unschöne Szene mit Hansen und wollte dir davon erzählen. Stattdessen finde ich dich im Kreis all dieser Weiber da drinnen. Was ist das? Dein Fanclub?«

Da war sie wieder, die alte Anne, schlagfertig und bereit zum Clinch. War sie womöglich eifersüchtig? Wie wunderbar! Er war aber diskret genug, ihr seine Beobachtung nicht auch noch aufs Butterbrot zu schmieren.

»Treffer, versenkt. Du hast es erfasst. Diese Frauen sind tatsächlich so eine Art Fanclub. Ich glaube, ich habe erwähnt, dass ich regelmäßig Vorträge und Seminare halte. Die älteren Damen besuchen in der Regel meine Literaturvorträge im Berufsbildungszentrum, und die jungen Damen sind Studentinnen an der Erziehungswissenschaftlichen Fakultät. Ich habe dort einen kleinen Lehrauftrag im Bereich Sozialkunde. So, und jetzt erzähl mir, was du Ungewöhnliches mit Hansen erlebt hast.«

Anne, die sich noch nicht im Klaren darüber war, ob Beauforts Ausführungen sie nun beruhigen oder beunruhigen sollten, berichtete kurz ihre Erlebnisse bei Hansen. Obwohl Beaufort wieder in den Saal hineinmusste, hörte er aufmerksam zu und spendete auch etwas Trost, wenn auch nicht so, wie Anne es sich vorhin erträumt hatte. Dann klagte sie noch ein wenig über die viele Arbeit, die sie derzeit hatte, und sprach von der Bestellung für die *Bayernchronik*. Beaufort zauberte die

Adresse des Augenzeugen hervor, der Pelzigs Leiche gefunden hatte, und Anne war sehr gerührt, dass er sich für sie in aller Frühe auf Recherche begeben hatte. Schließlich hatten sich die beiden das Nötigste gesagt und standen nur noch da und schauten sich an. Jeder musste dringend weg, aber sie gingen nicht auseinander. Anne tat so, als strich sie einen Fussel von Beauforts Jackett, um ihn berühren zu können. Er nahm ihre Hand und liebkoste sie. Die Blicke, die sie tauschten, waren süßer Schmerz. Sie hätten sich am liebsten umarmt und lang geküsst. Doch der Moment ging vorüber.

»Ich muss wieder rein«, sagte Beaufort, drehte die Handflächen nach außen und hob die Augenbrauen.

»Und ich muss meinen Bericht machen«, erwiderte Anne, zog die Schultern hoch und drückte die Brust heraus. »Ich danke dir.«

Die beiden küssten sich wie zwei alte Freunde rechts und links auf die Wange und gingen auseinander.

*

Anne kaufte sich im Kino gegenüber eine viel zu teure Cola, um wieder einen klaren Kopf zu bekommen. Besser jetzt nicht an Beaufort, sich selbst oder gar Hansen denken, sondern sich lieber auf die Arbeit konzentrieren. Sie brauchte einen aktuellen O-Ton von offizieller Seite zum Stand der Mordermittlungen. Außerdem war das Obduktionsergebnis noch immer nicht offiziell bekannt gegeben worden, obwohl es seit gestern vorliegen musste. Da sie sich im Moment vom wütenden Justizpressesprecher wenig Kooperation erwartete, beschloss Anne, ihr Glück beim Polizeisprecher zu versuchen. Sie hatte einen guten Draht zu Stadlober. Vielleicht könnte sie ihm ein paar Sätze entlocken.

Dann war da noch der Entdecker der Leiche, den Beaufort heute Morgen ausfindig gemacht haben wollte. Ein kleiner Betroffenheits-O-Ton von Herr und Hund würde für ihren

Beitrag recht schmückend sein. Sie wusste nicht, ob er da war und bereit zu reden, aber sie wollte ihr Glück zuerst dort versuchen.

Anne holte ihr Auto aus dem Parkhaus und fädelte sich in den Verkehr ein. Um zum Augustinerhof zu gelangen, in dessen Nähe der Mann wohnte, musste sie einmal um die Stadtmauer herumfahren. Die Möglichkeit, mit dem Auto quer durch die Altstadt zu fahren, war wegen des hohen Verkehrsaufkommens schon seit Jahren abgeschafft. Als sie am Hallertor wieder in die Altstadt einbog und in Richtung Hauptmarkt fuhr, verließ gerade ein Auto seine Parklücke, und die Ente schlüpfte hinein.

Zwei Minuten später war sie im Schmalzgässchen und warf einen Blick auf das Haus, in dem der Finder von Pelzigs Leiche wohnte. Ein hässlicher Bau mit ockerfarbenem Verputz, der im Laufe der Jahre durch Abgase einen schmutzig grauen Ton bekommen hatte. Eine dicke Türkin mit Kopftuch und Hosen unter dem Kleid kam gerade durch die Tür. Anne ging hinein. Innen roch es nach altem Haus: einer Mischung aus Kohl, Bohnerwachs, Brikett und Feuchtigkeit. Die Treppen waren ausgetreten und knarrten.

Oben stand an einer Tür der Name Georg Semmler. Dort läutete sie. Ein Hund schlug an und kam bellend näher. Mit einem scharfen, heiseren Befehl wurde das Tier zum Schweigen gebracht. Ein Mann mit dickem Bauch, langen Koteletten und ungepflegten Zähnen öffnete. Er schaute die Besucherin, die viel größer war als er, überrascht an.

»Horchens, Fraa, wenns mir irgendwos verkaafn wolln, sinds bei miir an der falschn Adress'. Iich hobb ka Geld nedd, iich bin nemli arbeitslos.«

Anne lächelte den Mann an. »Ich möchte Ihnen nichts verkaufen, sondern Ihnen nur ein paar Fragen stellen. Mein Name ist Anne Kamlin vom *Bayerischen Rundfunk* …«

Der Mann geriet leicht in Panik. »Iich hobb kann Fernseh, und a Radio hobb iich aa nedd. Iich les' hald blouß däi *Bild*.

Deswegn hobb iich aa fei nix oogmeld, vo wegn däi Gebührn. Verstenners, Fraa.«

»Sie brauchen keine Angst zu haben. Ich bin nicht von der GEZ. Ob Sie Ihre Gebühren zahlen, ist mir im Moment völlig egal. Aber Sie haben doch am Dienstag die Leiche im Augustinerhof gefunden. Darüber würde ich gerne mit Ihnen reden. Darf ich reinkommen?«

»Und Sie homm aa werkli nix mid dera GEZ zum dou? Dann kommers hald rei. Vuur dem Hund mäins ka Angst homm. Der doud fei nix.«

Er wollte Anne ins Wohnzimmer bitten, dann fiel ihm aber vermutlich sein Fernseher ein, und er ließ sie einen Moment im Flur warten. Er machte sich in der Küche zu schaffen. Durch einen Türspalt konnte sie sehen, wie er ein altes Kofferradio im Küchenschrank versteckte. Dann durfte sie hineingehen. Er entschuldigte sich, dass sie warten musste, aber er habe erst noch etwas aufräumen müssen, sagte er. Die Küche war klein und original 70er-Jahre. Hellgrüne Kacheln in Glanzoptik, grüne und braune Resopal-Einbauschränke, ein dunkler Tisch und zwei dunkle Stühle im Pseudo-Rustikal-Look und orangefarbene Vorhänge mit kreisförmigen Mustern in Lila und Braun. Die Vorhänge, die ohne Zweifel seit dreißig Jahren dort hingen, wären heute wieder der letzte Schrei in einem schicken Einrichtungshaus oder bei einem Trendfriseur.

Der Mann zündete eine Zigarette an, hustete ausgiebig und nahm im Sitzen zwei Dosen Bier aus dem Kühlschrank. Eine schob er Anne wortlos über den Tisch. Sie lehnte dankend ab. Auch eine Tasse Nescafé wollte sie nicht. Die Zeit wurde ihr knapp, und sie wollte nicht länger als nötig bleiben. Es war nicht das erste Bier, das Semmler heute trank. Sie fühlte sich unwohl, hatte auf einmal das Gefühl, hier nur ihre Zeit zu vergeuden.

Und so war es auch. Als sie ihr Aufnahmegerät zusammenschraubte, musste sie lang und breit erklären, wofür und warum. Auf jede ihrer Fragen antwortete er erst einmal mit einer Gegenfrage. Erst als er endlich sicher war, dass sie wirklich nichts mit der GEZ, dem Sozialamt und anderen bedrohlichen Instanzen zu tun hatte, die ihm das Leben versauerten, lief er zu Hochform auf. Lang und breit erzählte er, wie sein Hund den toten Pelzig entdeckt und er noch mutig den Puls an der Halsschlagader gefühlt und gleich bei der Kriminalpolizei angerufen hatte. Aber hallo. Den Jungs von der Truppe musste er erstmal Bescheid stoßen, wie man anständig nach Spuren sucht. Kurz, der Mann war ein Schwätzer, und noch während der Aufnahme drückte Anne auf die Pausetaste, ohne dass er es merkte. Als sie sich ganz sicher war, dass er ihr wirklich nichts Neues erzählen konnte, beendete sie das Interview ganz. Anne war schon am Zusammenrollen ihres Mikrofonkabels, aber Semmler bemerkte es gar nicht und redete einfach weiter.

»Und dann hobb iich fei den Mörder gseeng«, sagte er wie nebenbei. Anne horchte auf und machte das Aufnahmegerät schnell wieder startklar.

»Sie haben den Mörder gesehen?«, fragte sie aufgeregt.

»Hundertpro. Im Augustinerhuuf. Aff amoul stäid der vuur miir. Der hodd si an den Hund roogmachd, abber däi gäihd ja mid jedm miid, däi bläide Dööle.« Der Hund stellte die Ohren auf und bellte kurz. »Gell, Beißer, dou schausd.« Er beugte sich zum Hund hinunter und tätschelte ihm die Brust.

»Was war denn nun mit dem Mörder? Wie sah er aus?«

»Der woar riesig grouß. Bstimmt fast zwaa Meeder odder su. Und der hodd an dunkelblauen Mantel ooghabd, dunkle Hoar, und a Brilln hodder aa aafghabd. Und ganz grimmig hodder gschaud. Dou bin iich nerdierli abghaud, kenners mer glaabn.«

»Haben Sie der Polizei nichts davon erzählt? Die hätte doch bestimmt eine Fahndung eingeleitet.« Anne wurde skeptisch.

»Ja freili hobb iich däi Bolli oogrufn! Däi woarn aa glei dou heid fräih. Der hodds aaf miich abgseeng, als Kronzeugn. Das is amoal kloar.«

»Das war also nicht am Dienstag, sondern heute früh?« Der Mann musste Beaufort für den Mörder halten. Anne schmunzelte.

»Des sooch iich doch däi ganze Zeid! Heid morgn is gween. Horchns miir iiberhabbds nedd zou?« Semmler begann sich aufzuregen, und Anne machte, dass sie davonkam, ehe er anfing, richtig herumzupoltern.

»Ja, woss issn edzer? Kumm iich edzer nedd ins Fernsehn?«, rief er ihr wütend nach. Anne rannte fast zur Wohnungstür und öffnete sie.

»Es wäre das Radio gewesen«, rief sie, »oder haben Sie eine Kamera gesehen?«

Dann lief sie schnell die Treppen hinunter. Der ganze Besuch war eine Nullnummer, völlig unergiebig. Semmler war ein Wichtigtuer und hatte eine viel schlechtere Beschreibung der Leiche abgegeben als der Parkwächter vom Augustinerhof. Anne zuckte mit den Achseln und hakte es ab. Und da sie gerade bei einem sehr guten Konditor vorbeiging und sich mit einem großen Stück Birnen-Mandel-Torte belohnte, fand sie den Umweg gar nicht mehr so schlimm.

*

Stadlober stand lächelnd hinter seinem Schreibtisch auf und streckte die Hand zum Gruß entgegen. »Grüß Gott, Frau Kamlin. Na, braucht der *Bayerische Rundfunk* mal wieder ein Blitzinterview?« Er sagte das gut gelaunt, nur mit einem Hauch von Ironie. »Setzen Sie sich doch. Möchten Sie etwas zu trinken?«

Anne dankte. Stadlober trug statt der grünen Uniform Zivil. Ein groß gemustertes C&A-Jackett in mehreren Blau- und Grautönen, das um Schultern und Bauch zu eng geworden war. Eine braune Strickkrawatte und graue Trevirahosen mit Umschlag zeugten davon, dass daheim keine Frau sein Aussehen überprüfte.

»Also, worum geht es?«

»Erst einmal danke, dass Sie sich Zeit für mich nehmen, obwohl ich ohne Anmeldung hergekommen bin. Es geht um den Augustinerhof-Mord. Ich bräuchte ein paar Informationen zum aktuellen Stand der Ermittlungen.«

»Sie wissen doch, dass dafür der Justizpressesprecher zuständig ist. Die Mühe hätten Sie sich wirklich sparen können.«

Anne überlegte, wie sie Stadlober überreden könnte, und entschied sich für die Wahrheit. »Um ehrlich zu sein, ich habe mit Richter Ertl seit einiger Zeit, sagen wir mal, atmosphärische Störungen. Ich glaube nicht, dass er mir außerhalb von Pressekonferenzen derzeit ein Interview geben wird. Und ich benötige einen aktuellen O-Ton für einen zusammenfassenden Bericht. Können Sie nicht eine Ausnahme machen?« Anne versuchte ihren flehentlichen Hilf-mir-starker-schlauer-Mann-Blick, der bei einem bestimmten Typus Mann gut ankam. Stadlober schien dazuzugehören, er bekam einen väterlichen Ton.

»Ist es nicht so, dass Sie natürlich im Gericht angerufen haben, der Justizsprecher aber schon weg war, und Sie sich so spät am Freitagnachmittag nicht anders zu helfen wussten, als zu mir zu kommen?« Stadlober zwinkerte. »Nur für den Fall, dass Sie danach gefragt werden sollten, wovon ich nicht ausgehe.«

»Genau so war es«, spielte Anne mit, »leider hatte Herr Ertl das Haus schon verlassen. Ich habe ihn einfach nicht mehr erreichen können.«

»Nur Wunder dürfen Sie sich von mir keine erwarten, Frau Kamlin. Ich werde Ihnen vermutlich nur Dinge sagen können, die Sie ohnehin schon wissen«, schränkte der Polizeisprecher ein.

»Nichts über Verdächtige? Nicht mal ein kleines bisschen? Was ist zum Beispiel mit Verena Lösl, der Zweiten Vorsitzenden von ProNürnberg? Ich war ja selbst dabei, als sie erzählte, wie Hubert Pelzig nach der Vorstandssitzung noch mal zurückkam und der Streit zwischen den beiden weiterging.«

»Wenn Sie das recherchiert haben und meinen, es benutzen zu müssen, ist das Ihre Sache. Aber von mir werden Sie den Namen Lösl nicht hören. Ich werde Ihnen überhaupt keine Namen nennen. Ich kann Ihnen nur ganz allgemein mitteilen, dass wir verschiedenen Spuren nachgehen, dass wir aber noch nichts Konkretes für die Öffentlichkeit bekannt geben können. Und dass wir natürlich weiter nach Augenzeugen suchen.«

Anne hatte mit mehr Informationen auch gar nicht gerechnet und war froh, Stadlober überhaupt überredet zu haben. Sie machte trotzdem noch einen Anlauf.

»Ach, Herr Stadlober, haben Sie denn gar nichts Neues für mich? Was ist mit dem Obduktionsbericht? Der müsste doch schon seit gestern vorliegen.«

»Der ist noch nicht da«, antwortete der Polizeisprecher schnell.

»Kommen Sie, das kann doch gar nicht sein.«

»Was interessiert euch Journalisten nur immer so wahnsinnig am Obduktionsbericht? Wenn er für die Ermittlungen von Belang wäre, würden wir es Ihnen schon mitteilen.«

Anne fiel etwas ein, was sie erst vor ein paar Tagen im Radio gehört hatte.

»Also gut«, fuhr sie fort, »ich weiß, Sie mögen doch Anekdoten, Märchen, kleine Geschichten. Ich erzähle Ihnen eine. Es treffen sich zwei Freunde auf einem Bazar, und der eine bittet den anderen, ihm eine wahre Geschichte zu erzählen. Gut, sagt der eine Freund. Als ich einmal durch die Wüste ging, traf ich plötzlich auf einen Löwen. Der sprang auf mich zu, und ich rannte und rannte, bis ich schließlich auf einen Olivenbaum klettern und mich retten konnte. Du lügst, lacht daraufhin sein Kumpel, in der Wüste gibt es doch gar keine Olivenbäume. Erzähl mir eine wahre Geschichte. Gut, sagt der Freund. Als ich einmal durch die Wüste ging, traf ich auf einen Löwen. Der sprang auf mich zu, und ich rannte und rannte, bis ich schließlich in einen Fluss sprang, ans andere Ufer schwamm und gerettet war. Du lügst schon wieder, wendet der andere Freund ein, seit wann gibt es in der Wüste Flüsse? Erzähl mir eine wahre Geschichte. Gut, sagt der eine Freund. Als ich einmal durch die Wüste ging, traf ich plötzlich auf einen Löwen. Der sprang auf mich zu, und ich rannte und rannte, bis ich mich schließlich in einer Telefonzelle in Sicherheit bringen konnte. Na, jetzt hör aber auf, protestiert der andere, du lügst doch schon wieder. In der Wüste gibt es keine Telefonzellen. Daraufhin antwortet der Freund: Sag mal, auf welcher Seite stehst du eigentlich? Auf meiner oder der des Löwen?«

Stadlober lachte herzlich und sah Anne verständnissuchend an: »Eine hübsche Geschichte. Nur was wollen Sie mir damit sagen?«

Anne schaute ihn freundlich an. »Damit will ich ausdrücken, dass Sie mir über den Obduktionsbericht etwas vorflunkern. Aber gleichzeitig wollen Sie, dass ich als Journalistin auf Ihrer Seite stehe und die Informationen verbreite, die für Sie wichtig sind. Fahndungsaufrufe zum Beispiel.«

»Aber was wollen Sie denn mit den ganzen Details anfangen, die dazu noch in unverständlicher medizinischer Fachsprache abgefasst sind? Unterm Strich bleibt bei Journalisten immer nur das Blutrünstige übrig. Wir haben schlechte Erfahrungen gemacht, wenn wir einen Obduktionsbefund ungefiltert an die Presse weitergeben.«

»Erstens bin ich eine examinierte Krankenschwester und kann die medizinischen Fachausdrücke gut verstehen, und zweitens arbeite ich nicht für die *Bildzeitung*, sondern für ein seriöses Medium. Sie werden es noch nicht erlebt haben, dass wir blutige Details verbreiten, nur damit der Hörer etwas zum Gruseln hat.«

»Sie waren mal Krankenschwester?«, fragte Stadlober erstaunt.

»Ja, das ist mein erster Beruf. Ich habe mein Magisterstudium finanziert, indem ich nebenher als Nachtwache gearbeitet habe. Was ist jetzt mit dem Obduktionsbericht? Haben Sie doch einfach ein bisschen Vertrauen zu mir.«

»Ich bin zu weich Ihnen gegenüber. Also gut, Sie dürfen hineinschauen. Aber ich werde nichts dazu ins Mikrofon sagen, und Sie bekommen auch keine Kopie. Der Bericht bringt sowieso keine Neuigkeiten, außer dass jetzt definitiv sicher ist, dass Herr Pelzig bereits tot war, bevor seine Leiche in den Augustinerhof gebracht wurde. Aber das haben wir der Presse ja bereits mitgeteilt.« Stadlober holte einen grauen Aktenordner aus einem Schrank, blätterte, nahm den Obduktionsbericht heraus und reichte ihn Anne.

Sie las die drei Seiten gründlich durch und machte sich ein paar Notizen. Pelzig war durch einen einzigen kraftvollen Hieb gegen seinen Kopf ums Leben gekommen. Sein linkes Schläfenbein und etliche Gesichtsknochen waren total zertrümmert. Die vordere Hirnarterie war gerissen und große Teile des Frontalhirns waren zerquetscht. Er war sofort tot gewesen. Der Schlag war schräg von unten mit einem stumpfen Gegenstand aus Metall, der grau lackiert war, ausgeführt worden. Abgesplitterte Lackreste hatten sich in der Wunde befunden. Auch Glassplitter waren dort entdeckt worden, die vermutlich von der Brille des Opfers stammten. Doch ließ sich das nicht genau sagen, weil Pelzigs Brille das Einzige war, was von seinen Sachen fehlte. Zusätzlich wies der Tote Blutergüsse am rechten Unterarm, am Brustkorb und an der Schulter auf, die erst nach seinem Tod entstanden waren. An den Fersen waren ebenfalls leichte Blutergüsse. Er war mit einem fachmännischen Rauteck-Griff von hinten unter den Achseln durch, den Arm des Opfers als Haltegriff benutzend, ein paar Meter weit geschleift worden. Außerdem hatte die Leiche eine Zeit lang auf der Seite gelegen. Der Pathologe kam zu dem Ergebnis, dass der Tod etwa gegen Mitternacht eingetreten sein musste. Ab ungefähr ein Uhr nachts hatte der Tote dann draußen im Frost auf dem Rücken gelegen.

Pelzig war mit brutaler Gewalt ermordet worden. Derjenige, der zuschlug, wollte Pelzig regelrecht auslöschen. Dazu gehörte Kraft. Das ließ eher auf einen Mann als Mörder schließen. Hierauf war die Leiche vermutlich in ein Auto gelegt und im Augustinerhof wieder herausgeholt worden. Mit dem Rauteck-Griff, den jeder Autofahrer in seinem Erste-Hilfe-Kurs vor der Führerscheinprüfung erlernte, war allerdings auch eine schwächere Frau in der Lage, den Toten eine gewisse Strecke zu schleppen. Eine Menge Fragen und Spekulationen gingen Anne durch den Kopf. Aber Stadlober lehnte es ab, sich daran in irgendeiner Form zu beteiligen. Sie drang auch nicht weiter in ihn, um seine Nachsicht nicht zu überstrapazieren. Sie führte das Interview und bekam die üblichen allgemeinen Antworten, für die der Polizeipressesprecher bekannt war. Sie bedankte sich sehr herzlich für sein Vertrauen und fuhr ins Studio, um den Beitrag fertig zu machen. Auf dem Weg dorthin schimpfte sie weder über den Feierabendverkehr noch über die U-Bahn-Großbaustelle an der Gustav-Adolf-Straße. So sehr war sie damit beschäftigt, die neuen Puzzleteile des Obduktionsergebnisses in das bisherige Gerüst aus Fakten und Mutmaßungen einzuordnen.

*

Die Dämmerung war schon fast vorüber, als Beaufort überaus aufgeräumt und besonders guter Laune nach Hause ging. Er hatte einen vergnüglichen Nachmittag verbracht. Der offiziellen Ausstellungseröffnung war der inoffizielle Teil gefolgt. Ein kleinerer Kreis ausgewählter Personen, darunter der Kulturreferent, die Bibliotheksleiterin, Vereinsmitglieder, ›Fanclub-Damen‹ und Studentinnen, war in ein gemütliches fränkisches Lokal gegangen und hatte dort den ganzen Nachmittag gegessen und getrunken, geredet und gelacht. Am Anfang, als noch mehr Honoratioren dabei waren, mehr geredet, am Ende, als fast nur noch Studentinnen übrig geblieben waren, mehr gelacht. Nicht, dass er ein Auge auf die jungen Hüpfer geworfen hätte. Es war vielmehr so, dass er weibliche Gesellschaft der männlichen einfach vorzog. Schon als Schulbub in der Igitt-Mädchen-Phase hatte er die Rangeleien seiner Kameraden verabscheut und lieber mit den Mädeln Gummitwist gespielt. Mit Frauen konnte man einfach intensivere Gespräche führen. Gut, Frauen unter sich waren wohl auf ihre Art genauso schrecklich wie Männer untereinander, aber das konnte ihm ja egal sein, denn da war er schließlich nicht dabei. Beaufort hatte generös alle offen gebliebenen Posten auf der Rechnung bezahlt und beim Aufstehen festgestellt, dass er ein bisschen beschwipst war vom vielen Wein. Nicht, dass er betrunken war – das war er nie, vielmehr hatte er gerade den Pegel optimaler Stimulation erreicht.

Was ihn aber am meisten in Hochstimmung versetzte, war der Gedanke an Anne. Sie war ziemlich zickig gewesen, als sie nach ihrem Besuch bei Hansen so unerwartet in der Bibliothek aufgetaucht war. Aber vor dem Saal war sie auch wieder so reumütig geworden, dass er ihr vieles verziehen hätte. Er dachte an diesen magischen Moment zwischen ihnen zurück, der voller Möglichkeiten gesteckt hatte und dann einfach verstrichen war. Das Eis zwischen ihnen war noch sehr dünn, und er würde nicht den ersten großen Schritt tun. Zu schwer fiel es ihm, sie einzuschätzen. War das vorhin tatsächlich ein Anfall von Eifersucht? War sie launisch? Oder bekam sie einfach nur ihre Tage? Und dann Ekkis Hinweis auf einen festen Freund. Er würde die Dinge vorsichtig abwarten, seine derzeitige Stimmung genießen und im Fall Pelzig schön weiter am Ball bleiben. Das war etwas, was ihn herausforderte, und er hatte dadurch außerdem die Möglichkeit, immer wieder Kontakt zu Anne herzustellen.

»Grüß Gott, Herr Beaufort. Ich hab' da ein großes Paket für Sie. Es ist aus England.« Seine Haushälterin hatte ihn kommen hören und stand unten in ihrer Wohnungstür.

»Das ist ja wunderbar, Frau Seidl. Da werden wohl meine Schuhe drin sein.« Beaufort freute sich. Er ließ sich seine Schuhe in London von Hand fertigen. Vor ein paar Jahren hatte man dort seine Füße vermessen und Modelle davon angefertigt, sodass er nur noch telefonisch oder brieflich zu bestellen brauchte, wenn er neue Schuhe haben wollte. Der alteingesessene exquisite Schuhmacherladen weigerte sich, eine E-Mail-Adresse einzurichten, was Beaufort gefiel. Selbst das Telefon soll in dem Geschäft erst vor gut zwanzig Jahren angeschafft worden sein.

»War Ihre Ausstellung erfolgreich? Sie kommen ja ziemlich spät heim.«

»Bei Ihnen wird man ja strenger überwacht als in der Jugendherberge.« Beaufort drohte ihr spielerisch mit dem Finger. »Aber um Ihre Frage zu beantworten: Ja, es war sehr schön. Unsere Bücher sind gut präsentiert worden, und es waren viele interessierte Leute da.«

»Das freut mich für Sie, Herr Beaufort. Mir reicht es ja, Ihre Bücher abzustauben. Da muss ich nicht noch in die Stadtbibliothek gehen, um mir welche anzuschauen. Aber ich hab' Sie heut' Mittag im Radio gehört. Des war sehr schön, wie Sie da mit der Frau Kamlin über die ganzen Bücher gesprochen haben.«

»Schön, dass es Ihnen gefallen hat. Aber jetzt gehe ich besser mal hoch.« Er holte per Knopfdruck den Fahrstuhl.

»Des ist übrigens eine sehr nette Frau, gell? Und hübsch außerdem.« Frau Seidl fand, dass er schon längst verheiratet und Vater dreier Kinder sein sollte.

Beaufort, der um ihren Verkupplungseifer wusste, tat zerstreut und sagte nur: »Ach wirklich, ich habe gar nicht darauf geachtet. Ich war so auf das Gespräch konzentriert, dass ich keine Zeit hatte, sie mir genauer anzuschauen.« Er trat mit seinem Paket in den Lift.

»Sie dürfen halt nicht immer nur in Ihre Bücher schauen«, rief sie ihm durch die sich schließende Tür nach.

Oben angekommen, packte Beaufort als Erstes das Paket aus. Es waren drei Paar Lederschuhe darin: zwei elegante Paare in Schwarz und Braun und eines mit dicker Kreppsohle in Schwarz. Er probierte alle an und war zufrieden. Nun musste er sie nur noch einlaufen. Dann ging er in die Küche. Dort fand er eine Tüte Brezen auf dem Tisch und frisch angemachten Obatzten im Kühlschrank. Frau Seidl dachte wirklich an alles. Er naschte ein wenig mit dem Finger von der Käsespezialität und machte dann seinen Computer im unteren Arbeitszimmer an. Im Internet klickte er das ZVAB an, das Zentrale Verzeichnis antiquarischer Bücher, und durchsuchte die Kataloge nach Büchern, die ihm noch fehlten. Er hatte seit vier Tagen kein Buch mehr gekauft.

Gegen neun klingelte das Telefon. Es war Anne. Im Hintergrund hörte er Jazzmusik, es war Chet Bakers unverkennbares Trompetenspiel.

»Hallo. Ich konnte dich nicht früher anrufen. Ich bin gerade erst nach Hause gekommen. Der Beitrag für morgen hat doch länger gedauert. Hattest du noch eine nette Veranstaltung, nachdem ich glücklich wieder aus dem Weg war?«

»Das klingt, als hätte ich dich aus dem Weg haben wollen, und du weißt, dass das nicht stimmt. Aber lassen wir das lieber. Ja, es war nett. Wir waren hinterher noch mit dem Kulturreferenten etwas essen.«

»Und hatte er wieder so viele Schuppen auf dem Revers?« Anne wollte den Ton etwas lockern.

»Ihr Frauen seid doch gnadenlos. Der Kulturreferent ist ein kluger und netter Mann, aber euch interessieren nur seine Schuppen. Ja, er hatte welche. Nur fiel das heute nicht so auf, weil er einen grauen Anzug anhatte.«

»Ich finde ihn ja auch ganz kompetent. Aber wenn man bedenkt, dass er eine Halbglatze hat, fragt man sich doch wirklich, wo dauernd die vielen Schuppen herkommen. Ich wollte dir noch mal Danke sagen für deinen Einsatz an der Recherchefront. Was hat dich denn heute Morgen so früh aus dem Bett gebracht?«

»Ich habe mir einen Wecker gestellt. Und jetzt fällt es mir wieder ein, ich hatte einen ziemlich grotesken Traum, in dem du auch vorkamst. Aber den erzähle ich dir lieber nicht.«

»Ach komm schon«, bettelte Anne.

»Nein«, sagte Beaufort bestimmt, »jetzt nicht. Vielleicht ein anderes Mal. Hat dir denn der Leichenfinder mit seinem Hund etwas genützt? Ich hatte ja noch mehr gehofft, den Obdachlosen anzutreffen. Aber der ist noch nicht zurückgekommen.«

»Das Interview mit diesem Semmler hat leider nichts ergeben. Der Typ war ein fürchterlicher Wichtigtuer und außerdem noch betrunken.« Anne erzählte Beaufort von ihrem Besuch. »Weißt du, was lustig ist: Er hält dich für den Augustinerhof-Mörder. Du musst ihm heute Morgen ganz schön Angst eingejagt haben. Er hat sogar die Polizei gerufen.«

»Ich habe einen Streifenwagen in der Ferne vorbeifahren sehen. Hoffentlich nehmen sie das nicht wirklich ernst. Meinst du, ich sollte mich da mal melden?« Beaufort ging während des Telefonierens in die Küche und holte den Obatzten und ein helles Bier aus dem Kühlschrank.

»Besser wäre es vielleicht. Ich war danach beim Polizeipressesprecher, und der hat mir zwar gesagt, dass sie verschiedene Spuren verfolgen, aber nicht, welche. Bevor dein Freund Ekki mal wieder erbost anruft, gib ihm lieber Bescheid. Aber erzähl nichts von dem Obdachlosen.«

»Das hätte ich sowieso nicht getan. Dieser Spur will ich zuerst selber nachgehen. Hast du bei der Polizei etwas Neues herausbekommen?«

Anne berichtete, nebenbei einen Joghurt löffelnd, vom Obduktionsergebnis, und Beaufort hörte Käsebrezen kauend zu. Solange zertrümmerte Schädelknochen und zermatschtes Gehirn nur in der Vorstellung existierten und nicht wirklich zu sehen waren, ließen sich beide ihren Appetit davon nicht verderben.

»Kann man aus dem Obduktionsbericht Rückschlüsse darauf ziehen, wo Pelzig ermordet wurde?«, fragte Beaufort.

»Darüber habe ich auch schon nachgedacht. Wenn man davon ausgeht, dass vom Tod bis zum Ablegen der Leiche im Augustinerhof eine halbe bis eine Stunde Zeit vergangen ist, kann er auch weit weg vom Fundort ermordet worden sein.«

»Aber Pelzig muss seinem Mörder doch irgendwo begegnet sein. Entweder auf dem Nachhauseweg oder, falls er nicht direkt nach Hause gegangen ist, dann eben in der Stadt. Theoretisch könnte er auch direkt am Augustinerhof ermordet worden sein, als er dort, aus welchem Grund auch immer, vorbeiging. Vielleicht in einer Wohnung gleich um die Ecke. Dann wäre er nicht mit einem Auto transportiert worden, sondern hätte noch eine Weile tot in der Wohnung gelegen, bis der Mörder es wagen konnte, die Leiche im Hinterhof zu entsorgen.«

»Und wer sollte das gewesen sein?« Anne war skeptisch.

»Das weiß ich nicht. Ich spiele hier nur eine theoretische Möglichkeit durch.«

»Es könnte auch ganz anders sein. Stell dir vor, Pananaikos hat einen oder zwei Auftragskiller engagiert. Die schnappen sich Pelzig, als er aus dem Vereinshaus kommt oder irgendwo anders auf dem Heimweg, zerren ihn in ein Auto, fahren an einen abgelegenen Ort am Stadtrand, bringen ihn dort in Ruhe ohne Zeugen um und verfrachten die Leiche in den Augustinerhof als Warnung für alle, die gegen das neue Bauprojekt sind. Denn der Grieche braucht ja einen Käufer für das Gelände, damit er seine Schulden loswird.«

»Warum haben sie ihn nicht gleich im Augustinerhof umgebracht? Da wären sie doch auch ziemlich ungestört gewesen. Und dann diese unappetitliche Art, Pelzig zu erschlagen, dass das Hirn spritzt. Das sieht doch eher nach jemandem aus, der einen gehörigen Hass auf Pelzig hatte, dem es aber an eleganteren Waffen fehlte. Wie zum Beispiel der Lösl.«

»Genau. Und vielleicht ist die in Wirklichkeit mit Pelzig gar nicht verfeindet, sondern seine heimliche Geliebte, die er wegen einer anderen Geliebten hatte sitzen lassen, weshalb sie ihm ihre grau lackierte Bratpfanne über den Schädel gezogen hat. Und die Liebeslaube der beiden war das Zimmer, das du für einen Obdachlosenunterschlupf hältst. Jetzt wird auch klar, warum Pelzig so dagegen war, den Augustinerhof neu zu bebauen. Wo sollte er sonst hin zu seinen Schäferstündchen?«

»Sehr witzig«, sagte Beaufort trocken.

»Ich wollte dir nur zeigen, dass es jede Menge möglicher und unmöglicher Theorien gibt. Und die, die ich gerade entwickelt habe, ist sogar von den Indizien her ziemlich logisch, wenn auch völlig an den Haaren herbeigezogen.«

»Es ist halt nicht so einfach, einen Mord aufzuklären. Neben den Fakten, die die Polizei bestimmt besser kennt als wir, gehört dazu sicherlich auch so etwas wie Gespür. Und ich glaube, dass der Schlüssel irgendwo im Verein begraben liegt. Vielleicht werde ich morgen mal an einem dieser Stadtrundgänge von ProNürnberg teilnehmen. Die finden immer samstags um elf und sonntags um zwei statt. Morgen ist das Motto: Kleiner Altstadtrundgang für Neubürger.«

»Wenn du dir das wirklich antun willst. Du kennst doch die Stadt besser als die meisten. Es könnte recht langweilig werden für dich.« Anne war skeptisch. »Und was soll schon herauskommen dabei?«

»Man lernt nie aus. Wer weiß, was ich Neues erfahren kann. Aus deinen Worten schließe ich, dass du wohl keine Lust hast, mitzukommen?«

»Ich muss das Wochenende über arbeiten. Morgen Abend ist die Verleihung des Deutschen Kabarettpreises in der Tafelhalle. Die Vorberichte beschäftigen mich schon ab dem Nachmittag. Und am Sonntag mache ich den ganzen Tag Nachberichte. Ich habe nur morgen Vormittag etwas Zeit. Ich müsste außerdem mal Wäsche waschen, einkaufen, putzen, halt alles, was seit Tagen liegen geblieben ist. Und joggen würde ich auch gern mal wieder.«

»Das heißt, wir sehen uns am Wochenende gar nicht. Das ist aber schade. Ich fange langsam an, mich an deinen täglichen Anblick zu gewöhnen. Man weiß zwar nie, was einen erwartet, aber dafür ist es immer aufregend mit dir.« Beaufort sagte das in einem aufrichtigen, nicht zu schmeichelhaften Ton.

Anne dachte nach. »Eine Möglichkeit, sich zu sehen, gäbe es vielleicht.« Hoffentlich lädt sie mich nicht zum Mitjoggen ein, dachte Beaufort. »Wie sieht es denn mit deinen Tanzkünsten aus?«

Da war Beaufort mehr auf seinem Gebiet. »Fein, hast du Lust, tanzen zu gehen? Gibt es denn eine Disco, in die ich noch hineinkomme? Ich bin ja mehr ein Freund des Standardtanzes.«

Anne lachte. »Weder noch. Ich dachte mehr an Volkstanz.«

»An Volkstanz?« Beaufort war gewarnt. »Musst du auf irgendeine *Bayern 1*-Veranstaltung und willst mich etwa dahin mitschleppen?«

»Sei unbesorgt. Morgen ist Skandinavisches Winterfest an der Volkshochschule mit Tanz und Bingo und Köttbullar. Du weißt schon, diese kleinen schwedischen Fleischklößchen. Alle nordischen Sprachkurse machen zweimal im Jahr ein gemeinsames Tanzfest. Und da würde ich gerne nach der Preisverleihung noch hingehen, wenn ich es schaffe. Es lohnt sich zwar kaum noch, denn ich werde nicht vor zehn da sein können, aber wenn du Lust hast, komm einfach mit.«

»Sag ich doch, dass du immer für eine Überraschung gut bist. Das klingt wirklich exotisch. Natürlich gehe ich mit.«

»Schön. Das Fest ist in der Unteren Talgasse in den Räumen des Jugendzentrums. Es ist zu kalt, um am Eingang zu warten. Wenn ich um zehn noch nicht da bin, geh einfach rein. Ich werde dich schon finden. Und noch etwas: Komm nicht zu overdressed. Anzug und Schlips kannst du im Schrank lassen.«

»Aber ich muss mich nicht zufällig in Blau und Gelb kleiden?« Beaufort hatte es nicht gern, Kleidervorschriften zu bekommen.

»Nein, denn es sind außer Schweden auch Finnen, Norweger und Dänen da. Die meisten aber sind Deutsche. Eben alle, die diese Sprachen erlernen. So, aber jetzt muss ich ins Bett, ich bin total geschafft. Bis morgen. Ich freu' mich.«

»Bis morgen«, hauchte Beaufort in den Hörer, aber da war schon das Klick in der Leitung.

Dann schlenderte er hoch in die Bibliothek. Sein Blick fiel auf eine kleine Holzschale aus Kauriholz in einem Buchregal, die er einmal in Neuseeland gekauft hatte. Er nahm sie, leerte den darin angesammelten Krimskrams aus und stellte die Schale in die linke hintere Ecke seines Schreibtisches. Es konnte ja nicht schaden.

Treffpunkt für die Nürnberger Neubürger war vor dem Alten Rathaus am sogenannten Wolff'schen Bau. Beaufort hatte sich verspätet. Es war bereits ein paar Minuten nach elf, als er an dem imposanten Sandsteingebäude ankam. Doch es war nicht schwer, die Gruppe zu finden. Etwa zwanzig Köpfe schauten gleichzeitig nach oben auf das von der Sonne beschienene Rathausportal und schickten ihren Atem in die Höhe. Mit dem Finger auf das Wappen weisend, erläuterte ausgerechnet Verena Lösl den Altstadtinteressierten die Symbolik. Jedes andere Mitglied von ProNürnberg wäre ihm lieber gewesen. Die Zweite Vorsitzende war immer noch eine Hauptverdächtige für den Mord an Pelzig. Sie hatte ihre Unschuld nicht gänzlich beweisen können, und sie würde mit ihren Äußerungen über den Verein ganz sicher auf der Hut sein, sobald sie Beaufort bemerkte. Einen Moment lang zögerte er, ob er nicht lieber morgen wiederkommen sollte. Aber da er sich nun schon mal auf den Weg gemacht hatte, stellte er sich dazu.

»Obwohl das hier das Rathaus ist, sehen Sie nicht das Stadtwappen, sondern den Reichsadler. Es war den Ratsherren anscheinend wichtiger, Nürnberg als Stadt der Reichstage und als Aufbewahrungsort der Reichsinsignien der deutschen Kaiser darzustellen als die eigene Stadtgeschichte. Die beiden Stadtwappen sind stattdessen über den beiden Nebenportalen angebracht worden. Links das große Prunkwappen, das einen goldenen Adler mit dem Kopf einer Königin auf blauem Grund zeigt, und rechts das kleine geteilte Wappen mit einem halben schwarzen Adler auf gelbem Grund und den roten und weißen Schrägstreifen. Wenn wir jetzt wieder hier hochschauen auf den Sandsteinfries, dann sehen wir noch allegorische Figuren um den Reichsadler. Die beiden liegenden Frauen dort halten Schwert und Waage als Symbole für Gerechtigkeit.«

»Guck mal, Mami, da ist ja ein Vogel mit seinen Jungen«, sagte ein vielleicht achtjähriges Mädchen in rosa Jacke und mit einem rosa Stirnband. Sie war mit ihrer ganzen Familie da, mit Eltern, Großeltern und dem kleinen Bruder im Kinderwagen.

»Weißt du denn auch, was das für ein Vogel ist?«, fragte Verena Lösl das Mädchen freundlich, das so direkt angesprochen schüchtern den Kopf schüttelte und die Beine verdrehte. »Das ist ein Pelikan.« Sie wandte sich wieder an alle: »Nun werden Sie vielleicht fragen, was der Pelikan, der ja nicht gerade zu den einheimischen Nürnberger Tieren zählt, am Rathaus zu suchen hat. Der Pelikan ist ebenfalls eine Allegorie. Seit den alten Griechen wird die Sage überliefert, dass der Pelikan seine getöteten Jungen mit dem eigenen Blut wieder zum Leben erwecken kann. Sie finden den Pelikan gelegentlich auch in alten Kirchen. Da steht er dann für den Opfertod Christi. Auch hier ist wohl die Blutsymbolik gemeint. Die Ratsherren sollten ihre Entscheidungen gerecht – siehe Waage und Schwert – und mit Herzblut treffen. Ich bin mir nicht sicher, ob das alle heutigen Stadträte wissen.«

Die Gruppe nahm den kleinen Scherz dankbar lachend an. Erst jetzt bemerkte Verena Lösl Beaufort. Einen winzigen Moment lang veränderte ihr Gesicht die Farbe, dann nickte sie ihm zu und bat ihre Zuhörer hinüber zur Sebalduskirche zu gehen. Sie schlug ihnen vor, einen Blick auf das Relief von Adam Kraft mit der Grablegung Christi zu werfen, das wegen der Renovierungsarbeiten an der Fassade durch die vielen Holzverschalungen leider nur ungenügend zu sehen sei, und sich anschließend unter dem Brautportal zu versammeln. Dann ging sie auf Beaufort zu, zog einen Wildlederhandschuh aus und begrüßte ihn mit Handschlag.

»Na, seit wann sind Sie denn Neubürger?«

»Seit meiner Geburt.« Beaufort grinste. »Ich kam gerade zufällig vorbei und dachte, dass ich mich Ihnen anschließen könnte. Der Pelikan beispielsweise ist mir noch nie aufgefallen.

Da sieht man doch, wie blind man manchmal durch seine eigene Stadt läuft.«

»Genau das wollen wir mit unseren Rundgängen erreichen, dass man seine Umgebung wieder wahrnimmt und ein Bewusstsein für die Schönheiten Nürnbergs bekommt. Bitte, wenn Sie Interesse daran haben, kommen Sie gern mit uns.«

Sie gingen zur Kirche hinüber.

»Ich bin erstaunt, Sie heute hier zu sehen«, sagte Beaufort. »Nach dem ganzen Trubel vorgestern mit Polizeivernehmung und allem hätte ich das nicht erwartet. Sie müssen doch Ihren Kopf ganz woanders haben.«

»Es lenkt aber auch ab«, sagte Verena Lösl souverän. »Außerdem habe ich es Frau Pelzig gestern Abend versprochen. Es wäre nämlich heute Huberts Tour gewesen, aber niemand von uns hatte daran gedacht, bis es ihr gestern einfiel.«

»Ach, der Vorsitzende hat selber Führungen gemacht?«

»Oft und gern. Er hat es geliebt. Da konnte Hubert seinen ganzen Missionseifer ausleben. Doch vielleicht können wir uns nachher darüber unterhalten. Jetzt muss ich weitermachen.«

Sie wandte sich an die Gruppe, die bereits wartete. Einige traten auf der Stelle, damit sie keine kalten Füße bekamen. Es herrschte immer noch schneidender Frost.

»Dies ist das Brautportal. Es ist wie ein freischwebender Baldachin mit Jungfrauen über unseren Köpfen. Aber ich will Ihnen keine kunstgeschichtliche Führung anbieten, sondern Sie nur auf ein paar Nürnberger Besonderheiten hinweisen. Es geht um diesen Mann dort oben. Weiß jemand, wer das ist?«

Sie zeigte in die Höhe auf eine große Steinskulptur, die neben einem reich verzierten gotischen Bogen stand. Es war ein Mann mit Vollbart, breitkrempigem Hut, Mantel und einem Beutel an der Hüfte. In der einen Hand trug er einen Wanderstock, in der anderen hielt er eine Kirche.

»Könnte das vielleicht Joseph sein?«, meldete sich ein Mann mit sächsischem Akzent zu Wort, »denn auf der anderen Seite des Bogens steht doch eindeutig die Jungfrau Maria mit dem Jesuskindlein.«

»Das ist eine gute Schlussfolgerung«, lobte Verena Lösl, »aber leider falsch. Das hier ist der Schutzpatron unserer Stadt: der heilige Sebald. Er war ein Pilger und Eremit, der Wunder wirken konnte. Hier befindet sich sein Grab, und darüber bauten die Nürnberger vor beinahe tausend Jahren eine Kirche zu Ehren des Heiligen, die Sebalduskirche eben. Deshalb hat ihm der Bildhauer ein verkleinertes Abbild dieser Kirche in die Hand gegeben. Und noch etwas, was Sie heute vielleicht besonders interessieren dürfte: St. Sebald ist auch der Patron gegen die Kälte.« Die Gruppe lachte.

»Da könnte er sich ruhig etwas mehr anstrengen«, sagte die Frau des Sachsen.

»Schauen Sie doch nur, wie schön die Sonne scheint«, sagte die Stadtführerin und wies auf den blauen Himmel. »Am heiligen Sebald liegt es nicht. Wir müssen nur aus dem Schatten der Kirche gehen, am besten hinüber zum Pfarrhaus. Dort ist der Prototyp einer anderen Nürnberger Besonderheit, des sogenannten Chörleins.«

Dann erklärte Verena Lösl, dass der reich geschmückte, steinerne Fassadenerker am 600 Jahre alten Pfarrhaus wie der Chor einer Kirche genau nach Osten ausgerichtet sei und einen kleinen Hausaltar beherberge. Ein solcher Erker mit Altar sei dann an zahlreichen Patrizierhäusern imitiert worden, aus Stein oder aus Holz, in unterschiedlichen Formen. Das Spektrum reiche vom runden Türmchen mit Spitzdach bis zur kommodenartigen Holzkiste, die an der Fassade hing. Das sei ein Nürnberger Wahrzeichen wie Lebkuchen, Bratwurst oder der Schöne Brunnen. So hätten die Protestanten, die ihren Reichtum ja nicht so offen zeigen durften wie die Katholiken, weil das als hochmütig angesehen wurde, ein bisschen Prachtentfaltung an der Fassade betreiben können. Schließlich ging es um Hausaltäre, die zur Ehre Gottes gebaut wurden.

Beaufort, der das schon wusste, hörte nicht so genau zu und sah sich auf dem Sebalder Platz um. Eine Politesse schrieb zwei Falschparker auf, eine Gruppe asiatischer Touristen kam lachend aus der Kirche, eine Radfahrerin mit Kinderanhänger kreuzte den Platz, und ein paar Meter weiter saß ein Mann auf einem Steinpfosten an einer geschützten Hauswand und hielt sein Gesicht mit geschlossenen Augen in die Sonne. Er hatte einen gläsernen Seidel in der Hand und nahm ab und zu einen Schluck Apfelschorle. Neben ihm saß brav eine große Dogge, die langsam aufstand, sich schüttelte, dass die Spucke aus den Lefzen nur so um sich flog, und sich friedlich wieder setzte. Nur Beaufort hatte bemerkt, wie Doggenspeichel im Schorleglas landete. Als er das nächste Mal hinschaute, war das Glas leer getrunken. Der Mann sah weiterhin zufrieden aus.

In der Gasse hinter dem Pfarrhaus, die Füll hieß, zeigte Verena Lösl ihren Zuhörern ein anderes Chörlein, diesmal aus dunklem geschnitzten Holz mit Glas. Das mittelalterliche Haus mit der Fassade aus großen Sandsteinplatten hatte ein prächtiges gewölbtes Eichentor. Sie holte einen großen Schlüssel unter der Fußmatte hervor und schloss damit die schwere Tür auf, die in das Tor hineingeschnitten worden war. Die Gruppe betrat eine Art Diele mit Kopfsteinpflaster und einem ebenso großen gewölbten Ausgang zum Hinterhof. Nur war dessen Tor nicht ganz so prachtvoll. In der Zwischenzeit öffnete die Stadtführerin kurz das Treppenhaus und rief hinein: »Alles in Ordnung, Frau Waffek. Wir sind die Gruppe von ProNürnberg!« Dann wandte sie sich wieder den Neubürgern zu.

»Dies ist ein altes Kaufmannshaus, und wir befinden uns in der Erdgeschosshalle. In den Räumen zu beiden Seiten wurden Waren gelagert, Fässer mit eingelegten Heringen, Wollstoffe, Holzbohlen, je nachdem, womit der Kaufmann handelte. Die Halle ist so groß, damit die Fuhrwerke zum Beladen ein- und ausfahren konnten.«

»Wurde die Ware hier auch wieder verkauft?«, fragte die Großmutter des Pelikanmädchens.

»In gewisser Weise schon. Doch Sie dürfen sich das nicht als eine Art Kolonialwarenladen vorstellen. Der Kaufmann, der hier wohnte, war kein Einzelhändler, sondern Großhändler. Aber natürlich schauten sich seine Kunden hier die Ware an.« Sie richtete sich wieder an alle. »So! Werfen wir doch noch einen Blick in einen typischen Nürnberger Hinterhof.«

Dieser war etwa zehn mal zehn Meter groß. Hinten rechts, vor einer vielleicht zweieinhalb Meter hohen Mauer, stand ein Schuppen aus Backsteinen. Die anderen drei Seiten wurden U-förmig vom Gebäude des Kaufmannshauses eingenommen. Es war vier Etagen hoch. Die oberen Stockwerke umgaben Laubengänge aus dunkel gestrichenem Holz. Die Fenster waren alt und abgeblättert, auch der Putz musste erneuert werden. Im Schindeldach befand sich ein Vorbau, von dem ein senkrechter Träger abstand.

»Das da oben ist ein Aufzugserker. An dem Balken war früher eine Seilwinde. Damit wurden Waren in den Dachspeicher hochgezogen und dort oben gelagert. Übrigens, dieses ganze riesige Anwesen war damals ein Einfamilienhaus. Große Teile dienten als Lagerräume, im ersten Stock wohnte die Kaufmannsfamilie, die früher natürlich viel mehr Kinder als heutzutage hatte, im Hinterhaus lebte das Gesinde. Heute könnten hier vermutlich sechs Parteien Platz zum Wohnen finden. Aber Sie sehen ja selbst, dazu müsste das Gebäude gründlich saniert werden.« Verena Lösl schob eine herausgerutschte blonde Haarsträhne unter ihre Mütze zurück.

»Wer wohnt hier denn noch?«, wollte die Frau des Sachsen wissen.

»Nur noch eine alte Dame und ein Student. Das Haus hat keine Zentralheizung und ist wenig komfortabel.«

In dem Moment erblickte Beaufort hinter einem Fenster im ersten Stock das Gesicht einer alten Frau. Sie schaute auf die Gruppe hinab. Auch die Zweite Vorsitzende hatte sie bemerkt und winkte ihr freundlich zu. »Hallo, Frau Waffek!«, rief sie. Die Frau am Fenster grüßte zurück und verschwand wieder.

Dann wollte die Großmutter des Pelikanmädchens wissen, wozu der hässliche Schuppen diente, und Verena Lösl erzählte, dass darin früher vermutlich Schweine gehalten wurden. Denn laut Magistratsbeschluss durften außer Pferden keine Nutztiere auf der Straße herumlaufen, sodass der Hinterhof oft als Unterkunft für das Vieh herhalten musste.

Dann ging die Gruppe die Albrecht-Dürer-Straße entlang, bewunderte ein von ProNürnberg gerade renoviertes, über 500 Jahre altes Haus, in dem ein kleiner Handarbeitsladen untergebracht war, ließ Dürers Geburtshaus nach einer Empfehlung, es unbedingt einmal zu besuchen, links liegen und machte ein paar Schritte die Bergstraße hinunter, wo die Stadtführerin vor einem Bäckerladen stehen blieb.

»Hierauf sind wir von ProNürnberg besonders stolz. Dieses etwa 400 Jahre alte Haus, das ganz typisch für die Sebalder Altstadt ist, war völlig heruntergekommen. In den letzten Jahrzehnten hatte es häufig den Besitzer gewechselt. Aber dann hat die letzte Eigentümerin es dem Verein geschenkt, und wir haben fast zwei Millionen Euro investiert und viel, viel ehrenamtliche Arbeit, um es wieder zu dem Schmuckstück zu machen, das Sie heute sehen können. Bei den Renovierungsarbeiten haben wir auch den alten Backofen wiederentdeckt und hergerichtet. Es stellte sich heraus, dass in dem Haus jahrhundertelang Bäcker ihre Backstube hatten, und so haben wir das Erdgeschoss wieder an einen Bäcker vermietet.«

»Wo haben Sie denn das viele Geld aufgetrieben?«, wollte der Sachse wissen.

»Durch Mitgliedsbeiträge und durch Spenden natürlich. Wir haben einen guten Namen in der Stadt und viele Menschen, die uns unterstützen. Vielleicht haben Sie ja auch Lust, einzutreten. Mit sechzig Euro im Jahr sind Sie dabei. Steuerlich absetzbar und für einen guten Zweck.«

Der Mann wollte es sich noch einmal überlegen. Als die Gruppe in die Bäckerei ging, um sich den Backofen anzusehen, stahl sich ein älteres Paar heimlich davon. Vielleicht hatten sie

Angst davor, nicht Nein sagen zu können, wenn sie direkt auf eine Mitgliedschaft angesprochen würden, dachte Beaufort. Der Ofen hatte hübsche weiße und hellblaue Kacheln. Verena Lösl öffnete die Klappe und ließ die Leute hineinsehen.

»Alle Bäckereien hier in der Gegend waren früher so ausgestattet. Unten schürte man kräftig das Feuer. Von dort kam die scharfe Hitze zum Anbacken für die Kruste. Danach wurde das Brot zum Ausbacken nach oben geschoben.«

»Wo ist denn das Brot?«, fragte das kleine Mädchen.

»Im Moment ist der Ofen kalt, sonst könnten wir ja nicht hineingucken. Das wäre viel zu heiß. Und es macht auch viel Arbeit, in so einem alten Ofen zu backen. Brezen, Brötchen, Brot und Kuchen kommen aus einer modernen Backstube, die der Bäcker anderswo in der Stadt hat. Dies ist nur eine Filiale. Aber zweimal im Monat muss er mit diesem Ofen Brot backen. Dazu haben wir ihn vertraglich verpflichtet.«

»Breze«, krähte der kleine Bub in seinem Wagen. Er hatte zielsicher das eine Wort herausgegriffen, das er verstand. Die Mutter kaufte beiden Kindern eine Breze, und die Führung ging weiter in andere Häuser, die anscheinend alle ProNürnberg gehörten oder an denen der Verein mitgearbeitet hatte. Sie schauten in einen engen Hinterhof mit Wendeltreppe, die um einen riesigen Fichtenstamm herum gebaut worden war, sie betrachteten das älteste Haus Nürnbergs, das 1338 noch mit einem Rauchloch im Dach erbaut worden war, und sie sahen sich zum Abschluss einen wiederentdeckten Brunnen in einem anderen Innenhof unterhalb der Burg an. Das sei mal ein sehr reiches Haus gewesen, teilte Verena Lösl ihrer langsam ermüdenden Zuhörerschaft mit. Denn einen eigenen Brunnen zu graben, habe viel Geld gekostet. Um zu demonstrieren, wie tief er war, holte sie eine Halbliterflasche Wasser aus ihrer Umhängetasche, schraubte sie auf, bat alle, still zu sein, und goss Wasser in den Brunnen. Erst nachdem Beaufort in Gedanken »einundzwanzig, zweiundzwanzig ...« gezählt hatte, hörte er das Wasser in der Tiefe aufplatschen.

»Hat jemand eine Ahnung, wie tief der Brunnen ist?«, fragte sie.

Beaufort nickte. »Ich schätze etwa zwanzig Meter. Das Wasser fällt rund zehn Meter pro Sekunde, und es hat gut zwei Sekunden gedauert.«

»Sehr gut.« Verena Lösl schaute Beaufort anerkennend an. »Der Brunnen ist zweiundzwanzig Meter tief. Er war schon lange nicht mehr genutzt und im Laufe der Zeit mit Bauschutt zugeschüttet worden. Erst wir von ProNürnberg haben ihn wieder freigelegt. Eine harte Arbeit, wie Sie sich denken können.«

»Waren da Schätze drin?«, fragte das Mädchen.

Die Führerin lachte: »Nein, leider nicht. Der meiste Bauschutt stammte aus der Nachkriegszeit, als hier alles wiederaufgebaut wurde. Einen kaputten Maßkrug haben wir gefunden, mehr nicht. Aber allein der Unterhalt des Brunnens ist eine teure Aufgabe.«

Dann hielt Verena Lösl eine flammende Werberede für ihren Verein, verteilte kleine Broschüren und brachte tatsächlich drei Leute dazu, gleich an Ort und Stelle einzutreten. Der Rest bedankte sich für die neuen Ein- und Aussichten, die ihnen die Führung verschafft hatte, und ging davon. Nur Beaufort wartete bis zuletzt. Er hatte vom vielen Herumstehen kalte Füße, und außerdem drückten ihn seine neuen englischen Schuhe.

»Nun, haben Sie etwas über Nürnberg dazugelernt? Oder wussten Sie das meiste schon?«

»Was ich nicht kannte, waren die speziellen Einblicke in die Hinterhöfe – egal ob groß, mit geschnitzten Laufgängen, oder winzig klein, mehr einem Luftschacht ähnlich. Ich habe natürlich bereits einige Hinterhöfe in der Stadt gesehen, aber niemals so geballt und vielfältig. Und, ehrlich gesagt, mir war auch nicht ganz bewusst, an wie vielen Gebäuden die Handschrift Ihres Vereins zu erkennen ist.« Während sie sich unterhielten, gingen sie langsam in Richtung Rathaus zurück.

»Nicht wahr?«, sagte Verena Lösl stolz, »unsere kleine Bürgerinitiative hat viel bewirkt und der Stadt ein anderes, ein menschlicheres Gesicht gegeben.«

»Sie halten ein Plädoyer fürs alte Nürnberg, aber trotzdem wohnen Sie in einem Bauhaus-Bungalow mit Le-Corbusier-Möbeln und Wagenfeld-Lampen. Wie passt denn das zusammen?«

»Sehr gut, denke ich. Das Bauhaus ist ja mittlerweile eine historische Epoche, insofern hat mein Haus auch etwas ›Altertümliches‹. Aber mir gefällt das, und bequem sind die Möbel außerdem. Und das Engagement von ProNürnberg zielt ja dahin, das wenige, was noch da ist, zu erhalten. Nehmen Sie zum Beispiel unser Rathaus. 1945 wurde es zerstört und von 1956 bis 1960 rekonstruiert. Das war eine lobenswerte Entscheidung. Aber was tut man beim Wiederaufbau auf der anderen Seite des Rathauses? Man bricht ein paar uralte gotische Häuser ab, um Platz für die Erweiterung des Neubaus zu schaffen. Unter denkmalpflegerischem Aspekt ist das absurd. In dieser Stadt gibt es so viele hässliche Zweckbauten, um die es nicht schade gewesen wäre.«

Verena Lösl ereiferte sich, aber irgendetwas an ihren Ausführungen überzeugte Beaufort nicht. Es klang nur wie der halbe Teil der Wahrheit. Warum engagierte sich eine Liebhaberin der klassischen Moderne in einem städtebaulich so konservativen Verein? Wo waren die Motive hinter den Motiven?

»Wie viele Häuser besitzt der Verein eigentlich?«

Die Zweite Vorsitzende überhörte die Frage. Sie sprach einfach weiter und versuchte stattdessen Beaufort zu einem Beitritt zu überreden. Aber so leicht wollte er sich nicht abschütteln lassen.

»Ich frage mich wirklich, wie der Verein das alles finanziert. Allein über die Mitgliedsbeiträge kann das doch nicht gehen.«

Sie blieb stehen und sah zu Beaufort hoch. Dabei spielte sie mit ihren Lederhandschuhen, indem sie die Finger zuerst nacheinander herausnahm, im Handschuh eine Faust ballte, um sie anschließend in umgekehrter Reihenfolge wieder hineinzustecken.

»Sie sind aber wirklich hartnäckig. Jetzt rechnen Sie doch mal. Sechzig Euro im Jahr mal rund 6.000 Mitstreiter macht 360.000 Euro allein an Beiträgen. Außerdem waren wir mal 10.000 Mitglieder, da hatten wir Einnahmen von etwa 600.000 Euro per annum. Dazu kommen Spenden und die viele ehrenamtliche Mitarbeit vom Steineschleppen bis zum Bauzeichnen. Wir bekommen zudem Geschenke, wie Baumaterial oder die Verpflegung während der Bauarbeiten. Und dann haben wir auch noch Mieteinnahmen. Das sind eine Menge Mittel, mit denen sich vieles erreichen lässt. Auch die Stadt Nürnberg und das Land Bayern fördern mittlerweile unsere Projekte zur Heimatpflege.«

Das war viel, sogar erstaunlich viel. Aber es war immer noch nicht genug angesichts einer Summe von zwei Millionen Euro, die allein die Renovierung des Hauses mit der Bäckerei gekostet hatte. Doch Beaufort ahnte, dass er keine genaueren Auskünfte zu dem Thema mehr erhalten würde, und ging deshalb direkt zum Mord an Pelzig über.

»Entschuldigen Sie meine Neugier, Frau Lösl, aber wie hat denn die Polizei eigentlich Ihre Aussage vorgestern aufgenommen?« Er schaute sie treuherzig an.

»Gut, dass Sie mich darauf ansprechen. Das Ganze ist mir natürlich ungemein peinlich, wie Sie sich vorstellen können. Beim Lügen erwischt zu werden in so einer heiklen Angelegenheit! Aber ich bin Ihnen und Frau Kamlin wirklich dankbar, dass Sie es herausgefunden und mich zur Polizei geschickt haben. Mir ist ein Stein vom Herzen gefallen, als ich endlich die Wahrheit gesagt hatte. Ich meine, die haben mich natürlich ganz schön unter Druck gesetzt, aber mein Gewissen war jedenfalls erleichtert. Und irgendwann in der Nacht haben sie mich wieder gehen lassen.« Mit stolzer Stimme flüsterte sie ihm zu. »Es ist wie in einem Kriminalfilm. Ich darf die Stadt nicht verlassen, ohne mich vorher abzumelden.«

Sie hatte gleichzeitig etwas Naives und etwas Durchtriebenes. Beaufort fühlte, dass er ihr trauen durfte, aber etwas hielt ihn zurück, es restlos zu tun. Was war die Wahrheit, fragte er sich. Und gab es eine Wahrheit, die mit Verena Lösls Wahrheit übereinstimmte? Noch waren nicht alle Spuren gesichtet. Doch nach dieser Führung war Beaufort mehr denn je davon überzeugt, dass der Schlüssel zur Lösung des Geheimnisses im Verein zu finden war.

*

Nachdem sich Beaufort von Verena Lösl verabschiedet hatte, ging er Mittagessen zu einem nahe gelegenen Italiener, verspeiste dort mit Genuss Spaghetti alle vongole und ein Stück Panettone, stöberte in zwei Buchhandlungen nach Neuerscheinungen, kaufte sich eine Jazz-CD von Peter Fessler mit einer hübschen Interpretation von *You go to my head* und entschloss sich, auf dem Heimweg noch in der Weißgerbergasse bei seinem Weinhändler vorbeizuschauen. Das unbewohnte Haus mit den eingeworfenen Fensterscheiben am Anfang der Gasse war in den vergangenen Tagen komplett mit einem Gerüst eingedeckt worden. Auf dem grünen Netz, das die Passanten vor herunterfallenden Teilen schützen und gleichzeitig den Blick in das Innere verhindern sollte, war eine große Tafel angebracht, auf der angezeigt wurde, dass dieses mittelalterliche Handwerkerhaus mit Unterstützung von ProNürnberg e.V. saniert wurde. Warum war ihm die umfangreiche Tätigkeit des Vereins nicht schon früher aufgefallen?

Bei Wolf-Dieter im Laden war es gut geheizt und noch ziemlich leer. Drei Männer, die um einen Bistrotisch herum standen, Rotwein tranken, Weißbrot aßen und redeten, waren die einzigen Gäste. Erst in gut zwei Stunden, wenn die Geschäfte schlossen, würde sich der Raum mit Stadtbummlern füllen, die mit einem Schlückchen Wein oder Sekt ihre Einkäufe begießen würden.

»Servus, Frank«, sagte Wolf-Dieter, der hinter seinem Tresen Gläser polierte, »was magst du trinken?«

»Ich brauche etwas, was die Stimmung hebt, die Libido dämpft, den Verstand schärft und Genuss ohne Reue verspricht. Am liebsten weiß.«

»Zaubertränke gibt's zwei Häuser weiter. Ich verkaufe nur Wein. Und jetzt gebe ich dir vom Messwein, damit du von deinen teuflischen Ideen befreit wirst.«

Er entkorkte eine Literflasche und goss Grünen Veltliner aus Österreich in ein Glas, der gut schmeckte, aber nicht so ganz in die Jahreszeit passte.

»Was hast du denn da drin?« Wolf-Dieter, der immer sehr an Literatur interessiert war, deutete auf seine Büchertüte.

»Liebesgedichte von Giacomo Leopardi.« Wolf-Dieter verzog angewidert das Gesicht. Beaufort holte das Buch hervor, schlug es irgendwo auf und rezitierte aufs Geratewohl:

»Warum denn drang nicht unversehrt und rein
und heiter – warum voller Qual und Klage
mir solche Freude in die Seele ein?«

»Das ist ja tatsächlich gut«, meinte der Weinhändler.

»Sag ich doch. Leopardi spricht vom Feuer der Melancholie, das ihn dichten lässt. Er sagt, Empfindungen der Liebe machen das Denken größer, das Gemüt erhabener und edler und das Herz den Leidenschaften offener.«

»Bist du verliebt, oder was?« Er war wieder dabei, große Rotweingläser zu polieren.

»Das auch. Aber was mich wirklich überzeugt hat, dieses Buch zu kaufen, war Leopardis Satz auf dem Klappentext zum Thema Liebesgedichte. ›Ich lese mit Freuden eigentlich nur noch meine eigenen Verse über das Thema‹, schreibt er. Das ist doch so beherzt anmaßend, dass ich nicht widerstehen konnte.« Sie lachten.

»Und was sagt deine Kundschaft zum Augustinerhof-Mord? Wie ist denn die aktuelle Hitliste der Verdächtigen?«

»Ich glaube, der Besitzer des Grundstücks und der Baureferent liefern sich ein Kopf-an-Kopf-Rennen, dicht gefolgt vom organisierten Verbrechen. Weiter hinten liegen anarchistische Architekturstudenten, die Maklermafia und Pelzigs Erben. Aber selbst die Neonazis sind im Gespräch.« Er füllte sich selbst ein Glas Rotwein ein.

»Was hört man denn so läuten über Pelzigs Verein? Mir ist gerade aufgefallen, dass ProNürnberg auch hier in eurer Gasse ein Projekt hat.«

»Hören wirst du über den Verein nur Gutes. Der ist ja der anerkannte Heilsbringer, der unsere Geschichte rettet. Wenn du was anderes erfahren willst, musst du schon mit den richtigen Leuten sprechen.« Wolf-Dieter nahm einen tiefen Schluck und stellte das Glas unsanft auf die Theke.

»Du sprichst in Rätseln. Könnte es sein, dass du einer dieser richtigen Leute bist?«

»Könnte sein.«

»Na komm, lass dir nicht alles aus der Nase ziehen.«

Der Weinhändler schaute zu den anderen Gästen hinüber, die ihnen keine Beachtung schenkten, und sagte dann mit gedämpfter Stimme: »Hast du eine Vorstellung davon, wie viele Häuser in der Altstadt ProNürnberg mittlerweile besitzt? Keiner weiß es genau, aber ich bin auf schätzungsweise zwölf gekommen. Alles prachtvoll restaurierte Stadthäuser, jedes für sich mehrere Millionen Euro wert. Da würde ich mal nach einem Mordmotiv suchen, wenn ich die Polizei wäre.«

»Das ist wirklich eine interessante Neuigkeit. Weißt du, was ich heute Vormittag gemacht habe? Eine Führung durch die Altstadt mit der Zweiten Vorsitzenden von ProNürnberg ...«

»Mit der Lösl«, unterbrach Wolf-Dieter.

»Ja, genau. Kennst du die wohl?«

»Ich kenne die Lösl und den Pelzig und noch einige andere Gestalten aus dem Verein. Die waren alle schon bei mir, aber Wein haben sie nicht getrunken.«

»Was sind denn das für Andeutungen?«

»Sag ich dir gleich. Aber ich hatte dich unterbrochen. Was wolltest du über deinen Rundgang erzählen?« Er schenkte wortlos das Glas von Beaufort nach, der »stopp« sagte, als es halbvoll war. Er fragte nach Brot, und der Wirt schob ihm einen Korb rüber. Kauend sprach Beaufort weiter.

»Auf dem Rundgang ist mir aufgefallen, wie viele Projekte ProNürnberg betreut und finanziert. Ich habe gefragt, wo das Geld herkommt, und Frau Lösl hat mir dann die Mitgliedsbeiträge vorgerechnet und etwas von Spenden und Zuschüssen erzählt. Aber das reicht im Leben nicht, um so viele Häuser zu kaufen und instand zu setzen. Woher haben die nur das viele Geld?«

»Das kann ich dir genau sagen: durch Erbschaften. Das sind die schlimmsten Erbschleicher, die du dir vorstellen kannst. Die sind richtig organisiert darauf. Von denen könnte so manche Drückerkolonne noch was lernen.«

»Wie meinst du das?«

»Die wissen genau, wem welche alten Häuser gehören. Alleinstehende Alte, die etwas zu vererben haben, werden systematisch jahrelang umworben. Ich habe das hier bei meinem Vermieter miterlebt. Der alte Knabe ist vor zwei Jahren gestorben, und schon fünf Jahre vorher waren die Leute von ProNürnberg da wie die Aasgeier. Immer scheißfreundlich. Das Haus sei ja so schön, ob man das nicht mal Interessierten auf den Stadtrundgängen zeigen könne, und so weiter. Da freuen sich natürlich die meisten erst einmal über das Interesse. Das ist doch klar. Und dann machen sie sich unentbehrlich. Ich habe das bei mehreren Häusern hier in der Nachbarschaft mitbekommen und den Alten und seine Kinder darauf hingewiesen. Irgendwann haben sie den Verein dann durchschaut und vor die Tür gesetzt. Seitdem ist mir ProNürnberg spinnefeind.«

»Du meinst, dein Hausbesitzer hatte sogar Erben, und sie sind trotzdem gekommen?« Beaufort lehnte sich an einen Stapel voller Weinkartons und wechselte das Standbein. Seine Schuhe drückten immer noch. Hoffentlich bekam er keine Blasen.

»Wo gibt es keinen Streit zwischen den Generationen? Und wie viele Kinder wohnen ganz woanders und haben dort ihr eigenes Leben aufgebaut? Das wissen diese Erbschleicher genau. Sie sind immer da, reden einem nach dem Mund und machen so manchen Besitzer mürbe. Ich habe von zwei Fällen alleinstehender alter Frauen gehört, die regelrecht in ihren Häusern zu Tode gepflegt wurden. Also, ich will sagen: Viele haben zwar ein großes Haus, aber nur wenig Geld. Und der Erhalt des Hauses frisst einiges. Die sind dann froh um die Hilfen, die der Verein bietet. Und für sie ist es die bessere Alternative, sich zu Hause pflegen zu lassen und das Erbe dem Verein zu geben, als in ein billiges Pflegeheim zu müssen. Man kann ja schließlich sowieso nichts mitnehmen, werden die sich sagen.«

»Und du denkst, die sind wirklich so berechnend?«

»Sind sie. Ich sage dir, wenn ProNürnberg an deiner Haustür klopft, und du machst auf, hast du zu fünfzig Prozent schon verloren. Die sind so was von gewieft.«

Wolf-Dieter hatte das Verlangen nach etwas Stärkerem und schenkte sich einen Grappa ein. Beaufort wollte lieber nicht. Er hatte gleich noch etwas vor und wollte einen klaren Kopf behalten.

»Kennst du das alte Haus in der Füll, schräg gegenüber vom Burgtheater? Das mit dem großen Eichentor?«, fragte Beaufort.

»Ich glaube, ich weiß, welches du meinst. Ist es das etwas heruntergekommene? Aber ich habe keine Ahnung, wem das gehört. Wieso?«

»Wir waren vorhin auf unserer Tour im Hinterhof dieses Hauses. Anscheinend wohnen da nur eine alte Frau und ein junger Mann. Wenn mich nicht alles täuscht, ist das genau so ein Fall von Umwerbung eines zukünftigen Erblassers, wie du ihn mir gerade geschildert hast.«

Beauforts Pupillen weiteten sich einen kurzen Moment lang. Sie taten das immer, wenn er eine Idee hatte.

»So, und jetzt brauche ich für einen anderen Zweck noch zwei Flaschen Verführungsrotwein, aber nicht zu schwer und tanninhaltig, sondern leicht, fruchtig, samtig und nach Sommer schmeckend.«

*

Mit zwei Flaschen Rotwein aus dem Kamptal, es war die Geheimmischung eines kleinen Winzers aus Zweigelt- und Pinot-Noir-Trauben, machte sich Beaufort noch einmal auf den kurzen Weg zurück zur Füll. Er hatte keinen genauen Plan, aber als er die Treppen zu der Gasse hochstieg, kam ihm der Zufall zu Hilfe. Vor ihm ging, sehr langsam und wackelig wegen der teilweise eisglatten Stufen, die alte Frau, die er in dem Kaufmannshaus hinter dem Fenster gesehen hatte.

»Entschuldigung, kann ich Ihnen vielleicht helfen?« Beaufort sprach laut und freundlich. »Es ist ziemlich glatt. Nicht, dass Sie noch ausrutschen.«

Die Frau musterte ihn aufmerksam durch ihre trüben Pupillen. Was sie zu sehen bekam, flößte ihr offenbar Vertrauen ein. Sie lächelte. »Ja, gerne. Das ist nett von Ihnen.«

Beaufort hakte die kleine Frau, die ihm kaum bis zur Brust reichte, auf der linken Seite unter und langsam, Stufe für Stufe, gingen sie nach oben.

»Es kann so schnell passieren, dass man hinfällt. Und ruckzuck hat man sich den Schenkelhals gebrochen«, brüllte Beaufort.

»Da haben Sie recht. Eigentlich müsste ich einen Stock benutzen, aber ich bin schrecklich eitel. Deshalb nehme ich ihn nur in der Wohnung, wo mich keiner sieht.«

»Draußen sollte aber Sicherheit vor Schönheit gehen, besonders bei der Glätte. Wenn Sie erst einmal ausgerutscht sind, werden Sie es bereuen.«

»Sie brauchen nicht so zu schreien. Ich hab zwar nicht mehr so viel Kraft in den Beinen, und sehen kann ich auch nicht mehr so gut wegen dem grauen Star, aber mein Gehör ist noch ausgezeichnet.« Sie schaute zu ihm hoch und wirkte mit ihren roten Bäckchen mehr wie ein Teenager. Ein faltiger Teenager.

»Entschuldigen Sie bitte. Ich mache das automatisch bei älteren Leuten.« Sie waren oben an der Treppe angekommen. »Soll ich Sie noch bis zu Ihrer Haustür begleiten? Die ist ja gleich da hinten. Und Sie wollen sicher nicht auf den letzten Metern noch straucheln.«

Es war ihr angenehm, von einem so höflichen und stattlichen Mann begleitet zu werden. Aber etwas irritierte sie. »Woher wissen Sie denn, wo ich wohne?«

»Ich war vorhin in Ihrem Hinterhof während der Führung von ProNürnberg. Da habe ich Sie am Fenster gesehen.«

»Ach, Sie sind von ProNürnberg? Das hätten Sie doch gleich sagen können. Ja, die sind alle sehr nett von Ihrem Verein, wirklich sehr nett. Aber Sie kenne ich noch nicht. Wie heißen Sie denn?«

Wenn sie ihn für ein Mitglied hielt, war das nur gut für seine Recherchen. Er zögerte einen Moment lang, ob er seinen wirklichen Namen nennen sollte. Aber er wollte die nette Dame mit dem Dutt auf dem Kopf nicht unnötig belügen.

»Beaufort. Frank Beaufort.«

»Wie das Spielzeug? Wissen Sie, ich habe als Kind so ein Karussell aus Blech gehabt mit bunten Pferdchen. Wenn man das mit einem Schlüssel aufzog, drehte es sich, und aus einer Spieluhr erklang Musik. Das war eines meiner liebsten Spielzeuge. Aber so schöne Sachen bauen die ja heute nicht mehr. Nur noch Fernseher und Computer und so ein Zeug. Ich glaube, wir hatten es damals besser als Kinder. Doch ich habe Ihnen meinen Namen noch nicht gesagt. Maria Waffek. Aber wenn Sie von ProNürnberg sind, werden Sie den ja vielleicht kennen.«

Sie waren vor dem Haus angekommen. Beaufort hätte gern genauer erfahren, was manche Mitglieder des Vereins bei ihr taten.

»Kann ich Ihnen sonst noch irgendwie behilflich sein?

»Ich hätte schon eine Bitte, aber ich traue mich gar nicht, sie auszusprechen.«

»Nur zu. Ich hätte meine Hilfe nicht angeboten, wenn ich es nicht ernst meinte.«

»Das Haus ist sehr alt und hat keine Zentralheizung, sondern immer noch Kohleöfen. Würden Sie mir vielleicht einen Eimer Briketts in die Wohnung tragen?«

Beaufort ging mit in die Wohnung, nahm dort zwei leere Eimer, bekam von Frau Waffek den Schlüssel für den Kohlenschuppen im Hinterhof und ging wieder hinunter. Die Tür des Schuppens klemmte etwas. Er stapelte Briketts in die Eimer und versuchte dabei, seinen Mantel nicht schmutzig zu machen. Die Kohleneimer waren schwerer, als er gedacht hatte. Als er sie die enge Treppe hinaufschleppte, geriet er ins Schwitzen. Oben stapelte er die Briketts neben die Öfen in Wohnzimmer und Küche. Dann bat er darum, seine schmutzigen Hände waschen zu dürfen.

»Danke, Herr Beaufort. Das war sehr nett von Ihnen. Möchten Sie vielleicht eine Tasse Kaffee mit mir trinken? Ich habe heute frischen Marmorkuchen gebacken.«

Beaufort nahm die Einladung gern an. Er sah sich um. Ein langer Flur, von dem aus auf jeder Seite drei Türen abgingen. Zur Straße hin konnte er ein Wohn- und ein Esszimmer erkennen mit billigen, abgenutzten Möbeln, aber einem prachtvollen alten Buffetschrank. Zur Linken, Richtung Hof, lagen die Küche und weiter hinten vermutlich Schlaf- und Badezimmer. Die Tapeten mit zartem Blümchenmuster waren verblasst. Hier war schon lange nicht mehr tapeziert worden.

»Wohnen Sie hier ganz allein?«, fragte er, als die kleine Frau ihm den Mantel abnahm.

»Ich habe hier dreißig Jahre allein gelebt. Aber seit einem Jahr wohnt mein Großneffe, der Stefan, noch mit im Haus. Groß genug ist es ja. Das ist mein letzter Verwandter, wissen Sie, seitdem meine Nichte, also Stefans Mutter, vor drei Jahren an Brustkrebs gestorben ist. Ich selbst habe ja nie geheiratet. Als er nach Nürnberg kommen wollte, um hier zu studieren, habe ich ihn bei mir aufgenommen. Ist es Ihnen recht, wenn wir in der Küche bleiben? Das ist der wärmste Raum in der Wohnung.« Der Kohleofen bollerte, und es war ziemlich heiß. Auf dem Elektroherd setzte sie Wasser auf. Dann legte sie ein weißes Tischtuch auf den robusten Küchentisch und deckte ihr gutes Kaffeegeschirr auf: flache Tassen aus feinem Porzellan mit Goldrand und Goldgriff auf hohen Untertassen.

»Verstehen Sie sich mit Ihrem Neffen? Das muss doch eine ganz schöne Umstellung sein, mit einem jungen Menschen zusammenzuwohnen, wenn man daran gewöhnt ist, allein zu leben.«

»Ehrlich gesagt, nicht besonders gut. Die Jugend von heute hat ja einen ganz anderen Rhythmus. Wenn ich um sechs aufstehe, kommt er oft erst heim und verschläft dann den halben Tag. Und die laute Musik, dieses Stampfen wie von Maschinen! Er wohnt in der kleinen Wohnung über mir. Wenigstens hat er seine Lautsprecherboxen jetzt an die Wand gehängt und nicht mehr direkt auf dem Boden stehen. Seither ist es etwas besser geworden.«

»So ist die Jugend halt. Die brauchen auch ihre Freiräume, damit sie mal machen können, was sie wollen.«

»Sollen sie ja auch von mir aus. Aber der Stefan ist schon ein besonderes Früchtchen. Den kann ich zehnmal bitten, ehe er mir einmal die Briketts hochträgt. Eine große Hilfe ist er nicht gerade. Im Gegenteil, wenn ich nicht aufpasse, plündert er meinen Kühlschrank. Und ob er so fleißig studiert, wie er vorgibt, weiß ich auch nicht.« Der Wasserkessel pfiff, und sie goss das heiße Wasser in den Kaffeefilter auf der Porzellankanne.

»Was studiert er denn, Ihr Großneffe Stefan Waffek?«

»Nein, er heißt Stefan Düsterhöfft. Er ist der Enkel meiner Schwester, Gott hab sie selig. Und studieren tut er Betriebswirtschaft. Aber so wie er wirtschaftet, hat er da noch nicht viel gelernt. Spätestens nach der Hälfte des Monats kommt er zum Betteln zu mir. Und ich hab doch auch nicht so viel. Zwar dies große Haus hier, aber nur eine kleine Rente. Deshalb bin ich ja auch sehr dankbar, dass mich Ihr Verein unterstützt. Hoffentlich geht alles so weiter, jetzt nach diesem schrecklichen Mord an Herrn Pelzig. Das war ein netter Mann. Er hat mich ein paar Mal besucht. Wie kann man nur so etwas tun? Wo geht diese Welt nur hin? Also das hätte es früher nicht gegeben. Mögen Sie den Kaffee? Ich brühe ihn immer mit der Hand auf. Da schmeckt er doch viel besser als aus der Kaffeemaschine.«

Die alte Frau hatte es ziemlich gut gemeint. Der Kaffee war so stark, dass er sich durch die Sahne kaum aufhellte. Bestimmt würde Beaufort Sodbrennen bekommen, denn sein Magen reagierte manchmal empfindlich. Der Kuchen hingegen war lecker, er aß gleich zwei Stücke. Sie redeten noch etwas über den Mord und die Schlechtigkeit der Welt, bis Beaufort sie wieder auf die Hilfe zurückbrachte, die ProNürnberg ihr zukommen ließ. Sie erzählte freimütig und vertrauensselig.

»Wissen Sie, das Haus ist wie ein Fass ohne Boden. Sie sehen ja selbst, dass es dringend renoviert werden müsste. Aber dafür habe ich kein Geld. Und Ihr Verein hat mir schon zweimal aus der Patsche geholfen. Einmal hatte ich, bei ebenso starkem Frost wie jetzt, einen Wasserrohrbruch, und es sind ein paar Handwerker vom Verein gekommen und haben das repariert. Und dann müsste das Dach gedeckt und eigentlich der ganze Dachstuhl erneuert werden. Als der große Weihnachtssturm vor zwei Jahren etliche Schindeln abgedeckt hatte und es hineinregnete, haben sie mir auch wieder geholfen und, ohne etwas zu verlangen, das Dach geflickt. Es ist schon wirklich großartig, was der Verein leistet.«

»Mussten Sie etwas unterschreiben als Gegenleistung für den Verein? Hat man Sie in irgendeiner Form bedrängt?«

»Nein, überhaupt nicht. Aber natürlich stehe ich in ihrer Schuld, moralisch. Sie sind ja alle so nett und hilfsbereit. Und ich überlege mir auch, was nach meinem Tod mit dem Haus passieren soll. Es wäre schon schön, wenn unten wieder ein kleines Geschäft hineinkommen könnte und ein paar komfortablere Wohnungen. Aber nicht nur Büros, weil es sich sonst niemand mehr leisten kann, hier zu wohnen, wenn alles schön gemacht worden ist. Es waren sogar schon Leute da, die sich jedoch mehr für die gute Lage des Grundstücks als für das Haus interessiert haben.«

Es klingelte, und gleichzeitig schloss jemand die Tür auf. »Tante Maria, bist du da?«

»In der Küche«, rief die alte Frau mit einer für ihren schmächtigen Körper erstaunlich kräftigen Stimme. »Aber vergiss nicht, dir die Schuhe abzuputzen!«

In der Küchentür erschien Maria Waffeks Großneffe. Stefan Düsterhöfft hatte sich den Schädel kurz rasiert, trug lange Koteletten und einen affektierten Bart wie aus einem alten Film mit den drei Musketieren: dünner Schnauzer und nur ein kleines Dreieck Haare direkt unter der Unterlippe. Er hatte eine schwarze Lederhose an und unter der offenen Jacke ein T-Shirt mit der Aufschrift *Kongo Fighters*, was immer das bedeuten mochte. Er war nicht sehr groß, drahtig und etwa Mitte zwanzig.

»Du hast Besuch?«, fragte er düster.

»Ja. Das ist Herr Beaufort von ProNürnberg. Er hat mir die Briketts hochgetragen, worum ich dich gebeten hatte«, stichelte Frau Waffek.

»Ich hätte es schon noch gemacht«, brummte der Großneffe und warf Beaufort einen feindseligen Blick zu. »Hätte ich mir ja denken können, dass Sie von diesem Popanzverein sind. Hängt ja dauernd einer von euch Gestalten hier rum, um die Tante zu beschwatzen. Kann ich ’n Stück Kuchen haben?« Er nahm es sich, ohne die Antwort abzuwarten, und krümelte auf den Boden.

»Pass doch auf und nimm dir einen Teller«, schalt die alte Frau.

Er tat es und fixierte Beaufort. »Haben Sie gar keine Angst, nachdem es Ihren Vorsitzenden erwischt hat, dass Sie der Nächste sein könnten?«

»Warum sollte ich? Meinen Sie, der Mörder hat es auch noch auf andere ProNürnberg-Mitglieder abgesehen? Da wissen Sie ja ziemlich gut Bescheid über seine Pläne, Herr Düsterhöfft. Besser Sie melden sich mal bei der Polizei. Oder soll ich das tun?«, sagte Beaufort scharf.

Der Großneffe grinste breit und warf Beaufort einen abschätzigen Blick zu. Dann öffnete er den Mund und wölbte seine gepiercte Zunge vor. Das hatte etwas ungemein Obszönes. »Sie haben ja 'ne ganz schön große Klappe für so'n Knallfrosch von ProNürnberg.«

»Jetzt ist es aber genug«, herrschte die alte Frau ihn an. »Hörst du wohl auf, meinen Besuch anzustänkern? Raus mit dir, aber sofort!«

Er lachte, tätschelte seiner Großtante, die nach ihm schlug, die Schulter, was ihn zu noch lauterem Gelächter animierte, nahm sich noch zwei Stück Kuchen und ging davon.

»Ist er nicht schon ein bisschen zu alt für so ein pubertäres Verhalten?«

»Ich weiß nicht, was in den Jungen gefahren ist. Sie müssen entschuldigen. So schlimm ist er sonst nicht.«

Beaufort sagte, dass er jetzt gehen müsse. Er nahm seine Tüte mit den Einkäufen, bedankte sich höflich für die Bewirtung und zog seinen Mantel an, als von oben das laute Stampfen der Bässe ertönte. Maria Waffek seufzte. »Ich frage mich manchmal, ob ich nicht eine Schlange an meinem Busen nähre.«

*

Seine gelbe Tasche an einem Seil hinter sich herziehend, schlurfte Paul durch den Bahnhof. Dieser Ort war nichts mehr für ihn, seitdem hier alles verändert worden war. Zwei Jahre lang hatten sie das alte Bahnhofsgebäude aus der Gründerzeit entkernt und generalsaniert. Jetzt hatte es eine schicke Shopping Mall mit Vinothek, Gelateria, Bratwurstpoint und Internetcafé. Verschwunden waren die alte Brezenverkäuferin und das Sexkino, Peters Grill und Gülüks Wechselstube. Selbst die Bahnhofsmission musste weichen und war, nach erfolgreichen Protesten, wenigstens irgendwo beim Hinterausgang untergebracht worden. Aber da war Paul noch nicht gewesen. Für Menschen wie ihn war kein Platz mehr im neuen Bahnhof. Und wenn er sich mal länger auf eine der wenigen Bänke niederließ, dann machten ihm die schwarzen Sheriffs vom privaten Wachdienst unmissverständlich klar, dass er nicht hierher gehörte. Selbst das Rauchen war in der Bahnhofshalle verboten.

Er fuhr die Rolltreppe hinunter und tappte unter dem Bahnhofsvorplatz hindurch in die Innenstadt. Dabei mied er die Stellen, an denen Bekannte von ihm normalerweise bettelten. Er wollte sich immer noch aus allem raushalten. Besonders seit Heidi ihn in der Wärmestube gleich nach dem Toten im Augustinerhof gefragt hatte. Besser niemandem sagen, was er in der Nacht gesehen hatte, als er durch die Kälte aufgewacht war. Es war hell genug, um zu erkennen, wie eine Gestalt einen Toten auf den Hof schleppte. Mit einem Stock hatte sie einen Kreis um die Leiche gezogen und Arme und Beine so ausgestreckt, dass es wie ein X aussah. Dann hatte sich die Gestalt umgeschaut, und er war in den Schatten des Fensters zurückgewichen, um nicht entdeckt zu werden. Dabei hatte er wohl ein Geräusch gemacht, denn der andere sah ruckartig in seine Richtung. Der Unbekannte war sofort auf sein Haus zugegangen, hatte aber nur im Erdgeschoss durchs Fenster geblickt. Er stand ein Stockwerk darüber und hielt die Luft an. Schließlich war die Gestalt zu einem großen schwarzen Auto gegangen und weggefahren. Das Nummernschild hatte er nicht erkennen können, aber hinten auf der Abdeckung des Reserverades war ein silbernes Pferd aufgemalt. Danach hatte er so schnell wie möglich seine Tasche geschnappt und war abgehauen, ehe es sich der Fahrer des Autos womöglich anders überlegte und noch mal zurückkam.

Die Angst in ihm war in den vergangenen Tagen kleiner geworden. Er war immer noch auf der Hut, aber offenbar hatte niemand nach ihm gesucht. Das hatte ihn mutiger werden lassen. Seit dieser Nacht war er jetzt das erste Mal wieder innerhalb der Stadtmauern. Paul brauchte dringend etwas zu trinken. Er ging in einen Discounter und kaufte sich von seinem letzten Geld den billigsten Schnaps und Wein, den er gerade noch bezahlen konnte. Das reichte für das Wochenende, aber nun war er pleite. Er hatte kein Geld mehr für einen Fahrschein, um noch eine Nacht im Zug zu verbringen und warm und trocken in der Pampa herumzufahren.

Aber er wusste, wohin er gehen konnte. Im Parkhaus war es warm. Da ließ es sich aushalten. Das Problem war nur, dass die meisten Parkhäuser elektronisch überwacht wurden. Deshalb ging er in eines, das über das Wochenende geschlossen wurde. Das hatte er schon häufiger gemacht. Man musste nur seinen Dreck wieder wegmachen. Denn wenn die Wächter spitzkriegten, dass dort ein Obdachloser schlief, würden sie dem schnell einen Riegel vorschieben. Außerdem musste er sich beeilen. Bald war es acht Uhr und die Geschäfte machten zu. Wenn dann alle auf einmal ihre Autos abholten, war das die günstigste Gelegenheit für ihn, unbemerkt ins Parkhaus hineinzukommen und sich ein stilles Eckchen zu suchen, bis es geschlossen wurde. Hinaus konnte man jederzeit durch die Notausgänge, wenn man es nicht mehr aushielt, nur nicht wieder hinein.

Am Eingang des Parkhauses war es genau so, wie er es sich gedacht hatte. Eine Traube von Menschen mit vielen gefüllten Einkaufstüten drängelte sich um die Automaten und belagerte das Kassenhäuschen mit der Kassiererin. Ohne beachtet zu werden, ging er hinein und schlüpfte in ein weniger benutztes Seitentreppenhaus. Das Parkhaus war vier Stockwerke tief in die Erde gebaut worden, und er ging die Treppen bis ganz nach unten. Den Fahrstuhl zu benutzen, traute er sich nicht, da dort oft Kameras hinter den Spiegeln angebracht waren. Unten angekommen, öffnete er die beiden schweren Feuertüren und ging aufs Parkdeck. Er erstarrte. Hier unten waren nicht mehr viele Autos. Aber direkt vor ihm stand ein großer schwarzer Wagen mit einem silbernen Pferd auf der Abdeckung des Reserverades.

*

Leopardis Verse hatten Beaufort in eine elegische Stimmung versetzt. Vielleicht war aber auch der neue Wein daran schuld, von dem er zwei Gläser getrunken und bis auf ein paar Kräcker nichts dazu gegessen hatte. Er wollte Platz lassen für das skandinavische Buffet. Und da er Hunger hatte, und die Zeit nur ganz langsam verging, machte er sich schon kurz nach neun auf den Weg. Der Spaziergang in der kalten Nachtluft bekam ihm gut. Auch die Füße taten nicht mehr weh, er hatte sich ein eingelaufenes Paar Schuhe angezogen. Obwohl er einen Umweg machte, kam er trotzdem eine halbe Stunde zu früh am Festgebäude an. Aus den erleuchteten Fenstern im ersten Stock, die schräg gestellt waren, hörte er Fiedelmusik, Stimmengewirr, Lachen und das Stampfen von tanzenden Füßen. Da es noch dauern würde, bis Anne käme, ging er hinein.

Unten in der Diele saß eine blonde Frau in einer Art skandinavischem Dirndl und nahm ihm zehn Euro ab. Er bekam einen Stempel auf seinen Handrücken und dachte, es müsse Jahre her sein, dass ihm auf solche Art bestätigt wurde, bezahlt zu haben und dazuzugehören.

Er ging die Treppen hinauf. Der fröhliche Lärm wurde immer stärker. Im Flur hingen Jacken und Mäntel in dicken Knäueln an der Wand oder lagen wild durcheinander auf Stühlen herum. Daneben standen Körbe und Rucksäcke. Hier ging es scheinbar so familiär zu, dass niemand Angst vor Dieben hatte. Beaufort fand einen freien Haken und legte ab. Er trug Bluejeans, ein rot kariertes Hemd und einen blauen Pullover und fühlte sich in dieser ungewohnten Freizeitkleidung ähnlich unwohl wie ein Bademeister im Beerdigungsanzug.

Niemand am Eingang interessierte sich für seinen Stempel. Der Saal war hell erleuchtet. Vorne links gab es eine provisorische Bar und etwas zu essen, in der Mitte und rechts waren Tische und Stühle aufgestellt. Auf den Tischen standen bunte Windlichter und kleine Töpfchen mit Hyazinthen, deren intensiver Duft bis zu Beauforts Nase vordrang, was gar nicht so einfach war bei den Gerüchen aus Fisch, Glühwein, Rauch und feuchtem Schweiß, den die Tanzenden in der Mitte des Saales verströmten. Die Scheiben waren davon beschlagen. Am Ende des Raumes, auf einer leicht erhöhten Bühne, standen vier junge Frauen und spielten Geige, wobei sie wild mit ihren Füßen den Takt schlugen. Eine fünfte junge Frau begleitete sie auf einem Harmonium. Sie spielten eine flotte Polka, und auf der Tanzfläche drehten sich die Paare. Längst nicht alle beherrschten den traditionellen Tanz, aber alle hatten sichtlich Spaß am Herumhüpfen.

Beaufort holte sich ein dänisches Bier und sah den Tanzenden ein wenig zu. Schließlich zog ihn das Buffet aber doch mehr an als die Musik. Es war schon ziemlich geplündert, doch es gab von fast allem noch etwas. Die Frau hinter dem Tisch erläuterte ihm freundlich die Spezialitäten: finnische Piroggen, auf verschiedene Arten eingelegter Hering aus Dänemark, schwedische Fleischklößchen, norwegische Lachstorte und ein weiteres schwedisches Gericht, das Janssons Versuchung hieß und aus Kartoffeln, Zwiebeln, Sahne und Anchovis bestand. Beaufort ließ sich zum Probieren von allem ein klein wenig auf den Teller legen. Er setzte sich zu einem älteren Paar an den Tisch, das ihm guten Appetit wünschte. Sie waren Franken, und Beaufort fragte sie, was sie auf einen skandinavischen Abend zog. Sie erzählten ihm, dass sie die einsamen Landschaften und die freundlichen Menschen dort oben liebten. Seit Jahrzehnten würden sie im Urlaub in den Norden fahren. Sie besäßen in Mittelschweden ein kleines Holzhaus im Wald und hätten extra Schwedisch gelernt. Das sei nicht so schwierig, wie man denke. Besonders, weil viele Wörter Ähnlichkeiten mit dem Deutschen hätten. Außerdem sei die Grammatik einfacher. Und Schwedisch sei die wohlklingendste und romanischste unter den skandinavischen Sprachen. Dänisch schreibe sich zwar ähnlich, klinge aber eher wie eine Halskrankheit, und Finnisch sei höllisch schwer, da es einer ganz anderen Sprachfamilie angehöre, der finnougrischen. Nur Estnisch und Ungarisch gehörten noch dazu. Beaufort dankte für das nette Gespräch und ging ein zweites Mal ans Buffet.

»Hat es Ihnen geschmeckt?«, fragte die Frau, die ihm vorhin die Speisen erklärt hatte.

»Sehr gut, besonders Janssons Versuchung. Könnten Sie mir davon noch etwas geben? Und vielleicht noch ein paar kleine Köttbullar.«

»Na, wer hat denn da seine Schwedisch-Hausaufgaben nicht gemacht?«, kritisierte eine Stimme von hinten. »Man sagt nicht Köttbullar, sondern Chöttbullar. Merke: Vor e, i, ä, ö, y wird das ›k‹ wie ein ›ch‹ ausgesprochen.« Es war Anne, die ihn von hinten umarmte, da er gerade die Hände mit einem Bierglas und dem Teller voll hatte. »Gibst du mir auch von Janssons Frestelse, bevor er hier alles weggeputzt hat?«, bat sie die Frau.

»Chöttbullar klingt aber ziemlich komisch«, widersprach Beaufort und rümpfte die Nase.

»Für Schweden klingt Köttbullar seltsam. Du sagst ja auch nicht buchstabengetreu Buffet, sondern sprichst es französisch Büfee aus.«

»Habt ihr noch so ein paar komische phonetische Regeln?«

»Was heißt wir? Ich bin Deutsche. Aber ähnlich wie beim ›k‹ geht es auch beim ›g‹ zu. Das wird vor den Vokalen e, i, ä, ö, y ebenfalls nicht wie ein ›g‹, sondern wie ein ›j‹ ausgesprochen.«

»Dann sagt man Jöteborg statt Göteborg?«

»Hey, gut. Du lernst schnell. Siehst du, es ist doch gar nicht so schwer.«

»Na, ich weiß nicht. Ich finde das ziemlich verwirrend.«

»Aber das gibt es doch in jeder Sprache. Zum Beispiel im Italienischen. Da zeigt dir das ›h‹ an, wie du ein ›g‹ oder ein ›c‹ aussprechen musst. Deshalb bestellst du ja Spaghetti und nicht Spadschetti.«

»Aber nach der deutschen Rechtschreibreform schreibt man jetzt Spagetti«, warf er scharfsinnig ein.

»Also, wenn ich in einem italienischen Restaurant Spagetti lese, bestelle ich gnadenlos Spadschetti«, sagte Anne.

Sie lachten. Mit ihren vollen Tellern steuerten sie einen freien Tisch an, was gar nicht so einfach war, da Anne mehrmals von Bekannten begrüßt wurde und häufiger auch schwedisch redete. Endlich setzten sie sich und aßen. Anne war aufgekratzt, sah aber ziemlich müde aus. Sie hatte Schatten unter den Augen. Er fragte sie nach der Kabarettpreisverleihung, und sie erzählte ihm ein paar Sketche und Pointen aus dem Festprogramm, welches sehr witzig gewesen sein musste. Beaufort bedauerte schon, nicht hingegangen zu sein, aber Anne bot an, ihm den Mitschnitt der Sendung auszuleihen, wenn sie ihn nicht mehr brauche.

»Da fällt mir ein, dass ich seit gestern die CD mit dem Beitrag über deine Ausstellung mit mir herumschleppe«, sagte Anne. »Sie ist draußen in meiner Tasche. Erinnere mich doch nachher daran, sie dir zu geben.«

»Das ist aber lieb, dass du daran gedacht hast. Du siehst ganz schön erschöpft aus. Hast du viel zu tun?«, fragte Beaufort besorgt.

»Ich muss morgen wohl ziemlich früh aufstehen, um alle Aufträge zu erledigen. Aber am Dienstag nehme ich mir dafür frei. Und was hast du heute gemacht? Wie war es auf deiner Stadtführung?«

Beaufort ließ alle kulturellen und geschichtlichen Höhepunkte des Rundgangs aus und gab lieber einen ausführlichen

Bericht über die Vermögensverhältnisse von ProNürnberg, soweit er sie heute herausbekommen hatte. Anne verschlug es die Sprache. Auch sie hatte sich nie die Mühe gemacht, festzustellen, wie viele Immobilien in der Altstadt sich mittlerweile in Vereinsbesitz befanden, wollte am Montag aber versuchen, es genauer herauszubekommen.

»Nur, kann man daraus der Lösl einen Strick drehen?«, fragte sie. »Ich meine, es ist sicher eine reizvolle Aufgabe, das alles zu verwalten, aber die Häuser gehören schließlich nicht ihr persönlich. Und sie machte nicht gerade einen unvermögenden Eindruck auf mich mit ihrem teuren Haus.«

»Vielleicht liegt ja gerade da die Lösung. Vielleicht hat sie Schulden und will etwas abzweigen. Oder sie hat es vielleicht schon heimlich getan, und Pelzig ist ihr auf die Schliche gekommen. Bei so viel Geld, wie da im Spiel ist, gibt es bestimmt auch kriminelle Energie und krumme Machenschaften.«

»Das sind ein bisschen viele ›vielleicht‹. Und ich könnte noch einige hinzufügen. Vielleicht geht es der Lösl nicht ums Geld, sondern um Macht und Status, die mit so einem Posten verbunden sind. Vielleicht trifft das, was du sagst, auch auf andere Vorstandsmitglieder zu. Möglicherweise ist einer von denen bei dunklen Geschäften von Pelzig entdeckt oder gar erpresst worden, obwohl Letzteres eher unwahrscheinlich ist. Und der hat ihm Montagnacht aufgelauert, ihn im Streit getötet und im Augustinerhof drapiert, um die Spur von sich wegzulenken.«

»Das wäre aber doch ziemlich unlogisch«, warf Beaufort ein. »Denn vom Augustinerhof kommt man doch automatisch auf ProNürnberg und fängt dort an zu suchen.«

»Auf alle Fälle ist das alles für uns ziemlich schwer herauszubekommen. Wir haben nicht die Möglichkeit, wie die Polizei mal eben bei Verena Lösls Bank vorbeizugehen und ihre Kontoauszüge zu kontrollieren. Das ist viel, viel Arbeit.«

»Aber man könnte an einer Stelle, die einem besonders stimmig erscheint, wenigstens mal ansetzen. Nimm doch nur mal diesen an der Zunge gepiercten Großneffen von der alten Frau in der Füll. Das ist ein typischer Kandidat für das Motiv: Verwandter bangt ums Erbe. Und das ist übrigens ein starkes und nachvollziehbares Mordmotiv. Von seiner Sorte dürfte es einige geben, nachdem was ich heute über die Erbschleicherpraktiken des Vereins gehört habe. Ich glaube, ich sollte mich mehr ehrenamtlich engagieren und Mitglied bei ProNürnberg werden, was meinst du? Vielleicht bekomme ich etwas heraus.«

Beaufort trank ein neues Bier, Anne Mineralwasser.

»Das geht aber nicht von heute auf morgen. Es kann Wochen, ja Monate dauern, bis du so etwas herausbringst. Du müsstest an einigen Versammlungen teilnehmen, um zu sehen, wer da gegen wen, aus welchen Gründen, was im Schilde führt. Und du müsstest gute Miene machen und dich einsetzen, um dir das Vertrauen von Leuten zu erwerben, die dir dann vielleicht ihre Geheimnisse anvertrauen.«

»Ja, es ist sicherlich nicht leicht. Ich werde morgen mal in aller Ruhe darüber nachdenken. Ich muss einfach mal alle unsere Fakten und Theorien aufschreiben. Langsam verliere ich den Überblick. Aber diese Geschichte mit dem vielen Immobilienbesitz ist heiß. Mich wundert, dass dich das nicht mehr mitreißt. Da ließe sich doch auch journalistisch etwas draus machen.«

»Aber heute bitte nicht mehr und morgen auch nicht und am Montag nur vielleicht, denn da habe ich noch genügend anderes zu tun. Jetzt schau nicht so enttäuscht. Ich will heute Abend einfach nicht mehr daran denken, sondern mich amüsieren. Wie gefällt es dir denn hier?«

Beaufort sah ein, dass Anne einfach zu müde war für weitere Morderörterungen.

»Es sind nette Leute da. Man kommt so leicht und unkompliziert ins Gespräch. Und die Mädels mit ihren Geigen und ihrem Gesang sind wirklich gut«, antwortete er.

»Ja, die kommen aus Südschweden und heißen Plommon, das bedeutet Pflaume. Die haben in Nürnberg auch schon auf dem Bardentreffen gespielt und sind überhaupt häufig im Ausland zu Konzerten oder auf Folkfestivals. Sind die fünf Pflaumen nicht niedlich?«

Beaufort sah sie belustigt an.

»Sag mal, hat das Wort Pflaume diese doppelte Bedeutung im Schwedischen nicht, die es im Deutschen hat? Für mich klingt das eher wie der Name für eine Nacktkapelle auf dem Kiez.«

»Du hast recht! Das ist mir nie aufgefallen. Ich denke immer nur an die unschuldigen Früchte, wenn ich dieses Wort benutze. Übrigens hieß die Gruppe ursprünglich mal Plommonkärner, das heißt Pflaumenkern. Doch nachdem sie das erste Mal im Ausland aufgetreten sind, haben sie gemerkt, dass das kein Mensch behalten, geschweige denn aussprechen konnte. So haben sie ihren Namen auf Plommon verkürzt. Aber was ist jetzt, tanzen wir? Ich glaube, die dürfen nur bis elf spielen.«

Anne schnappte den sich ein wenig zierenden Beaufort einfach bei der Hand und zog ihn auf die Tanzfläche. Nach anfänglichen Führungsstreitigkeiten – Anne gab auch beim Tanzen gern die Richtung vor – funktionierte es ganz wunderbar. Bald hatten beide richtig Spaß daran. Sie drehten ihre Runden bei einem Walzer, bretterten bei einer Polka quer durch den Saal, schmiegten sich aneinander bei einem Wiegenlied, drehten sich eingehakt im Kreis bei einem Ländler oder hüpften einzeln herum. Beaufort war so in seinem Element, dass er sogar ganz allein eine flotte Sohle aufs Parkett legte, während die anderen Tänzer um ihn herumstanden, und viele von ihnen gemeinsam mit den Musikerinnen ein Lied sangen. Dann war das Konzert zu Ende und Beaufort, immer noch Finger schnippend und die Hüften wiegend, schaute in das lachende Gesicht von Anne. Sie lachte so sehr, dass sie sich die Seiten halten musste. Auch andere Besucher im Saal grinsten ihn an.

»Was ist der Grund für deine Heiterkeit?«, fragte er etwas verunsichert.

Anne holte tief Luft, prustete aber gleich wieder los. »Du bist der erste Mensch, den ich kenne«, sagte sie, »der zur schwedischen Nationalhymne tanzt.«

Sonntag, 12. Januar

Mattes Licht kroch durch die Vorhänge in Beauforts Schlafzimmer. Es hatte den Anschein, als würde es gerade erst zu dämmern beginnen, dabei war es elf Uhr am Vormittag. Beaufort hatte mehr als zehn Stunden geschlafen, fühlte sich aber schlaff und müde. Er zog die Vorhänge auf und sah in einen tief hängenden, dunkelgrauen Himmel. Sein Kopf schmerzte, und er suchte in der Medikamentenschublade nach Aspirin. Als sich die beiden Brausetabletten aufgelöst hatten, trank er das Glas in einem Zug leer. Vielleicht war es das Bier auf den Wein gewesen, vielleicht das viele Passivrauchen.

Nachdem er gestern den Buffo gegeben hatte, was ihm zugegebenermaßen viel Spaß bereitet hatte, empfand er heute eine unerklärliche Tristesse. Es war ein lustiger Abend gewesen. Nach dem Tanz war er mit Anne noch eine knappe Stunde zusammengesessen. Sie hatten bis Mitternacht geredet und getrunken. Doch als er versuchte, sie zu küssen, entwand sie sich ihm mit einem Lächeln und verließ bald darauf wie Aschenbrödel das Fest. Nur ihren Schuh hatte sie auf der Treppe nicht verloren. Sie musste ja auch früh aufstehen und war sicherlich schon seit Stunden bei der Arbeit.

Beaufort braute sich einen starken Kaffee und hielt sich lange mit dem Frühstück auf. Er aß lustlos Käseknäcke, Biskuits und Joghurt, versuchte sich auf die Zeitungslektüre zu konzentrieren, wühlte in seinen Platten und CDs, ohne die richtige Musik zu finden, verbrachte viel Zeit im Bad, zappte sich durch die Radiosender in der Hoffnung, Anne zu hören, machte ein paar Fingerübungen auf dem Klavier und versuchte sich am Schreibtisch auf die Arbeit an seinem sprachkritischen Essay zu konzentrieren. Mit anderen Worten: Er trödelte herum und pflegte seine schlechte Laune.

Er stand auf und ging ans Fenster. Ein Dreikäsehoch versuchte sein Dreirad die Stufen zum Kettensteg hochzuziehen.

Seine Mutter stand ein paar Meter entfernt und rief dem kleinen Jungen etwas zu. Dreikäsehoch ist auch so eine Maßeinheit, mit der die heutige »Scheibletten- und Baby-Bel-Generation« nichts mehr anfangen kann, brummelte Beaufort. Es hatte keinen Zweck. Obwohl das trübe Wetter nicht einladend war, wollte er einen langen Spaziergang machen, um auf andere Gedanken zu kommen. Ein neues Paar Schuhe zog er nicht an. Vielleicht hatten sich seine Füße verändert, und er müsste sie beim nächsten Londonaufenthalt neu messen lassen.

Draußen war es nicht mehr so schneidend kalt. Das Quecksilber war auf den Gefrierpunkt geklettert. Beaufort stand am Fluss und überlegte, in welche Richtung er gehen sollte. Links, stadtauswärts Richtung Fürth, käme er an Schniegling vorbei, wo, wie er wusste, Anne ihre Wohnung hatte. Er ging nach rechts, als ob er sich damit etwas beweisen müsste. Er wollte um den Wöhrder See herumspazieren, vorher aber noch auf der Post vorbeischauen, um Briefmarken mit den neuen niedrigeren Cent-Werten zu kaufen. Die Hauptpost neben dem Hauptbahnhof war auch sonntags geöffnet. Als er durch die enge Hutergasse ging, kam ihm eine junge Frau mit einem Schlachtschiff von Kinderwagen entgegen. Er war dunkelblau, hatte riesige Speichenräder und Platz für Zwillinge. Beaufort trat galant einen Schritt zur Seite, um sie vorbeizulassen, und landete mit dem linken Fuß direkt in einer Portion halbgefrorener Hundescheiße. Er fluchte innerlich und versuchte, den Schuh an einem Bordstein abzustreifen. Glücklicherweise hatte er keine Schuhe mit Profil an, sondern glatte Ledersohlen, sodass die Kacke sich einigermaßen entfernen ließ. Beaufort nahm es persönlich, als hätte sich das Schicksal gegen ihn verschworen.

In Gedanken versunken, wanderte er weiter durch die Innenstadt, wo Sonntagsspaziergänger vor den Schaufenstern geschlossener Geschäfte flanierten. Als er die Theatergasse überquerte, hätte ihn ein unaufmerksamer Rechtsabbieger beinahe überfahren. Mit klopfendem Herzen und einem Zorn bis zum Hals konnte er dem Auto, dessen Motor aufheulte, nur noch hilflos nachsehen. Natürlich, ein tiefergelegter BMW in rosametallic mit Spoiler und Sportfelgen und einem Laufer Kennzeichen. Es gibt Tage, da verlässt man besser nicht das Haus, dachte Beaufort. Und wahrscheinlich gibt's auf der Post auch nur hässliche Briefmarken. Doch dann musste er auf einmal lächeln, und sein Trübsinn verschwand. Er hatte es wirklich schwer: reich, gesund, frei und verliebt. Welch ein Schicksal!

Die Sondermarken waren sehr hübsch, und Beaufort deckte sich mit mehreren Bögen in allen Preisklassen ein. Dann schritt er rasch aus zur Wöhrder Wiese, wo trotz des Winters eine Rugbymannschaft in zwei Gruppen trainierte: Die einen Mitspieler bildeten eine Mauer, welche die anderen zu durchbrechen versuchten. Einmal überholten ihn Rollschuhfahrer (respektive Inlineskater) und ab und zu Radler auf Bergrädern (respektive Mountainbikes), die nicht nur blöd hießen, sondern auch den großen Nachteil hatten, kein oder nur ein zu kurzes Schutzblech zu besitzen, sodass die Gesäße und Rücken der meisten Radfahrer reichlich mit Dreck bespritzt waren. Außerdem waren sie ohne Licht, und schon häufig hatte er unbeleuchtete Räder in der Dunkelheit fahren sehen. Er wunderte sich, dass es in Deutschland, wo es doch für fast alles Vorschriften gab, überhaupt erlaubt war, Räder ohne Vorder- und Rücklicht herzustellen. Aber er wollte nicht schon wieder meckern und richtete seine Gedanken lieber auf den Augustinerhof-Mord. Er passierte die Adenauerbrücke mit dem im Sommer wasserspeienden Triton aus Bronze und marschierte um den See. Irgendwann begann er sogar, eine Melodie zu summen, die er nicht zuordnen konnte, bis ihm einfiel, dass er sie gestern Abend auf dem Konzert gehört hatte.

Am Prinzregentenufer, in der Nähe der Fachhochschule, ging er in ein Café. Dort saß er in einem hübschen Wintergarten, trank ein Kännchen durchschnittlichen Darjeeling, aß einen akzeptablen Käsekuchen und versuchte, nachdem er sich

Schreibpapier hatte geben lassen, sämtliche Fakten im Mordfall aufzulisten. Die daraus zu folgernden Theorien kennzeichnete er mit Pfeilen und Kreisen, bis das Ganze Ähnlichkeit mit einer Skizze von Paul Klee hatte: hübsch, aber unübersichtlich.

Auf einem neuen Zettel versuchte er es auf andere Weise, indem er die bis dato Verdächtigen notierte und die Indizien dazuschrieb, die sie belasteten. Nachdem er eine Weile überlegt hatte, strich er Namen von Personen ganz durch, die er für unschuldig hielt, klammerte sie ein, wenn sie ihm halb verdächtig erschienen, und ließ sie ohne Kennzeichnung, wenn sie stark verdächtig waren.

Von den Namen, die direkt oder indirekt etwas mit dem Augustinerhof zu tun hatten, strich er als Erstes den Baureferenten. Obwohl Hansen zur Tatzeit in der Stadt war, hatte er durch seine Sekretärin ein Alibi und kein wirkliches Motiv. Der Streit mit Pelzig reichte für einen Mord nicht aus. Außerdem ging Hansen zum Sommersemester nach Leipzig.

Pananaikos strich er nicht durch, sondern klammerte ihn nur ein. Zwar hatte er ein Alibi und Pelzig mit Sicherheit nicht selbst getötet, aber immerhin hätte er ihn umbringen lassen können. Von bezahlten Killern hatten Anne und er noch keine Spur entdeckt. Zudem schienen die unprofessionelle Tötung und die gefährliche Inszenierung der Leiche dagegen zu sprechen. Darum setzte Beaufort auch die unbekannten Killer in Klammern.

Ohne Klammer blieb Verena Lösl, obgleich er seinem Gefühl nach eine Klammer um sie setzen konnte. Doch sie hatte kein Alibi. Fest stand nur, dass Pelzig nicht in den Büroräumen von ProNürnberg erschlagen worden war. Sie hätte ihn ja woanders töten können. Und sie hatte ein Motiv, nämlich Streit, zumal es vielleicht noch ein tieferes Motiv gab, das sie noch nicht kannten, das aber mit dem Geld des Vereins zu tun haben konnte.

Dann gab es noch die Person X aus dem Verein, die Geld unterschlagen oder etwas anderes Kriminelles getan hatte.

Sie hatte Pelzig ermordet, damit er das Verbrechen nicht entdeckte, wobei andere im Verein es genauso entdecken konnten. Zugegeben, ein schwacher Verdächtiger, den Beaufort darum einklammerte.

Eine andere Person X war die des enttäuschten Enterbten, wie etwa der Großneffe der alten Frau Waffek. Sie hatte ein starkes Motiv. Anne und er mussten unbedingt herausfinden, wo einem Verwandten sein Erbe zugunsten des Vereins verloren zu gehen drohte oder bereits eingebüßt war.

Weiter war da der Obdachlose X, der nicht mehr in seinen Unterschlupf zurückgekommen war und direkt etwas mit dem Mord zu tun haben konnte oder aber dessen Zeuge war. Vielleicht existierte diese Person aber auch gar nicht. Oder es gab sie, nur hatte sie nichts gehört oder gesehen. Wie auch immer, den Obdachlosen, wenn er sich denn irgendwo umhertrieb, galt es für Beaufort aufzustöbern.

Und ganz vergessen hatte Beaufort den geheimnisvollen Pelzmärtl, der Pelzig bedroht hatte. Er konnte eine neue unbekannte Person sein, an die Beaufort noch gar nicht gedacht hatte. Er konnte jedoch ebenso mit einer der bereits aufgezählten Personen identisch sein, wobei Pananaikos, seine Killer und Verena Lösl wohl nicht in Frage kamen. Oder aber der Pelzmärtl hatte gar nichts mit dem Mord zu tun.

Theoretisch waren auch Mörder außerhalb der Augustinerhof-Problematik denkbar: der große Unbekannte, ein Zufallsmörder oder jemand aus Pelzigs Familie oder seinem Freundeskreis. Doch die hielt Beaufort allesamt für ziemlich unwahrscheinlich. Zu auffällig war die Verbindung des Toten mit dem Augustinerhof und mit ProNürnberg. Er setzte die Brille ab und rieb seine Augen. Irgendwo auf diesem Zettel war vielleicht die Lösung verborgen, aber wo? Den Obdachlosen zu finden und die Recherche innerhalb des Vereins, das waren jetzt seine wichtigsten Aufgaben; ihnen wollte er nachgehen.

In Hellblau und Bonbonrosa kitschte der Januarhimmel in die Dämmerung. Beaufort, der gerade aus dem Café getreten war, blieb stehen und betrachtete das unwirkliche Schauspiel. Zum ersten Mal sah er heute die Sonne, gerade als sie sich durch die Wolkendecke schob, um in ein paar Minuten unterzugehen. Sie hing am Horizont wie ein fettes Spiegelei, dessen Dotter in den Wolken verlief und ihnen diese überirdische Tönung gab, die sich kein Postkartenkolorierer pastellfarbener ausdenken konnte. Als die Farben verblassten und es dunkler wurde, setzte er sich wieder in Bewegung und ging der Stadt entgegen, in der nach und nach die Lichter angingen. Den Schatten, der hinter einem Baum hervorkam und ihm folgte, nahm er nicht wahr.

Langsam schlenderte Beaufort über die Wöhrder Wiese an der Pegnitz entlang. Es war gänzlich dunkel geworden, als er auf das schlecht beleuchtete Gewirr von Stegen und Wegen unterhalb der großen Brücke zusteuerte. Kein anderer Spaziergänger war mehr in seiner Nähe. Da legte der Unbekannte hinter ihm an Geschwindigkeit zu, doch als er nur noch ein paar Meter von Beaufort entfernt war, kam eine Horde Jugendlicher aus der U-Bahn-Station. Lärmend und sich gegenseitig schubsend, schoben sie sich wie ein Keil zwischen ihn und seinen Verfolger. Dieser ließ sich wieder zurückfallen. Beaufort und die Jugendlichen, die das Echo unter der Brücke lautstark testeten, gingen gemeinsam durch die massive Stadtmauer und weiter am Fluss entlang zum Multiplexkino. Die Jugendlichen stürmten in das verschachtelte Gebäude mit der großen Glasfassade hinein, und Beaufort folgte ihnen nach einem Moment des Zögerns. Der Schatten zog ein Handy hervor, telefonierte kurz und betrat das Gebäude ebenfalls.

In der Pizzeria saßen nur wenige Gäste, es war noch zu früh zum Essen. Aber in den Gängen und den Foyers der verschiedenen Ebenen tummelten sich die Menschen. Zumeist waren es Jugendliche oder junge Erwachsene, die Eis schleckend, Popcorn knabbernd, Zigaretten rauchend oder Cola trinkend umhergingen. Beaufort studierte ausführlich die aufgehängten Kinoplakate, wollte sich aber keinen der Filme, die hier liefen, wirklich ansehen. Er nahm sich das aktuelle Kinowochenheft mit, in dem auch die Filme der Programmkinos angezeigt wurden. Noch immer hatte er *Bowling for Columbine* nicht gesehen und wollte das unbedingt in den nächsten Tagen nachholen. Vielleicht ging Anne ja mit, wobei das nicht gerade der Kuschelfilm war, der sich für zärtliche Annäherungen im Dunkeln eignete.

Beaufort verließ das Kino am anderen Eingang und schlenderte weiter in die Innenstadt. Er bekam Appetit auf etwas Herzhaftes, nachdem er nur gefrühstückt und ein Stück Kuchen gegessen hatte. Sein Handy lag auf der Kommode im Flur, er vergaß häufig, es mitzunehmen. Sobald er daheim wäre, wollte er sein Glück versuchen und Anne anrufen. Vielleicht war sie da und würde mit ihm einen Happen essen gehen. Wenn nicht, konnte er sich immer noch ein Brot belegen oder ein Risotto mit getrockneten Steinpilzen kochen.

Sein Schatten ließ ihn nicht aus den Augen. Als er durch die Kaiserstraße ging, überlegte Beaufort es sich anders. Anstatt direkt nach Hause zu gehen, wollte er noch einen Abstecher zum Augustinerhof machen. So bog er nach rechts ab, spazierte über die Fleischbrücke, kam am Rand des Hauptmarkts vorbei und erreichte den Eingang zum Hof.

Das Tor stand weit offen. Auf dem Platz, der im Dunkeln lag, parkten einige Autos. Vom Parkwächter war nichts zu sehen. Sein Häuschen war unbeleuchtet. Es war noch nicht sechs Uhr, und eigentlich musste er da sein. Vielleicht war er wegen des schlechten Geschäfts schon nach Hause gegangen, oder sonntags war überhaupt niemand da. Der Augustinerhof lag verlassen da, kein Geräusch war zu hören außer dem der Autos, die ab und zu auf der Straße hinter den Häusern vorbeifuhren. Es war ziemlich finster, und Beaufort haderte mit sich, dass er keine Taschenlampe dabeihatte. Die dicken Wolken am Himmel ließen weder Mond noch Sterne hindurchscheinen. Ihn fröstelte. Die Luft roch nach Schnee. Ein bisschen unheimlich war es schon ohne Licht, aber Beaufort wollte nicht feige sein. Er überquerte den Platz, holte den Leinenbeutel aus der Manteltasche und stieg auf erprobte Weise durchs Fenster in das verlassene Haus.

Innen war es stockdunkel. Er fühlte sein Blut in den Schläfen pochen, schneller als sonst. Indem er sich logisch darlegte, wie unbegründet seine aufkeimende Angst sei und sie nur durch die Dunkelheit und das Alleinsein an einem menschenleeren Ort hervorgerufen werde, beruhigte er sich wieder. Problemlos gelangte er im Finstern in den ersten Stock, sein Orientierungssinn funktionierte. Eigentlich war ihm klar, dass er den Weg umsonst machte, dass es mehr eine Mutprobe war. Denn wenn der Obdachlose da wäre, würde wahrscheinlich ein Licht brennen, oder er hätte dessen Anwesenheit ganz einfach gespürt.

Lautes Klirren und Scheppern versetzte Beaufort einen heftigen Adrenalinstoß. Stocksteif blieb er stehen. Die Stille nach dem Lärm hatte etwas Unheilvolles. Nur langsam entspannte er sich wieder. Scheiße, dachte er, ich habe meinen Turm aus Flaschen und Dosen vergessen. Wenigstens wusste er nun, dass seit seinem letzten Besuch niemand hier gewesen war. Leise tastete er sich ins Treppenhaus zurück, und vorsichtig ging er die Stufen hinunter. Das erste Mal überhaupt kam ihm in den Sinn, dass das, was er hier tat, gefährlich sein könnte. Was, wenn Pelzigs Mörder hierher zurückkäme?

Endlich war er wieder im ersten Raum angelangt. Auf dem niedrigen Fensterbrett war noch sein Leinenbeutel, den er vorhin hatte liegen lassen. Er setzte sich darauf und schwang seine Beine aus dem Fenster. Doch anstatt sich erleichtert zu fühlen, ergriff ihn Furcht. Etwas hatte sich verändert: Aus dem Schatten der Hauswand lösten sich drei dunkle Umrisse und kamen langsam und drohend auf ihn zu.

Beaufort suchte fieberhaft nach einem Ausweg. Rechts war die Pegnitz, geradeaus die alte Druckerei, links lag der offene Platz. Nur wenn er in diese Richtung lief, hatte er eine Chance, zu entkommen. Er ging den vermummten Silhouetten vorsichtig entgegen und blieb stehen, als sie auf Armlänge herangekommen waren. Während die rechte Gestalt sich in seinen Rücken schob und die linke kurz an ihm vorbeischaute, um mit der rechten Blickkontakt aufzunehmen, stieß Beaufort den linken Angreifer mit seinem Ellenbogen beiseite, tauchte flink unter dem drohend erhobenen Arm der mittleren Gestalt durch und rannte, so schnell er konnte. Er erreichte etwa die Mitte des Hofes, als ihn einer der drei hinten am Mantel packte. Beaufort schrie laut um Hilfe, wurde aber zu Boden gerissen und schlug so hart auf, dass die Rippen knackten. Es gelang ihm zwar, wieder auf die Beine zu kommen, doch jetzt hatten seine Angreifer einen festen Ring um ihn geschlossen und waren auf mögliche Finten gefasst. Sie schubsten ihn zwischen sich hin und her. Dann umklammerte ihn einer von hinten, der zweite drehte ihm den rechten Arm um, und der dritte zerrte seine Krawatte heraus und zog so stark daran, dass Beaufort kaum noch Luft bekam. Um nicht zu ersticken, versuchte er, seine freie linke Hand zwischen Hals und Schlips zu zwängen. Der Krawattenwürger schlug ihm mit der flachen Hand ins Gesicht und schrie: »Du bist der Nächste, wenn du dich hier noch einmal blicken lässt. Willst du nicht wie Pelzig enden, dann lass die verdammten Finger von den Altstadthäusern. Das ist die letzte Warnung, ProNürnberg-Scheißer!«

Blinde Wut machte sich in Beaufort breit. Was bildeten sich diese Arschlöcher ein! Er verabscheute Gewalt, aber in diesem Moment hätte er töten können. Mit dem Absatz seines rechten Fußes trat er so hart auf den Spann der Person, die ihn von hinten gepackt hielt, dass diese vor Schmerz aufschrie und er sich befreien konnte. Mit der Linken, die er vom Hals fortriss, drosch er dem Mann vor ihm heftig ins Gesicht, woraufhin der die Krawatte losließ. Sofort warf sich Beaufort mit seinem ganzen Körpergewicht gegen den Mann, der immer noch seinen rechten Arm umklammert hielt. Beide stürzten hin, und er verpasste dem unter ihm Liegenden zwei Haken in die Nieren, als ihm ein schmerzhafter Fußtritt gegen die Schulter fast die

Besinnung raubte. Er ging zu Boden, hörte aber in der Ferne Sirenen heulen. Um sich zu schützen, rollte er sich zusammen und bekam noch zwei weitere Tritte in den Rücken, die jedoch nicht mehr so stark waren. Schließlich ließen seine Angreifer von ihm ab und rannten in den dunklen Hof davon. Er hörte das Rattern der Metalltore, über die sie kletterten, um Richtung Hauptmarkt zu entkommen. Dann übertönten die Sirenen alles. Durch den Eingang raste ein Streifenwagen auf den Hof, bremste scharf und stoppte zehn Meter von ihm entfernt. Beaufort befand sich im Lichtkegel der Scheinwerfer. Weil sie ihn blendeten, wandte er das Gesicht ab. An den Häusern rundum sah er Fetzen des reflektierten Blaulichts. Wie ein Leuchtturm schickte der Polizeiwagen sein pulsierendes, kreisendes Blau in den Augustinerhof.

»Sind Sie verletzt?«, fragte einer der beiden Beamten, die auf ihn zukamen.

»Es geht schon«, röchelte Beaufort. Er hatte Probleme, seine Stimme wiederzufinden. »Ich bin überfallen worden. Drei vermummte Männer. Da sind sie lang«, sagte er heiser und zeigte zu dem vergitterten Hinterausgang.

Einer der Polizisten half ihm aufstehen. Der andere lief ans Gitter und kam gleich darauf zurück. »Ich hole Verstärkung«, rief er ihnen zu, »weit können sie nicht sein.« Dann setzte er sich ins Auto und bediente das Funkgerät.

Beaufort hatte wackelige Beine und Schmerzen an Hals und Oberkörper, konnte aber allein gehen. Ehe er sich auf die Rückbank des Streifenwagens fallen ließ, klopfte er sogar noch seinen Mantel ab.

»Können Sie die Angreifer beschreiben?«, fragte ein Polizist.

»Es waren drei Männer. Ich bin mir sicher, dass es nur Männer waren, obwohl sie maskiert waren. Sie waren etwa 1,70 bis 1,80 Meter groß und eher jung. Jünger als ich. Zwei von ihnen hatten Sturmhauben auf, wie sie Motorradfahrer unter ihrem Helm tragen. Einer hatte eine Mütze auf dem

Kopf und ein gemustertes Tuch vor dem Mund wie ein Cowboy.«

Beauforts Stimme klang immer noch wie ein Reibeisen. »Aber vielleicht darf ich mal mit meinem Freund, dem Justizpressesprecher, telefonieren. Denn bei einem der drei bin ich mir sicher, wer es ist. Und wenn mich nicht alles täuscht, ist das eine ganz heiße Spur zum Mörder von Hubert Pelzig.« In Beauforts lädierter Stimme lagen Triumph und Genugtuung.

*

An die beiden Stunden, die der Prügelei folgten, sollte sich Beaufort immer als an sein bislang extremstes Erleben der Relativität von Zeit erinnern. Dass objektiv messbare und subjektiv gefühlte Zeit nicht immer identisch sind, weiß jeder. Aber noch nie hatte Beaufort ein solches Ineinanderfließen von Erlebnissen und zugleich deren Zerfallen in einzelne Bruchstücke empfunden. Obwohl er die ganze Zeit über den Eindruck hatte, die Wirklichkeit äußerst bewusst wahrzunehmen, konnte er sich hinterher an manches nur im Zeitlupentempo, an anderes hingegen nur im Zeitraffer erinnern, so als habe es die Bilder dazwischen nie gegeben.

In Zeitlupe sah er, wie ihm ein Polizist einen Plastikbecher mit Tee ins Auto reichte. Der Becher war weiß und hatte einen zu kleinen Henkel, durch den er seinen Zeigefinger kaum zwängen konnte. Die Farbe des Tees war rötlich braun, und kleine Schaumbläschen kreisten auf seiner Oberfläche. Der Tee war heiß, sein Dampf kräuselte sich bis über die dunkelgraue Nackenstütze des Fahrersitzes. Außerdem war Zucker darin, was ihm normalerweise nicht schmeckte, aber es tat gut, ihn zu trinken. Sein Hals brannte, doch der heiße Tee linderte die Schmerzen.

Ebenfalls stark verlangsamt sah er das besorgte Gesicht von Ekki über sich. Ekki trug Freizeitkleidung: hellblaues Hemd, dunkelblauer Pullover, keine Krawatte, schwarze wattierte Jacke mit hochgeschlagenem Kragen, der Reißverschluss offen. Als er aus dem Auto stieg, boxte Ekki ihm sanft und freundschaftlich gegen den Oberarm. Beaufort zuckte zusammen, stärker als nötig, er musste dort eine Prellung haben.

Dann entsann er sich haargenau an jedes Wort, das er zu Ekki und Kommissar Miederer, der auch mitgekommen war, über seinen Verdacht äußerte. Nur Stefan Düsterhöfft, der Großneffe von Maria Waffek, konnte ihn für ein Mitglied von ProNürnberg gehalten haben. Niemandem sonst gegenüber hatte er sich jemals dafür ausgegeben. Und Düsterhöfft, der sein Erbe bedroht sah, hatte durchaus Grund, ihm zu drohen und Pelzig sogar umzubringen. Vielleicht war der Mord nicht vorsätzlich, sondern bei einem Streit geschehen. Ihn würde es nicht wundern, wenn der Großneffe auch für die Drohbriefe an den Vorsitzenden und den Pelzmärtlangriff verantwortlich war.

Auch die Erinnerung daran, dass er Anne anrufen wollte, er aber sein Notizbuch verloren hatte, war wie kalter Sirup, der sich nur ganz langsam vom Löffel löste. Ein Polizist fand es schließlich im Hof und gab es ihm zurück. Daraufhin rief er sie mit Ekkis Handy an und teilte ihr sowohl auf dem Anrufbeantworter als auch auf der Mailbox kurz mit, dass er im Augustinerhof in einen Hinterhalt geraten war und wahrscheinlich Pelzigs Mörder entdeckt hatte.

An die Fahrt ins Nordklinikum zur Kontrolluntersuchung dagegen hatte er keine Erinnerung mehr. Und das, obwohl es das erste Mal war, dass er in einem Streifenwagen fuhr.

Der etwa einstündige Aufenthalt in der Klinik war schließlich wie eine schnelle Sequenz von Standbildern: Anmeldung an der Pforte, Ambulanz, Warten auf einem unbequemen Plastikstuhl, Untersuchung durch Orthopäden, Röntgen der Schulter, Salbenverband, Schmerztabletten, Warten in der Hals-Nasen-Ohren-Klinik, kitzlige Kehlkopfspiegelung mit Zungenfixierung, Gurgellösung, Taxi nach Hause.

*

Der Dieselmotor des Taxis tuckerte. Beaufort zahlte und stieg aus. Das Auto rollte langsam aus seinem Blickfeld. Er ging zur Haustür und schloss sie auf. Bei Frau Seidl brannte kein Licht, denn sonntags besuchte sie meistens ihren Bruder in der Fränkischen Schweiz. Er würde ihr morgen seinen Mantel für die Reinigung geben. Als er seine Wohnung betrat, war alles dunkel. In der Küche stand noch sein Frühstücksgeschirr, das er nicht weggeräumt hatte. Krümel auf dem Teller, getrockneter Kaffee am Tassenboden. Ein trostloses Bild. Beaufort lebte gern allein, aber das war ein Moment, in dem er sich gewünscht hätte, dass ihn jemand erwartete. Er zog seine Krawatte aus der Hosentasche und warf sie in den Mülleimer. Sein Hals schmerzte noch. Skeptisch betrachtete er die Gurgellösung, die der HNO-Arzt ihm mitgegeben hatte, und stellte sie auf den Küchenschrank. Das Einzige, womit er jetzt gurgeln wollte, war Maltwhisky. Als er die Eiswürfel ins Glas fallen ließ, klingelte es an der Tür.

Es war Anne. Sie war blass und zog die Stirn in Falten.

»Was ist passiert? Ich habe mir Sorgen gemacht«, rief sie und warf sich Beaufort an den Hals. Er zuckte etwas, als sie seine linke Schulter berührte.

»Schmerzen?«, fragte Anne bekümmert. Ihre Mokkaaugen bekamen einen feuchten Schimmer.

Er nickte: »Dort musst du etwas vorsichtig sein.«

Und dann umarmten sie sich, so gut es ging. Annes Gesicht passte perfekt in die Rundung, die sein Hals und Schlüsselbein bildeten. Und er versenkte seine Nase in ihr Haar, es duftete nach Bergamotte. Sie musste es erst vor Kurzem gewaschen haben. Dann nahm er ihr Gesicht in beide Hände und küsste sie auf Stirn, Augen und Wangen, bis er auf ihren Lippen landete. Sie war es schließlich, die seinen Kopf fest zu sich zog und ihre Zunge begehrlich in seinen Mund schob. Wenn das jetzt eine Filmszene wäre, dachte Beaufort, müsste die Kamera im Kreis um uns herumfahren und immer schneller werden, bis dem Betrachter so schwindlig würde wie jetzt uns beiden. Als sie zu taumeln begannen, lösten sie sich voneinander.

»Ich habe den ganzen Tag gearbeitet und war dann schwimmen. Deshalb hast du mich nicht erreicht. Als ich zu Hause deine Nachricht abhörte, bin ich gleich hierher gefahren. Und jetzt sag mir als Erstes, wie es dir geht.«

Beaufort zog sie in die Küche. »Ich war gerade dabei, mir einen Whisky einzugießen. Mir scheint, du kannst auch einen vertragen. Magst du auch etwas gegen den Durst? Wenn du vielleicht die Flasche Mineralwasser und die beiden anderen Gläser mitnimmst, trage ich unseren Whisky, und wir gehen hoch in die Bibliothek. Dort werde ich dir alles erzählen.«

Als sie in den beiden Ohrensesseln Platz genommen und einen großen Schluck getrunken hatten, sagte Beaufort: »Es ehrt mich, dass du als Erstes zu mir kommst und wissen willst, wie es mir geht, statt der Story den Vorrang zu geben.«

Anne zuckte mit den Schultern. »Du klingst heiser. Warst du schon beim Arzt?«

»Ich komme gerade aus dem Nordklinikum. Man hat mich mit meiner eigenen Krawatte gewürgt, und ich dachte, ich müsste ersticken. Aber der HNO-Arzt sagt, es sind nur Schwellungen am Hals. Kehlkopf und Stimmbänder sind in Ordnung. Außerdem habe ich bei der Prügelei einige Prellungen und Blutergüsse abbekommen, es ist aber nichts Schlimmes. Glücklicherweise ist mein Gesicht verschont geblieben. Am meisten tut mir die linke Schulter weh, gegen die ich einen rabiaten Tritt bekommen habe. Aber eine junge, hübsche Schwester hat mir mit ihren zarten Händen die Schulter sanft eingecremt und mir einen Salbenverband gemacht.«

Anne nahm einen Eiswürfel aus ihrem leeren Glas und warf ihn Beaufort an die Brust.

»Friede, ich geb's ja zu. Sie war mindestens fünfzig und hatte einen Oberlippenbart, um den ich sie als 16-Jähriger beneidet hätte.«

»Du bist ganz schön keck für einen, der gerade verdroschen wurde«, sagte Anne.

»Ich bin nicht verdroschen worden, sondern habe mich heldenhaft gegen drei brutale Kerle zur Wehr gesetzt, die mir aufgelauert haben. Ich bin mir sicher, dass sie auch ein bisschen was davongetragen haben. Einer dürfte im Gesicht eine Schramme von meinem Siegelring haben, und ein anderer hat ganz schön gehinkt, als er fortgelaufen ist.«

»Und du hast sie alle drei in die Flucht geschlagen, mein tapferer Held?« Es sollte ironisch klingen, aber es schwang auch eine Spur echter Bewunderung mit.

»Ich hatte Glück. Jemand hat mich wohl schreien hören und die Polizei alarmiert. Keine Ahnung, was passiert wäre, wenn die nicht rechtzeitig gekommen wäre.«

Dann erzählte er die ganze Geschichte. Er beschrieb, wie er seinen Tag verbracht und im Café alle Theorien zum Mord aufgeschrieben hatte, anschließend in die Stadt zurückgegangen war, im dunklen Augustinerhof nach dem Obdachlosen gesucht hatte, von den drei Gestalten angegriffen worden war, wie die Polizei ihn gerettet und er Ekki und dem Kommissar seine Beschuldigungen vorgetragen hatte, wie er ins Krankenhaus gebracht worden und schließlich hier angekommen war, begrüßt mit diesem wirklich sensationellen Kuss.

Beaufort vermutete, dass Stefan Düsterhöfft ihn irgendwann auf seinem Spaziergang erkannt hatte und ihm heimlich gefolgt war. Vielleicht hatte er sich telefonisch Verstärkung geholt, vielleicht waren die anderen beiden von Anfang an dabei gewesen. Als sie merkten, wie er in den verlassenen Augustinerhof ging, nutzten sie die Gelegenheit, um ihn anzugreifen und ihm einen Denkzettel zu verpassen. Immerhin hielt ihn der Student für einen ProNürnberg-Erbschleicher und wollte ihn so daran hindern, weiter ins Haus seiner Großtante zu kommen. Möglicherweise hatte dieser Angriff mit dem Mord an Pelzig nichts zu tun. Aber Beaufort war sich sicher, dass mehr dahintersteckte. Jemand wie Düsterhöfft passte genau ins Schema eines Hauptverdächtigen. Wo waren bloß seine Zettel aus dem Café? Er ging die Treppe hinunter zu seinem

Mantel und kam mit mehreren verknitterten Bögen Briefmarken und Notizblättern zurück. Dann repetierte Beaufort seine Theorien, und Anne, die vor dem Fußschemel kniete, auf dem die Aufzeichnungen ausgebreitet waren, machte verschiedene Einwürfe und Anmerkungen. Ab und zu streichelte er ihren Rücken, und sie tätschelte seine Waden.

Das Telefon störte diese Harmonie. Beaufort hob ab, und als Ekki sich meldete, drückte er den Lautsprecherknopf, damit Anne mithören konnte.

»Wie geht es dir? Es ist nichts Schlimmeres passiert, hoffe ich.«

»Ein paar Prellungen und ein geschwollener Hals. Nichts, was in ein paar Tagen nicht wieder verschwunden wäre«, antwortete Beaufort.

»Das ist gut. Glaubst du, sie hatten es ernsthaft auf dich abgesehen?«

»Sie wollten mich nicht umbringen, wenn du das meinst. Und ich glaube auch nicht, dass sie mich wirklich krankenhausreif schlagen wollten. Aber sie gaben mir schon mit Gewalt zu verstehen, dass ich mich bei ProNürnberg nicht so engagieren sollte. Wenn ich nicht so wütend geworden wäre und mich nicht gewehrt hätte, wäre es vielleicht gar nicht ausgeartet«, gab er zu bedenken.

»Du hast richtig gehandelt. Jedes Opfer von Gewalt sollte sich widersetzen und dem Angreifer zeigen, dass er etwas Strafbares tut. Übergriffe zu dulden, heißt für den Täter oft, dass sich das Opfer mit der Brutalität einverstanden erklärt. Doch weshalb ich dich eigentlich anrufe: Wir haben Düsterhöfft geschnappt. Er kam vor einer Stunde seelenruhig nach Hause, wo ihn unsere Beamten schon erwartet haben. Die anderen beiden sind uns leider entwischt. Miederer hat ihn gerade in der Mangel, aber er leugnet alles. Er will in einer Kneipe gewesen sein. Ein unsympathischer Typ.«

Beaufort bekam einen Moment lang Zweifel. »Was ist, wenn er es doch nicht war?«

»Der war es, 100%ig. Er hatte eine schöne Schramme an der Wange, die bestimmt von deinem Ring stammt. Er macht sich noch nicht mal die Mühe, anständig zu lügen. Er behauptet, er hat sich beim Rasieren geschnitten. Der Richter hat den Durchsuchungsbeschluss für seine Wohnung gerade unterzeichnet. Ich hoffe, sie finden dort Beweise für den Pelzigmord.«

»Muss ich noch etwas tun?«

»Schlaf dich erst einmal aus. Deine Aussage hast du ja schon zu Protokoll gegeben. Und für eine mögliche Identifizierung wirst du von der Polizei extra vorgeladen.«

Anne gab Beaufort ein Zeichen. Sie wollte wissen, wann der Justizsprecher oder die Polizei etwas an die Presse herausgeben würden. Beaufort tat ihr den Gefallen.

»Was ist das für eine hinterfotzige Frage?« Ekkis Ton wurde scharf. »Frank, ist die Reporterin vom BR bei dir? Ich höre da doch ein Tuscheln. Hast du das Telefon etwa laut gestellt?«

Beaufort gab es zu, und Ekki wollte mit Anne direkt sprechen.

»Einen schönen guten Abend, Frau Kamlin. Na, immer im Brennpunkt des Geschehens?«

»Sie können sich Ihre Ironie für jemand anders aufheben«, sagte Anne gereizt. »Ich habe mich um Frank gesorgt, deshalb bin ich hier.«

Ekki klang wieder netter. »Sie haben recht, verzeihen Sie den Ton. Aber ich blicke bei Ihnen beiden im Moment nicht durch, was beruflich und was privat ist.«

Anne und Beaufort sahen sich verliebt an.

»Ehrlich gesagt, wir wissen es selbst nicht so genau«, gestand sie. »Fragen Sie uns nächste Woche noch mal. Vielleicht sehen wir dann alle klarer.«

»Das klingt geheimnisvoll, aber nichtsdestotrotz sind Sie Journalistin. Und ich bitte Sie, in dieser Angelegenheit noch nichts zu berichten, bevor wir keine handfesten Beweise haben. Ich hätte es ungern, dass alle Medien senden oder schreiben:

›Der Mörder ist gefasst‹, und dann war er es am Ende doch nicht. Das werden Sie doch verstehen.«

»Das bedeutet aber, dass Sie an niemanden von der Presse etwas herauslassen. Nur wenn Sie mir das garantieren, werde ich vorerst nicht berichten. Und es wäre nett, wenn Sie sich bereit erklärten, mich kurz anzurufen, ehe Sie die erste Pressemitteilung herausgeben.«

Ekki überlegte. »Das klingt fair. Wir können uns darauf einigen: Sie berichten jetzt nicht und bekommen dafür als Erste die Mitteilung, wenn wir wirklich etwas Beweiskräftiges in der Hand haben.«

»Das geht in Ordnung«, sagte Anne. »Was ist mit dem Überfall auf Frank? Kommt das in die Medien?«

»Erst morgen Vormittag im ganz normalen Polizeibericht, ohne Nennung der Namen und des Ortes. Wenn die Polizei irgendwo Augustinerhof schreibt, stehen die Medien ja schon Kopf. Für die Öffentlichkeit wird es nichts als eine Prügelei mit einem Leichtverletzten gewesen sein, die eine Polizeistreife schlichten musste. Das kommt wahrscheinlich nicht mal in die Lokalmeldungen der Zeitungen.«

»Was heißt hier leicht verletzt?«, schaltete Beaufort sich ein. »Du müsstest mal die Schläge und Tritte einstecken. Dann würdest du ehrfurchtsvoller von meinen Blessuren reden.«

Anne tätschelte ihm die Wange und machte ein Du-bist-ein-braver-Bub-Gesicht.

»Ich will das weiß Gott nicht herunterspielen. Es hätte auch schlimmer ausgehen können«, antwortete Ekki. »Aber wie schön, dass wir alles geklärt haben und endlich mal einer Meinung sind. Und was Düsterhöfft betrifft, halte ich euch auf dem Laufenden.«

Der Justizpressesprecher notierte sich noch Annes Handynummer und legte auf.

In der Bibliothek, in der nur zwei Lampen brannten, wirkten die Fenster auf einmal hell. Von draußen kam ein graugelbes Leuchten.

»Sieh nur, es schneit«, sagte Beaufort. Dicke, feuchte Flocken legten sich auf die Erde. Dächer und Wege waren schon von einer Schneeschicht bedeckt. Nur der Fluss zog sein schwarzes Band. Sie standen Arm in Arm und schauten lange hinaus. Goethes Werther hätte jetzt: ›Klopstock‹ gesagt, dachte Beaufort. Wir können heute nur noch schweigen. Anne gähnte. Sie wirkte in diesem Winterlicht blasser als sonst.

»Du, ich muss nach Hause. Ich bin hundemüde. Ich sehne mich nach meinem freien Tag und danach, auszuschlafen.« Anne fröstelte.

»Du kannst jetzt bei dem Schneetreiben auf keinen Fall fahren. Warte, bis es aufgehört hat und die Straßen wieder frei sind. Ist dir kalt? Willst du eine Decke?«

»Ja, die würde ich gern nehmen. Hoffentlich brüte ich keine Grippe aus. Aber wahrscheinlich friere ich nur, weil ich müde bin. Ist dir gar nicht kalt?«

»Nein, Frauen frieren eben leichter als Männer, im Durchschnitt fünf Grad früher. Das liegt daran, dass sie in der Regel kleiner sind als Männer und deshalb verhältnismäßig mehr Hitze abstrahlen als ein größerer Männerkörper. Außerdem haben wir Männer mehr Muskeln. Und das ist das am besten durchblutete Gewebe, das wie eine kleine Heizung wirkt.«

»Heißt das, ich friere schneller als du, aber nicht so schnell wie ein kleiner Mann?« Anne gähnte schon wieder.

»Genau. Dafür haben Frauen aber bei hohen Temperaturen einen Vorteil. Weil sie die Wärme schneller abgeben als Männer, ertragen sie im Sommer auch mehr Hitze.«

»Also, bis dahin kann ich nicht warten. Wo ist die Decke?«

»Nimm das Plaid auf der Ottomane und mach es dir bequem. Soll ich uns einen Tee kochen?«

»Gern, aber nur ohne Tein.« Anne breitete die grünblaue Decke aus gefärbter irischer Wolle aus, die gut in die Bibliothek passte.

Beaufort ging nach unten und kochte Roibuschtee. Er hatte Hunger und bereitete für sie beide eine Platte mit Wurst- und

Käseschnittchen zu, hübsch dekoriert mit klein geschnittenen Radieschen, Gewürzgurken, Tomaten und Kresse. Auch ein Schälchen mit englischen Zitronenplätzchen stellte er dazu. Als er 15 Minuten später mit dem großen Tablett in die Bibliothek kam, lag Anne auf der Ottomane und schlief tief und fest. Ihr dunkles Haar floss um ihren Kopf. Beaufort stellte das Tablett leise auf den Tisch am Fenster, zündete zwei Kerzen an, legte eine CD von Tierney Sutton auf und setzte sich so, dass er Anne ansehen, aber auch nach draußen schauen konnte, wenn er den Kopf wendete. Bei leiser Musik aß und trank er und betrachtete die schlafende Frau auf seinem Sofa, die vor noch nicht mal einer Woche in sein Leben getreten war. Er sah, wie sich ihre Brust unter der Decke hob und senkte, und hörte ihre regelmäßigen Atemzüge in den Pausen zwischen den Musikstücken. Er bemerkte die noch ganz zarten Krähenfüßchen, die um ihre Augenwinkel mäanderten, und die roten Bäckchen, die sie beim Schlafen bekommen hatte.

»*Comes a rainstorm put your rubbers on your feet,*
comes a snow storm you can get a little heat,
comes love nothing can be done ...«

Anne schlug die Augen auf, als Beaufort ihr über den Kopf streichelte.

»Magst du nicht aufstehen?«, flüsterte er.

»Entschuldige, ich muss kurz eingeschlafen sein«, sagte sie.

»Kurz ist gut, du schläfst seit anderthalb Stunden.«

»Das kann nicht sein.« Sie schaute ungläubig auf ihre Uhr. Er reichte ihr einen Becher Tee. Sie setzte sich schlaftrunken auf und trank in kleinen Schlucken.

»Es hat vor einer halben Stunde aufgehört, zu schneien. Ich glaube nicht, dass alle Straßen schon wieder frei sind, denn es ist ganz schön was runtergekommen. Wenn du willst, kannst du unten im Gästezimmer schlafen.«

»Nein, das möchte ich heute lieber nicht. Alle meine Sachen sind zu Hause. Ich habe gar nichts mit, ich fahre lieber heim.«

Anne gähnte erneut. Sie dachte vor allem an die Pille, die in ihrem Zahnputzbecher steckte. Das Risiko war ihr zu groß.

»Dann nimm bitte nicht deinen eigenen Wagen, der ist sowieso ganz eingeschneit. Ich rufe dir ein Taxi.« Beaufort schien so besorgt, und Anne war so müde, dass sie zustimmte. Er telefonierte, und sie ließ sich zeigen, wo die Toilette war.

»Ich kann es gar nicht fassen, dass ich hier so lange geschlafen habe. Und das vor deinen Augen«, sagte sie, als sie zurückkam.

»Du hast hübsch ausgesehen, als du schliefst. Das hat mir ein Gefühl tiefer Vertrautheit gegeben.« Er küsste sie sanft.

»Das hat auch etwas mit Zutrauen zu tun. Vielleicht ist es vertrauensvoller, vor als mit jemandem zu schlafen. Schließlich ist man sich seiner nicht bewusst und ganz schutzlos, wenn man schläft.«

»Das ist eine gewagte These, der ich erst zuzustimmen vermag, wenn ich beides erfahren habe.« Beaufort grinste, Anne grinste und die Türglocke schellte, weil das Taxi da war. Sie küssten sich schnell und heftig.

»Ich rufe dich morgen an. Halt dir den Abend frei für mich«, sagte Anne und lief die Treppen hinunter.

Weder Anne, die im Autofenster das jungfräulich verschneite Nürnberg vorbeiziehen sah, noch Beaufort, der seine sich abzeichnenden blauen Flecken einsalbte, verschwendeten an diesem Abend noch einen weiteren Gedanken an den Toten im Augustinerhof.

Durch die ungewohnten Geräusche erwachte Anne früh. Der frisch gefallene Schnee verschluckte und verzerrte die üblichen Laute der Straße. In den Sound der erwachenden Vorstadt mischten sich neue Klänge wie das Kratzen auf den verschneiten Windschutzscheiben und das Scharren der Schneeschaufeln auf den Waschbetonplatten in den Einfahrten. Anne öffnete das Fenster weit und machte ein paar tiefe Atemzüge. Es hatte etwa 15 Zentimeter geschneit. Kindliche Freude überkam sie, und am liebsten wäre sie hinausgelaufen, um im Schnee zu spielen.

Sie trank vor dem Kühlschrank einen Schluck Orangensaft und schlüpfte in ihre Joggingkleidung. Nachdem sie locker durch die Vorgärten getrabt war, lief sie hinunter zur Pegnitz. Noch niemand war heute Morgen hier gewesen. Sie war die Erste, die ihre Fußabdrücke im Schnee hinterließ. Sie genoss die Bewegung des Laufens. Die Luft kam ihr nach der Frostperiode gar nicht so kalt vor. Wenn es so mild bliebe, wäre der frische Schnee bald schon wieder Matsch. Fast bedauerte sie, dass sie nach ein paar Kilometern schon die Stadtmauer erreichte. Aber sie durfte leider nicht zurücklaufen, sondern musste ihr Auto abholen.

Die Ente stand dort, wo Anne sie am Abend zuvor abgestellt hatte. Nur war sie jetzt von einer dicken Schneeschicht bedeckt. Auf die Motorhaube war ein großes Herz und »You go to my head« in den Schnee gemalt. Anne durchrieselte ein warmes Gefühl, und sie überlegte, ob sie schnell bei Beaufort klingeln sollte. Doch das würde ihren Zeitplan zu sehr durcheinanderbringen. Einen Moment lang dachte sie beim Freikratzen der Scheiben, dass er besser das erledigt hätte, statt Herzen zu malen. Aber dann fiel ihr ein, dass er ja kein Auto besaß und folglich auch keinen Eiskratzer.

Sie fuhr nach Hause, duschte, aß schnell ein wenig Müsli und machte sich auf den Weg zum Funk.

»Die Kantine ist wieder geöffnet. Möchte jemand einen Kaffee?«, rief Anne fröhlich ins CvD-Zimmer. Ina, die heute Nachrichten-Dienst hatte, telefonierte gerade und nickte. Der gegenüberliegende Schreibtisch war leer, aber der CvD kam in diesem Moment ins Zimmer.

»Hallo, Anne. Hast du schon gehört? Die Polizei hat vermutlich den Augustinerhof-Mörder festgenommen.«

Anne war sprachlos. »Was?« Es klang nach mindestens acht Fragezeichen.

»Ja, im Augustinerhof ist gestern jemand zusammengeschlagen worden. Und einer der Täter soll Pelzigs Mörder sein.« Axel setzte sich.

»Das kann doch nicht wahr sein«, stöhnte Anne. »Wo hast du das her?«

»Es steht heute Morgen groß als Aufmacher in der AZ. Lies selbst.« Der CvD schob ihr das Boulevardblatt über den Schreibtisch.

›Augustinerhof-Mörder geschnappt?‹ prangte dort in fetten Buchstaben quer über die Titelseite. Der Bericht, der im Verhältnis zur Überschrift eher kurz war, hatte nur wenige Fakten und viele Spekulationen aufzuweisen. Die Polizei habe einen 24-jährigen Studenten festgenommen, der verdächtigt werde, Hubert Pelzig erschlagen zu haben. Wahrscheinlich habe er für den Mord Komplizen gehabt, denn der Verdächtige habe mit zwei weiteren Unbekannten gestern einen Passanten im Augustinerhof zusammengeschlagen und schwer verletzt. Das Opfer habe ihn identifizieren können. Bei dem Studenten sei belastendes Material gefunden worden. Unklar sei, ob auch der Verletzte nur knapp einem Mordanschlag entgangen sei. Die Polizei äußere sich bislang nicht dazu. Sie versäume es wieder einmal, die Öffentlichkeit genügend aufzuklären. Sogar ein Bild hatte die AZ aufgetrieben. Ein Passfoto, das einen finster dreinblickenden jungen Mann mit sehr kurzem Haar und Dreitagebart zeigte. Darunter stand: ›Ist BWL-Student Stefan D. (24) der Mörder?‹

»Was schreiben denn die anderen Zeitungen?«, fragte Anne. Sie wollte von ihrem missglückten Deal mit dem Justizpressesprecher vorerst nichts verraten, um sich nicht zu blamieren. Dass Beaufort der Überfallene war, behielt sie erst recht für sich.

»Nichts. Die AZ hat es exklusiv.«

»Das ist ziemlich spekulativ, findest du nicht?«

»Deshalb versucht Ina schon seit einer halben Stunde, bei Polizei und Justiz etwas herauszubekommen. Doch Stadlober hält sich bedeckt, und Ertl ist nicht zu sprechen. Aber ein richtiges Dementi geben sie auch nicht. Also muss ja was dran sein an der Geschichte. Ich möchte mal wissen, wie die Burschen von der AZ von der Sache Wind bekommen haben«, sagte Axel.

Das wollte Anne auch, und vielleicht bekam sie es auch heraus. »Wie gehen wir jetzt weiter vor?«, fragte sie.

»Ina probiert erst einmal, von hier aus zu klären, was am AZ-Artikel stimmt. Sowie sie etwas erfährt, schreibt sie eine Meldung. Falls dann eine Redaktion etwas haben will – und davon gehe ich aus –, würde ich dich gern für die Beiträge losschicken. Ist das okay?«

»Ein Glück, dass ich das Interview mit dem Baureferenten und das Portrait über den Kabarettpreisträger für die Mittagssendung gestern schon sendefertig gemacht habe. Ich bin also frei. Und wenn du nichts dagegen hast, fange ich parallel an, zu recherchieren. Wenn ich etwas herausfinde, gebe ich es an Ina weiter.«

Anne holte zwei Becher Kaffee aus der Kantine, brachte Ina einen, kontrollierte die eingegangenen Faxe nach Neuigkeiten über den Augustinerhof-Mord und ging nach oben an ihren Schreibtisch. Dort überprüfte sie ihre E-Mails, aber der Polizeibericht erwähnte weder den Überfall auf Beaufort noch die Festnahme von Düsterhöfft. Anscheinend hatte der Justizsprecher Wort gehalten, offiziell war nichts nach außen gelangt. Nach einigen Anrufen erreichte sie schließlich Ertl.

»Wie erklärt sich denn der Artikel in der AZ?«, fragte sie streng.

»Es tut mir leid, Frau Kamlin, aber ich habe damit nichts zu tun. Und der Polizeipressesprecher auch nicht. Uns hat der Zeitungsartikel genauso aufgeschreckt wie Sie. Haben Sie eine Vorstellung davon, wie viele Journalisten deshalb heute schon angerufen haben? Es liegt ja überhaupt nicht in unserem Interesse, Gerüchte zu verbreiten.«

»Ich glaube Ihnen ja, aber irgendwo gibt es eine undichte Stelle. Und die liegt in Ihrem Bereich.«

»Die halbe Wahrheit habe ich mittlerweile entdecken können. Ihnen ist ja bekannt, dass die AZ-Redaktion gleich hinter dem Augustinerhof liegt. Und wissen Sie, wer die Polizei gerufen hat, um Frank vor den drei Schlägern zu retten? Ausgerechnet ein Lehrling aus der AZ. Er war auf dem Weg zur Schicht, hat die Schreie gehört und per Handy sofort die Polizei alarmiert. So hat die Redaktion dann wohl von dem Überfall erfahren.«

»Das erklärt aber noch nicht, wieso die auf den mordverdächtigen Studenten gekommen sind«, sagte Anne säuerlich.

»Sie wissen doch, wie das ist. Manche Reporter haben ihre Spezis unter den Beamten. Jemand hat da aus Geltungsdrang oder weil er dafür bezahlt wurde, geplaudert.«

»Wer?«

»Mit der vollen Autorität meiner Erfahrung und der Kompetenz meines Wissens sage ich: Ich habe keine Ahnung.«

»So tragisch scheinen Sie es ja nicht zu nehmen, wenn Sie schon wieder Witze machen können. Wie soll es jetzt weitergehen? Kommt von Ihnen bald eine offizielle Stellungnahme?«

»Natürlich, was bleibt mir übrig? Ich wollte sie gerade diktieren, als Sie anriefen.«

»Und was wird da drinstehen?« Anne wollte auf alle Fälle noch ihren Vorteil aus dem Stillhalte-Abkommen von gestern Abend ziehen.

»Sehr viele Fakten nicht, ehrlich gesagt. Wir bestätigen nur, dass wir einen Verdächtigen haben.«

»Haben Sie Beweise?«

»Das könnte sein.«

»Wann geben Sie das Fax mit der Pressemitteilung heraus?«

»Sagen wir gegen halb elf. Bis dahin müsste es getippt sein.«

»Gut. Ich brauche das im O-Ton von Ihnen. Ein klitzekleines Interview von drei Minuten Länge. Und ich brauche es jetzt, damit wir es noch heute Mittag senden können. Ich weiß, ich setze Sie unter Druck. Aber ich denke, Sie sind mir noch etwas schuldig.«

Ertl seufzte. »Es bereitet wirklich kein Vergnügen, mit Ihnen Geschäfte zu machen. Kommen Sie her, in Gottes Namen. Aber nur, wenn Sie mir versprechen, es nicht zu senden, bevor die Pressemitteilung draußen ist.«

»Das ist doch selbstverständlich. Ich bin in zwanzig Minuten bei Ihnen.«

Anne machte eine Luftsäge wie ein Fußballspieler nach einem Tor. Dabei hätte sie fast ihre Tasse umgeworfen. Die drohende Blamage hatte sie in einen kleinen Triumph verwandelt. Sie nahm Mantel und Reportertasche und lief hinunter ins CvD-Zimmer.

»Hast du schon was rausbekommen?«, fragte sie Ina. Die schüttelte den Kopf.

»Aber ich. Die Polizei hat tatsächlich einen Verdächtigen festgenommen, aber noch ist nicht bewiesen, ob er wirklich der Mörder von Pelzig ist. Und der Überfall gestern Abend war definitiv kein Mordanschlag. In etwa einer Stunde kommt ein Fax mit einer offiziellen Stellungnahme vom Justizpressesprecher. Wenn du deine Meldung jetzt schon vorschreibst und mit einem Zitat aus der Presseerklärung würzt, bist du locker eine halbe Stunde schneller als die Agenturen. Und das Beste kommt noch. Ich fahre jetzt zu Ertl, der mir exklusiv vorab ein Interview gibt. Bis zur Mittagssendung kann ich es fertig haben. Auch *Bayern 3* und *B5 aktuell* können es ab zwölf senden.«

»Wie hast du denn das gemacht?«, fragte Ina erstaunt. »Ich telefoniere mir die ganze Zeit die Finger wund und bekomme keine einzige zitierfähige Information.«

»Sag mal, gehst du mit Ertl joggen, oder was? Der ist doch auch so sportiv wie du«, mutmaßte der CvD.

Anne lächelte vielsagend. »Ihr wisst doch: Gute Beziehungen sind die halbe Recherche.«

*

Beaufort stapfte durch feuchten Schnee. Ab und zu musste er eine Pfütze überspringen. In den Nebenstraßen spritzten vorbeifahrende Autos kleine Fontänen aus Schneematsch auf die Gehsteige. Es waren vier Grad plus, und die weiße Herrlichkeit fiel so schnell in sich zusammen, wie sie gekommen war. Wenigstens hatte er in der Nacht einen einsamen Winterspaziergang gemacht. Zwar ging er ins Bett, nachdem Anne ihn verlassen hatte, doch wälzte er sich dort nur herum. Seine Gedanken kreisten dauernd um den Abend. Der Kampf, seine Quetschungen und die Erinnerung an den Kuss raubten ihm den Schlaf. Und da Beaufort an Störungen dieser Art nicht gewöhnt war, stand er um halb zwei wieder auf und ging spazieren. Dabei hielt er Ausschau nach Annes Wagen und hinterließ seinen Gruß auf der Motorhaube. Um drei war er zurück und so müde, dass er bis halb elf schlief. Nicht einmal Annes Anruf bekam er mit. Sie hatte ihm auf dem Anrufbeantworter die Neuigkeiten über den AZ-Artikel mitgeteilt und berichtet, sie habe mit Ekki telefoniert. Anscheinend gebe es Beweise dafür, dass Düsterhöfft der Mörder von Pelzig sei. Konkretes habe er ihr jedoch nicht sagen wollen. Beaufort versuchte daraufhin, Anne zu erreichen, aber im Funk sagte man ihm, sie sei zu Interviews unterwegs. Und auf ihrem Handy hörte er immer nur den Spruch: »The person you are calling is not available at present, please call again later.« Dann nahm er ein üppiges Frühstück zu sich und ging los, um bei Ekki im Gericht vorbeizuschauen.

Der Justizpalast an der Fürther Straße ruhte in seiner Monumentalität, so als sei sich das Gebäude seiner weltgeschichtlichen Bedeutung bewusst. Beaufort schaute zu den Fenstern hoch, hinter denen der berühmte Schwurgerichtssaal 600 lag. Dort waren Göring, Streicher, Kaltenbrunner und andere Naziverbrecher zum Tode verurteilt worden, und rückblickend konnte der Nürnberger Prozess als der Ursprung eines Internationalen Strafgerichtshofs gelten. Beaufort ging an den Steinbögen entlang, bis er zum Haupteingang kam. Das Gerichtsgebäude im Stil der Neorenaissance war zwar gewaltig, bekam aber durch den warmen Ton des Sandsteins und einige wenige Schmuckelemente, wie Statuen bedeutender deutscher Rechtsgelehrter, ein menschliches Antlitz.

Beaufort betrat die Vorhalle und ging am Informationsschalter vorbei in den rechten Flügel. Er wusste, wo er hinmusste. Im Erdgeschoss liefen Gerichtsangestellte und Polizisten geschäftig hin und her, vorgeladene Zeugen oder gar Angeklagte erkannte man an ihrem eher zögerlichen Gang. Als Beaufort die breite Treppe zwei Stockwerke hochgestiegen war, begegnete ihm niemand mehr. Hier herrschte vornehme Stille. Der rote Teppich, die Ölgemälde und die diskrete Beleuchtung zeigten an, dass er hier den Bereich der Honoratioren des Gerichts betrat. Beaufort schritt die Phalanx der soliden Türen ab, bis er das gesuchte Namensschild entdeckte. Er klopfte und betrat das Vorzimmer. Da es leer war, ging er direkt in Ertls Büro.

Ekki hatte seine Füße auf den Schreibtisch gelegt und telefonierte. Er bemerkte Beaufort und winkte ihn eifrig herein. Während er weitersprach, deutete er auf den Stuhl vor dem Schreibtisch, und sein Freund setzte sich. Ekki gab gerade einem Journalisten ein Interview und war ganz in seinem

Element. Sein Jackett hatte er ausgezogen und über den Stuhl gehängt. Er trug eine Weste und Krawatte, die Hemdsärmel waren hochgekrempelt.

»Ich kann Ihnen noch keine konkreten Beweise nennen, dazu ist es noch zu früh. Aber ich kann Ihnen mitteilen, dass der Richter soeben Haftbefehl erlassen hat. Was das bedeutet, wissen Sie ja selbst ... Nein, mehr kann ich dazu nicht sagen ... Der Verdächtige ist 24 Jahre alt und Student hier in Nürnberg. Das habe ich aber schon in der Presseerklärung geschrieben ... Auch dazu werde ich Ihnen nichts berichten ... Ja, Sie bekommen sie sofort, wenn von uns wieder eine Mitteilung rausgeht, aber vor morgen brauchen Sie nicht mit Neuem zu rechnen. Sonst noch Fragen? ... Ja, tun Sie das. Ich bin aber erst ab vier wieder hier im Büro zu erreichen ... Okay, alles klar. Bis später, und schreiben Sie etwas Nettes.«

Er legte den Hörer auf und leitete das Telefon auf seinen Sekretär um.

»Hallo Frank, gut, dass du da bist. Dank dir haben wir Düsterhöfft ziemlich festgenagelt. Wie geht es dir? Noch Schmerzen? Magst du eine Tasse grünen Tee? Ich habe ihn erst vor einer halben Stunde aufgebrüht.«

»Du bist ja richtig aufgedreht«, stellte Beaufort fest. »Also der Reihe nach: Danke, ich möchte nichts trinken. Danke, es tut nicht mehr sehr weh, aber jetzt kommen langsam die Blutergüsse zum Vorschein.«

»Hast du deshalb einen Rollkragenpullover an?«

Beaufort zog seinen Kragen herunter und zeigte Ekki die dunklen Verfärbungen am Hals, die einen Stich ins Blaulila angenommen hatten. »Den Rest willst du ja wohl nicht auch noch sehen.«

Ekki schmunzelte. »Stell dir vor, du säßest hier mit nacktem Oberkörper, und es käme jemand herein. Am besten der *Bild*-Fotograf. Na, das gäbe eine hübsche Schlagzeile.«

»Mir scheint allerdings, die Journalisten sind heute auf ganz andere Geschichten aus.«

»Das stimmt, ich bin fast den ganzen Vormittag am Telefonieren und Interviews geben. Die von dir so geschätzte Frau Kamlin war auch schon da, gleich als Erste heute Vormittag. Die ist wirklich ganz schön auf Zack. Und sie weiß ihre Reize einzusetzen. Ich war von ihrem Dekolleté so gefangen genommen, dass ich mich ganz schön darauf konzentrieren musste, nicht zu viel zu verraten.«

»Ekki, Finger weg! Die ist bereits für mich reserviert«, sagte Beaufort scherzhaft, aber bestimmt. »Du brauchst erst gar nicht deine Fühler auszustrecken. Außerdem ist sie sowieso zu groß für dich. Du und Anne nebeneinander, das sähe nicht gut aus.«

»So, Anne? Beim Duzen seid ihr ja schon. Wie weit seid ihr denn sonst miteinander vorangekommen?«

»Das werde ich dir gerade auf die Nase binden.«

»Kann sie wenigstens kochen?«

»Keine Ahnung. Wie kommst du jetzt darauf?«

»Weißt du nicht, was Dashiell Hammetts Mama immer sagte? Eine Frau, die in der Küche nichts taugt, taugt auch meistens in den anderen Räumen nichts.«

Beaufort hob die rechte Augenbraue. »Ich weiß es nicht, wir haben nicht in der Küche mit dem Testen angefangen.« Sie lachten. »Aber was gibt es denn nun für Neuigkeiten im Augustinerhof-Mord? Hat Düsterhöfft wirklich etwas damit zu tun?«

»Damit zu tun ist gut. Alle Zeichen deuten darauf hin, dass er der Mörder ist. Das ist ziemlich sicher.«

Beaufort war erstaunt über die klaren Worte. Ekki war nicht der Mann, der sich zu Vorverurteilungen hinreißen ließ.

»Hat er schon gestanden?«

»Nein, aber Miederer und seine Leute arbeiten daran. Mensch Frank, das war ein echter Glücksgriff, dass du gestern Abend in den Augustinerhof marschiert bist. Was hast du da eigentlich ...«

Beaufort unterbrach ihn. »Moment, jetzt erzähl mir bitte erst einmal, was ihr gegen Düsterhöfft in der Hand habt. Dass er mich gestern mit zwei anderen jungen Typen überfallen hat, dürfte wohl klar sein. Ich habe seine Stimme erkannt und ihn im Gesicht verletzt. Aber was habt ihr für Beweise, dass er Pelzig ermordet hat?«

Ekkehard Ertl lehnte sich gewichtig zurück und legte die Füße wieder auf den Schreibtisch. Dann verkündete er stolz: »Wir haben bei der Hausdurchsuchung ein Pelzmärtlkostüm gefunden. Genau so eines, wie Pelzigs Witwe es beschrieben hat.«

»Das ist nicht dein Ernst. Solche Kostüme gibt es Hunderte, vielleicht Tausende in der Stadt. Es ist ja wohl kein Verbrechen, eines zu besitzen. Die sehen doch alle gleich aus. Außerdem hat Pelzigs Witwe den Pelzmärtl, der ihren Mann bedroht hat, nie selbst gesehen. Ekki, das ist ein Null-Beweis.«

»Aber es wird zu einem Beweis, wenn du erfährst, was wir noch haben. Die Drohbriefe an Pelzig sind mit dem Drucker von Stefan Düsterhöfft ausgedruckt worden. Das steht zu 99 Prozent fest. Ich erwarte den schriftlichen Bericht des Spezialisten, aber er hat schon angerufen und es bestätigt. Der Drucker zieht das Papier etwas schief ein, sodass der linke Rand nicht gerade auf das Blatt gedruckt wird. Das war bei den Drohbriefen an Pelzig haargenau so. Auch das Papier ist identisch mit dem, das er in großen Stapeln zu Hause liegen hat.«

Beaufort erhob sich langsam und ging in dem großen Büro auf und ab, um besser denken zu können.

»Das heißt bislang nur, er hat mit ziemlicher Sicherheit die Drohbriefe geschrieben. Und meinetwegen war er es auch, der im Pelzmärtlkostüm den ProNürnberg-Vorsitzenden bedroht und erschreckt hat. Doch das ist immer noch kein Beweis für den Mord.«

»Er hat kein Alibi«, sagte Ertl trocken.

»Wie meinst du das?«

»Wie ich es sage. Er hat kein Alibi. Er behauptet, in der Mordnacht in einer Diskothek gewesen zu sein. Da war er auch, aber erst ab zwei Uhr. Der Türsteher kann sich genau daran erinnern, weil er ihn zuerst nicht reinlassen wollte. Er hatte nicht das richtige Outfit an. Deshalb haben sie ein bisschen miteinander gestritten, und nach einer kleinen finanziellen Zuwendung durfte er schließlich doch hinein. Die Disko ist übrigens in der Kaiserstraße, keine zehn Minuten vom Augustinerhof entfernt.«

»Meinst du nicht, der wirkliche Mörder Pelzigs würde etwas mehr Sorgfalt auf sein Alibi verwenden?« fragte er nachdenklich.

»Was heißt denn der wirkliche Mörder? Düsterhöfft hat eben nicht damit gerechnet, geschnappt zu werden. Er konnte ja nicht wissen, dass du ihn identifizieren würdest. Wir müssen ihn nur noch dazu bringen, es zu gestehen.«

»Und warum, glaubst du, hat er Pelzig getötet?«

»Weil er um sein Erbe fürchtete. Weil Pelzig versucht hat, seine Großtante dazu zu bringen, das Haus dem Verein zu vermachen. Das war doch deine Idee.«

»Was macht dich nur so sicher?« Beaufort schüttelte den Kopf.

»Jetzt hör mal zu, Frank.« Ertl gingen die Einwände langsam auf die Nerven. »Dieser Student droht und verfolgt Pelzig, damit der die Finger von seinem vermeintlichen Erbe lässt. Vergiss nicht, es waren Morddrohungen. Aber Pelzig ist stur und lässt sich davon nicht sonderlich beeindrucken. Vielleicht weiß er auch gar nicht, worauf sich die Drohbriefe genau beziehen. Denn wenn Düsterhöfft konkreter geworden wäre, hätte man ihn ja identifizieren können. Also, Düsterhöfft verfolgt sein Opfer und verbreitet Angst und Schrecken. Und in der Mordnacht lauert er Pelzig auf: Vielleicht wollte er ihn töten, eventuell aber auch nur in Angst versetzen. Möglicherweise sind sie sich nur zufällig über den Weg gelaufen, und die Gelegenheit war günstig. Auf jeden Fall schlägt der Student ihm den Schädel ein und drapiert Pelzigs Leiche im Augustinerhof als Warnung für alle Mitglieder. Und der Vorfall gestern Abend passt voll ins Schema. Er hält dich für ein

ProNürnberg-Mitglied, das aus Pelzigs Tod nichts gelernt hat, und droht dir genauso wie ihm. Falls er jetzt aufgeben würde, wäre der Mord nämlich völlig umsonst gewesen.«

Beaufort hatte sich wieder gesetzt und doch etwas grünen Tee eingeschenkt – er war zu stark und zu bitter.

»Das ist eine schöne Geschichte, nur könnte sie falsch sein. Ich glaube ja auch, dass er der Pelzmärtl war. Damit hat es vermutlich angefangen. Düsterhöfft jobbt am Martinstag in dem Kostüm, und durch Zufall begegnet ihm auf dem Heimweg Pelzig, den er als seinen Intimfeind ansieht. Er nutzt die Gunst der Stunde, da er hinter der Maske nicht erkannt werden kann, und bedroht den Vorsitzenden. In dem Moment ist er wohl auf den Geschmack gekommen. Denn die Drohbriefe wurden ja erst danach verschickt. Er scheint mir auch genau der Typ zu sein, dem es Spaß macht, jemandem Angst einzujagen und mit ihm zu spielen. Nur, und das ist der springende Punkt, es fehlt der Beweis, dass er Pelzig ermordet hat.«

»Ich sage doch: er hat kein Alibi«, warf Ekki ein.

»Das ist aber auch das Einzige, was du gegen ihn in der Hand hast. Ich gebe zu, dass deine Auslegung der Fakten etwas Bestechendes hat, aber in meinen Augen ist der Mord für Düsterhöfft sinnlos. Er gewinnt nicht das Erbe, wenn er den Vorsitzenden ermordet. Da müsste er lieber mal ein wenig netter zu seiner Großtante sein. Und noch etwas: Wenn er wirklich der Täter ist, wäre er dann so dumm, kurz nach dem Mord mit mir das gleiche Spiel zu spielen wie mit Pelzig? Im Gegenteil, er müsste doch alles vermeiden, was ihn mit dem Augustinerhof in Berührung bringen könnte.«

»Was ist denn los mit dir, Frank? Erst servierst du uns den mutmaßlichen Mörder auf dem Silbertablett, und nun fängst du an, ihn uns wieder madig zu machen.« Ekki war wirklich entrüstet.

»Ich versuche nur, den wunden Punkt zu finden. Ich bin der Letzte, der Düsterhöfft bemitleidet, nachdem, was mir der feige Hund angetan hat. Aber ich finde, es gibt Ungereimtheiten. Ich verstehe ja, dass du einen Schuldigen präsentieren willst. Nur – möchtest du nicht lieber den wahren Schuldigen?«

»Jetzt mach aber mal halblang. Der Kerl bedroht nachweislich Menschen, mit Worten und mit körperlicher Gewalt. Er ist gefährlich! Dann hat er kein Alibi für die Mordnacht, und er besitzt ein starkes Motiv: Die Immobilie ist locker eine Million Euro wert. Das ist nicht nur für einen Studenten viel Geld. Ich sage dir, er war es. Und den Beweis erbringen wir auch noch.«

Beauforts Lippen wurden ganz schmal. »Was, wenn du dich irrst?«

Ekki drehte an seinem Kugelschreiber und schwieg. In der lastenden Stille war nur das Klicken der Mine zu hören, die der Justizsprecher mechanisch hoch- und wieder hinunterdrückte.

»Seit wann bist du so miesepeterig?«, fragte er schließlich.

»Seit wann du so fanatisch?«, lautete die Gegenfrage.

*

Beaufort durchstreifte den Justizpalast auf der Suche nach einem öffentlichen Fernsprecher. Er hatte mal wieder sein Handy vergessen. Endlich fand er eine Kabine mit Kartentelefon in einem abgelegenen Seitenflügel. Anne war immer noch nicht erreichbar, weder über das Handy noch über ihre Bürodurchwahl. Beaufort versuchte es über die Zentrale. Die nette Frau am Telefon wusste, dass Anne im Haus war, und rief sie über Lautsprecher aus. Eine knappe Minute später hörte er endlich ihre Stimme.

»Schön, dass du zurückrufst«, sagte sie.

»Es ist nicht leicht, dich heute zu erwischen. Was machst du gerade?«

»Ich habe bis eben Beiträge verfasst über die neuen Ereignisse in der Augustinerhof-Geschichte. Und jetzt bin ich in der Kantine beim Mittagessen.«

»Oh, störe ich?«

»Nicht wirklich. Die Kantine ist zwar frisch renoviert, aber die Spaghetti sind leider so weich gekocht wie immer.«

»Tu dir das nicht an. Iss lieber etwas Anständiges.«

»Es hat halt nicht jeder eine Frau Seidl, die ihn kulinarisch verwöhnt. Aber sag mal, ist etwas mit dir? Du klingst so anders.«

»Vielleicht klingt man so, wenn man gerade einen Streit mit seinem besten Freund hatte. Ich weiß nicht, was mit Ekki los ist. Er ist so verändert in letzter Zeit.«

»Möchtest du es mir erzählen?«, fragte Anne vorsichtig.

Beaufort wollte, genau deshalb hatte er ja angerufen. Er berichtete detailliert von seinem Besuch und der Auseinandersetzung.

»Ich weiß nicht. In meinen Ohren hört es sich nicht so tragisch an, wie du es gerade empfinden magst. Ihr habt doch eher ein sachliches Problem als ein grundsätzliches. Nachdem ich jetzt von dir erfahren habe, wie viele Indizien es gegen den Studenten gibt, finde ich Ertls Theorie ziemlich einleuchtend. Aber auch an deinen Einwänden ist etwas dran. Im Grunde bewegt ihr euch beide im spekulativen Bereich: Bei ihm ist es Wunschdenken, bei dir sind es dunkle Ahnungen. Lass uns lieber noch weitere Nachforschungen anstellen.«

Nach dem kurzen Tief hatte Beaufort seine Entschlusskraft zurückgewonnen.

»Genau das tun wir. Ich gehe gleich zur Uni und mache mich auf die Suche nach den beiden Kumpeln von Düsterhöfft. Wer weiß, vielleicht lässt sich seine Unschuld an dem Mord leichter beweisen als seine Schuld.«

»Tu das, aber sei vorsichtig.« Anne wickelte die gedrehte Telefonschnur um ihren Zeigefinger. Sie zögerte, ehe sie fortfuhr. »Und Frank, brauch nicht so lang. Ich habe morgen meinen freien Tag und möchte dich gern heute Abend sehen. Natürlich nur, wenn du Lust hast.«

»Ich habe immer Lust, dich zu sehen«, sagte Beaufort mit starker Betonung auf dem Wort Lust. Anne spürte ein Kribbeln.

»Wenn du mir versprichst, deine weichen Spaghetti stehen zu lassen, die mittlerweile ohnehin kalt sein dürften, würde ich dich heute Abend mit einem Gaumenschmaus bei mir verwöhnen. Passt dir sieben Uhr? Wir können später ja noch ein bisschen Musik machen, wenn du magst.«

*

Das Gebäude der Wirtschafts- und Sozialwissenschaftlichen Fakultät an der Langen Gasse sah aus wie die missglückte Mischung aus einem Ozeandampfer und einer Pyramide. Wenn man den Hügel von der Hirschelgasse aus hinaufstieg, erhob sich der WiSo-Bau in Form eines riesigen Schiffsbugs aus roten, genieteten Stahlplatten. Nur dass der Dampfer keine Bullaugen hatte, sondern von langen Fensterbändern zerschnitten war. Das Schiffsambiente wurde noch verstärkt durch übergroße Belüftungsrohre, ebenfalls aus rotem Stahl, die sich in Dreiergruppen verschiedentlich aus dem Boden reckten und aussahen wie die gekrümmten Periskope eines U-Boots. Je höher man gelangte, desto mehr sah man allerdings, dass der Ozeanriese in der Wüste gestrandet war. Er hatte eine Pyramide gerammt, die aus roten Backsteinen gemauert war und das Schiff nun zu einem Teil umgab. Graue Betonpfeiler stützten das gewagte Ensemble ab, damit es nicht kenterte und womöglich kieloben zu liegen kam.

Erbaut in den idealistischen 70er-Jahren, wollte der Architekt anscheinend ungebremstem wirtschaftlichen Fortschrittsglauben und der Utopie einer klassenlosen Bildungsgesellschaft Ausdruck verleihen. Herausgekommen war ein demokratischer Bastard, der weder von den Professoren noch von den Studenten besonders geliebt wurde. An den Wänden prangten Graffiti, die zu entfernen sich kein Hausmeister mehr bemühte, in den bepflanzten Steininseln im Hof sammelten sich Zigarettenschachteln, Bierdosen und Flachmänner, und die Balken, die als Bänke dienten, waren so verwittert und zersplittert, dass jeder darauf ruhende Hintern sich unweigerlich in einen Igel verwandeln musste.

Beaufort, der diese leicht verwahrloste Szenerie betrat, nachdem er sein Taxi bezahlt hatte, wurde zudem von der Kakophonie einer Großbaustelle empfangen. Hämmer schlugen, Pressluft zischte, Kranketten rasselten, Bauarbeiter brüllten, Saugluftgeräte heulten, Bagger gruben, Maschinen summten, surrten, schossen und bohrten. Ein neuer Gebäudeflügel im Rohbau, eingerüstet und von einem Bretterzaun umgeben, erstreckte sich zu seiner Linken. Wahrscheinlich wurde der Anbau einzig und allein zu dem Zweck gebraucht, um endlich den kompletten Namen ›Wirtschafts- und Sozialwissenschaftliche Fakultät der Friedrich-Alexander-Universität Erlangen-Nürnberg‹ an das Gebäude schreiben zu können, mutmaßte Beaufort.

Als er durch die Doppeltüren aus hellblauem Stahl und Glas die Universität betrat, bemerkte er den Daueraushang: »In den Gebäuden der WiSo-Fakultät besteht Rauchverbot. Der Dekan.« Wenigstens in diesem Punkt hatte sich seit seinen Studientagen einiges verbessert.

Die Schwarzen Bretter waren hier weiß und blau und über und über mit Zetteln beklebt. Neben dem Hinweis auf die Abschlusspräsentation »Mobile Computing« um 14.00 Uhr im Raum 3.155 und der Werbung zum Workshop für IT-Existenzgründer buhlten auch die Burschenschaft Teutonia, die Katholische Studentenverbindung Burggraf, die Akademische Turnverbindung Gothia-Nürnberg und die Türkische Hochschulgruppe um Mitglieder. Es dauerte ein wenig, bis Beaufort sich zu den Aushängen der Lehrstühle für Betriebswirtschaftslehre durchgearbeitet hatte. In diesem Gebäude studierte Stefan Düsterhöfft mehr oder weniger ernsthaft BWL, und es musste hier einige Menschen geben, die ihn und seine Freunde kannten. Also versuchte Beaufort sein Glück im erstbesten Sekretariat eines Professors.

Hinter dem Schreibtisch saß eine Frau mittleren Alters mit einer Pagenfrisur à la Asta Nielsen, die gerade etwas in den

Computer tippte und keine Anstalten machte, von ihm Notiz zu nehmen. Weder die Präsenz seiner gepflegten Erscheinung noch sein gewinnendes Lächeln noch mehrmaliges Räuspern vermochten die Frau von ihrer Arbeit abzubringen.

»Entschuldigen Sie, ich bin auf der Suche nach einem jungen Mann, der hier bei Ihnen Betriebswirtschaft studiert. Vielleicht können Sie mir weiterhelfen«, versuchte er es.

Schweigen.

»Hallo, meine Dame, haben Sie mich vernommen?«

Ohne vom Bildschirm aufzusehen, sagte sie: »Sprechzeiten sind vormittags von zehn bis zwölf und nachmittags von 14 bis 16 Uhr. Jetzt ist es halb zwei. Ich bin nicht da.«

Beaufort schluckte seinen Unmut hinunter und sagte zuckersüß: »Ich sehe Sie aber. Und ich brauche nur eine ganz kurze Auskunft über einen Studenten.«

»Da könnte ja jeder kommen«, sagte sie, noch immer nicht aufblickend.

Das war einer der Sätze, die ihn zur Weißglut treiben konnten. Aber auch den parierte er mit ausgesuchter Höflichkeit.

»Der Student, den ich suche, heißt Stefan Düsterhöfft. Und er studiert, glaube ich, seit vergangenem Jahr hier.«

»Ich bin kein Auskunftsbüro.« Sie machte einen theatralischen Seufzer und sah ihn endlich an. »Das Immatrikulationsbüro finden Sie in der Halbmondstraße in Erlangen. Wenn Ihnen das zu weit ist, versuchen Sie es im Prüfungsamt in der Findelgasse. Dort müssen sich die Studenten jedes Semester zurückmelden. Aber Sie können sich die Wege sowieso sparen wegen des Datenschutzes. Zufrieden?«

Sie wandte sich wieder dem Computer zu.

»Glauben Sie an ein Leben nach dem Tod?«

Irritiert blickte sie wieder auf. »Was? Nein!«

»Das habe ich mir gedacht«, sagte er lächelnd, jedes Wort einzeln betonend, und ging hinaus.

Beaufort kam nicht voran. Es war schwieriger, als er es sich vorgestellt hatte. Zwei andere Sekretärinnen oder wissenschaftliche Mitarbeiterinnen waren sehr entgegenkommend gewesen, aber sie kannten Düsterhöfft nicht und konnten ihm nicht weiterhelfen. Unschlüssig stand er im Treppenhaus mit dem Geländer aus gelbem Stahlrohr, über dessen knarrende Metallstufen dauernd Studenten gingen, und überlegte, was er noch tun könnte, als ihn jemand ansprach.

»Hallo, Herr Dr. Beaufort, was machen Sie denn hier? BWL ist doch nicht gerade Ihr Fachgebiet, oder?«

Die Stimme gehörte einer zierlichen Studentin, deren blonder Pferdeschwanz keck hin und her wippte. Sie hatte vergangenes Semester seinen Einführungskurs »Grundgesetz« an der Erziehungswissenschaftlichen Fakultät besucht. Er erinnerte sich nicht mehr an ihren Namen, weil er ein schlechtes Namensgedächtnis hatte, aber er wusste noch, dass sie dem Unterricht aufgeweckt und interessiert gefolgt war.

»Aber Ihr Territorium ist das hier doch auch nicht, Frau ...«

»Reimann, Simone Reimann«, half sie aus.

»Ach ja, richtig. Sind Sie Ihrer Fakultät etwa untreu geworden, Simone?«

»Nein, ich studiere Lehramt Deutsch und Sozialkunde, und hier besuche ich meine Seminare und Vorlesungen aus dem Bereich Wirtschaft.«

»Dann kennen Sie sich hier ein wenig aus? Vielleicht können Sie mir weiterhelfen. Ich suche einen BWL-Studenten. Er heißt Stefan Düsterhöfft ...«

»Der Stefan, den die Polizei verhaftet hat, weil er etwas mit dem Mord im Augustinerhof zu tun haben soll?«

»Kennen Sie ihn?«, fragte er hoffnungsfroh.

»Na ja, was heißt kennen? Er ist einer dieser ultracoolen Typen, die ziemlich von sich eingenommen sind. Er gehört nicht zur großen Business- und Karrierefraktion, wie die meisten BWLer hier, sondern ist mehr der Anarchotyp, was ganz erfrischend sein kann. Er gehört zu einer Clique, die immer ziemlich ausgeflipptes, gefährliches Zeug macht. Hauptsache, es bringt Spaß und ist verboten. Warum interessiert Sie das?« Sie rückte ihren Rucksack auf der Schulter zurecht.

»Sagen wir mal so: Ich bin gestern mit seiner Clique zusammengestoßen, was durchaus wörtlich zu verstehen ist, und möchte ihn davor bewahren, noch tiefer in Schwierigkeiten zu geraten. Denn, wie Sie sich denken können, hat er davon im Moment genug.«

Die Studentin holte ein Päckchen Kaugummi aus der Tasche und bot Beaufort einen Streifen an, den er ablehnte. »Das klingt ja ganz schön rätselhaft«, sagte sie kauend. »Haben Sie was mit der Aufklärung von diesem Mord zu tun?«

»In gewisser Weise. Wie ist denn Ihre Einschätzung? Trauen Sie Stefan Düsterhöfft das zu?«

»Seitdem der Stefan heute mit Foto auf der Titelseite stand, ist das Gerede hier natürlich groß. Ich weiß nicht. Wem traut man schon zu, ein Mörder zu sein?« Sie überlegte und schüttelte den Kopf. »Nein, ich glaube nicht, dass er es getan hat. Er ist schon ein ziemlicher Angeber und so, aber Mord? Nein.«

»Sagen Sie, Simone, kennen Sie ein paar der Burschen aus seiner Clique? Ich müsste dringend mit ihnen sprechen.«

»Da haben Sie Glück. Ich bin gerade auf dem Weg zu einer Vorlesung, wo die meisten seiner Freunde auch drin sitzen. Und kommen müssten sie heute eigentlich, denn das ist eine mit Anwesenheitspflicht. Man muss sich in eine Liste eintragen.«

Beaufort folgte ihr durch helle Flure, in denen Handläufe und Geländer aus den gleichen gelben Stahlrohren wie im Treppenhaus angebracht waren. Die hohen Decken waren teilweise mit giftgrünen Lamellenkästen tiefergehängt. Der blaue, genoppte PVC-Boden quietschte unter Simones Gummisohlen. Auch im Gebäude herrschte ein 70er-Jahre-Ambiente vor, doch war es hier viel gepflegter als außen.

Sie erreichten einen großen Hörsaal und schauten hinein. Es waren noch nicht viele Studenten da. Die Gesuchten befanden sich nicht darunter. Simone besetzte mit ihrem Rucksack einen

Platz und kam zurück. Sie warteten vor dem Hörsaal und kontrollierten die Studierenden, die jetzt immer mehr wurden und hineinströmten. Dann flüsterte Simone ihm zu: »Sehen Sie die drei Typen dahinten, von denen einer einen Gipsfuß hat? Das sind Sascha, Boris und Christian aus Stefans Clique.«

Die drei jungen Männer waren in ein Gespräch vertieft und näherten sich langsam. Der linke trug eine schwarze Baseballkappe, eine rote Bomberjacke und eine schwarze Lederhose. Die beiden anderen waren einander ähnlich gekleidet: Bluejeans und ein kurzärmliges, unifarbenes T-Shirt über einem Sweatshirt, und beide hatten ziemlich lange Haare. Einer von ihnen hinkte. Am rechten Fuß hatte er einen Baycast, einen leichten Gehgips aus Kunststoff. Er war es auch, der Beaufort zuerst bemerkte, als die Gruppe nur noch ein paar Meter von ihm entfernt war. Er schreckte zurück, sodass auch die anderen auf Beaufort aufmerksam wurden. Nur war deren Reaktion unterschiedlich. Während der Student mit der Kappe sich plötzlich umdrehte, wie ein gescheuchter Hase den Gang hinunterrannte und verschwand, war der rechte unbeteiligt stehen geblieben und schaute dem Flüchtenden eher erstaunt hinterher. Auch der Student in der Mitte wäre am liebsten davongelaufen. Doch sah man, dass er seinen Fluchtimpuls unterdrückte, weil er mit dem Gipsfuß sowieso keine Chance hatte, zu entkommen.

»Was ist denn mit Sascha los?«, fragte Simone die beiden Übriggebliebenen. Als sie außer Schulterzucken keine Antwort erhielt, stellte sie Beaufort vor und sagte, dass er ein paar Worte mit ihnen wegen Stefan sprechen wollte.

»Wir aber nicht mit ihnen«, konterte der Gipsfuß barsch.

»Ich denke aber doch.« Beaufort stellte sich den beiden in den Weg.

»Lassen Sie uns vorbei. Ich kenne Sie nicht«, rief der Student.

Beaufort spürte seine Furcht. Ganz ruhig baute er sich vor ihm auf. »Dabei bin ich mir sicher, dass wir uns erst gestern gesehen haben«, bekräftigte Beaufort und warf einen vielsagenden Blick auf den Gipsfuß, »oder sollte ich besser sagen: getroffen?«

Der Baycast war noch ganz neu. Niemand hatte darauf Genesungswünsche geschrieben oder gemalt. Er war auch nicht schmutzig vom Herumlaufen oder an Zehen und Ferse abgewetzt.

»Was schauen Sie so auf meinen Fuß? Ich habe mich gestern Abend beim Volleyball verletzt. Mir ist jemand beim Blocken am Netz draufgesprungen, und dabei ist am Mittelfuß etwas gebrochen.«

»Welcher Sportverein trainiert denn am Sonntagabend? Wissen Sie, Boris – das ist doch Ihr Name, nicht wahr? –, ich denke, es ist in Ihrem ureigensten Interesse, ein paar Worte mit mir zu wechseln.«

»Und wenn nicht?«, antwortete er trotzig.

»Wenn nicht, werde ich ein kleines Telefonat führen. Ich bin mir sicher, Sie können sich denken, wen ich anrufen werde und welche Folgen das für Sie hat. Übrigens würde ich gern mit Ihnen allein sprechen.«

Beaufort genoss die arrogante Rolle, die er gerade spielte. Er wollte sich für den Überfall am Vorabend ein wenig rächen. Das war zweifellos der Kerl, der ihn von hinten gepackt hatte, und dem er mit voller Wucht auf den Fuß getreten war.

Boris fügte sich in sein Schicksal, wartete, bis Beaufort sich bei der Studentin für deren Hilfe bedankt hatte, und hinkte dann finster neben ihm her. Sie steuerten eine runde Sitzgruppe aus weißlackiertem, gelochtem Metall an und setzten sich. Beaufort schwieg und musterte den langhaarigen Studenten lange und aufmerksam. Auch der sagte nichts. Es wurde ihm aber zusehends unwohl.

»Was wollen Sie von mir?«

»Sie haben mich gestern, zusammen mit Stefan Düsterhöfft und ihrem Kumpan Sascha, der es leider vorgezogen hat, unserer Unterhaltung hier fernzubleiben, überfallen und geschlagen. Ich erkenne Sie alle drei wieder und kann Sie eindeutig identifizieren. Vorsätzliche Körperverletzung ist kein Kavaliersdelikt mehr und wird seit ein paar Jahren härter bestraft. Das sagt jedenfalls mein bester Freund, der Richter ist und es wissen muss. Ich nehme an, dass Sie über 21 sind. Dann gibt es für Sie kein milderndes Strafrecht mehr. Dafür wandern Sie mit Sicherheit ins Gefängnis, besonders, wenn das nicht Ihre erste Straftat sein sollte.«

Ob das juristisch gesehen so sicher war, wusste Beaufort nicht, aber es klang beeindruckend und verfehlte seine Wirkung nicht.

»Für Ihren Freund Stefan sieht es noch viel schlechter aus. Die Polizei kann ihm weitere Straftaten wie Nötigung und Erpressung nachweisen. Er hat dem Vorsitzenden von ProNürnberg noch ein paar Tage vor dessen Tod anonyme Morddrohungen zugeschickt. Die Polizei glaubt, dass er nicht nur gedroht, sondern Herrn Pelzig auch wirklich erschlagen hat. Denn Ihr Freund hat kein Alibi für die Mordnacht. Er gibt sich anscheinend auch keine große Mühe, eines zu erfinden. Ich frage mich nun, wieso. Und der einzige Gedanke, der mir kommt, immer vorausgesetzt, er hat die Tat nicht begangen, ist, Stefan Düsterhöfft hat in der Mordnacht etwas anderes getan, von dem er nicht möchte, dass es bekannt wird. Können Sie mir sagen, was das gewesen sein könnte?«

Beaufort hatte ein wenig ins Blaue hinein argumentiert. Doch als er Boris anschaute, wusste er, dass er ins Schwarze getroffen hatte. Die Augen des Studenten rotierten wie die Walzen eines Geldspielautomaten. Er rechnete seine Chancen durch, wie sich das für einen angehenden Betriebswirt gehörte.

»Nehmen wir an, ich weiß, was in der Nacht geschehen ist. Was springt für mich dabei raus?«

»Ich würde darauf verzichten, Sie bei der Polizei anzuzeigen. Falls mich jemand danach fragen sollte, kenne ich Sie nicht und habe Sie noch nie gesehen.«

»Was ist mit Sascha? Kennen Sie den auch nicht?«

Beaufort nickte.

»Das ist trotzdem nicht gerade viel, was Sie uns anbieten können«, sagte der Student.

»Ich weiß nicht, was Stefan allein oder Sie gemeinsam in dieser Nacht getan haben. Und ich weiß auch nicht, was für einen merkwürdigen Ehrenkodex Sie haben, einander nicht zu verraten. Aber ich nehme mal an, was immer Sie gemacht haben, ist nicht so schlimm wie ein Mord. Deshalb sollten Sie es lieber sagen, wenn es Ihren Freund entlasten kann. Das hier ist kein Spiel mehr.«

Boris überlegte.

»Gut. Aber ich muss erst Sascha anrufen, bevor ich Ihnen sage, was ich weiß. Ich bin mir sicher, dass er hier noch herumschwirrt und sich versteckt hält.« Er zog ein sehr kleines Handy neuester Bauart aus der Hosentasche und telefonierte mit seinem Freund. Nach einigen heftigeren Wörtern steckte er sein Mobiltelefon wieder in die Tasche zurück.

»Er kommt«, sagte Boris.

Fünf Minuten später war Sascha mitsamt der schwarzen Baseballkappe bei ihnen. Weitere zehn Minuten dauerte es, bis sich die beiden Studenten verständigt hatten. Boris begann zu erzählen.

»Der 6. Januar war der letzte Tag der Weihnachtsferien. Wir hatten uns abends bei Sascha getroffen, der in der Südstadt eine kleine Dachwohnung hat. Wir waren zu siebt, haben Bier getrunken und uns ein bisschen gelangweilt. Es war halb zwölf und noch zu früh für die richtigen Clubs, als die vier anderen nach einigem Palaver ins Kino gegangen sind. Sascha, Stefan und ich wollten nicht mit. Wir haben uns stattdessen Saschas Sprayerausrüstung geschnappt und sind zum Straßenbahndepot gegangen. Dort sind wir heimlich über den Zaun geklettert und haben zwei Straßenbahnen verschönert. Das heißt, Sascha und ich haben ein richtig tolles Graffiti draufgesprüht und uns viel Mühe gegeben. Aber Stefan hatte irgendwann keinen richtigen Bock mehr und hat dann nur noch die Scheiben zerkratzt mit dem Anarchiesymbol und mit

Kongo Fighters. Das ist unser Geheimcode, das ist wie eine Art Signatur. Gegen halb zwei sind wir in einen Club in der Innenstadt gegangen. Da waren wir bis morgens um fünf und sind dann nach Hause. Das ist alles.«

Für Beaufort klang die Geschichte glaubhaft. Sie passte auch viel besser ins Bild, das er sich von Düsterhöfft und seinen Kumpanen gemacht hatte. Die Polizei musste es nur noch im Straßenbahndepot nachprüfen. Besonders der Hinweis auf den Schriftzug *Kongo Fighters,* den er schon auf dem T-Shirt von Düsterhöfft bemerkt hatte, wirkte überzeugend.

»Und was passiert jetzt?«, fragte Sascha.

»Es wird Ihnen nichts übrig bleiben, als Ihre Geschichte der Polizei zu erzählen. Und die wird noch nicht einmal begeistert sein von Ihrem Geständnis, weil es ihre schöne Mordtheorie kaputt macht.«

»Haben Sie eine Ahnung, was das kostet? Den Schaden müssen wir doch komplett bezahlen. Und ein Verfahren kriegen wir trotzdem.« Er riss seine Mütze vom Kopf und pfefferte sie auf den Boden.

»Aber nur so können Sie Ihrem Freund das nötige Alibi verschaffen. Und wenn ich Sie erinnern darf: Sie sind sowieso dran, entweder wegen Körperverletzung oder wegen Sachbeschädigung. Es steht Ihnen frei, zu wählen. Für Ihre kreativen Ausschmückungen an den Transportwagen des Öffentlichen Personennahverkehrs müssen Sie bedauerlicherweise wohl aufkommen. Tut mir leid.«

»Was haben Sie eigentlich für ein Interesse daran, Stefan zu helfen? Der könnte Ihnen doch egal sein«, wollte Boris wissen.

Beaufort lehnte sich zurück. »Ich möchte gern, dass die Polizei den wirklichen Mörder findet und nicht einer falschen Fährte hinterherrennt. Aber vielleicht will ich auch jemandem beweisen, dass ich im Recht bin«, fügte er hinzu. Dann fiel ihm noch etwas ein. »Übrigens, wenn Sie bereit wären, einer Freundin von mir ein kleines, exklusives Interview zu geben, bevor Sie zur Polizei gehen, würde ich mich an den Kosten Ihrer Sachbeschädigung beteiligen. Sagen wir mit 500 Euro. Nur muss dieses kleine Arrangement unter uns bleiben. Bitte kein Wort davon zu der Journalistin.«

Da die beiden einverstanden waren, ging Beaufort zu den drei runden Kartentelefonen, die er in der Lobby gesehen hatte, und rief Anne an. Sie war begeistert von dem Gedanken, den bereits öffentlich ausgerufenen Mordverdächtigen als Einzige glaubhaft entlasten zu können. Und das noch vor der Polizei und im O-Ton. Sie wollte sofort losfahren.

Beaufort ging in der Zwischenzeit mit den beiden Studenten in die fast leere Cafeteria. Dort tranken sie Cola und Kaffee und warteten mehr oder weniger schweigend. Vom Nebentisch, wo drei Studentinnen über Aktenordnern brüteten und gemeinsam lernten, schnappte er einen ihm unverständlichen Dialogfetzen auf: »Kooperation kann aber doch auch Innovation bedeuten – Richtig! Aber gehört nicht die Effektivität auch zur Effizienz?« –, und an einer Säule bemerkte er den Aushang: »Wir teilen unser Wissen mit dir! www.pruefungsgeil.de.« Eine Internetadresse, die er wahrscheinlich nicht mehr vergessen würde. Für Details hatte er ein ausgeprägtes Gedächtnis.

Keine halbe Stunde später stob Anne in die Cafeteria, ließ sich kurz von ihm über die Ergebnisse seiner Recherchen informieren, nahm Boris und Sascha auf Band auf, gab ihm einen flüchtigen Kuss und verschwand so schnell, wie sie gekommen war. Beaufort schickte die Studenten zur Polizei und verließ pfeifend die Universität. In einem Antiquariat hatte er neulich eine teure Erstausgabe von Heinrich Mann entdeckt, mit einer eigenhändigen Dankeswidmung an seine Sekretärin. Genau die würde er sich jetzt kaufen.

*

Paul fühlte sich so gut wie schon lange nicht mehr. Seit zwei

Tagen war er in einer Art Dauerrausch. Er trank, wachte verkatert auf, hatte keinen Appetit aufs Essen und trank gleich weiter, bis er wieder einschlief. Paul war obenauf. Und gestern Nacht war er sogar in seine Behausung am Augustinerhof zurückgekehrt. Jetzt hatte er keine Furcht mehr. Sollte die Angst sich noch mal anzuklopfen trauen, würde er sie achtkantig hinauswerfen. Er verkleckerte etwas Whisky, weil er zu wild herumgestikulierte. Dann trank er das Glas leer und sank wieder in seinen Sessel ohne Beine zurück.

Was für ein Glück, dass er den schwarzen Wagen in der Tiefgarage entdeckt hatte. Im ersten Moment wollte er Hals über Kopf davonstürzen, wie er es schon in der Mordnacht getan hatte. Doch dann hielt ihn ein Impuls zurück. Die Person mit der Leiche konnte nicht wissen, dass er hier sein würde. Nicht mal er selbst hatte es bis vor einer halben Stunde gewusst. Das bedeutete, dass er im Vorteil war, und er beschloss, ihn zu nutzen. Er kramte einen Kugelschreiber aus seiner gelben Tasche und notierte sich auf einem Fetzen Zeitung das Nummernschild. Beim Schreiben hörte er jemanden kommen und versteckte sich instinktiv hinter einer Säule. Schritte hallten durchs Parkdeck. Ein Paar ging zu einem Auto, stieg ein und fuhr davon. Sie hatten ihn nicht bemerkt.

Das brachte ihn auf eine Idee: Er wollte das Auto mit dem silbernen Pferd auf der Radabdeckung heimlich beobachten, um einen Blick auf den Mörder zu werfen. Also versteckte er sein Gepäck in einer abgelegenen Ecke und legte sich hinter der Säule auf die Lauer. Von seiner Position aus konnte er den 20 Meter entfernt gelegenen Zugang zum Parkdeck ebenso gut sehen wie den schwarzen Wagen vor ihm, der vielleicht im Abstand von fünf Metern parkte. Er brauchte nicht lange zu warten, da das Parkhaus bald schloss. Zweimal gab es falschen Alarm. Die Leute fuhren mit anderen Fahrzeugen davon. Dann kam eine hochtoupierte Blondine mit falscher Sonnenbräune aufs Parkdeck und stöckelte genau auf das Auto zu. Trotz des kalten Wetters trug sie dünne Schuhe mit hohen Absätzen, obenrum aber einen dicken Umhang mit Fellbesatz. Die Lichter blinkten wie zur Begrüßung kurz auf, als sie per Knopfdruck alle Türen entriegelte. Sie war allein.

In dem Moment spürte Paul eine große Erleichterung: Er hatte sich tagelang vor einer Frau versteckt! Seine Angst war wie weggeblasen, und plötzlich stieg Wut in ihm hoch. Das sollte sie büßen! Während die Frau ihre Einkäufe auf dem Rücksitz hinter der Fahrerseite verstaute, schlich er sich, mutig geworden, auf der Beifahrerseite an. Als sie eingestiegen war, huschte er blitzschnell auf den Beifahrersitz. Die Frau wurde einen Moment lang steif vor Schreck. Als sie fliehen wollte, packte er sie hart am Arm und riet ihr, nicht zu schreien. Er wusste selbst nicht, was über ihn gekommen war. Er war vom Gejagten zum Jäger geworden.

Ab da ging alles ganz einfach. Er brauchte nur das Wort Augustinerhof zu sagen, und sie erstarrte buchstäblich. Er drohte damit, dass er alles wisse und alles auffliegen lasse. Sie kaufte es ihm ab. Im wahrsten Sinne des Wortes. Sie war verängstigt und bot ihm Geld für sein Schweigen. Dann wirbelte sie den Inhalt ihrer Handtasche durcheinander, zog ihr Portemonnaie heraus und drückte ihm ihr ganzes Bargeld in die Hand: 190 Euro. Er wusste gar nicht, wie ihm geschah. Ganz benommen stieg er wieder aus, und sie fuhr eilig davon.

Er beschloss, fürs Erste einmal dazubleiben und über alles nachzudenken. Das Parkhaus machte jeden Moment zu. Falls sie es sich anders überlegen sollte und zurückkam, konnte sie nicht herein. Einen sichereren Ort gab es nirgendwo. Er ging zu seinem Gepäck, schraubte eine Flasche Wein auf, tat einen tiefen Zug und hockte sich hin. In seiner Tasche raschelten die Euroscheine, wenn er sie anfasste. Er fühlte sich stark und mächtig. Jetzt war er Herr der Lage.

Seine Zweitagesration Fusel war am nächsten Abend schon aufgebraucht. Also ging er los, um Nachschub zu holen. Da Sonntag war und die Geschäfte geschlossen hatten, stiefelte er zum Bahnhof. Mit 190 Euro in der Tasche fühlte er sich wie ein König. Jetzt gehörte er hierher. In einem Edelkiosk kaufte er sich zwei große Flaschen Whisky und – er wusste selbst nicht warum – zwei passende Gläser dazu. Außerdem eine Stange Zigaretten und ein Kästchen Zigarren. Er hatte es ja. Und wenn sein Geld alle war, würde er sich neues holen. Mit der Autonummer in der Tasche konnte er schon ausfindig machen, wo die Blondine wohnte, und ihr weiter auf die Finger klopfen. Sie war sein Goldesel, und er wollte sich noch kräftig bedienen. In seiner Phantasie war das ein Kinderspiel, da sie vor Angst nur so schlottern würde. Nur manchmal tauchte ganz tief in ihm ein leiser Zweifel auf, dass nicht sie die Person im Augustinerhof gewesen war, sondern ein Mann. Diese Skepsis währte aber nur wenige Momente. Mit einem Schluck Whisky ließ sie sich locker wegspülen. Die Tussi würde schon zahlen. Dafür hatte er ihr viel zu viel Furcht eingejagt. Weil er die Frau so fest in der Hand hatte, beschloss er, endlich wieder in seine alte Zuflucht zurückzukehren.

Jetzt, zwei Tage später, saß Paul in seinem aufgebockten, roten Sessel im ersten Stock mit Ausblick auf den Augustinerhof, in dem Autos parkten, und trank und rauchte und trank …

*

Beinahe zwei Stunden hatte Beaufort in dem Antiquariat verbracht, und es war nicht nur bei einem Buch geblieben. Sein Leinenbeutel, den er immer im Mantel mit sich führte, war prall gefüllt mit bedruckten Schätzen. Schwer bepackt machte er sich auf den Weg in das Kaufhaus, das die beste Feinkostabteilung hatte. Der Schnee war in der Innenstadt beinahe gänzlich weggetaut, der Boden nass und schmutzig.

Er stellte seine Büchertasche in den zierlichen Einkaufswagen und fuhr zielgerichtet die Regale und Stände ab. Nachdem er die exklusiven Zutaten für ein unaufwendiges, aber aphrodisisches Abendessen beisammenhatte, ging er zu einem Taxistand. Dort verstaute er seine drei schweren Beutel sorgsam im Kofferraum und schickte den Wagen allein nach Hause. Der Taxifahrer sollte die Sachen bei Frau Seidl abgeben. Beaufort zog einen Spaziergang vor. Außerdem wollte er noch bei einem Konditor vorbeigehen, um Petit Fours zu kaufen. Diese kleinen, bunten Gebäckstücke sahen nicht nur hübsch aus und schmeckten verführerisch gut, sie eigneten sich auch hervorragend, um sie sich gegenseitig in den Mund zu stecken.

Mit der kleinen Kuchenschachtel in der Hand, die mit einem Geschenkband so geschickt verknotet war, dass er sie an einem Finger baumeln lassen konnte, machte er sich nicht direkt auf den Heimweg. Er wollte die letzte halbe Stunde Tageslicht nutzen, um noch einen Abstecher in den Augustinerhof zu machen. Vielleicht hatte er heute Glück.

Auf dem großen Hof parkten etwa ein Dutzend Autos. In seinem Häuschen saß der junge Parkwächter und schaute auf. Beaufort nickte ihm zu. Der Boden war matschig und seine Schuhe machten darin obszöne Geräusche. Sämtliche Schlaglöcher waren zu Pfützen geworden. Am Fenstereingang fiel ihm ein, dass sein Leinenbeutel gerade voller Bücher bei Frau Seidl im Flur stand. In der Hoffnung, sich so wenig wie möglich schmutzig zu machen, kletterte er vorsichtig hinein. Die Kuchenschachtel wollte er in dem Dreck nicht abstellen und nahm sie mit. Hoffentlich dachte der Obdachlose, wenn er denn da wäre, nicht, er wolle ihn zu Kaffee und Kuchen einladen. Beaufort schmunzelte bei dem Gedanken.

Er ging die Treppe hoch und spürte, dass sich etwas verändert hatte. Die Atmosphäre war eine andere. Er war nicht allein in dem Haus. Es war aber kein Angst einflößendes Gefühl, sondern eher eines der gespannten Erwartung. Beaufort ahnte, heute würde er fündig.

Bereits am Eingang der Wohnung hatte er den Obdachlosen gewittert. Ein Geruch aus Schnaps, Urin und Schweißfüßen attackierte seine empfindliche Nase. Als er in der Küchentür stand und hineinsah, traf ihn der Gestank fast wie ein Keulenhieb. Auf der Decke, den Kopf auf die beiden Kissen gebettet, lag ein schmächtiger Mann mit einem verfilzten grauen Bart und schlief. In seiner viel zu großen Jacke mit Fischgrätmuster und der vor Dreck starrenden Hose in undefinierbarer Farbe sah er mehr als verlottert aus. In seinem dünnen, strähnigen Kopfhaar krabbelten kleine Tierchen. Beaufort wurde übel. Neben dem Mann lag eine fast leere Whiskyflasche. Es war die gleiche Marke, die Anne und er gestern Abend getrunken hatten. Ein Penner, der zwölf Jahre alten Malzwhisky trank, war ziemlich ungewöhnlich. Er reagierte nicht, als Beaufort ihn ansprach. Auch lautes Rufen nützte nichts. Der Mann war schwer betrunken. Beaufort ekelte sich davor, ihn anzufassen und wachzurütteln. Schließlich schob er einen Fuß unter die Hüfte des Liegenden und stupste ihn mehrfach an. Die einzige Reaktion, die das hervorrief, war ein Schmatzen seiner rissigen Lippen und ein leises Seufzen. Beaufort schüttelte ihn heftiger und redete auf den Obdachlosen ein. Schließlich gähnte er und entblößte eine Mundhöhle, deren Kiefer zwei Drittel ihrer Zähne eingebüßt hatten und deren Mundflora sicherlich doppelt so viele Pilze und Bakterien aufwies wie üblich. Aber wenigstens hatte Beaufort das Gefühl, langsam zu ihm durchzudringen. Einem Mantra gleich wiederholte er immer wieder dieselbe Frage: Was haben Sie von dem Mord gesehen? Der Mann, der sich gegen diese ›Beschwörung‹ kraftlos zu wehren versuchte, murmelte etwas, was wie Silberpferd klang. Dann sank er in die Bewusstlosigkeit zurück. Beaufort musste einsehen, dass es heute zwecklos war. Der Penner hatte vermutlich so viel Alkohol im Blut, dass es für die meisten anderen Menschen tödlich gewesen wäre. Beaufort nahm sich vor, gleich morgen früh wiederzukommen. Ohne Kuchen, dafür aber mit einer großen Thermoskanne starken Kaffees. Jetzt wollte er so schnell wie möglich fort von hier.

Wieder an der frischen Luft, roch er zuerst an seiner Kuchenschachtel und dann an seinem Mantelärmel. Er rümpfte die Nase, denn er hatte das Gefühl, als hafte der Gestank des Obdachlosen überall an ihm. Aber er war sehr zufrieden, als er nach Hause ging. Es gab den Mann wirklich. Und sein Gefühl sagte ihm, dass er ein wichtiger Zeuge war. Möglicherweise war er getürmt, weil er etwas gesehen hatte. Aber warum war er dann jetzt zurückgekommen? Vielleicht, weil er sich in Sicherheit wiegte? War es möglich, dass Stefan Düsterhöfft doch etwas mit dem Mord an Pelzig zu tun hatte? Morgen würde er diese Fragen klären können.

*

Als Beaufort mit seinen Einkäufen die Wohnung betrat, verstaute er zuerst die verderblichen Lebensmittel im Kühlschrank. Dann füllte er die Petit Fours in einen anderen Behälter um und warf die Verpackung weg. Danach zog er sämtliche Kleidungsstücke aus und hängte sie zum Lüften nach draußen auf die Dachterrasse. Schließlich ging er unter die Dusche, um sich den Geruch des Elends abzuwaschen. Er schaltete das Radio an und hörte beim Abtrocknen eine Reportage über das kurze, aber heftige Schneechaos in Bayern, beim Zehennägelschneiden einen Bericht über den drohenden Krieg im Irak und beim Rasieren einen Kommentar zu der Frage, ob der Kanzler die Konjunktur auf Pump ankurbeln dürfe oder nicht. Als er gerade den Fön anmachen wollte, hörte er Annes Stimme. Sie berichtete, dass der gestern Abend festgenommene Student vermutlich doch nicht der Mörder von Hubert Pelzig, dem Vorsitzenden von ProNürnberg sei. Nach Recherchen des *Bayerischen Rundfunks* habe der Verdächtige zur Tatzeit im Straßenbahndepot der VAG Nürnberg verschiedene Waggons mit Graffiti beschmiert. Ein anderer Student, der bei der Sachbeschädigung dabei gewesen sei, bestätige dies. Dann folgte ein O-Ton von Boris, der erklärte, was genau sie im Straßenbahndepot getrieben hatten und zu welcher Uhrzeit das gewesen war. Anne beendete den kurzen Beitrag mit dem Satz, dass der festgenommene Student unmöglich zur selben Zeit an zwei Orten gleichzeitig hatte sein können.

Es war ein merkwürdiges Gefühl, mit vielleicht hunderttausend anderen Menschen gemeinsam Annes Stimme zu teilen, die wirkliche Anne aber in knapp einer Stunde ganz allein für sich in seiner Wohnung zu haben.

Bevor er in die Küche ging, um das Abendessen vorzubereiten, hörte er den Anrufbeantworter ab. Seine Buchhandlung teilte mit, dass die beiden bestellten Bücher zur Abholung bereit lägen. Anne hatte zwischen zwei Beiträgen aus dem Studio angerufen, um ihm zu sagen, dass sie pünktlich um sieben bei ihm sei und sich auf den Abend freue. Der letzte Anrufer war Ekki. Doch anstatt klein beizugeben oder ihm sogar zu danken, spuckte er Gift und Galle. Er war total sauer, weil Annes Berichte schon im Radio liefen, während bei der Polizei noch die Aussagen der Studenten aufgenommen wurden. Ekki warf ihm Treuebruch vor und war nicht erbaut darüber, dass er sich schon wieder in die Ermittlungen eingemischt hatte. Beaufort solle nicht glauben, dass Düsterhöfft durch die Aussage seiner zwielichtigen Kumpane irgendwie entlastet werde. Dass es sich um ein getürktes Alibi handle, nur um den Tatverdächtigen zu entlasten, liege doch auf der Hand. Er werde schon sehen, dass sich Frau Kamlins ach so investigativer Bericht als Rohrkrepierer erweisen werde. Ohne Gruß hatte er aufgelegt.

Beaufort wollte sich nicht die gute Laune verderben, indem er Ekki jetzt zurückrief. Sein Freund war einfach nur sauer, weil er in punkto Düsterhöfft recht behalten hatte. Hätte Ekki anders reagiert, hätte er ihm vielleicht von seiner Entdeckung des Obdachlosen erzählt. Wobei es immer noch eine blinde Spur sein konnte. Bevor er sich blamierte, sprach er besser erst selbst mit dem Mann. Doch an all das wollte er im Moment nicht denken. Er schenkte sich einen kleinen Madeira ein, legte Paolo Conte auf und machte sich an die Vorbereitungen.

Bis auf die Vorspeise, die Beaufort frisch anrichten musste, war er mit allem fertig, als Anne pünktlich klingelte. Ihre kurze Begrüßungsumarmung fiel beinahe schüchtern aus, und beim Bussi konnten sie sich nicht auf die richtige Wange einigen. Anne sah umwerfend aus. Sie hatte die Haare offen und trug einen schwarzen Blazer über durchsichtiger mauvefarbener Bluse und schwarzem Spitzen-BH. Beaufort nahm sich vor, sofort die Heizung höher zu drehen, damit sie möglichst schnell ihre Jacke auszog. Es folgte ein kurzer schwarzer Rock. Ihre langen Beine waren edel bestrumpft und endeten in schicken Schuhen mit für sie untypisch hohen Absätzen. Beaufort runzelte die Stirn, als er sie bemerkte.

»Es gibt nicht viele Männer, neben denen ich bei meiner Größe noch hohe Schuhe tragen kann«, sagte Anne erklärend.

»Sie sind echt schick«, antwortete Beaufort vorsichtig, »aber um die Wahrheit zu sagen: Ich habe Sorge, dass du mit den Pfennigabsätzen mein Parkett ruinierst.«

»Kein Problem«, sagte Anne und streifte sie ab. »Wenn ich ehrlich bin, fehlt mir in diesen Schuhen sowieso etwas die Bodenhaftung. Am liebsten gehe ich barfuß.«

»Du kannst ein paar Hausschuhe oder Socken haben, wenn du magst.«

»Es ist okay so. Ich melde mich, falls ich kalte Füße bekomme.

Die Bedeutung der Mode für Frauen hatte Beaufort nicht ganz erfasst.

Sie gingen in die Küche. Anne hatte ihm eine rote Rose mitgebracht. Beaufort schnitt sie an und stellte sie in eine schlanke Glasvase. Dann öffnete er eine Flasche Champagner, und sie stießen miteinander an, ohne einen Toast auszusprechen. Konnte man auf den toten Pelzig trinken, der sie zusammengeführt hatte?

Anne erzählte von ihrem Nachmittag im Studio und erwähnte, dass sie heute von ihrer Chefin für den Beitrag über den falschen Verdächtigen ein Lob bekommen hatte. Sie dankte ihm noch mal dafür, dass er an sie gedacht hatte. Daraufhin berichtete Beaufort ausführlich, wie er es angestellt hatte, das herauszufinden. Seinen Trumpf mit dem Obdachlosen spielte er erst zum Schluss aus. Anne war begeistert und wollte mitkommen. Sie könnte sich ja morgen früh mit Beaufort treffen, um dann gemeinsam mit ihm zum Augustinerhof zu gehen.

Während sie miteinander redeten, bürstete er Austern unter dem Kaltwasserhahn, trocknete sie mit einem Tuch ab, öffnete sie geschickt mit einer stumpfen, aber kräftigen Klinge, die er Austernbrecher nannte, und richtete die Muschelhälften auf einer Platte mit zerstoßenem Eis an.

»Ich hoffe, du magst Austern«, sagte Beaufort.

»Ich habe erst ein Mal welche gegessen, in Arcachon. Da war ich vierzehn und mit meinen Eltern an der französischen Atlantikküste im Urlaub. Ich erinnere mich, dass ich es damals ziemlich glibberig fand. Pommes mochte ich lieber.«

»Dann ist es ja fast eine Premiere. Das hier sind auch keine französischen Austern, sondern portugiesische, auch Felsenaustern genannt. Du siehst, sie haben eine Oberfläche, die an Felsen erinnert, und sind auch viel unregelmäßiger in der Form. Wenn du die Rose und die Gläser trägst, nehme ich den Rest.«

Der Anblick der Bibliothek war überwältigend. Es brannten dort Dutzende von weißen Kerzen: große dicke in unterschiedlichen Höhen, schmale hohe in Kerzenständern, Tabletts voller Teelichter, ein Leuchter auf dem Flügel und ein weiterer auf dem Tisch am Fenster, der mit weißem Damast bedeckt war.

Anne schaute Beaufort an, den Widerschein von Kerzenlicht in ihren dunklen Augen.

»Willst du mich verführen?«, fragte sie.

Er hielt dem Blick stand und schaute auf ihre raffiniert verhüllten Brüste: »Wollen wir uns nicht beide verführen?«

Dann stellten sie Austern, Champagnerkübel, Gläser und Rose auf dem Tisch ab und küssten sich so leidenschaftlich, dass sie beinahe nicht mehr zum Essen gekommen wären. Mit leicht beschlagener Brille nahm Beaufort eine geöffnete Auster, gab ein paar Tropfen Zitrone hinein, drückte sie mit einer Austerngabel los und reichte sie Anne. Sie schlürfte vorsichtig, ließ die durchsichtige Muschel in ihrem Mund kreisen und schluckte sie hinunter.

»Und?«, fragte er.

»Schmeckt nach Meer. Salzig und würzig irgendwie.«

Auch Beaufort schlürfte eine Austernhälfte aus.

»Warum träufelst du Zitronensaft darauf? Ich habe ihn kaum geschmeckt.«

»Das ist auch weniger wegen des Geschmacks, sondern um zu testen, ob sie frisch ist. Schau her. Wenn sie wegen der Zitronensäure zuckt, lebt sie noch.«

Sie aßen Austern, hörten Coleman Hawkins' Saxofon, redeten, tranken Champagner, lachten, löffelten klare Wild-Consommé, küssten sich, bröselten Weißbrot, hörten Stan Getz' Saxofon, redeten, tranken Rotwein, füßelten, aßen Vacherin- und Roquefort-Käse, hörten Klaus Doldingers Saxofon, redeten und streichelten sich. Dann ging Beaufort in die Küche, um Espresso zu kochen. Als er mit dem Kaffee und den Petit Fours wiederkam, saß Anne nackt am Tisch. Beaufort setzte sich ihr wortlos gegenüber, rührte Zucker in seinen Kaffee, schaute sie an und sagte beiläufig: »Sag mal, hattest du eben nicht noch was anderes an?«

Sie warf einen schlecht gezielten Korken nach ihm. Er sprang auf, zog sich blitzschnell aus und verfolgte sie wie ein Satyr durch die Bibliothek. Sie schafften es vor Verlangen nicht bis ins Schlafzimmer und stillten ihre erste Lust auf der Ottomane und, nachdem sie von dort heruntergerollt waren, auf dem kalten Parkett.

Als sie später wieder am Tisch saßen, weiterhin nackt, waren der Kaffee kalt, der Kuchen warm und alle Saxofon-Platten gehört. Mit Chet Baker gingen sie zu den Trompetern über. Beaufort machte frischen Espresso. Sie fütterten sich gegenseitig mit Petit Fours, verschmierten sie auf diverse Körperstellen und leckten sich gegenseitig wieder sauber. Diesmal gingen sie ins Schlafzimmer. Und sie nahmen sich Zeit, um sich überall kennenzulernen.

Dienstag, 14. Januar

Frank und Anne hatten wenig geschlafen in dieser Nacht. Das lag zum einen an der Neugier der beiden Körper aufeinander: Sie mussten die Formen ihrer Körperteile, die Muskeln, Sehnen, Bindegewebe und Knochen unter den faszinierenden Kurven und die Textur ihrer Haut, die Sanftheit und Rauheit, die Äderchen, Fältchen, Leberflecken und Härchen erst ertasten und auswendig lernen. Zum anderen wollten sie alles voneinander erfahren: ihre Geschichte und ihre Zukunft, die Gewohnheiten und die außergewöhnlichen Ereignisse, die Vorlieben und Abneigungen, die geheimsten Gedanken und die Liebesschwüre. Und als sie sich weit nach drei Uhr endlich erschöpft dem Schlaf hingaben, merkten beide erst, dass sie daran gewöhnt waren, allein zu liegen. Sie schliefen unruhig, erwachten immer wieder, wollten sich aber auch nicht voneinander trennen.

Ab halb sieben war an Schlaf nicht mehr zu denken. Sie kuschelten sich aneinander und plauderten. Beaufort streichelte ihr Schulter und Rücken, Anne zupfte an seinem Brusthaar und sah an ihm hinab.

»Weißt du, was ich neulich in einer Zeitschrift gelesen habe? Ein Mann soll in der Nacht ungefähr fünfmal einen Ständer kriegen. Stimmt das?«, fragte sie interessiert.

»Dazu kann ich nichts sagen, denn da schlafe ich ja.«

Sie lachten und küssten sich.

»Ein Glück, dass wir gestern nicht zu vollgefressen waren für guten Sex, obwohl wir so lange am Tisch saßen. Das Mahl hast du geschickt ausgewählt, lauter leichte Sachen.«

»Ein paar Austern, eine Consommé und etwas Käse, die sind nicht sehr schwer. Gut, das Gebäck hatte es, was die Kalorien angeht, in sich, aber wir haben ja mehr damit gespielt, als es zu essen.« Er fuhr mit seinem Finger ihre zarten Rundungen an Becken und Bauch entlang.

»Wenn du vom Essen redest, bekomme ich richtig Hunger. Aber auf etwas Anständiges. Hast du Eier und Speck? Wenn du mich in deine Küche lässt, kann ich uns Spiegeleier oder Rührei oder ein Omelett machen. Oder Pfannkuchen, wenn du willst. Ich bin echt gut im Umgang mit Eiern.«

»Wohl war. Das kann ich voll be...« Der Rest war unverständlich, weil ihn ein Kissen ins Gesicht getroffen hatte. Sie balgten noch ein wenig im Bett herum, waren aber zu lädiert und erschöpft für eine weitere Runde erotischen Nahkampfs und standen endlich auf.

Während Beaufort sich wusch, zog Anne einen seiner Bademäntel an, krempelte die zu langen Ärmel hoch und brachte geschäftig seine Küche durcheinander. Er, immer noch nackt, schaute kurz hinein, trank ein Glas Orangensaft und fragte sie nach ihren Musikwünschen. Als sie Mozart sagte, legte er keine CD auf, sondern ging nach oben ans Klavier und spielte die Sonata facile. Sie kam alle paar Minuten halb die Treppe herauf, um nach verschiedenen Küchenutensilien und Zutaten zu fragen, und er brüllte amüsiert die entsprechenden Antworten, während er weiterspielte. Erst als sie drohte, seinen Kaffeeautomaten zu bedienen, auch wenn sie nicht genau wüsste, wozu all die Knöpfe und Hebelchen da wären, brach er sein Spiel im dritten Satz ab und eilte hinunter. Bei seiner Kaffeemaschine war er heikel.

Die von beiden Seiten gebratenen Spiegeleier, die er gewollt hatte, weil flüssiges Eigelb bei ihm immer zum Kleckern neigte, waren perfekt. Auch ihr Rührei, das er probieren musste, schmeckte gut. Sie aßen in der Küche und tranken viel Kaffee dazu. Es war erst halb acht.

»Das ist mein freier Tag. Ich könnte ausschlafen. Und was mache ich stattdessen? Ich stehe freiwillig um sieben auf. Du bringst mein Leben durcheinander, Herr Beaufort.«

»Das beruht auf Gegenseitigkeit. Außerdem können wir uns ja heute Nachmittag ein bisschen hinlegen.« Er zwinkerte ihr zu. »Wie möchtest du deinen Tag heute verbringen?«

»Ich brauche Bewegung. Willst du mit schwimmen gehen?«

»Ich mag Hallenbäder nicht besonders, aber wenn ich die Chance bekomme, dich im Badeanzug zu sehen, komme ich natürlich mit. Hast du Lust, am Abend mit mir ins Kino zu gehen?«

»Warum nicht, aber das können wir ja immer noch entscheiden. Vielleicht gehe ich dir ab Mittag schon auf die Nerven. Und dann bist du froh, wenn du mich loswirst.«

Er goss ihr noch etwas Orangensaft nach.

»Das kann ich mir nicht vorstellen. Aber was immer wir heute tun, zuerst sollten wir zum Augustinerhof gehen, um den Obdachlosen zu befragen. Nicht, dass er wieder untertaucht. Es ist nämlich kein reines Vergnügen, immer wieder in diese Abbruchruine zu gehen. Ganz zu schweigen von den Gefahren, denen man sich dabei aussetzt.« Er deutete auf seinen verfärbten Hals.

»Na komm, du willst mir doch nicht Knutschflecken als Wundmale verkaufen.« Sie grinste. »Aber wenigstens dafür ist das frühe Aufstehen gut. Ich glaube nicht, dass der Typ schon wach ist, so wie du mir seinen Zustand beschrieben hast. Besser, wir bringen ihm was zum Gesprächigwerden mit.«

»Und was, denkst du, wird ihm die Zunge lösen?«

»Kaffee, belegte Brote, Branntwein. Pack halt von allem ein.«

»Mit Branntwein kommst du bei dem nicht weit. Da muss es schon Cognac sein. Der Mann hat Geschmack. Er trinkt den gleichen Whisky wie ich.«

»Wo hat er das Geld her?« Anne war erstaunt.

»Keine Ahnung.«

Anne machte sich im Bad fertig. Beaufort schmierte Wurst- und Käsebrote, kochte eine Thermoskanne Kaffee und steckte alles zusammen mit der angebrochenen Whiskyflasche in eine Plastiktüte. Dann zog er sich an. Anne tauchte in ihrem kurzen Rock und der durchsichtigen Bluse auf.

»Nicht gerade das passende Outfit für einen Besuch bei einem Penner«, sagte sie, »aber ich habe keine Lust, erst nach Hause zu fahren und mich umzuziehen. Es wird schon so gehen.«

»Was ist mit deinen Schuhen? Du wirst sie dir im Augustinerhof ruinieren.«

»Kein Problem, ich habe meine Laufschuhe im Auto. Auch ein Paar Gummistiefel übrigens. Man weiß ja nie, wo man als Journalistin überall herumstapfen muss.«

Beaufort nahm sie in die Arme und ließ seine Hände über ihren Po gleiten.

»Minirock mit Gummistiefeln sieht bestimmt ziemlich geil aus.«

*

Anne entschied sich für die Turnschuhe. Außerdem holte sie ihr Aufnahmegerät aus dem Auto, für alle Fälle. Vielleicht sagte der Mann ja etwas Verwertbares.

Schnee gab es keinen mehr, es war noch milder geworden. Der Himmel war grau, und es sah nach Regen aus. Also steckte Anne auch ihren Knirps aus dem Handschuhfach ein. Die Luft tat ihnen gut, doch der Spaziergang war nur kurz. Vor ihnen öffnete der Parkwächter gerade das Tor und ging zu seinem Häuschen. Sie winkten ihm zu und überquerten den Hof, indem sie um die Pfützen einen Bogen machten. Im Zwielicht des Wintermorgens sah der Augustinerhof noch trostloser aus als sonst. Anne deutete auf ein großes Haus im Hintergrund. »Siehst du das Gebäude da drüben? Dort ist die schlimmste antisemitische Hetzschrift des Dritten Reiches gedruckt worden: der *Stürmer*.«

»Das wusste ich ja gar nicht. Ich meine, ich kenne natürlich den *Stürmer*. Der hat damals den fränkischen Gauleiter Julius Streicher reich gemacht. Aber ich hatte keine Ahnung, dass es genau dieses Gebäude war. Woher weißt du das?«

»Ich war mal auf einem geomantischen Stadtrundgang dabei. Da hat es der Führer erwähnt. Ein komisches Wort in diesem Nazizusammenhang. Ich mag das Haus nicht. Findest du nicht, dass ein Gebäude immer etwas von seiner Vergangenheit bewahrt?«

Beaufort zuckte die Schultern.

»Darüber habe ich noch nicht nachgedacht. Mir gefällt das ganze Areal nicht. Komm, wir müssen hier entlang.«

Er führte sie an das Fenster, wo die Scheibe fehlte. Anne warf einen skeptischen Blick hinein. Sie fürchtete sich vor Ratten, wollte das aber nicht zugeben und rümpfte die Nase.

»Puh, das muffelt aber modrig da drinnen.«

»Ich kann dich nur warnen. Das ist nichts gegen den Gestank, der dich oben bei dem Obdachlosen erwartet.«

Beaufort suchte nach seinem Leinenbeutel, aber der stand noch immer voller Bücher neben seinem Computer. Es war ihm noch nie passiert, dass er vergessen hatte, seine neuen Bücher auszupacken, sie in Ruhe anzuschauen und in seiner Bibliothek willkommen zu heißen. Anne hatte ganz schön viel Platz in seinen Gedanken eingenommen.

Er kletterte durch das Fenster, ließ sich Plastiktüte und Rundfunktasche reichen und half Anne nach innen. Das Zimmer mit dem schimmeligen Schutt durchquerten sie schnell. Diese kleine Expedition hatte etwas Abenteuerliches, fand Anne. Sie ging die Stufen als Erste hoch, und Beaufort zwickte sie in den Po. Ihre Anspannung entlud sich in einem Kichern, das im Treppenhaus widerhallte. Als sie die Wohnung im ersten Stock betreten wollten, huschte eine Ratte aus der Küche ins Wohnzimmer. Anne wich angewidert zurück und prallte gegen Beaufort, der sie auffing. Eine zweite Ratte folgte der ersten, blieb kurz im Flur stehen, schaute sie an und lief weiter. Anne brach vor Ekel der Schweiß aus.

»Alles in Ordnung?«, fragte Beaufort besorgt. »Es sind nur Ratten. Ich kann die Viecher auch nicht ausstehen. Aber die leben hier am Fluss.«

Anne sah erschrocken aus. »Es geht schon.« Sie riss sich zusammen und drückte das Rückgrat durch. »Lass uns weitergehen.«

Beaufort hatte kein gutes Gefühl. Was machten die Ratten in der Küche? Das konnte nur heißen, dass der Obdachlose nicht da war.

Paul, der Penner, war da. Er lag immer noch auf seiner Decke und glotzte sie an. Die Augen waren aus den Höhlen getreten. Aus seinem Mund hing eine dick angeschwollene Zunge mit einem grünlichen Belag. Um seinen Hals und seinen Bart war eine Drahtschlinge gezogen, so fest, dass sie sich tief ins Fleisch eingeschnitten hatte. Seine Gliedmaßen waren vom Todeskampf grotesk verdreht.

War es der Anblick des Toten oder der atemraubende Gestank? Beaufort drehte es den Magen um. Er rannte ins nächste Zimmer und erbrach sein Frühstück auf den Boden. Deutlich konnte er die kleinen zerkauten Schinkenstückchen darin erkennen. Anne kam zu ihm, reichte ihm ein Päckchen Papiertaschentücher und tätschelte seinen Rücken. Jetzt war sie es, die fragte, ob alles in Ordnung sei. Auch Anne war bleich, aber ihr machte der abscheuliche Anblick weniger aus. Als ehemalige Krankenschwester war sie einiges gewohnt und als Reporterin hatte sie auch schon grässlich verstümmelte Verkehrstote gesehen. Nur musste sie sich verbieten, darüber nachzudenken, was die beiden Ratten wohl bei der Leiche gemacht hatten.

Sie schaute auf die Uhr. Es war zwanzig nach acht. Sie nahm ihr Mobiltelefon und rief den Moderator im Studio an. Sie hatte Glück, dass er so kurz vor der Live-Sendung um halb neun noch ans Telefon ging.

»Axel, bist du es? Hier ist Anne. Ich habe eine Eilmeldung für deine Nachrichten. Im Augustinerhof ist wieder ein Mann ermordet worden ... Woher ich das weiß? Die Leiche liegt vor mir. Ich habe sie gerade zusammen mit einem Freund gefunden. Es handelt sich um einen Obdachlosen, der hier in einem leer stehenden Haus seinen Unterschlupf hatte ... Erzähle ich dir später. Pass auf. Er ist eindeutig ermordet worden, mit einem Draht erdrosselt. Kein schöner Anblick ... Irgendwann heute Nacht ... Los, beeil dich, dann kriegst du es noch in die Sendung ... Eine Meldung diktiere ich durch, wenn ich mehr weiß. Ade.«

Beaufort war zu ihr getreten: »Sollten wir nicht besser die Polizei informieren?«

Sie reichte ihm das Handy. »Erledige du das. Ich sehe mich um und mache eine Reportage. Wann hat man schon mal die Gelegenheit, vor der Polizei am Tatort zu sein?«

Sie baute ihr Aufnahmegerät zusammen.

»Alle Achtung, bist du tough. Nimmt dich das gar nicht mit?«

Anne hielt inne und schaute ihm tief in die Augen.

»Vielleicht ist das meine Art, damit fertig zu werden. Arbeiten und nicht zu viel darüber nachdenken. Du musst deinen Weg finden.«

Sie holte eine kleine Wasserflasche aus ihrer Tasche und gab sie Beaufort. »Hier, spül dir den Mund aus.«

Er tat es und spuckte das Wasser wieder aus. Dann goss er sich etwas davon in die hohle Hand um sein Gesicht zu kühlen.

Zum Telefonieren ging er ins Treppenhaus. Er wählte die Notrufnummer und erklärte dem Polizisten, was er entdeckt hatte. Der nahm seine Personalien auf und sagte ihm, er solle dort warten und nichts anrühren. Anschließend rief er Ekki an, der gerade in seinem Büro eingetroffen war und der sich gleich auf den Weg machen wollte. Beaufort hörte, wie Anne in der Wohnung ihre Eindrücke auf Band sprach. Er wollte sie nicht stören und ging nach unten. Einer musste die Polizei empfangen und ihr den Weg zeigen.

An der Luft wurde ihm wieder besser, doch er war niedergeschlagen. Kurze Zeit später kam auch Anne mit dem Aufnahmegerät über der Schulter heraus.

»Kannst du dir vorstellen, wer den Obdachlosen umgebracht hat? Meinst du, es war der Mörder von Pelzig?«, fragte sie.

»Hast du eine andere Erklärung? Er muss den Mörder vor einer Woche hier im Hof gesehen haben. Daraufhin ist er vermutlich untergetaucht, um nicht mit hineingezogen zu werden. Aber gestern ist er zurückgekommen, und Pelzigs Mörder hat ihn aufgespürt und den unliebsamen Zeugen beseitigt.«

»Ich glaube nicht, dass er sich versteckt hat. Er hat den Mörder gesucht, um ihn zu erpressen. Und er muss ihn schon vor heute Nacht getroffen haben. Es sieht doch alles danach aus, als hätte er schon Geld bekommen. Wie sonst konnte er sich so teuren Whisky leisten?«

In dem Moment kamen ein Streifenwagen und zwei zivile Autos auf den Hof gefahren.

»Hör zu, Frank. Kannst du dich bitte allein um die Polizei kümmern und ihr alles zeigen? Ich will so viel wie möglich recherchieren und aufnehmen. Doch ich kann mich nicht richtig darum kümmern, wenn ich jetzt selbst als Zeugin aussagen muss. Es wird ohnehin schwierig werden, gute O-Töne zu bekommen. Sicher sind sie nicht begeistert, wenn ich hier mit dem Mikrofon herumsause.«

Sie streichelte seine Wange. Er nahm ihre Hand und presste sie fest gegen sein Gesicht.

»Tut mir leid. Das war mein freier Tag«, sagte sie.

Ein kurzer Kuss noch und Anne ging, das Mikro wie einen Degen in der Hand, an die Arbeit. Beaufort wurde von Kommissar Miederer mit Handschlag begrüßt und zeigte den Ermittlern die Leiche. Dann wurde er von einem Mitarbeiter befragt, wie er den Toten gefunden hatte. Noch während der Vernehmung fuhr Ekki auf den Hof und ging wort- und grußlos an ihm vorbei ins Haus, um sich ein Bild zu machen und um mit dem Kommissar zu sprechen.

Als Beaufort seine Aussage beendet hatte, kam Anne zu ihm und fragte, wie es bis jetzt gelaufen sei.

»Ich soll warten, bis der Kommissar Zeit hat, mit mir zu reden. Und wie ist es bei dir? Kommst du voran?«

»Ich hatte Glück. In diesem Gewühl von Polizisten, zivilen Mitarbeitern und Schaulustigen hat man mich anfangs nicht recht beachtet. Zwar haben sie mich gerade aus dem Gebäude hinauskomplimentiert, aber ich konnte genug mitschneiden und habe ein paar tolle O-Töne darunter. Ich sehe zu, möglichst bald ins Studio zu kommen.«

Gerade kam der Justizpressesprecher aus der Haustür. Die Polizei hatte mittlerweile einen Schlüssel besorgt, damit nicht alle durch das Fenster steigen mussten. Ekkehard Ertl sah Anne und Beaufort auf dem Hof stehen und näherte sich drohend, wie ein gereizter Stier vor dem Angriff.

»Da haben wir ja beide Missetäter beisammen.« Seine Stimme war schneidend, und er kontrollierte sich nur mühsam. »Frau Kamlin, können Sie mir erklären, wieso der Mord an diesem Obdachlosen laufend im Radio vermeldet wird, obwohl die Polizei noch nicht mal die Spuren gesichert hat?«

»Ganz einfach: Frank und ich haben die Leiche entdeckt.«

»Dann sind Sie eine Zeugin und haben gefälligst still zu warten und Ihre Aussage zu machen.«

Anne wurde zornig, versuchte sich aber, Beaufort zuliebe, zu beherrschen.

»Gefälligst habe ich gar nichts zu tun«, zischte sie.

»Sie haben nicht das Recht, hierüber zu berichten. Und schon gar nicht Mutmaßungen über völlig spekulative Todeszeitpunkte zu verbreiten.«

»Was bis jetzt gesendet wurde, entspricht den Fakten. Zufällig lebte der Mann gestern am späten Nachmittag noch. Er kann also nur danach ermordet worden sein.«

»Sieh an, was Sie alles wissen«, höhnte Ertl.

Anne schaute ihn an, drehte sich um und ging.

»Halt, bleiben Sie stehen. Wo wollen Sie hin?«

Anne rief im Fortgehen: »Ins Studio. Die Öffentlichkeit informieren.«

»Sie müssen Ihre Zeugenaussage machen.«

»Später. Reden Sie mit Frank.«

»Ich verbiete Ihnen, zu gehen. Ich verbiete es Ihnen, hierüber zu berichten«, brüllte er ihr nach.

Aber Anne war schon am Tor angelangt und um die Ecke verschwunden. So bedrückt Beaufort von all dem auch war, dem neuen Mord und dem Streit, war er doch wieder hingerissen, wie Anne in Mantel und Joggingschuhen, souverän und gleichzeitig verletzlich, vom Platz marschierte.

»Hat sie nicht eine bewundernswerte Durchsetzungsfähigkeit?«, sagte er zu Ekki. Doch der war wirklich nicht zu Scherzen aufgelegt.

»Deine Bewunderung für diese Frau interessiert mich im Moment überhaupt nicht. Was hat das zu bedeuten, was sie über den Todeszeitpunkt gesagt hat? Woher will sie wissen, dass der Mann gestern noch lebte? Kannst du mir das erklären?«

Er erzählte die ganze Geschichte von der Entdeckung des Unterschlupfs bis zum Auffinden des gestern noch lebenden und heute toten Obdachlosen. Aber es war kein strahlender Beaufort, der in dem Bericht seinen Spürsinn herausstellte, sondern ein kleinlauter, schuldbewusster.

»Sag mal, für wie dumm hältst du die Polizei eigentlich? Glaubst du, die Kollegen hätten übersehen, dass dort oben jemand übernachtete? Der Tote heißt Paul Breitenlohner, und wir hätten ihn gern als Zeugen vernommen. Leider war er jedoch spurlos verschwunden. Ist dir schon der Gedanke gekommen, dass der Mann vielleicht noch leben könnte, wenn ihr euch gestern Abend gleich gemeldet hättet?«

»Du warst so grantig auf dem Anrufbeantworter, dass ich nicht die geringste Lust hatte, dich zurückzurufen«, versuchte sich Beaufort zu rechtfertigen. Doch er wusste: Das war eine fadenscheinige Entschuldigung. Es fiel ihm schwer, sich einzugestehen, dass er selbstherrlich gehandelt hatte. Er hatte diesen Fall ganz allein, ohne die Polizei, lösen wollen, um Anne zu imponieren. Und jetzt trug er Mitschuld am Tod eines Menschen. Daran gab es leider keinen Zweifel.

Teil II

Durch die beiden schlanken Gläser mit der dunkelroten, perlenden Flüssigkeit schien das Kerzenlicht. Die Mischung aus Holunderbeersaft und fränkischem Sekt war Beauforts und Ertls bevorzugter Aperitif im *Schindlerhof*. Als sie anstießen, gab es nur ein kurzes ›Plong‹. Der Franke hat lieber ein volles Glas als einen schönen Klang.

»Wie war es auf der Antiquariatsmesse in Stuttgart?«, fragte Ekki.

»Ich habe wunderbare Stücke ersteigert. Einmal die vier Bände von E.T.A. Hoffmanns *Fantasiestücken in Callots Manier*, natürlich in der Bamberger Erstausgabe. Dann ein paar Autografen von Patricia Highsmith, Jakob Wassermann und Oskar Panizza. Die Krönung aber ist ein vierbändiges illustriertes Tierbuch, das im 18. Jahrhundert in Venedig hergestellt wurde. Es stammt von den Kupferstechern Innocente Alessandri und Pietro Scattaglia. Du musst dir die Stiche anschauen. Sie sind so charmant – ich konnte einfach nicht widerstehen.«

»Und was hast du dafür bezahlt?«

»42.000 Euro.«

Ekki schüttelte den Kopf.

»Frank, das ist doch nicht mehr normal. Du gibst an einem Wochenende das komplette Jahresgehalt eines normalen Arbeitnehmers für Bücher aus. Du solltest mal einen Arzt konsultieren. Wie viele Bücher kaufst du eigentlich im Jahr?«

Das war ein Thema, über das Beaufort nicht gerne sprach.

»Ich weiß nicht genau, 800 bis 1000 vielleicht.«

»Das sind drei am Tag!«

»Ja, aber im Verhältnis zu meinen Einkünften gebe ich für Bücher auch nicht mehr aus als dein Durchschnittsverdiener für sein schickes Auto.«

»Wenn du nicht zum Psychologen gehen willst, dann brauchst du eine Frau, die dir auf die Finger schaut. Wie läuft es denn mit der Kamlin? Die hat so viel Haare auf den Zähnen, dass ich ihr zutraue, dich zur Räson zu bringen.«

Die Vorspeise wurde serviert: Krensuppe mit Forellenschaumbällchen, eine von Beauforts Lieblingsspeisen.

»Das ist das erste Mal seit eurem Streit im Augustinerhof, dass du nach ihr fragst. Mit Anne geht es prima. Sie ist in jeder Hinsicht umwerfend und belebend für mich. Ich fühle mich, als sei mitten im Winter der Frühling ausgebrochen. Aber es bedrückt mich, dass ihr beide euch so gar nicht versteht.«

»Ich kann die Kamlin nicht ausstehen, tut mir leid. Nicht, nachdem sie mich vor versammelter Mannschaft am Tatort wie einen Deppen hat stehen lassen.«

»Du warst aber auch ganz schön grantig in der Woche mit den beiden Morden.«

»Hatte ich nicht alles Recht dazu? Dauernd habt ihr euch in die Untersuchungen eingemischt. Und im Radio war alles immer schon zu hören, bevor wir auch nur den Schimmer einer Ahnung hatten, was passiert war.«

Der Justizsprecher sprach laut und knallte seinen Löffel geräuschvoll auf den Unterteller der Suppenschale. An den Nachbartischen wurde es stiller.

»Ekki, du übertreibst«, sagte Beaufort in normaler Lautstärke, »und du weißt das auch. Anne ist sogar ziemlich behutsam mit den Fakten umgegangen. Ihre Berichte waren nie reißerisch. Sie war nur manchmal schneller als die Polizei. Das kannst du ihr nicht vorwerfen.«

»Du hast mich ausgehorcht, um dich bei dieser Frau beliebt zu machen.«

»Das ist nicht wahr. Der Fall hätte auch ohne Anne meine Neugier erregt. Ich habe nur versucht, eigene Schlüsse aus den Informationen zu ziehen, die zum einen du mir gegeben hast und die ich zum anderen selbst herausbekommen habe. Aber im Gegenzug haben Anne und ich dich über unsere Rechercheergebnisse immer informiert. Davon hast du sogar profitiert. Womöglich hättet ihr weiter auf falsche Verdächtige gesetzt.«

»Für den Mord an dem Obdachlosen hätten wir wohl kaum Stefan Düsterhöfft verantwortlich gemacht, nachdem er bei uns im Untersuchungsgefängnis saß, als es passierte«, widersprach Ertl heftig.

Beaufort atmete tief durch.

»Wie dem auch sei: Es wäre mir lieb, du und Anne würdet euch mal aussprechen und eure Differenzen beseitigen. Es tut mir weh, wenn meine Liebste und mein bester Freund im Streit miteinander liegen.«

Ekki schwieg, und Beaufort löffelte den Rest seiner Meerrettichsuppe aus.

»Ist es was Ernstes mit euch beiden? Soll ich auf eurer Hochzeit Blumen streuen?«

»Ekki, hör auf. Unsere Liebe ist noch zu jung für Pläne irgendwelcher Art. Ich weiß ja noch nicht einmal, ob wir gemeinsam in Urlaub fahren wollen. Und meine Einstellung zur Ehe kennst du ja. Jetzt sei doch nicht so verstockt. Es ist einfach kindisch, wie ihr beide euch benehmt. Ihr müsst doch auch beruflich miteinander auskommen.«

»Hat sie dich vorgeschickt?«

Beaufort seufzte. »Anne ist auf dich genauso gut zu sprechen wie du auf sie. Ich weiß gar nicht, warum ich mich mit lauter Dickköpfen umgebe!«

Ertl legte seine Serviette beiseite und dachte nach.

»Na gut, was die Kamlin anbelangt, nur so viel und dann Ende des Themas: Ich mache bestimmt nicht den ersten Schritt zur Versöhnung. Und das ist bereits ein großes Zugeständnis. Ich täte es nur dir zuliebe. Und um deine rhetorische Frage zu beantworten: Weil du jemanden brauchst, der dir mal die Meinung sagt, sonst hebst du ja völlig ab in deinem Elfenbeinturm. Im Übrigen bist du der größte Dickschädel, du weißt es nur besser zu verstecken.«

Die Freunde grinsten sich an. Dann kam die Bedienung im Trachtenkleid, brachte helles Landbier und bald darauf Schäufele mit Kloß und Soß. Die Schweineschulter hatte eine goldbraune Kruste und war so zart, dass das Fleisch beinahe allein vom Knochen fiel. Während sich beide Männer mit Appetit dem Braten widmeten, verebbte das Gespräch. Nur ab und zu war das Krachen der Schwarte zu hören. Schließlich sanken sie zufrieden in ihre Stühle zurück. Erst ein Mirabellenschnaps belebte sie wieder etwas.

»Warst du am Freitag beim Begräbnis von Pelzig?«, fragte Ekki.

»Nein, da war ich schon in Stuttgart. Aber ich habe einen Kranz geschickt. Bist du hingegangen?«

»Nein, ich auch nicht. Aber Miederer und ein paar seiner Assistenten waren da. Einmal aus Höflichkeit, aber auch, um Verdächtige zu beobachten. Allerdings meint der Kommissar, dass sie sich die Mühe hätten sparen können. Es waren mehrere Hundert Trauergäste bei der Beisetzung, die gar nicht alle in die Kapelle hineingepasst haben.«

»Waren es Mitglieder von ProNürnberg?«

»Zum allergrößten Teil wohl schon. Mich wundert nur, dass er auf dem Westfriedhof beerdigt wurde und nicht auf dem Johannisfriedhof. Ein Grab in Dürers Nähe wäre doch bestimmt nach Pelzigs Geschmack gewesen.«

»Du weißt doch, dass der Friedhof voll ist und fast alle Gräber in Familienbesitz sind. Es wird nur ganz selten eines frei. Das war dann ja wohl eine beeindruckende Demonstration der Pro-Pelzig-Fraktion bei der Bestattung?«

»Sieht so aus. Aber ich nehme an, dass auch die moderateren Mitglieder im Verein auf der Beerdigung waren. Pelzigs Anhänger haben sich ja durchgesetzt, was seine Nachfolge anbelangt.«

»Wie meinst du das?«, fragte Beaufort.

»Hast du heute noch keine Zeitung gelesen? Gestern war doch außerordentliche Versammlung von ProNürnberg, um Pelzigs Nachfolger zu wählen. Die Lösl hat deutlich verloren. Es sieht so aus, als machten viele Mitglieder sie für Pelzigs Tod mitverantwortlich. Der neue Vorsitzende heißt Anton

Mühlberg, ist ein noch recht unbeschriebenes Blatt, gehört aber wohl zur Butzenscheiben-Fraktion im Verein, was man so liest. Nach seiner Wahl hat er angekündigt, Pelzigs Erbe in dessen Sinne weiterführen zu wollen.«

Beaufort drehte nachdenklich das leere Schnapsglas auf dem Tischtuch zwischen den Fingern.

»Das würde ja bedeuten, dass der Mörder in Sachen Augustinerhof nichts erreicht hätte, sofern es ihm denn um Abschreckung ging. Nicht, wenn auch der neue Vorsitzende für einen Bürgerentscheid eintritt.«

Ekki winkte ab. »Das ist doch sowieso erst einmal vom Tisch. Der neue Investor aus München, den der Baureferent so vollmundig angekündigt hatte, hat sich wieder zurückgezogen. Dem ist das finanzielle Risiko einfach zu groß. Deshalb hat sich auf der Zwangsversteigerung am Montag auch kein Bieter gefunden. Ich habe im Amtsgericht nachgefragt. Es gab nicht einen Interessenten.«

»Das heißt dann wohl, dass sich an der Situation im Augustinerhof auf Jahre hinaus nichts ändern wird. Die ganze Angelegenheit ist einfach traurig. Spekulanten, ProNürnberg und eine verfehlte Kommunalpolitik haben alles kaputt gemacht.«

»Eine klassische Pattsituation. ProNürnberg bekommt nicht, was es will, und blockiert deshalb alle anderen Vorhaben. Ohne Zustimmung des Vereins geht nichts voran. Und die beiden Toten machen den Augustinerhof auch nicht gerade populärer.«

Sie bestellten Kaffee und teilten sich eine Portion Apfelküchle mit Vanilleeis. Als sie den Nachtisch genossen hatten, putzte Beaufort seine Brille mit der Serviette, um Ertl nicht anschauen zu müssen. Er fragte so beiläufig, wie möglich: »Habt ihr schon Fortschritte gemacht bei der Jagd auf den Mörder?«

»Hast du noch immer nicht die Nase voll vom Detektivspielen?«

»Komm schon, Ekki. Ich habe mich seit dem Mord an dem Obdachlosen herausgehalten. Das hat mich kuriert. Aber es interessiert mich natürlich, wie weit ihr seid.«

»Eine heiße Spur haben wir nicht, wenn du das meinst.«

»Ein wenig mehr kannst du mir schon erzählen. Sucht ihr einen oder zwei Mörder?«

Ertl sah Beaufort scharf an.

»Ich schwör dir, Frank. Ein Wort zur Kamlin und unsere Freundschaft ist beendet.« Beaufort nickte mit großen Augen. »Ziemlich sicher suchen wir nur einen Täter, obwohl die Handschriften der Morde unterschiedlich sind. Aber es liegt auf der Hand, dass der Obdachlose sterben musste, weil er etwas gesehen oder gehört hatte. Wir gehen von einer Vertuschungstat aus. Es sieht so aus, als ob der zweite Mord eindeutig geplant war und eiskalt durchgezogen wurde. Paul Breitenlohner hatte keine Chance. Der Mörder ist einfach reingegangen, hat seinem Opfer die Schlinge um den Hals gezogen und es erdrosselt. Vermutlich schlief er noch seinen Rausch aus, er hatte über zwei Promille Alkohol im Blut. Leider gibt es kaum Hinweise auf den Täter. Keine Fingerabdrücke, Fasern oder genetische Spuren. Unter den Fingernägeln des Obdachlosen waren zwar ganze Mikrokosmen beheimatet, aber seinen Mörder hat er anscheinend nicht zu fassen bekommen. Nichts deutet auf einen Kampf oder Streit hin. Der Täter hat nur gründlich die Sachen durchwühlt. Wonach er gesucht hat und ob er fündig geworden ist, wissen wir nicht.«

»Hat Breitenlohner seinen späteren Mörder erpresst?«

»Du meinst wegen der teuren Whiskyflaschen in seinem Zimmer? Wir wissen, dass er sie am Sonntagabend im Hauptbahnhof gekauft hat. Der Verkäufer konnte sich noch gut daran erinnern, weil er es noch nie erlebt hatte, dass ein Penner Edelspirituosen für 60 Euro die Flasche kauft. Erpressung ist zumindest eine glaubhafte These, um zu erklären, woher das Geld stammt. Eine andere Erklärung wäre, dass er irgendein anderes krummes Ding gedreht hat und das Geld und sein Tod überhaupt nichts mit dem Mord an Pelzig zu tun haben.«

»Wisst ihr denn, wo der Obdachlose zwischen den Morden gesteckt hat?«

»Nein, es gibt nur drei Spuren von ihm. Drei Tage nach Pelzigs Tod war er in der Wärmestube hinter dem Hauptbahnhof. Eine Sozialarbeiterin hat ihn dort angetroffen, aber er war verschwunden, ehe sie richtig mit ihm sprechen konnte. Zwei Tage später, am Samstag kurz vor Ladenschluss, so glaubt eine Kassiererin in einem Supermarkt in der Innenstadt sich daran erinnern zu können, hat er billigen Schnaps und Wein gekauft. Und am Sonntag ist er, wie gesagt, im Hauptbahnhof gesehen worden. Wo er die ganzen Nächte geschlafen hat, bis er wieder im Augustinerhof auftauchte, wissen wir nicht.«

»Wenn er Samstag noch billigen Fusel, am Sonntag aber teuren Whisky gekauft hat, muss er das Geld am Wochenende bekommen haben.«

»Ja, so weit haben wir auch schon gedacht.«

»Weißt du, dass die Lösl am Samstag in der Stadt war? Ich habe bei ihr eine Altstadtführung gemacht«, warf Beaufort erregt ein.

»Wir haben sie viermal vernommen. Seitdem sie uns die Geschichte von dem Streit mit Pelzig und seiner Rückkehr zum ProNürnberg-Hauptsitz gebeichtet hat, hat sie sich nicht weiter in Widersprüche verwickelt. Miederer glaubt, sie sagt die Wahrheit. Aber es fehlt der letzte Beweis für Schuld oder Unschuld.«

»Ihr habt wirklich keinen Hauptverdächtigen?« Beaufort sah Ertl ungläubig an.

»Lösl, Pananaikos, Hansen, Düsterhöfft, Breitenlohner. Über alle diese Verdächtigen haben wir viel Wissen zusammengetragen, aber ohne konkretes Ergebnis. Wir sehen immer noch nicht klar, aber das auf wesentlich höherem Niveau als vor vier Wochen. Wer hatte ein Interesse daran, Pelzig zu töten und die Leiche so im Augustinerhof zu inszenieren?«

»Vielleicht müsst ihr mit den Ermittlungen noch mal ganz von vorn anfangen«, sagte Beaufort nachdenklich. »Vielleicht ist es jemand völlig anderes.«

Donnerstag, 6. Februar

Der Pförtner im Häuschen saß tief über die Zeitung gebeugt. Entweder war er sehr in seine Lektüre vertieft, oder aber er schlief. Anne, die mit laufendem Motor vor der Absperrung wartete, gab im Leerlauf etwas Gas. Durch das Geräusch aufgeschreckt, spähte der Pförtner aus müden Augen nach draußen in den Schnee und öffnete die Schranke. Auch heute kam er ihr mit den Zeitungen entgegen und sagte sein übliches Sprüchlein, dass sie aber früh dran sei. Dabei hätte er durchaus übers Wetter reden können. Es hatte seit gestern Nachmittag ununterbrochen geschneit und erst vor einer halben Stunde aufgehört. Nur wenige Straßen waren bislang geräumt. Wenn in gut einer Stunde der Berufsverkehr langsam losrollte, würde es ein kleines Verkehrschaos geben.

Anne parkte ihr Auto dort, wo sie unter etwa zwanzig Zentimetern Neuschnee den Parkplatz vermutete. Sie war die Erste. Vielleicht liefen heute keine anderen Sendungen parallel, vielleicht kamen Techniker und Moderator aber auch von außerhalb und waren noch im Schnee unterwegs. Sie schloss das Rundfunkgebäude auf, machte überall Licht und ging in ihr Studio. Es war zehn Minuten nach fünf. Sie hatte noch eine Stunde und zwanzig Minuten Zeit, um ihre erste Nachrichtensendung vorzubereiten.

Sie schaute die Meldungen aus Franken im Computer durch und fand genügend Brauchbares, was die Agenturen und die Korrespondenten geliefert hatten. Der ehemalige CSU-Generalsekretär Bernd Protzner musste sich vor dem Landgericht Hof wegen Steuerhinterziehung verantworten. Ihm wurde vorgeworfen, Umbaukosten an seinem Privathaus in Kulmbach als Ausbaukosten seines Firmengebäudes deklariert und so Umsatz- und Einkommenssteuer von mehr als 100.000 Euro hinterzogen zu haben.

In einem Asylbewerberheim in Hersbruck hatte es aus noch ungeklärter Ursache gebrannt. Bei dem Versuch, sich durch ein Fenster ins Freie zu retten, hatten sich zwei Flüchtlinge aus Pakistan Schnittwunden zugezogen. Die dreizehn anderen Bewohner konnten sich unverletzt in Sicherheit bringen.

Der Einbruch bei einem Juwelier in der Nürnberger Innenstadt, bei dem vor vier Wochen Schmuck im Wert von 400.000 Euro erbeutet wurde, war aufgeklärt. Der Täter war der Kriminalpolizei vor zwei Tagen beim Verkauf seines Diebesgutes ins Netz gegangen und hatte mittlerweile gestanden.

Das Bayerische Kultusministerium wollte bereits im kommenden Schuljahr an einer Grundschule in Erlangen den Modellversuch ›Islamunterricht‹ starten. Er sollte überwiegend in deutscher Sprache abgehalten werden, umstrittene Glaubensfragen zwischen unterschiedlichen muslimischen Richtungen neutral behandeln sowie Werte wie Freiheit, Menschenwürde und Toleranz betonen.

Anne druckte die Meldungen aus und redigierte sie, indem sie die Texte kürzte und für die Radioübertragung umformulierte. Dann machte sie ihren morgendlichen Polizeirundruf. Die mittelfränkischen Einsatzzentralen in Fürth und Erlangen hatten nichts zu bieten. Doch in Nürnberg, Schwabach und Ansbach war die Polizei während der Nacht durch zahlreiche Autounfälle im Schnee auf Trab gehalten worden. Anne sammelte die Informationen und schrieb eine Meldung. Schließlich druckte sie den regionalen Wetterbericht und die aktuellen Verkehrsmeldungen aus. Auch eine unsägliche Stilblütenmeldung von Hertha Krämer aus Forchheim ließ sie für ihre Kollegen aus dem Drucker. Die fortbildungsresistente Korrespondentin setzte beinahe täglich Nachrichten ab, die wie Anekdoten geschrieben waren. Sie beherrschte die Grundregeln des Nachrichtenschreibens kaum und wusste nicht einmal, dass der erste Satz immer im Perfekt zu stehen hatte, um dann in die einfache Vergangenheitsform überzugehen. Sie ignorierte auch, dass die Neuigkeiten an den Anfang gehörten und nicht ans Ende, damit man von hinten kürzen konnte, ohne Wichtiges zu verlieren. Und sie gebrauchte Formulierungen, die vielleicht in einem Kurs für kreatives Schreiben Beifall finden würden, mit sachlichem Nachrichtenton aber nichts zu tun hatten. Heute war es eine ellenlange Meldung darüber, dass der Bürgermeister von Kronach das homosexuelle Pärchen, das die Hubschrauberreise in der Verkuppelungs-Show »Herzblatt« gewonnen hatte, nur ungern begrüßen wollte. Dafür brauchte Hertha Krämer dreißig Zeilen, benutzte Ausdrücke wie »ein bisschen Trouble haben« und sprach vom Bürgermeister als »kleinem, knuffigen Kerl«. Im Radio war die Meldung nicht zu gebrauchen, aber zur Mahnung und Erheiterung der Kollegen mochte sie immerhin taugen.

Kurz vor Beginn ihrer Nachrichten vergegenwärtigte sie sich noch einmal den geplanten Ablauf und zog im Geist an Reglern und drückte auf Tasten. Dann ging sie live auf Sendung. Bis auf einen kleinen Versprecher beim Namen der bayerischen Kultusministerin lief alles reibungslos. Wegen der vielen Verkehrshinweise brachte sie nur drei ihrer Meldungen unter. So hatte sie noch genügend Neuigkeiten für die regionalen Nachrichten um halb acht und halb neun. Ihre Schneeunfallmeldung aber würde sie etwas umformulieren und in den beiden noch ausstehenden Fenstern wiederholen.

Als die Putzfrau mit dem Staubsauger ins Studio kam, ging Anne hinüber in den Bürotrakt. Sie schaute in ihr Fach, kontrollierte die Faxe, warf einen Blick in den Sendungsplan und ging nach oben zu ihrem Schreibtisch, um die Zeitungen durchzublättern. Dort fand sie nichts, was sie unbedingt noch senden musste. Sie gähnte. Ein Kaffee wäre jetzt genau das Richtige gewesen. Aber die Kantine war noch geschlossen, und sie hatte keine Lust, an Bernds Maschine zu gehen und sich selbst einen zu kochen. Sie legte die Füße auf den Schreibtisch und dachte an ihren Geburtstag. Am Samstag wurde sie 32 Jahre alt, und sie wollte mit einer großen Party ins neue Lebensjahr hineinfeiern. Drei freie Tage lagen vor ihr – ein seltener Luxus. Wenn sie es heute schaffte, nach der Arbeit noch einzukaufen, hätte sie morgen genügend Zeit, die Feier vorzubereiten. Katja hatte sich angeboten, ihr beim Buffet zu helfen, während sie Frank eher zwingen musste. Sie wusste, dass er gut kochen konnte, und ließ ihm den gespielten Küchendilettanten deshalb nicht durchgehen. Als unmotorisierten Menschen konnte sie ihn ja nicht mal zum Getränkeladen schicken. Ihre Erinnerung daran, wie verkrampft er auf dem Beifahrersitz saß, wenn sie mal etwas sportlicher fuhr, weckte zärtliche Gefühle. Natürlich wurde sie angezogen von seiner Intelligenz, seinem Reichtum und seiner im Ganzen etwas spleenigen Person. Verliebt aber war sie in den Mann, der ihr kleine Zettelchen mit unsinnigen Zeilen und Zeichnungen in die Tasche schmuggelte, Ständchen auf dem Klavier brachte und sich neben ihr beim Autofahren ein klein wenig fürchtete. Und verliebt war sie in seinen Mund. Er hatte so sinnliche Lippen, dass sie ihn manchmal einfach nur noch küssen wollte, so wie sie es als Zwölfjährige getan hatte, als sie das Küssen entdeckte und nach stundenlangem Knutschen mit ihrem Jugendfreund Herbert im Baumhaus mit geschwollenen Lippen heimkam.

Anne schreckte hoch. Noch zehn Minuten bis zur nächsten Sendung. Es war Zeit, ins Studio zurückzugehen.

Kurz nach ihren letzten Nachrichten, als sie gerade wieder im Büro ankam, klingelte das Telefon. Ein verschlafener Beaufort meldete sich aus dem Bett. Mit seinen wirr zerzausten Haaren sah er bestimmt ganz süß aus, dachte Anne. Seine Stimme klang rau und zärtlich.

»Hallo Engel, ich habe gerade deine Stimme gehört.«

»Und was habe ich gesagt?« Das war ein Spielchen, das sie öfters wiederholten. Anne wurde häufiger von Bekannten angesprochen, die ihr mitteilten, sie im Radio gehört zu haben. Wenn sie dann aber nachfragte, worüber sie gesprochen hatte, wussten vier von fünf Leuten keine Antwort. Offenbar blieb die Stimme mehr in Erinnerung als der Inhalt des Gesprochenen.

»Du hast vom Schneechaos berichtet, von einem geständigen Juwelendieb und vom Beginn des Steuerhinterziehungsprozesses gegen Protzner. Außerdem soll es weiterschneien, in Hof hat es minus vier Grad, in Nürnberg auch, und auf den Straßen geht es schlecht voran. Wie immer sind die Autofahrer total überrascht, dass es im Winter schneien kann.« Er gähnte herzhaft.

»Ausgezeichnet. Wie war die Temperatur in Weißenburg?«

»Das hast du nicht gesagt.«

»Und auch das stimmt. Der Kandidat erhält hundert Punkte.«

»Ich möchte lieber hundert Küsse.«

»Da wirst du dich noch etwas gedulden müssen. Ich habe heute nämlich keine Zeit für dich.«

»Oooch, wirklich nicht?«

»Nein, heute Mittag habe ich ein Pressegespräch beim Nürnberger Fremdenverkehrsdirektor. Der gibt die Jahreszahlen in Sachen Tourismus bekannt. Der Beitrag wird zwar erst morgen gebracht, aber ich fahre gleich ins Studio zurück, um ihn sendefertig zu machen. Du weißt ja, dass ich frei habe. Danach fahre ich einkaufen für die Party. Und wenn das alles erledigt ist, werde ich wahrscheinlich todmüde ins Bett fallen. Morgen wird es anstrengend genug. Du denkst daran, dass ich dich am frühen Nachmittag erwarte?«

Beaufort hatte keine Lust darauf, ein Buffet für Leute vorzubereiten, die er nicht kannte.

»Warum nimmst du nicht einfach einen Partyservice? Ich zahl es dir.«

»Jetzt fang nicht schon wieder an. Ich möchte meine Gäste nun mal mit selbst Zubereitetem bewirten. Außerdem soll es auch ein bisschen was Skandinavisches geben.«

»Mir graust davor, 200 Fleischklößchen zu rollen.«

»Es gibt genug anderes zu tun, zum Beispiel Kartoffeln schälen für Janssons Versuchung. Das hat dir doch auf dem Skandinavischen Abend so gut geschmeckt.«

Beaufort muffelte der Form halber noch etwas. »Dann lass mich wenigstens den Käse besorgen, und zwar französischen. Diesen grauenhaften norwegischen Karamellkäse isst doch kein Mensch.«

Anne lachte. »Mich eingeschlossen. Ich weiß auch nicht, wie man das Zeug runterbringen kann. Den Wikingern graust es halt vor nichts. So einen Käse hätte es auch gar nicht gegeben. Aber wenn du willst, besorg bitte den Käse fürs Buffet. Wie war es denn gestern mit deinem sturen Freund Ekki? Ist er immer noch sauer auf mich?«

»Sei nicht so sarkastisch. Willst du dich nicht wieder mit ihm vertragen?«

»Ich habe kein Problem mit dem Herrn Justizpressesprecher. Wenn er sich bei mir entschuldigt, will ich gern über unsere Differenzen hinwegsehen. Ich bin nicht nachtragend.«

Beaufort zog entnervt die Bettdecke über seinen Kopf und klang jetzt dumpfer.

»Nein, das bist du nicht«, sagte Beaufort ironisch. »Du bist stur wie ein Wasserbüffel.«

»Genau so eine Frau brauchst du doch«, erwiderte Anne zärtlich. »Ich würde nicht sagen, dass dein Wille weniger ausgeprägt ist als meiner. Deshalb haben wir ja so viel Spaß zusammen. Was gibt es denn Neues von den Augustinerhof-Morden? Die Polizei hat seit zwei Wochen keine Pressemitteilung mehr herausgegeben.«

»Sie hat auch nichts zu sagen. Ekki meint, sie tappen im Dunkeln. Für die Ermordung von Pelzig gibt es unsere bekannten Verdächtigen mit ihren Motiven, aber keine Beweise dafür, dass sie es auch wirklich waren. Und für den Mord an dem Obdachlosen haben alle ein Alibi.«

»Vielleicht gehören die beiden Fälle doch nicht zusammen?«

»Die Polizei erwägt diese Möglichkeit, geht aber nicht wirklich davon aus, sagt Ekki. Aber ich darf an dich ja nichts weitergeben. Es gibt allerdings auch nicht viel zu erzählen. Sie haben keine heiße Spur.«

»Ganz schön unbefriedigend. Wenn der Mörder nicht binnen kurzer Zeit geschnappt wird, sinkt die Wahrscheinlichkeit rapide, ihn überhaupt zu kriegen. Aber es ist gleich neun, ich muss langsam Schluss machen. Was hast du heute noch vor?«

»Ich muss eine Rezension für die *FAZ* schreiben, und dann habe ich noch einen Termin beim Geburtstagswichtel.«

»Ja, da will ich dich nicht länger aufhalten.«

»Moment, hast du schon Pläne fürs Wochenende? Ich meine, sollen wir etwas zusammen unternehmen?«

Anne brauchte nicht nachzudenken.

»Der Schnee ist so schön. Lass uns doch am Samstag zum Langlaufen ins Fichtelgebirge fahren. Ich kenne da ein schnuckeliges kleines Hotel. Vielleicht bekommen wir noch ein Zimmer.«

»Bei diesen Aussichten bin ich sogar bereit, morgen Fleischklößchen zu rollen.«

*

»Grüß Gott, Herr Beaufort. Gehen Sie aus?«

Frau Seidl stand in ihrer obligatorischen Schürze im Flur und hatte die Tür schon geöffnet, bevor er zum Klingeln kam. Sie hatte gerötete Wangen und ihr standen kleine Schweißperlen auf der Oberlippe.

»Ja, falls Sie noch etwas in meiner Wohnung erledigen wollen, ich bin die nächsten zwei Stunden nicht da.«

»Ich müsste mal die Fenster putzen, aber nicht bei diesem Wetter. Bei dem Schnee wäre es verlorene Liebesmüh. Dass Sie überhaupt hinausgehen mögen?«

Er überlegte, ob er ihr sagen sollte, er wolle für Anne ein Geschenk kaufen. Als frisch Verliebtem war es ihm ein Bedürfnis, den Namen seiner Angebeteten so häufig wie möglich auszusprechen. Doch seine Haushälterin war so vernarrt in die Reporterin, dass er befürchtete, so schnell nicht mehr loszukommen. Auch wollte er vermeiden, Geschenkvorschläge von ihr zu erhalten.

»Ein bisschen frische Luft kann ja nicht schaden. Aber sagen Sie«, Beaufort schnupperte theatralisch, »was duftet bei Ihnen so gut? Sind Sie wieder beim Backen?«

»Das ist nur ein Blech Butterkuchen. Soll ich Ihnen ein bissel was raufstellen?«

»Wie können Sie das fragen? Für Ihren Butterkuchen, Frau Seidl, der gelobt und gepriesen sei, lasse ich jedes Stück Konditortorte stehen.«

Sie liebte diese Art geschwollener Komplimente, und tatsächlich entsprachen Beauforts Worte der Wahrheit. Ihr Butterkuchen war einfach lecker.

Er trat hinaus und knöpfte im Gehen den Mantel zu. Der Schnee unter seinen Füßen knirschte, die Luft war klar, der Himmel wolkig, und manchmal fielen vereinzelte Schneeflocken. Er schlug den etwas längeren Weg über den Augustinerhof und den Hauptmarkt ein. Dabei summte er, ohne es zu merken, das Hauptmotiv aus Rachmaninows Drittem Klavierkonzert, was seinen Schritten eine gewisse Dynamik verlieh. Beaufort war guter Laune. Er hatte lange darüber nachgedacht, was er Anne zum Geburtstag schenken könnte. Es sollte edel sein, Stil haben und seiner Leidenschaft für diese neue Liebe Ausdruck geben. Kurz, es musste ein Schmuckstück sein, ein Ring. Und er wusste auch genau, welcher: der Klassiker. Drei ineinander verschlungene Ringe aus Rotgold, Gelbgold und Weißgold, in dieser Dreieinigkeit ebenso schlicht wie magisch. Und natürlich musste es das Original sein: ein Ring von *Cartier*, dem Juwelierladen mit dem großen Namen und den kleinen Fensterscheiben.

Auf dem Weg dorthin gruselte er sich im Vorbeigehen vor den Auslagen in den Schaufenstern eines Dirndl- und Trachten-Stadls. Ohne seine Schritte zu verlangsamen, nahm er den leichten Anstieg zur Fleischbrücke. Auf der Mitte der Brücke aber blieb er stehen, lehnte sich ans Geländer und schaute auf die Pegnitz. Drei Möwen stritten sich schreiend um etwas Essbares, das dort trieb. Beaufort atmete tief durch. Fast meinte er das Meer zu riechen. Nur war das ziemlich unwahrscheinlich, da er sich nahezu tausend Kilometer von Nordsee und Mittelmeer entfernt befand. Wahrscheinlich hatten die Möwen ihn darauf gebracht. Erstaunlich, dass es hier welche gab.

Weil er verliebt war, betrachtete Beaufort die Dinge, die er sah, mit Liebe. Und mit einer gewissen Selbstgerechtigkeit, wie sie nur Verliebte haben. Er war zufrieden darüber, wie er das Problem der Ringgröße gelöst hatte. Anne trug an beiden Händen goldene Ringe: links ein Erbstück von ihrer Großmutter mit einem großen geschliffenen Granaten, rechts einen schlichten mit kleinen, glitzernden Diamanten. Außer wenn sie sich morgens die Hände eincremte, zog sie die Ringe selten ab, selbst in der Nacht blieben sie angesteckt. Deshalb hatte er sie gestern, als sie bei ihm übernachtet hatte, am Morgen mit einem Trick aus dem Badezimmer gelotst. Während sie in der Küche etwas holte, hatte er ein vorbereitetes Blättchen Papier und einen Bleistift aus seinem Bademantel gezogen, einen der Ringe von der Konsole genommen und dessen inneren Umfang auf dem Papier nachgezeichnet. Das Ganze dauerte keine zwanzig Sekunden, und Anne hatte nichts bemerkt.

Bevor Beaufort in das Juweliergeschäft in der Kaiserstraße hineinging, das er noch nie zuvor betreten hatte, warf er einen Blick in die winzigen, mit grünem Marmor verkleideten Schaufenster. In jedem dieser Gucklöcher in Brusthöhe waren nicht mehr als zwei bis drei Schmuckstücke ausgestellt, ideal beleuchtet.

Mit elegantem Schwung versuchte er, die Tür zu öffnen, und zerrte sich dabei das Handgelenk. Die Tür ging nicht auf, obwohl jemand im Laden war. Er versuchte es abwechselnd mit Drücken und Ziehen, bis er den goldenen Klingelknopf bemerkte. Doch noch bevor er ihn betätigen konnte, hörte er das leise Summen des Türöffners. Ganz leicht ließ sie sich nun aufmachen.

»Guten Tag«, sagte die Verkäuferin. In ihrem grauen Kostüm, mit dem Halstuch und den hochgesteckten Haaren sah sie sehr distinguiert aus.

»Grüß Gott. Tut mir leid, dass ich so ungestüm bin, aber ich habe die Klingel übersehen.«

»Das passiert unseren Kunden öfter. Doch das ist nun mal eine der kleinen Sicherheitsvorkehrungen, ohne die kein Juwelier heutzutage auskommt. Leider.«

»Mit einem Strumpf über dem Kopf hätten Sie mich gar nicht erst hereingelassen?«

»So ist es.« Sie lächelte höflich. »Was kann ich für Sie tun?«

»Ich hätte gern einen Ring, der aus diesen drei ineinander verschlungenen Ringen gemacht ist.« Er wusste, dass das Ding einen Namen hatte, doch den kannte er nicht.

»Und in welcher Ausführung bitte? Wir haben schmale, mittlere und breite Ringe.«

»Am besten, Sie zeigen mir alle drei Modelle.«

»Natürlich. In welcher Größe darf es denn sein?«

»Das weiß ich nicht genau«, Beaufort zog das Blättchen Papier mit dem Bleistiftkreis aus der Tasche seines Jacketts, »aber ich habe die Größe abgezeichnet. Es soll ein Geschenk sein, wissen Sie.«

Die Verkäuferin holte eine Plexiglasschablone mit verschieden großen Löchern hervor, die sie über das Blättchen schob.

»Die Größe ist 55. Ich werde die Ringe eben aus dem Safe holen.«

»Vielleicht bringen Sie alles besser eine Nummer größer. Denn meine Freundin wird den Ring am Mittelfinger tragen, nehme ich an. Das war die Größe des Ringfingers.«

»Eine gute Überlegung. Nehmen Sie doch so lange Platz.«

Beaufort dankte, zog es aber vor, sich ein wenig umzusehen. Der Laden bestand aus zwei nicht sehr großen Geschäftsräumen und weiteren Zimmern, die nicht einsehbar waren. Sie lagen hinter der Tür, durch welche die Verkäuferin gerade verschwunden war. Vermutlich Safe, Werkstatt, Lager und Aufenthaltsraum. Im hinteren Verkaufsbereich sprach gerade ein junger, geschniegelter Verkäufer mit einer alten Frau im Pelzmantel, die mit reichlich Schmuck behängt war. Anscheinend eine Stammkundin, die einen Saphir für 9.000 Euro kaufen wollte und ihre Lebensgeschichte erzählte, die sich der Verkäufer geduldig anhörte. Beaufort kam sich wie in einem Film vor. Ihm war, als hätte er diese Szene schon mehrfach gesehen – mit dem kleinen Unterschied, dass es diese herausgeputzte Fregatte wirklich gab. Zuerst belauschte Beaufort das Gespräch amüsiert, indem er Interesse an den silbernen und goldenen Feuerzeugen in einer der Auslagen vortäuschte. Doch als die Kundin zu ihrem Gesundheitsbulletin überging und detailliert von ihren Verdauungsproblemen berichtete, wobei sie sämtliche, wirksam abführenden Medikamente aufzählte, kam seine Verkäuferin glücklicherweise zurück. Sie trat hinter den Teakholztresen und legte die drei Ringe vor ihm aus. Beaufort entschied sich für den mittleren: Der große war zu protzig, der kleine zu mickrig und der mittlere ideal.

»Ein ›Trinity-petit-model‹. Eine gute Wahl. Darf ich es als Geschenk verpacken?«

Die Verkäuferin suchte unter der Theke nach geeignetem Papier, rief »oh, nein«, schaute ihn verzweifelt an und verschwand eilig hinter der Tür. Die nimmt ihren Beruf ja ganz schön ernst, dachte Beaufort. Er hatte noch nicht erlebt, dass es sich jemand so zu Herzen nahm, wenn kein Geschenkpapier mehr da war. Beaufort wartete, aber die Verkäuferin kehrte nicht zurück.

Stattdessen fuhren zwei Polizeiwagen mit schnellem Tempo durch die Fußgängerzone und hielten mit quietschenden

Reifen direkt vor der Sicherheitsglastür. Sie kamen mit Blaulicht, aber ohne Sirenen. Vier Polizisten sprangen heraus, zwei von ihnen liefen mit gezückten Pistolen auf Beaufort zu. In dem Moment erschien auch die Verkäuferin wieder, stöckelte mit beiden Händen fuchtelnd zur Tür, öffnete sie und rief: »Tut mir leid, Fehlalarm. Ich bin versehentlich an den Knopf gekommen. Ich habe gleich auf der Wache angerufen, aber es war schon zu spät.«

Die Beamten ließen die Waffen sinken. »Das lässt sich nicht stoppen«, sagte der älteste Polizist höflich. »Wenn der Notruf einmal losgeht, müssen wir kommen und nachsehen.«

Er sah sich in den Verkaufsräumen um, musterte Beaufort und die Frau im Pelzmantel, die von all dem nichts mitbekommen hatte, weil sie mit dem Rücken zur Tür saß und gerade dabei war, dem jungen Verkäufer Tipps zur Vorbeugung von Prostatabeschwerden zu geben. Nachdem der Beamte sich davon überzeugt hatte, dass alles in Ordnung war, schickte er einen Streifenwagen wieder weg. Er selbst wollte den Geschäftsführer wegen des Protokolls sprechen und wurde mit seinem Kollegen in die hinteren Räume geleitet.

Beaufort hatte die ganze Aktion mit Interesse verfolgt, hinter die Verkaufstresen geschaut und die beiden Kontakte am Boden bemerkt, durch die man den Alarm auslösen konnte. Die Verkäuferin musste draufgetreten sein, als sie das Geschenkpapier suchte.

Mit einer nur hingemurmelten Entschuldigung, als sei nichts geschehen, legte sie den Ring in eine rotgoldene Schmuckschachtel. Dann füllte sie das Echtheitszertifikat mit der Ringnummer aus, steckte es in ein ebenso edles rotgoldenes Mäppchen und verpackte das Ganze zu einem hübschen kleinen Päckchen in weißem Papier, dekoriert mit einem Traum von einer roten Schleife. Beaufort zahlte mit Kreditkarte und dankte für die Demonstration der Sicherheitsvorkehrungen.

Er verließ den Juwelier, ging um den Polizeiwagen herum, der noch immer in der Fußgängerzone stand, und blieb ein paar Schritte später gedankenverloren stehen. Wie ein Fels teilte Beaufort den Strom der Passanten in zwei Teile, doch er nahm es nicht wahr. Er dachte über den Vorfall nach. Ein Räuber hatte dort nicht die geringste Chance. Um durch die verschlossene Tür zu kommen, musste er sein Gesicht zeigen, das bestimmt gefilmt wurde. Dann blieben ihm rund zwei Minuten, um den Laden auszurauben, und eine, um unerkannt flüchten zu können. Das war in der kurzen Zeit unmöglich, da alle Schmuckstücke im Safe lagen. Selbst die Schaufensterchen waren von innen verschlossen und konnten nur einzeln mit Schlüsseln geöffnet werden, was zeitaufwendig war. Ein richtiger Juwelendieb musste sich etwas ganz anderes einfallen lassen, wollte er an die Beute gelangen.

Mit einem Mal spürte Beaufort wieder diesen sanften Schmerz der Erregung. Er stand mit nachdenklichem Gesicht da, nur sein knirschender Kiefer wies auf seine Anspannung hin. Bis diese plötzlich einem Lächeln wich: Natürlich, so konnte es gewesen sein! Er drehte sich unversehens um und ging zum Schmuckgeschäft zurück. Diesmal klingelte er, und die Verkäuferin ließ ihn sofort hinein.

»Haben Sie etwas vergessen?«, fragte sie freundlich.

»Nein, ich brauche eine Auskunft. Sie können mir doch bestimmt sagen, welcher Juwelier es war, der vor vier Wochen ausgeraubt wurde.«

»Natürlich, es ist das neue Geschäft am Hefnersplatz, das erst vor zwei Monaten eröffnet wurde. Genau dort, wo bis zum Sommer noch Juwelier Moeller war, bevor er wegen Steuerhinterziehung ins Gefängnis musste.«

»Das ist ja ganz wunderbar«, rief Beaufort, »genau so habe ich es mir gedacht.« Er schüttelte der verdutzten Verkäuferin heftig die Hand und ging hinaus.

Eilig schritt er aus und war keine fünf Minuten später am Vereinssitz von ProNürnberg angelangt. Dort ging er aber nicht ins Büro, sondern kehrte dem Fachwerkhaus den Rücken und schlug den kürzesten Weg zu Pelzigs Wohnung ein. Abermals fünf Minuten später und etwas außer Atem von der Steigung erreichte Beaufort am Hefnersplatz das ausgeraubte Juweliergeschäft.

Er musste ganz dringend Ekki anrufen, nur hatte er wieder mal sein Mobiltelefon daheim liegen lassen. Daher wandte er sich Richtung *Charles Lindbergh*. Er würde von dort aus telefonieren. Und einen Espresso konnte er jetzt auch gut vertragen.

»Ertl.«

»Ich weiß jetzt, wer ein Interesse daran haben konnte, Pelzigs Leiche im Augustinerhof so auffällig zu arrangieren.« Beaufort stand im Hinterzimmer des Cafés und telefonierte von dort aus via Festnetz.

»Mensch, Frank, hast du noch immer nicht genug davon, Hobbydetektiv zu spielen?«

»Nein, wirklich, ich habe eine ganz neue Theorie entwickelt.« Beauforts Stimme hallte in dem spärlich möblierten Raum, der halb als Büro und halb als Lager diente.

»Deine bisherigen Annahmen waren ja nicht gerade erfolgreich. Wer ist es denn diesmal?«, fragte Ekki desinteressiert.

»Jemand, an den wir bisher überhaupt nicht gedacht haben. Ein Zufallsmörder, der nur kurz Pelzigs Weg kreuzte.«

»Tolle Theorie. Und wie sollen wir, deiner Meinung nach, diesen großen Unbekannten fassen?«

»Das müsst ihr doch gar nicht mehr. Ihr habt ihn ja schon festgenommen.« Beaufort sprach so laut, dass ein paar Leute im Café verstummten.

»Na, da bin ich aber wirklich mal gespannt.« Und diesmal meinte Ertl, was er sagte.

»Also«, begann Beaufort, »lass es mich dir erklären. Ich habe seit unserem Gespräch gestern Abend wieder mehr über diese beiden Morde nachdenken müssen. Und vor einer Stunde bin ich in die Stadt gegangen, um Anne ein Geburtstagsgeschenk zu kaufen.« Beaufort berichtete akribisch von seinen Erlebnissen beim Edeljuwelier und dem ausgelösten Fehlalarm. »Das brachte mich darauf, an den Juwelenraub zu denken, den die Polizei gerade aufgeklärt hat. Ich habe es heute Morgen durch Anne im Radio gehört. Dann fiel mir auf, dass der Einbruch genau an dem Wochenende verübt worden ist, an dem Pelzig ermordet wurde. Das war wie eine Erkenntnis. Plötzlich war da ein vager Zusammenhang zwischen zwei vermeintlich nicht miteinander verbundenen Ereignissen.«

»Und was soll deiner Meinung nach passiert sein in der Nacht, als Pelzig starb?« Ekki war immer noch skeptisch.

»Ich weiß es nicht genau. Dazu kenne ich zu wenig Einzelheiten über den Juwelenraub. Aber eines weiß ich sicher, weil ich es gerade nachgeprüft habe: Pelzigs kürzester Heimweg vom ProNürnberg-Büro am Unschlittplatz führt über die kleine Hutergasse am Hefnersplatz vorbei und dann weiter die Färberstraße entlang bis über den Frauentorgraben. Wenn er diesen Weg gegangen ist, ist er direkt am ausgeraubten Juwelierladen vorbeigekommen. Es wäre doch möglich, dass er auf den Einbrecher getroffen ist. Was genau geschehen ist, kann ich nur vermuten. Vielleicht hat Pelzig etwas Verdächtiges bemerkt, möglicherweise hat er den Schmuckdieb erkannt. Was immer es war, er musste jedenfalls dafür sterben.«

»Und wie kommt die Leiche in den Augustinerhof?«

»Ich nehme an, der Juwelendieb, wenn er denn der Mörder ist, hat Pelzig gekannt. Das ist ja kein großes Kunststück. Die meisten Nürnberger wissen, wer er ist, und er war ja auch gerade erst in der Zeitung nach dem Streit mit dem Baureferenten. Was würdest du tun, wenn du auf einmal eine Leiche entsorgen müsstest? Ich würde versuchen, die Spur von mir abzulenken. Und wenn die Sache so liegt, wie ich vermute, ist es ihm blendend gelungen. Die Idee, die Leiche im Augustinerhof zu drapieren, war genial. Verstehst du, unser Fehler lag darin, dass wir auf der Suche nach einem Motiv immer vom Augustinerhof ausgegangen sind. Aber falls meine These stimmt, dann hat der Mord damit gar nichts zu tun.«

Beaufort hatte so eifrig und engagiert gesprochen, dass ihm die Pause, die nun entstand, ewig lang vorkam. Schließlich antwortete Ekki aber doch.

»Es ist nicht so, dass wir bei unseren Ermittlungen andere Aspekte ausschließen. Aber es stimmt schon, dass wir uns auf den Augustinerhof fokussiert hatten, besonders nach dem zweiten Mord. An deiner Theorie könnte etwas dran sein«, sagte er noch immer zögerlich.

»Du wirst es nie erfahren, wenn du es nicht überprüfst«, setzte Beaufort nach.

»Ehrlich gesagt, Frank, ich habe keine Lust, mich wieder zu blamieren. Außerdem müsste ich mich zuerst beim Ermittlungsrichter genauer über den Einbruch beim Juwelier informieren. Ich weiß kaum etwas über den Fall.«

»Denk nur an den Ruhm, den du ernten wirst, wenn tatsächlich etwas an der Idee dran ist.«

»Du bist doch ein alter Schmeichler – du glaubst wohl, ich merke das nicht. Aber gut«, sagte Ertl entschlossener, »wenn es genügend Verdachtsmomente gibt, werde ich mit Miederer unter vier Augen darüber sprechen und sein Urteil einholen.«

»Versprochen?«

»Versprochen. Ruf mich um 15 Uhr an, bis dahin weiß ich wahrscheinlich Genaueres.«

*

Punkt 15 Uhr klopfte Beaufort an Ekkehard Ertls Vorzimmertür im Justizpalast. Er hatte es vorgezogen, persönlich zu erscheinen. Ekkis Sekretär teilte ihm mit, dass der Justizpressesprecher jeden Moment zurückkommen werde, und führte ihn in das Büro. Er bat ihn, dort zu warten, und bot ihm von dem grünen Tee an, der auf dem Stövchen stand. In Erinnerung an das bittere, abgestandene Gebräu vom letzten Mal lehnte Beaufort dankend ab. Kaum hatte er Platz genommen, wurde auch schon die Tür aufgerissen, und Ekki stürmte mit großen

Schritten und theatralisch geöffneten Armen herein. Bevor sein Freund ihn im Überschwang noch an die Brust drückte, blieb Beaufort lieber sitzen.

»Frank, mein Freund, du könntest tatsächlich recht haben damit, dass der Juwelenräuber unser Mann ist. Kommissar Miederer ist gerade dabei, ihn zu verhören. Er ist drüben in der Justizvollzugsanstalt. Ich habe ihn gebeten, das bei uns zu tun, damit durch den Maulwurf bei der Polizei nichts an die Presse dringen kann. Bis jetzt wissen nur wir drei, Miederers engster Mitarbeiter und ein JVA-Beamter von deinem Verdacht. Ich hoffe, es sind nicht noch mehr Menschen?« Ekki sah Beaufort prüfend an.

Beaufort hob den rechten Arm wie zu einem Eid. »Keine Sorge, ich habe Anne nichts gesagt.«

»Das hatte ich diesmal auch nicht anders erwartet. Ich verlasse mich auf dich: Sprich mit niemandem darüber, bis wir Gewissheit haben. Deine Journalistin wird es früh genug erfahren.«

Ekki zog einen Besucherstuhl heran, setzte sich rittlings darauf und trank von seinem herben Tee, ohne mit der Wimper zu zucken. »Willst du auch eine Tasse?«

»Äh, danke, nein. Kannst du mir nichts Präziseres über den Einbrecher sagen?«

»Er heißt Martin Schopflocher und ist ein alter Kunde von uns. Ein gelernter Schlosser, aber meistens ist er arbeitslos und lebt von Jobs und illegalen Tätigkeiten. Seine beruflichen Fähigkeiten haben ihn für die Einbrecherlaufbahn prädestiniert. Er ist mehrfach vorbestraft wegen Einbruchs, Hehlerei und Diebstahls. Aber auch gefährliche Körperverletzung sowie unerlaubter Waffen- und Sprengstoffbesitz gehen auf sein Konto. Dass er ein so großes Ding dreht wie diesen Einbruch, bei dem immerhin Schmuck im Wert von 400.000 Euro gestohlen wurde, war der Polizei neu. Deshalb hat es auch vier Wochen gedauert, bis wir ihn festnehmen konnten.«

»Wie habt ihr ihn denn überführt?«

»Du weißt ja bestimmt, dass Juwelier Moeller wegen Steuerhinterziehung und Drogenbesitz im Gefängnis sitzt und sein Geschäft verkaufen musste. Der neue Juwelier hat den Laden natürlich umbauen lassen. Einer der Männer, die dort gearbeitet haben, war ausgerechnet Schopflocher. Er hat bei einer Installationsfirma gejobbt und eine Menge Einblicke in die Räumlichkeiten und Sicherheitsvorkehrungen gewonnen. Er soll sich auffallend unauffällig dafür interessiert haben. Beim Überprüfen aller Handwerker ist er in Verdacht geraten. Da wir ihm aber nichts beweisen konnten, haben wir ihn überwacht. Diese Beschattung war erfolgreich, denn vor vier Tagen haben wir unseren Mann mit einem Teil des Schmucks erwischt, als er gerade dabei war, ihn an die Russenmafia zu verhökern. In flagranti ertappt, hat er sich wohl seine Chancen ausgerechnet und alles gestanden. Auch den Rest der Beute hat er freiwillig herausgerückt. Er hatte ihn bei seiner Freundin im Keller versteckt. Die beteuert allerdings ihre Unschuld und behauptet, nichts davon gewusst zu haben.

»Und wie ist er genau vorgegangen?« Beaufort hatte einen trockenen Mund und hätte gerne etwas getrunken.

»Ziemlich raffiniert für seine Verhältnisse. Die eingebauten elektronischen Sicherheitsvorkehrungen sind erster Güte. Er hatte nicht das Wissen, um die zu knacken. Aber der neue Inhaber hat den alten Safe von Moeller behalten, der im Erdgeschoss in einer Nische eingemauert ist. Schopflocher hat bei seinen Arbeiten auch Baupläne in die Hand bekommen und festgestellt, dass die Rückwand des großen Safes an einen Lüftungsschacht grenzt, der senkrecht durch das ganze Haus führt. Er musste also versuchen, in diesen Lüftungsschacht zu gelangen, das Mauerwerk aufzubrechen und schließlich den Safe von hinten aufzubohren.«

»Dazu braucht es sicherlich viel Zeit. Und Lärm muss das doch auch machen.«

»Deshalb hat er sich extra ein langes Wochenende ausgesucht. Er konnte am Samstag ja erst eine gute Stunde nach

Geschäftsschluss, also gegen einundzwanzig Uhr, beginnen. Mit dem montäglichen Feiertag am 6. Januar hatte er über 50 Stunden Zeit für den Einbruch.«

»Und wie ist er denn in den Belüftungsschacht gekommen?«

»Auch das war äußerst clever. Vom Gebäude des Juweliers aus ging es nicht. Das Haus ist bewohnt, und man hätte ihn bemerkt. Aber ein Nebengebäude in der Färberstraße grenzt an denselben Luftschacht. Dort sind nur Büros untergebracht. Schopflocher ist im dritten Stock in das Kirchensteueramt eingebrochen, hat den Zugang zum Lüftungsschacht vergrößert und ist mit einer Strickleiter ins Erdgeschoss geklettert. Das hatte den Vorteil, dass er nach oben flüchten konnte, falls jemand den Lärm im Erdgeschoss bemerken würde. Wirklich durchdacht. Denn oben hätte man wohl zuletzt nachgesehen, und Schopflocher wäre genügend Zeit zur Flucht über die Dächer geblieben.«

»Wenn er der Mörder ist, muss es also bis Montag gegen Mitternacht gedauert haben, ehe es ihm gelang, an den Schmuck zu kommen. Vielleicht hat Pelzig zufällig gesehen, wie er mit der Beute aus dem Haus kam.«

»Oder ihm ist etwas aufgefallen, und er ist ins Haus gegangen und dort auf Schopflocher gestoßen.«

»Was ist das denn für ein Typ? Ist ihm ein Mord, wahrscheinlich sogar ein Doppelmord, zuzutrauen?«

»Schwer zu sagen. Nach meinen Erfahrungen bei Gericht traue ich vielen Menschen einen Totschlag zu. Und Schopflocher hat ein langes Vorstrafenregister mit einem Hang zur Brutalität.«

»Ich würde ihn zu gern mal sehen.«

Der Justizsprecher dachte kurz nach, erhob sich entschlossen von seinem Stuhl, trat hinter seinen Schreibtisch und holte einen dicken Schlüsselbund aus der Schublade.

»Also gut, komm mit. Deinen Mantel kannst du hierlassen.«

Beaufort folgte Ertl. Sie verließen das Büro und den vornehmen Trakt mit den dicken Teppichen und gelangten in einen Gebäudeflügel, der nur noch mit Linoleum ausgelegt und von vielen cremefarbenen Türen gesäumt war. In einem winzigen Treppenhaus gingen sie drei Stockwerke hinab, bis sie sich unter der Erde befanden. Ekki schloss eine Holztür auf, hinter der ein großer, unmöblierter Raum lag, wo der Putz an den Wänden unterhalb der Decke abblätterte. Dann öffnete er mit einem anderen Schlüssel eine schwere Feuerschutztür, und sie betraten einen langen, hell erleuchteten Flur.

»Wir sind auf dem Weg in die JVA. Dies ist der Tunnel, der das Gefängnis mit dem Justizgebäude verbindet. Der ist eigentlich für Gefangene gedacht, die in U-Haft sitzen und vor Gericht erscheinen müssen. Aber, wie du siehst, benutzen auch wir ihn manchmal, um schnell hinüberzugehen.«

Am Ende des Tunnels entriegelte Ertl wieder eine Feuerschutztür, und sie betraten einen Raum, der ähnlich aussah wie der auf der anderen Seite. Nur dass hier hinter der Holztür, die er als Nächste öffnete, eine weitere schwere Gittertür folgte. Ekki drückte auf eine Klingel und nach einigen Sekunden erschien ein Uniformierter. Er erkannte den Justizsprecher und schob das Gitter für sie auf. Die beiden erreichten über ein Treppenhaus das Erdgeschoss und kamen in einen Flur mit hoher Decke. Vor einer Tür mit der Aufschrift »Gegenüberstellung 2« blieben sie stehen.

»Dies ist der Raum, den Zeugen normalerweise aufsuchen, um einen Täter zu identifizieren und selbst unerkannt zu bleiben. Du kennst das bestimmt aus dem Fernsehen. Man kann durch eine verspiegelte Glaswand sehen, ohne vom anderen Raum aus bemerkt zu werden. Über Raummikrofone lässt sich alles mithören, was drüben gesprochen wird. Dort sitzt gerade Miederers Mitarbeiter Röhlin und protokolliert die Vernehmung unseres Verdächtigen. Schopflocher wird im anderen Raum vom Kommissar verhört. Ich kann dich jetzt fünf

Minuten mit hineinnehmen. Bitte sag währenddessen nichts, hör einfach nur zu.«

Die beiden Männer betraten den dunklen, schlauchförmigen Raum. Auf einem Holzstuhl mit angeschraubtem Schreibpult saß Röhlin und machte sich Notizen. Das einzige Licht im Raum ging von einer kleinen abgeschirmten Lampe aus, die an die Schreibunterlage geklemmt war. Er nickte kurz und schrieb weiter. Beaufort und Ekki setzten sich leise und sahen durch die Glasscheibe. An einem schlichten Holztisch, frontal zu den heimlichen Beobachtern, saß der Juwelendieb. Er war Mitte vierzig, hatte schwarze Locken, ein kantiges Gesicht und dunkle Augen. Sein Oberkörper war muskulös und braun gebrannt. Schopflocher musste viel Zeit in Fitnessstudios und Solarien verbringen. Er hatte die Füße unter den Stuhl geschoben und seine Arme, auf den Tisch aufgelegt, stützten den Oberkörper. Schopflochers Haltung drückte Anspannung aus. Links von ihm, im Profil zu erkennen, saß mit gebeugten Schultern der große, hagere Kommissar, ruhig, abwartend.

»Wie sind Sie an die Beute herangekommen?«

»Das habe ich doch alles schon zehnmal gesagt. Ich habe in die Rückwand vom Panzerschrank ein Loch gebohrt und dann aufgeschweißt. Und mit einem Greifarm aus Leichtmetall habe ich die Schmuckstücke dann herausgeholt.«

»Wie haben Sie die Beute verstaut?«

»In einem Beutel, Mann. Und dann habe ich das ganze Zeug einzeln über die Strickleiter wieder hochgeschafft. Ich wollte ja nichts liegen lassen, was mich verrät.«

»Und was haben Sie dann damit gemacht?«

»Ich habe es in mein Auto geschafft.«

»Was für ein Auto?«

»Na, in meinen roten Fiat Barchetta.«

»Ist der nicht ein bisschen zu klein für Ihre ganze Ausrüstung?«

»Nein, wenn man sich Mühe gibt, passt alles in den

Kofferraum.« Schopflocher malte mit dem Zeigefinger mehrmals eine kleine Acht auf die Tischplatte.

»Wo stand der Wagen? Sie hatten ihn ja wohl in der Nähe geparkt.«

»Gleich um die Ecke am Josephsplatz.«

»War das nicht riskant von Ihnen, den eigenen Wagen zu nehmen und ihn zwei Tage in der Nähe des Tatorts stehen zu lassen?«

»War es riskant, war es riskant«, äffte der Gefangene Miederer nach, »der Wagen ist doch niemandem aufgefallen.«

»Das macht uns ja so stutzig. Niemand hat das Auto gesehen. Aber an einen schwarzen Lieferwagen, der dort zwei Tage stand, können sich Anwohner erinnern.«

»Was weiß denn ich, Mann? Ich habe mit einem Lieferwagen nichts zu tun. Was soll der ganze Scheiß hier überhaupt? Ich habe doch schon alles gestanden.«

Schopflocher sprang auf und riss an seinem Stuhl. Miederer blieb bei dem Ausbruch regungslos sitzen. Unbeteiligt sagte er: »Setzen Sie sich wieder hin.«

Unwillig ließ sich der Mann auf seinen Stuhl nieder.

»Kann ich was zum Rauchen bekommen?«

»Wenn wir hier fertig sind, ja.«

»Scheißladen!«

»Dass Sie hier sind, haben Sie sich selbst eingebrockt. Wann haben Sie Ihre Sachen und Ihre Beute ins Auto zurückgeschafft?«

»Wie, wann? Montagabend halt.«

»Um wie viel Uhr?«

»Um neun.«

»Wie oft mussten Sie zum Auto gehen, um alles zu verstauen?«

»Dreimal.«

»Ist das nicht ziemlich unwahrscheinlich, um neun am Abend mitten in der Innenstadt? Auch wenn es ein Feiertag war, müssen genügend Spaziergänger unterwegs gewesen sein. Es hätte Sie jemand beobachten können.«

»Es hat mich aber niemand beobachtet.«

»Und dann sind Sie nach Hause gefahren? Wann waren Sie da?«

Schopflocher schwitzte. Sein T-Shirt zeigte unter seinen Achseln dunkle Flecken. Er schaute triumphierend zum Kommissar.

»Um halb zehn. Und dann habe ich mit meiner Süßen noch etwas gepimpert. Ich war ziemlich gut drauf nach dem Coup. Das kann sie Ihnen bestätigen.«

»Das hat sie bereits. Wo waren Sie gegen Mitternacht?«

»Bei mir zu Hause. Habe ich doch gerade gesagt.«

»Kennen Sie Hubert Pelzig?«

»Den Typen, der im Augustinerhof gekillt wurde?«

»Kennen Sie ihn?«

»Ich bin ihm noch nie persönlich begegnet. Was soll der Scheiß? Wollt ihr mir jetzt noch einen Mord anhängen?«

»Haben Sie Pelzig umgebracht?«

»Verdammt, nein!«

Miederer erhob sich wortlos, ging, ohne einen Blick auf den Gefangenen zu werfen, an die Tür, schloss sie auf, verließ den Raum und riegelte hinter sich wieder ab. Beaufort sah zu, wie sich Schopflocher erschöpft in seinen Stuhl zurücksinken ließ. Er fuhr sich mit beiden Händen durchs Haar und wartete. Währenddessen trat der Kommissar zu ihnen. Er reichte Ertl und Beaufort die Hand. Auch sein Mitarbeiter gesellte sich zu der kleinen Gruppe.

»Und?«, fragte Beaufort. »Glauben Sie, dass er es war?«

»Ja«, sagte er knapp, »ich spüre, er lügt. Er erzählt uns zu viele Ungereimtheiten. Außerdem ist er genau der Typ, dem ich ein solches Verbrechen zutraue. Der hat keine Skrupel, wenn es darum geht, seine Haut zu retten.« Dann wandte er sich an Röhlin. »Schick die Spurensicherung los. Sie sollen seinen und den Wagen der Freundin unter die Lupe nehmen und prüfen, ob dort Spuren von Pelzig zu finden sind. Sie sollen auch das Kirchensteueramt und das Treppenhaus untersuchen.

Vielleicht weist etwas darauf hin, dass er dort umgebracht wurde. Dann soll sich jemand darum kümmern, erneut nach dem schwarzen Lieferwagen zu fahnden. Irgendwo in Schopflochers Umfeld muss es ihn geben. Außerdem will ich das ganze Werkzeug sehen, das er für seinen Einbruch gebraucht hat, bis zum kleinsten Schraubendreher. Ich gehe ins Revier zurück und arbeite unsere Akten und die vom Raubdezernat noch mal durch. Jetzt, wo wir einen so konkreten Verdacht haben, muss es doch bei den beiden Morden irgendwo eine Spur geben. Ich schicke dir Krüger. Ihr beide verhört Schopflocher weiter. Wenn es sein muss, die halbe Nacht.«

»Was ist mit seiner Freundin, die ihm das Alibi gibt? Sollten wir uns um die nicht auch kümmern?«

»Wo wohnt die?«

»In der Südstadt.«

»Ich schicke eine Streife hin. Die sollen sie vorführen.«

Der Kommissar verließ den Raum, und sein Kollege holte sein Handy aus der Tasche. Beaufort sah durch die Scheibe auf den Gefangenen. Der saß am Tisch und hatte die muskulösen Arme trotzig über der Brust verschränkt. Auf seinem linken Unterarm war eine Tätowierung: eine Rose, die sich um ein Kreuz rankte. Ekki legte einen Arm auf Beauforts Schulter.

»Diesmal sind wir ganz nah dran, Frank.«

Beaufort wandte den Blick nicht von Schopflocher ab.

»Das glaube ich auch.«

*

Beaufort saß am Steinway und übte Jazz-Standards. Anne wollte morgen auf ihrer Geburtstagsparty singen, und er sollte sie auf ihrem Klavier begleiten. Danach war eine kleine Musik-Session vorgesehen. Unter Annes Freunden und Kollegen gab es einen berufsmäßigen Klarinettisten, einen Bongo- und Maultrommelspieler, einen semiprofessionellen Posaunisten, diverse Gitarren- und Flötenspieler, und alle würden ihre

Instrumente mitbringen. Als er gerade »Happy Birthday« in verschiedenen Interpretationen durchprobierte, klingelte das Telefon. Es war bald zwölf. Anne konnte es nicht sein, sie würde nach dem Frühdienst bestimmt schon schlafen.

»Ich bin's, Ekki. Ich bin gerade nach Hause gekommen und dachte mir, du würdest gern den neuesten Stand erfahren.«

Der Justizsprecher wusste, dass sein Freund immer erst weit nach Mitternacht ins Bett ging.

»Hat er gestanden?«

»Leider nein. Er erzählt immer dieselbe Geschichte. Durch seinen häufigen Umgang mit der Polizei weiß er, dass er sich nicht in Widersprüche verwickeln darf, und bleibt darum bei seinen schlichten Aussagen. Er war um halb zehn bei sich zu Hause, seine Freundin hat auf ihn gewartet, und sie sind miteinander ins Bett gegangen. Von Pelzig will er nichts wissen.«

»Und was sagt sie? Hast du sie gesehen? Bestätigt sie sein Alibi?«

»Sie ist nicht ganz so abgebrüht wie Schopflocher, aber sie erzählt dieselbe Geschichte. Ein richtiges Ganovenhäschen ist sie: Mitte dreißig, schlank und drahtig, wasserstoffblond gefärbt, die gleiche unmoderne Solarienbräune wie ihr Freund, schlechter Teint vom Rauchen, kaut Kaugummi, ist dumm, aber frech.«

»Und was ist mit dem zweiten Mord an Breitenlohner? Ich wette, für die Nacht vom 13. auf den 14. Januar gibt sie ihm auch ein Alibi.«

»Du hast es erfasst. Die beiden müssen die Alibis vorher gut geübt haben. Schließlich geht es um Mord.«

»Oder sie sagen die Wahrheit.«

»Das glaubst du doch selbst nicht.«

Beaufort hörte, wie Ekki am Kühlschrank hantierte. Es klirrten Flaschen, dann wurde eine Schublade aufgezogen, und Metallgegenstände klapperten aneinander, wahrscheinlich im Besteckkasten.

»Nein, das glaube ich wirklich nicht. Und ich spiele besser nicht den Advocatus Diaboli, sonst geraten wir wieder in Streit.«

Beaufort hörte das typische Zischen beim Öffnen einer Bierflasche und gleich darauf regelmäßiges Gluckern. Mit einem befriedigten Ausatmen setzte Ekki die Flasche wieder ab.

»Entschuldige, ich hatte einen Wahnsinnsdurst.«

»Habt ihr denn sonst nichts? Was hat die Spurensicherung herausgefunden?«

»Fehlanzeige, was die beiden Autos von Schopflocher und seiner Freundin betrifft. Das war aber auch zu erwarten. Vermutlich hat er sie für den Einbruch nicht benutzt. Auch in dem Haus an der Färberstraße, wo das Kirchensteueramt ist, gibt es keine verwertbaren Spuren mehr. Das Treppenhaus ist in den vergangenen vier Wochen täglich geputzt worden. Und der etwa fünfzig Meter lange Weg vom Hauseingang bis zum nächsten Parkplatz am Josephsplatz ist verschneit. Es ist aussichtslos, dort nach der langen Zeit noch etwas finden zu wollen. Aber eine geniale Entdeckung haben wir trotzdem gemacht.« Ertl legte eine Kunstpause ein.

»Welche? Erzähl schon.«

»Wir haben den schwarzen Lieferwagen gefunden, den Schopflocher vermutlich für seinen Coup benutzt hat und in dem er deiner Theorie zufolge die Leiche von Pelzig transportiert haben muss. Es ist genau derselbe, welcher der Mitarbeiterin der Peepshow auf der gegenüberliegenden Seite vom Josephsplatz aufgefallen war. Schopflochers Freundin jobbt nämlich auf einem Reiterhof. Und die leihen ihr den Wagen manchmal aus. So auch an dem fraglichen Wochenende, als Pelzig ermordet wurde. Und jetzt kommt das Allerbeste. Erinnerst du dich noch daran, was der Obdachlose zu dir gesagt hat, als du ihn völlig betrunken im Augustinerhof gefunden hast?«

»Natürlich, er hat Silberpferd gesagt.«

»An den Seiten und auf der Abdeckung des Ersatzreifens am Heck ist jeweils ein silbernes Pferd lackiert. Es ist das Emblem des Reiterhofes.«

»Das ist stark, aber kein Beweis.«

»Es ist ein Indiz, ich weiß. Aber es zeigt uns, dass wir diesmal auf der richtigen Spur sind.«

»Habt ihr denn Hinweise in dem Lieferwagen gefunden? Vielleicht sogar einen genetischen Fingerabdruck von Pelzig?«

»Die Funde sind noch nicht ausgewertet, aber der Kollege von der Spurensicherung macht uns wenig Hoffnung. Er sagt, der Wagen sei erst vor Kurzem sehr gründlich gereinigt worden. Da liege kein Stäubchen auf dem Boden.«

»Und sein ganzes Einbruchswerkzeug? Habt ihr euch das schon angesehen?«

»Wir haben ein Versteck unter dem Boden seiner Werkstatt gefunden. Darin war alles vom Stemmeisen über die Bohrmaschinen bis zum Alugreifarm. Selbst der Arbeitsoverall war noch da. Was fehlte, waren die Handschuhe und das Schweißgerät. Sieht so aus, als wollte Schopflocher damit Spuren beseitigen. Der Gerichtsmediziner hat bestätigt, dass es sich bei der Tatwaffe im Fall Pelzig durchaus um die Gasflasche an einem Schweißgerät handeln könnte. Jetzt werden die Partikel aus Pelzigs Wunde noch mal daraufhin überprüft, ob sie von einer handelsüblichen Flasche stammen könnten.«

»Das ist doch großartig. Was sagt denn Schopflocher, wo das Schweißgerät geblieben ist?«

»Es sei kaputtgegangen, und er habe es in den Müll geworfen.«

»Glaubst du, dass es gelingt, ihn zu zermürben?«

»Es sieht im Moment nicht danach aus. Wenn er nicht gesteht, kann das eine längere Ermittlung werden.«

»Und ich dachte, ich könnte Anne den Mörder morgen praktisch als Geburtstagsgeschenk überreichen.«

»Da wirst du dich wohl noch gedulden müssen. Aber ich bin mir sicher, dass wir ihn über kurz oder lang überführen werden. Schopflocher hat zwar das unverschämte Glück, dass wir erst jetzt auf ihn gekommen sind und die Spuren mittlerweile überwiegend vernichtet wurden, aber meistens findet sich doch noch etwas.«

Beaufort legte den Hörer auf die Feststation zurück. Er wusste nicht, ob er Ekkis Zuversicht teilen sollte. In den dunklen Panoramafenstern spiegelten sich die langen Regalreihen mit seinen Büchern. Beaufort trat näher ans Glas und sah in die sternenklare Nacht hinaus. Hinter der Burg das bunte Blinken einer startenden Boeing, die Orion, dem Winterjäger, um die Beine strich. Auf den Dächern glänzte noch matt der Schnee, auch wenn die meisten Lichter schon erloschen waren. Lange stand er regungslos und entspannt da, wach und doch versunken, sehend und zugleich verloren im nächtlichen Anblick seiner Stadt. Nur langsam tauchte er wieder auf, nahm erst sein Spiegelbild in der Scheibe wahr und erinnerte sich dann der Vergnügungen, denen er sich noch widmen wollte.

Er kochte eine Kanne Darjeeling, nahm eine Tafel Schweizer Schokolade, machte es sich in seinem Lehnsessel bequem und blätterte in seiner 300 Jahre alten Neuerwerbung. Beaufort hatte die vier Bände nicht aus zoologischem Interesse gekauft, dazu waren sie auch viel zu veraltet, sondern weil sie ihn kulturgeschichtlich und kunsthistorisch faszinierten. Ab und zu las er ein wenig im lateinischen Text, hauptsächlich betrachtete er aber die handkolorierten Tierabbildungen. Sie waren ziemlich detailgetreu, selbst bei Zebras, Nashörnern und Ameisenbären – bei Tieren also, welche die beiden venezianischen Kupferstecher wohl nie mit eigenen Augen gesehen hatten. Es gab zudem Zeichnungen phantastischer Lebewesen, angefertigt nach alten Reiseberichten – ein richtiges Monsterkabinett: Kopffüßler mit riesigen Glubschaugen, Raubkatzen mit langen Stoßzähnen und Schuppentiere mit überdimensionalen Fresswerkzeugen. Einfach schaurig schön, gab es doch solche Tiere in Wirklichkeit nicht. Oder? Beaufort kam es so vor, als hätte er eine solche Menagerie des

Schreckens schon einmal gesehen, und zwar auf einem Foto. Nur wo? Naturwissenschaftliche Bücher und Zeitschriften las Beaufort nur selten, seine Kenntnisse in diesem Bereich verdankte er hauptsächlich dem Wissenschaftsteil der *Zeit*. Es war wie ein kleiner Geistesblitz, denn mit einem Mal erinnerte er sich: Genau dort hatte er die Tiere gesehen, mit dem Mikroskop riesenhaft vergrößerte Maden und Larven. Die Bilder hatten zu einem Artikel über moderne Spurensicherung gehört, die es ermöglichte, Straftäter anhand feinster mikroskopischer Beweise zu überführen. Vielleicht konnte der Bericht weiterhelfen, allerdings war seine Veröffentlichung schon ein paar Jahre her. Wenn er es genauer wissen wollte, und dem war so, müsste er eine kleine Exkursion unternehmen. Es würde morgen ein langer Tag werden.

Freitag, 7. Februar

Schneebedeckte Felder zogen gemächlich am Abteilfenster vorbei. In der höher steigenden Vormittagssonne glitzerten die Eiskristalle wie kleine leuchtende Blüten auf einem weißen Rasen. Am frostig blauen Himmel löste sich der Kondensstreifen eines Flugzeugs auf.

Eine lärmende Gruppe von Studenten zog durch den zu einem Drittel besetzten Waggon. Der Letzte von ihnen schob ausnahmsweise die Tür hinter sich zu, und so kehrte wieder Ruhe ein. Der Nahverkehrszug ratterte über die Gleise, die Reisenden lasen Zeitung oder dösten. Beauforts eher missmutige Stimmung begann, sich beim Blick auf die vorbeigleitende Winteridylle langsam zu heben. Um halb acht aufzustehen, behagte ihm nicht, wenn er erst nach zwei ins Bett gegangen war. Er hatte zwar ein gemütliches Frühstück mit Henry James und Franz Schubert eingenommen, doch war es ihm durch seine eigene Dummheit im Nachhinein verleidet worden. Als er das benutzte Geschirr in die Küche zurückbrachte, nahm seine Geschirrspülmaschine gerade ein Schaumbad. Ein riesiger weißer und seifiger Berg war aus der Türritze herausgequollen. Weil ihm das Spezialpulver für die Maschine ausgegangen war, hatte er sich mit einem kräftigen Schuss Pril beholfen. Keine gute Idee, wie sich nun herausstellte. Er brauchte beinahe eine halbe Stunde, um das Chaos zu beseitigen, denn er wollte Frau Seidl nicht zumuten, auch noch diese Sauerei wegzuwischen. Und zu seinem weiteren Verdruss hatte er am Bahnhof viel zu lange damit zubringen müssen, sich über das neue Tarifsystem der Deutschen Bahn zu informieren. Durch die Verzögerung erwischte er die schnellere Verbindung nach Erlangen nicht mehr. Also saß er jetzt im Bummelzug, der die Strecke mit eher gemütlichem Tempo zurücklegte. Aber gerade dieser verlangsamte Rhythmus wirkte sich heilsam auf Beauforts Laune aus.

Auf einem Acker sah er eine Gruppe von Kolkraben, die mit ihren Schnäbeln im Schnee nach Nahrung suchten. Eine traurige Gedichtzeile von Nietzsche kam ihm in den Sinn:

Die Krähen schrei'n
Und ziehen schwirren Flugs zur Stadt:
Bald wird es schnei'n –
Weh dem, der keine Heimat hat!

Dazu fiel ihm Robert Gernhardts Kommentar zu dem Gedicht ein und Beaufort musste lächeln. Ein Vogelkundler hatte dem Autor gesagt, dass Krähen im Gegensatz zu Kolibris nicht schwirren, sondern schaufeln. Die Literaturwissenschaft konnte einem manchmal wirklich die Freude am Traurigsein verderben.

Als Beaufort den Erlanger Bahnhof verließ, war herrlicher Sonnenschein, und er bedauerte es, dass seine Route nur so kurz war. Nachdem er den Hugenottenplatz überquert hatte, tauchte auf der linken Seite der Universitätsstraße schon das altehrwürdige Kollegienhaus auf. Studenten strömten durch das Portal, und er entsann sich, wie er dort vor mehr als zehn Jahren seine letzten Vorlesungen besucht hatte. Doch heute führte ihn sein Weg in das Haus gegenüber, den Neubau der Universitätsbibliothek. Das Zweckgebäude aus Beton mit seinen dunkelroten Metallfenstern würde nie eine Patina wie die des Kollegienhauses zieren.

Er betrat die Bibliothek durch die große blaue Tür und verstaute seinen Mantel in einem der Schließfächer. Ein vertrauter Ort – hier hatte er viele Stunden seines Lebens zugebracht, und er hatte es gerne getan. Wenn er es recht bedachte, gehörte das Studium zu seinen schönsten Lebensabschnitten. Doch Beaufort war nicht der Erinnerung wegen nach Erlangen gekommen. Er musste sich auf seine Nachforschungen konzentrieren und ging darum direkt in den Recherche- und Katalograum.

Die Friedrich-Alexander-Universität besaß über viereinhalb Millionen Bücher, mehr als die Hälfte befand sich in der

Hauptbibliothek. Davon war jedoch nur ein Bruchteil in den Lesesälen frei zugänglich. Fast der gesamte Bestand lagerte in unterirdischen Magazinen, aus denen das Personal die verlangten Publikationen erst holen musste. Das konnte, je nach Dringlichkeit, in einer Stunde geschehen, aber auch den ganzen Tag dauern, sodass Beaufort Geduld brauchen würde – und das gerade heute, wo er wenig Zeit hatte.

Da im Bibliothekscomputer keine einzelnen Zeitungsartikel erfasst waren, musste er in den sauren Apfel beißen und ganze Jahrgänge der *Zeit* nach dem gesuchten Bericht durchforsten – nicht gerade ein Vergnügen, aber er wollte ihn unbedingt finden. In dem Artikel war, soweit es Beaufort noch präsent war, eine ungewöhnliche Methode beschrieben worden, mit der einem Safeknacker ein Einbruch nachgewiesen werden konnte. Vielleicht ließ sich dieses Verfahren auch für die Aufklärung eines Mordes nutzen. Glücklicherweise konnte er sich beim Durchblättern auf die Beilage beschränken. Denn Beaufort erinnerte sich daran, dass die tausendfach vergrößerten Fotos von Milben und Käfern farbig gewesen waren und deshalb nur im *Zeit-Magazin* erschienen sein konnten. Er entschloss sich mit dem Jahrgang 1998 zu beginnen, füllte einen Leihschein aus und übergab ihn einer freundlichen Bibliotheksmitarbeiterin mit der Bitte um Eile. Sie versprach ihm, dass er die gewünschten Druckwerke in einer knappen Stunde im Lesesaal einsehen durfte.

Beaufort dankte und ging hinauf in die Cafeteria. Der Kaffee kostete jetzt in Cent das, was er zu seinen Studienzeiten in Pfennig dafür bezahlt hatte, schmeckte aber noch genauso scheußlich und bitter wie damals. Er ließ den Becher nach einem Schluck angewidert stehen – man musste es mit der Nostalgie ja auch nicht zu weit treiben. Da Beaufort niemals ohne Buch aus dem Haus ging, zog er einen Roman von Henry James aus der Jacketttasche und las, bis es Zeit war hinunterzugehen.

Der Lesesaal lag still. Einige Tische waren mit Studenten besetzt, die Stöße von Büchern durcharbeiteten. Die beiden

Kopierer summten im Dauereinsatz, kleine Lichtblitze erleuchteten im Fünfsekundentakt den Treppenaufgang. Ein muffeliger Mitarbeiter an der Buchausgabe wuchtete fünf riesige gebundene Folianten auf die Theke, zusammen etwa 4000 Seiten stark – und doch nur ein einziger Jahrgang der *Zeit*.

„Viel Spaß“, brummte er.

Beaufort suchte sich einen freien Platz in der Nähe und trug die eingebundenen Zeitungen in zwei Etappen dorthin. Da er sich auf die Beilage beschränkte, brauchte er nur eine halbe Stunde, um alles durchzublättern – ohne Erfolg. Er gab die Zeitungsbände zurück und versuchte es aufs Neue: Dieses Mal bestellte er gleich drei Jahrgänge auf einmal, von 1995 bis 1997.

Um die Stunde Wartezeit zu überbrücken, machte er einen kleinen Spaziergang durch die Stadt. Dann suchte er ein Kaffeehaus in der Nähe, wo er einen anständigen Kaffee bekommen konnte. Das erste Nichtrauchercafé Erlangens schien ihm dafür der richtige Ort zu sein. Mit Appetit verzehrte er ein reichlich belegtes Brötchen und trank einen Milchkaffee dazu. Er genoss es, keinen belästigenden Rauch einatmen zu müssen. Dafür nervte ihn seine Tischnachbarin, die am Mobiltelefon ein intimes Gespräch in unangemessener Lautstärke führte. Über spuckende Säuglinge und Mittel gegen Milchfluss wollte Beaufort definitiv nichts erfahren.

Im Lesesaal war der Mann am Schalter nicht unbedingt freundlicher geworden. Er hatte die nun 16 Folianten zu einer Mauer aufgetürmt, hinter der er sich verschanzte.

»Ich hoffe, Sie brauchen nicht sämtliche Exemplare bis hin zur Gründung der *Zeit*«, maulte er, »die Teile sind nämlich ganz schön schwer.«

Beaufort zuckte die Schultern und begann, die Mauer abzutragen, indem er die ersten zwei Sammelbände an den nächstgelegenen freien Tisch schleppte. Diesmal hatte er Glück: In einer Februarausgabe des *Zeit-Magazins* von 1997 fand er den gesuchten Bericht. Von einer Doppelseite grinste ihn eine riesenhaft vergrößerte Speckkäferlarve mit ihrem rosafarbenen Zangenmaul an. In dieser Überdimensionalität wirkte das normalerweise zwei Millimeter große Krabbeltier wie ein stacheliges Monster. Dass tote Menschen seine Kinderstube waren, machte einem das Tier nicht wirklich sympathischer. Der Artikel handelte davon, wie die moderne Kriminaltechnik biologische Spuren analysierte. Maden oder Fliegenlarven bestimmter Art und Größe, die in Leichen lebten, ließen genaue Rückschlüsse auf den Todeszeitpunkt zu. Ein Vergewaltiger wurde überführt, weil sich an seiner Skimaske, die er bei der Tat getragen hatte, Rüsselkäferlarven verfangen hatten, die eindeutig vom Tatort stammten. Ein junger Azubi, der seine Erbtante erschlagen hatte, legte ein Geständnis ab, nachdem man Unmengen von Glockenblumensamen an der Ermordeten und in seinem Auto gefunden hatte, mit dem er die Leiche transportiert hatte. Beaufort zweifelte schon am Nutzen des Berichts für das eigene Anliegen, denn mitten im Winter waren biologische Spuren wie Blätterreste, Blumensamen, Maden und Käfer eher unwahrscheinlich. Und der Todeszeitpunkt war bei Pelzig wie Breitenlohner bekannt, denn beide Leichen waren nur wenige Stunden nach der Tat entdeckt worden. Aber dann wurde er, welche Genugtuung, doch noch fündig. Er hatte sich richtig erinnert, sein Gedächtnis ihn nicht im Stich gelassen.

Beaufort lehnte sich erleichtert zurück, nahm seine Brille ab und putzte die Gläser mit einem Mikrofasertuch. Nichts Lebendiges, sondern etwas seit Hunderttausenden von Jahren Totes konnte vielleicht helfen, den Täter doch noch zu überführen. Es war eine vage Möglichkeit, und er hätte sich gern in biologischen, sicherheitstechnischen und gerichtsmedizinischen Büchern genauer informiert. Aber dafür war keine Zeit mehr, denn es war bereits Viertel nach zwei, und Anne erwartete ihn spätestens in einer Stunde. Aber vorher hatte er noch so viel zu erledigen, dass er ohnehin zu spät kommen würde.

Er brachte die beiden Zeitungsbände an den Schalter zurück, sagte knapp, dass er die restlichen Folianten nicht mehr benötige, und ging. Der Bibliotheksmitarbeiter schickte ihm einen Blick hinterher, den vernichtend zu nennen ein glatter Euphemismus wäre. Unten öffnete Beaufort sein Schließfach, zog seinen Mantel an und bestellte ein Nichtrauchertaxi. Heute hatte er an sein Handy gedacht. Darum blätterte er in seinem Notizbuch und rief Pelzigs Witwe an.

*

Beaufort bat den Taxifahrer, zu warten, und stieg aus. Es war zwar stilvoller, auf der Rückbank zu sitzen, aber dort wurde ihm häufig übel. Er machte ein paar tiefe Atemzüge, schaute die Jugendstilfassade hinauf und betrat das Haus. Vor der Wohnungstür im ersten Stock blieb er stehen und läutete. Als Frau Pelzig ihm öffnete, erschrak er über ihren Anblick. Die kleine, zarte Frau sah zwar noch immer elegant aus mit ihrem blaugetönten Haar und dem schwarzen Kostüm, aber sie hatte große dunkle Ringe um die Augen. Sie musste in den vergangenen Wochen viel geweint und wenig gegessen haben, denn sie war noch schmaler geworden und erschien ihm sehr zerbrechlich.

Sie lächelte schwach und bat ihn in den Salon, den er schon von seinem Besuch mit Anne her kannte. Etwas zu trinken lehnte er diesmal ab. In der Wohnung darüber übte jemand auf dem Klavier Tonleitern. Aus Höflichkeit und weil er nicht gleich mit der Tür ins Haus fallen wollte, erkundigte er sich nach der Beerdigung. Frau Pelzig bedankte sich bei ihm für seinen Kranz und erzählte ausführlich darüber, dass die große Anteilnahme ihr gut getan hatte. In ihr Gesicht kam etwas Leben – so wagte Beaufort, zum eigentlichen Grund seines Besuches zu kommen.

»Ich habe Ihnen am Telefon ja schon angedeutet, dass die entfernte Möglichkeit besteht, den Mörder zu überführen.«

»Das macht mir meinen Mann auch nicht wieder lebendig.« Sie zog ein Spitzentaschentuch aus dem Blusenärmel und tupfte sich die wässrigen Augen.

»Nein, das nicht. Aber es gibt Ihnen vielleicht die Genugtuung, dass der Täter seine Strafe erhält und keinem Menschen mehr gefährlich werden kann.«

»Und was kann ich dazu beitragen?«

»Es könnte sein, dass sich an der Kleidung Ihres Mannes mikroskopisch kleine Spuren nachweisen lassen, die den Mörder überführen. Die Frage ist nur, ob Sie die Kleidungsstücke noch besitzen, die er in der Tatnacht trug. Ich nehme nicht an, dass Ihr Mann darin beerdigt wurde.«

»Nein, er ist in seinem Lieblingsanzug unter die Erde gekommen.« Die Witwe schaute abwesend. Die Standuhr tickte laut.

»Oder haben Sie die Bekleidung Ihres Mannes schon weggegeben?«

»Ich habe alles so gelassen, als würde er noch leben. Ich hatte noch nicht die Kraft, aufzuräumen und mich von seinen Sachen zu trennen.«

Sie stand auf und kam lange nicht wieder. Beaufort begann, sich schon Sorgen zu machen, außerdem lief unten das Taxameter unerbittlich weiter. Endlich kehrte sie mit einem halb gefüllten schwarzen Müllsack zurück, der verknotet war.

»Das sind alle Sachen, die er an dem Abend anhatte. Die Polizei hat sie mir vor zwei Wochen gebracht, aber ich habe noch nicht gewagt hineinzuschauen.«

»Das kann ich gut verstehen«, sagte Beaufort mitfühlend. »Würden Sie mir die Sachen für ein paar Tage überlassen? Ich möchte sie gerne zur Polizei zurückbringen, damit sie auf eine spezielle Art untersucht werden.«

Sie erlaubte es und begleitete ihn zur Tür.

»Sagen Sie, Herr Dr. Beaufort, warum setzen Sie sich so dafür ein, den Mörder meines Mannes zu finden? Sie haben ihn doch nicht wirklich gekannt.«

Das war eine schwierige Frage, auf die Beaufort keine befriedigende Antwort fand. Für die Gerechtigkeit kämpfen? Dem nicht geachteten Gesetz Geltung verschaffen? Den fundamentalsten Grundsatz einer Gesellschaft – du sollst nicht töten – stärken? Oder viel trivialer: Geltungssucht? Neugierde? Selbstbestätigung? Imponiergehabe? Eine herausgeforderte Kombinationsgabe?

»Ehrlich gesagt, ich weiß es nicht. Vielleicht möchte ich nur eine Antwort auf eine offene Frage finden.«

*

Am Frauentorgraben war noch kein Stau, und so schaffte das Taxi den relativ kurzen Weg bis zum Justizpalast in weniger als zehn Minuten. Auch diesmal ließ Beaufort den Fahrer warten, nahm den schwarzen Beutel vom Rücksitz und ging in Ekkis Vorzimmer. Der Sekretär bat ihn, sich zu gedulden, da der Herr Justizsprecher gerade ein wichtiges Telefongespräch führe. Beaufort ignorierte das freundlich lächelnd.

»Ich gehe trotzdem schon mal hinein, damit er sich ein bisschen sputet. Ich habe es furchtbar eilig heute.«

Damit öffnete er souverän die Bürotür und trat ein, ehe der Sekretär ihn zurückhalten konnte. Ekki telefonierte tatsächlich und schaute ungnädig auf den Störenfried. Als er Beaufort erkannte, bedeutete er ihm, Platz zu nehmen, und gab dem hinterhereilenden Sekretär einen Wink, dass alles in Ordnung sei. Als er das Gespräch beendet hatte, kam er hinter dem Schreibtisch hervor und begrüßte seinen Freund.

»Kannst du es nicht erwarten, zu erfahren, ob Schopflocher gestanden hat? Dann muss ich dich enttäuschen. Er hat Erfahrung mit Verhören und schweigt sich neuerdings aus. Seit gestern Abend sagt er nichts mehr. Ich habe dir ja angedeutet, dass es sich hinziehen wird.« Dann fiel sein Blick auf den schwarzen Plastikbeutel. »Ich weiß nicht, ob es dir schon aufgefallen ist, aber du hast vorhin beim Rausgehen aus deiner Wohnung vergessen, den Müll in die Tonne zu werfen.«

»Sehr witzig. Das sind die nicht-sterblichen Überreste von Pelzig.«

»Die was?« Ertl sah Beaufort irritiert an.

»Es sind die Kleidungsstücke, die er anhatte, als er ermordet wurde. So hat seine Frau die Sachen von der Polizei bekommen, und genauso ungeöffnet bringe ich dir den Beutel zurück.«

Er reichte Ekki den Plastiksack, der ihn belustigt annahm.

»Die Größe müsste zwar passen, aber ich stehe nicht so auf Loden.«

»Du sollst das auch nicht anziehen, sondern damit den Mörder überführen.«

»Ach ja, natürlich. Und wie soll das gehen?«

Beaufort hielt dem ironischen Blick von Ekki stand und machte eine bedeutungsvolle Pause.

»Indem du deine Kriminaltechniker suchen lässt.«

»Und wonach?«

»Nach Kieselalgen, genauer gesagt nach fossilen Kieselalgen.«

Dann berichtete Beaufort, was er am Morgen recherchiert hatte. Je länger er erzählte, desto mehr hellte sich Ekkis Miene auf. Am Ende war er begeistert.

»Wenn das so hinhaut, wie du sagst, dann, dann …«

»Dann versöhnst du dich mit Anne, okay?«

»Ja, dann vertrage ich mich sogar mit deiner Journalistin. Aber Blumen bekommt sie nicht auch noch von mir.«

»Das ist auch nicht nötig. Sie wird heute genug beschenkt.«

»Willst du nicht mit ins Labor kommen? Dieses riesige Mikroskop, das an einem Schwenkarm befestigt ist, musst du dir unbedingt mal ansehen.«

»Daraus wird heute leider nichts. Ich habe Anne versprochen, bei den Vorbereitungen für ihre Party zu helfen, und ich bin schon zu spät dran. Aber ich komme auf dein Angebot zurück. Ruf mich auf dem Handy an, wenn du etwas erfährst. Ich muss los.«

Beaufort eilte das Treppenhaus hinunter und ließ sich in das Polster des Taxis fallen. Er gab seine Adresse an, denn er musste sich noch umziehen und Annes Geschenk holen. Ihm fiel siedendheiß ein, dass er vergessen hatte, den Käse zu kaufen.

»Ich muss doch noch etwas erledigen. Fahren Sie bitte zuerst in die Südstadt und dann zu mir nach Hause.« Sein Blick fiel auf das Taxameter, das gerade bei 126 Euro angekommen war. »Und halten Sie am nächsten Geldautomaten. Oder akzeptieren Sie Kreditkarten?«

*

»Du kommst spät«, sagte Anne säuerlich, als sie die Tür öffnete. Sie hatte eine blauweiß gestreifte Schürze um. Die Haare waren zu einem Pferdeschwanz gebunden, aus dem sich eine Strähne gelöst hatte. An ihrer Schläfe klebte etwas Mehl.

»Tut mir wirklich leid. Ich habe noch an einer kleinen Geburtstagsüberraschung gearbeitet«, sagte Beaufort fröhlich und überreichte ihr einen großen Strauß rotgelb gefiederter Tulpen. »Aber ich komme mit Blumen. Und mit Käse. Riech mal.«

Er hielt ihr eine große Plastiktüte unter die Nase, und Anne verzog das Gesicht.

»Riecht nach Wandersocken.«

»Das ist der Reblochon aus Savoyen. Der muss so riechen, obwohl er ganz mild schmeckt. Und das, was an einen unausgemisteten Kuhstall erinnert, ist ein Bleu d'Auvergne.«

»Komm rein, du Käsekundler«, sagte Anne zärtlich. Mit dem Strauß in der Hand umarmte sie ihn. Er zog sie fester an sich, und sie küssten sich gierig in einer erregenden Wolke aus Blumenduft und Käsearoma. Als er begann, ihre Brüste zu liebkosen, flüsterte sie ihm zu: »Katja ist in der Küche, um mir zu helfen.«

»Du hast nicht zufällig etwas im Supermarkt vergessen, das sie dir jetzt ganz dringend holen muss?« Er zwinkerte ihr zu.

Sie drückte ihren Unterleib fest gegen seinen und genoss die Macht, seine Lust wachsen zu lassen.

»Wir haben doch das ganze Wochenende für uns. Und ich habe gestern Dessous gekauft, die dir gefallen werden.«

Er steckte ihr zart die Zunge ins Ohr, woraufhin sie aufkreischte und sich losmachte.

Die Küche war der gemütlichste Raum in Annes Zweieinhalb-Zimmer-Wohnung. Es war eine richtige Wohnküche mit einem großen alten Holztisch, einer Eckbank und einem Küchenbuffet, das sie weiß und dunkelblau gestrichen hatte. Links standen ein amerikanischer Kühlschrank mit Eismaschine, Spülbecken, Herd und Geschirrspülmaschine – als Einzelstücke erworben, denn Anne mochte keine Einbauküchen. Neben der Tür reichte ein großer Vorratsschrank bis unter die Decke. Das große Fenster mit den geblümten Vorhängen gab den Blick auf einen eingeschneiten Sportplatz im Pegnitztal und die schon sehr tief stehende Sonne frei. Auf dem kleinen Kräuterbalkon hatte Anne Wein, Bier und Saft kalt gestellt. Auch etliche Leckereien standen dort: Auf verschiedenen Platten gab es Fisch und kleine gebratene Schnitzel, mehrere Sorten Dips und Soßen, eine riesige Schüssel Köttbullar, einen Topf voll Milchreis, ein Blech Zimtschnecken und eine Schüssel Brotsalat mit Rapunzeln, Kirschtomaten und Pinienkernen.

Die nächsten beiden Stunden bereiteten sie zu dritt weiter das Essen vor und hatten viel Spaß miteinander. Katja, die mit ihrem blonden Haarknoten im Nacken ein wenig an die junge Grace Kelly erinnerte, schnippelte Obstsalat, Anne schälte Kartoffeln, und Beaufort hackte Zwiebeln und Anchovis. Brot musste geschnitten und Salat gewaschen und trocken geschleudert werden. Während Anne Janssons Versuchung kochte, kamen Katja und Beaufort auf den Gedanken, noch eine farbenfrohe Platte mit halbierten gefüllten Eiern in verschiedenen Geschmacksrichtungen zuzubereiten. Zuletzt bauten die beiden Frauen das Büffet auf dem Küchentisch auf, und Beaufort dekorierte den Käse auf einer Platte. Er hatte langsam Zimmertemperatur angenommen und entfaltete sein teils köstliches, teils intensives Aroma.

»Sieh dir dieses Prachtstück an.« Beaufort deutete auf den runden goldgelben Käse in der Mitte, den eine Birkenrinde zierte.

»Sieht aus wie Käse«, sagte Katja.

»Das ist nicht einfach Käse, sondern der beste Vacherin, den es im Jura gibt. Ausgewählt und angeboten vom kundigsten Käsekenner Nürnbergs: *Maitre Fromager Affineur Langer.*«

»Allgemein als *Käse Langer* bekannt«, konterte sie.

Beaufort ließ sie kosten und griff dann selbst zu. Langsam ließ er den Käse auf der Zunge zergehen.

»Na?« Er schaute sie fragend an.

»Echt lecker.«

»Lecker? Ist das alles? Dieser Vacherin ist der Beweis für etwas, was ich schon lange vermute. Der Mensch ist nur eine Übergangserscheinung, ein Glied in der langen Kette der Evolution, welche die Natur braucht, um die Krone der Schöpfung hervorzubringen: diesen Käse aus Milch und Birkenrinde.«

»Wow«, sagte Katja und schaute an Beaufort vorbei. »Wenn du schon über Käse in solche Lobeshymnen ausbrichst, bin ich mal gespannt, wie du dich bei dem Anblick noch steigern willst.«

Ihr Arm deutete auf Anne, die sich umgezogen hatte. Sie hatte ihre Haare hochgesteckt und trug ein hautenges dunkelrotes Kleid, das vorne hoch geschlossen war, aber als Entschädigung viel Rücken zur Schau stellte. Es betonte Annes Figur und ihre langen Beine.

»Echt schick«, sagte Beaufort und gab Anne einen Kuss. Er ging ins Nebenzimmer und spielte auf dem Klavier mehrere Stücke – unter anderem den James-Hanley-Klassiker *Zing! Went the strings of my heart* für sie.

Langsam trafen die Gäste ein. Anne rannte hin und her, um sie zu begrüßen, mit Getränken zu bewirten und einander vorzustellen. Beaufort nippte an seinem Weißwein, unterhielt sich – mit einer Kulturredakteurin über Enzensbergers

»Andere Bibliothek«, mit einem Fotografen über dessen Chinareise und einem Nachbarn über Wanderrouten in der Fränkischen Schweiz – und ging zwischen den Gästen umher, verschiedenen Gesprächen zuhörend.

»Amerikanische Außenpolitik unter George Dabbelju Bush setzt die Macht über das Recht«, sagte ein asketischer Typ mit großem Adamsapfel.

»So ist es«, bestätigte eine Rothaarige. »Mutter Militär sagt, wo es langgeht, und der kleine Sohn Diplomatie stolpert hintendrein.«

Der drohende Irakkrieg war eines der bevorzugten Gesprächsthemen des Abends. Beaufort war gerade in der Nähe der Tür, als es erneut klingelte. Er öffnete einem bärtigen Mann in seinem Alter, dessen Brille in der warmen Wohnung beschlug. Anne begrüßte den Neuankömmling stürmisch und umarmte ihn fest und herzlich.

»Mensch, Dirk, schön, dass du gekommen bist«, sagte sie. Zwischen den beiden herrschte eine Vertrautheit, die Beaufort etwas eifersüchtig machte. Sie stellte die beiden Männer einander vor.

»Das ist mein neuer Freund Frank, von dem ich dir schon am Telefon erzählt habe«, sagte sie und wandte sich Beaufort zu. »Das ist ein lieber Freund und Kollege, der gerade eine berufliche Auszeit nimmt. Er reist durch die Weltgeschichte und schreibt an einem Kriminalroman.«

Beaufort lächelte süßlich. »Wie interessant! Sie müssen mir unbedingt davon erzählen. Spielt er in Schweden oder in Italien? Ich meine: Ist Ihre Hauptfigur mehr ein grüblerischer Wallander oder ein weltgewandter Commissario Brunetti?«, fragte er ironisch und zog ihn mit sich fort.

»Weder noch. Der Roman spielt in Deutschland, und die Hauptperson ist eine Art fränkischer Lord Peter Wimsey. Wissen Sie, Polizeiarbeit interessiert mich nicht besonders.«

Anne schaute den beiden nach und schüttelte den Kopf. Sie nahm den intensiven Geruch von Fisch und Zwiebeln wahr.

Hinter ihr sagte ein Gast mit vollem Mund: »Schmeckt ja hervorragend. Kannst du mir das Rezept geben?«

Es wurde immer voller, und zeitweise drängten sich bis zu vierzig Partybesucher in der Wohnung. Nach elf machte der Klarinettist die Stereoanlage aus und spielte Klezmermusik. Danach holten auch andere ihre Instrumente hervor und gaben etwas zum Besten. Anne sang, von Beaufort am Klavier begleitet, *Autumn Leaves, You go to my head, Night and Day* und andere Jazzklassiker. Um Mitternacht wurde das Licht gelöscht, ein dreistöckiger Kuchen mit 32 brennenden Kerzen hereingetragen, und alle gemeinsam sangen Anne ein Geburtstagsständchen. Sie vergoss ein paar Tränen der Rührung. Die Feier ging musikalisch weiter, bis gegen drei der letzte Gast gegangen war, und Anne und Frank erschöpft ins Bett fielen und sofort einschliefen. Dass Beaufort kurz nach Mitternacht auf seinem Handy angerufen wurde und zehn Minuten lang verschwunden blieb, nahm Anne kaum wahr.

Samstag, 8. Februar

Das Summen der elektrischen Saftpresse weckte Anne. Sie hatte eine zum Platzen volle Blase, doch sie blieb mit geschlossenen Augen liegen und lauschte der Symphonie der Küchengeräusche: dem Klappern von Geschirr und Besteck, dem Öffnen und Schließen von Schubladen und Türen, dem Laufen des Wasserhahns, dem Klingeln der Eieruhr und dem Blubbern der Kaffeemaschine.

Als sie den Druck nicht länger aushalten konnte, schlich sie sich auf die Toilette, putzte noch kurz ihre Zähne und schlüpfte ins Bett zurück. Vorbereitungen für ein Geburtstagsfrühstück durfte man nicht stören.

»Guten Morgen, du Schöne. Ich wünsche dir noch mal alles Gute zum Geburtstag. Mögest du ewig jung bleiben.«

Das Pathos von Beauforts Worten wurde durch seinen Aufzug konterkariert. Er hatte ihren rosafarbenen Bademantel übergezogen, aus den zu kurzen Ärmeln schauten seine behaarten Unterarme hervor. Seine Hände balancierten ein großes Tablett, das er vorsichtig auf einem Stuhl neben dem Bett abstellte. Darauf waren Sekt, Kaffee, frisch gepresster Orangensaft, Wurst und Käse, hübsch dekoriert mit Kräutern und Tomaten, Marmelade, Nutella, Butter, Eier, aufgebackenes Weißbrot, zwei Zimtschnecken, eine brennende Kerze, eine Tulpe in einer kleinen Vase und ein geheimnisvolles kleines Päckchen auf dem Frühstücksteller. Es war genau so, wie ein Frühstück im Bett sein sollte.

»Danke«, sagte sie und gab ihm einen Kuss. »Rosa steht dir. Du solltest es öfter tragen.«

Er verzog seinen Mund und reichte ihr einen Becher Kaffee mit Milch. Dann belegte er ihr ein Käsebrot und kroch unter die Decke. Während sie kaute, schmiegte er sich an sie und küsste ihren Hals, ihre Schulter, ihre Brust.

»Warum Männer bloß immer an Brüsten herumnuckeln müssen? Findest du nicht, dass sie ein wenig zu klein sind?«

»Sie sind genau richtig.«

»Vielleicht sollte ich sie operieren lassen. Alle Welt rennt heute zum Schönheitschirurgen.«

Beaufort war klar, dass sie es nicht ernst meinte. Sie war schön, und sie wusste es.

»Lass es um Gottes Willen bleiben. Hast du eine Ahnung, wie merkwürdig elastisch sich Silikonbrüste anfassen? Ich habe mal mit einer Frau geschlafen, deren Brüste nach oben schnellten als sie ihren BH öffnete. Nein, ich bin für gesunde Schwerkraft.«

»Hehe, was soll das denn heißen: Schwerkraft? Ich hab doch keinen Hängebusen.« Sie unternahm einen halbherzigen Erstickungsversuch mit dem Kopfkissen, der das Frühstückstablett gefährlich ins Schwanken brachte.

»Ich sag doch, dass sie perfekt sind. Willst du nicht dein Geschenk auspacken?«

»Na endlich, ich dachte, du würdest das nie mehr sagen. Muss ich es vorsichtig auspacken, oder darf ich es aufreißen?«

»Tu, wonach dir zumute ist.«

Beaufort machte eine generöse Armbewegung wie ein Operntenor. Anne streifte die Schleife ab, zerriss das feine Papier, öffnete die Schachtel und stieß einen kleinen Freudenschrei aus. Sie zog den Ring über ihren linken Mittelfinger und hielt ihm die Hand vor die Nase.

»Woher wusstest du, dass ich mir so einen Ring schon immer gewünscht habe?«

»Ich hatte davon keine Ahnung. Ich fand nur, dass er gut zu dir passt.«

Sie umarmte ihn stürmisch, dann stießen sie mit dem Sekt an.

»Die Überraschung ist dir wirklich gelungen.«

»Moment, das ist dein Geburtstagsgeschenk, aber nicht die angekündigte Überraschung. Obwohl sie indirekt etwas mit dem Ring zu tun hat. Die Überraschung ist …« Beaufort machte eine Pause und imitierte einen Trommelwirbel, »ich habe den Mörder vom Augustinerhof überführt. Du bist die Erste, die es nach der Polizei erfährt.«

Anne richtete sich kerzengerade auf und schaute ihn fassungslos an. »Nein! Wer ist es?«

»Niemand, an den wir gedacht haben. Er heißt Martin Schopflocher und ist seines Zeichens Einbrecher und Schmuckdieb. Er ist derjenige, der am Dreikönigswochenende den Juwelier in der Innenstadt ausgeraubt hat. Du hast vorgestern früh selbst im Radio verkündet, dass der Einbruch aufgeklärt wurde.«

»Was hat der denn mit dem Augustinerhof zu tun?«

»Nichts. Das ist es ja gerade. Alles hat sich am 6. Januar tatsächlich so abgespielt, wie Verena Lösl es gesagt hat. Pelzig ist nach der Auseinandersetzung im Vorstand noch einmal zurückgekommen, wobei er mir begegnet ist. Dann haben die beiden im ProNürnberg-Büro weitergestritten, die Lösl ist aufs Klo geflüchtet und Pelzig nach Hause gegangen. Auf seinem nächtlichen Weg durch die Stadt ist er just in dem Moment am Juwelier vorbeigekommen, als aus einem Hauseingang ein Handwerker mit blauem Overall trat, der die Arme voller Werkzeug hatte. Das trug er zu einem schwarzen Lieferwagen, der in der Nähe stand.«

»Und das war dieser Schopflocher, der gerade den Juwelier ausgeraubt hatte?« Anne war hellwach.

»Genau. Schopflocher verlor auf dem Weg zu seinem Auto einen Arbeitshandschuh. Pelzig, dem der Mann wohl nicht ganz geheuer vorkam – was macht ein Handwerker an einem Feiertag um Mitternacht in der Innenstadt? – trug ihm den Handschuh hinterher. Schopflocher beugte sich gerade durch die seitliche Schiebetür in den Lieferwagen, als Pelzig hinter ihm auftauchte und neugierig, wie er war, hineinschaute. Unglücklicherweise sah er den Schmuck und fing an, Lärm zu schlagen. Das war sein Todesurteil. Schopflocher, der sein Schweißgerät verstaute, drehte sich blitzschnell um und schlug dem schreienden Pelzig die Gasflasche an den Kopf. Der brach mit eingeschlagenem Schädel lautlos zusammen. In einer spontanen Reaktion schaffte der Juwelenräuber die Leiche in sein Auto und schloss die Schiebetür von innen. Das Ganze dauerte kaum eine Minute, und niemand hat es bemerkt.«

»Wenn das stimmt, ist es sensationell. Woher weißt du das alles?«, fragte Anne ungläubig.

»Weil ich die Polizei darauf gebracht habe. Am besten lässt du mich die Geschichte chronologisch berichten. Aber zuerst kommst du wieder zu mir unter die Decke. Du hast ja eine richtige Gänsehaut. Entspann dich.«

Anne legte sich zurück und stützte sich auf einen Ellenbogen. Doch es hielt sie nicht lange in dieser Position. Immer wieder setzte sie sich auf, sprang aus dem Bett, um etwas zum Schreiben zu holen, und unterbrach ihn mit Zwischenfragen. Beaufort kam mit seiner Erzählung vom Kauf des Ringes und seinem plötzlichen Verdacht, bis hin zu seinem gestrigen Besuch bei Ekki mit der Kleidung des toten Pelzig nur langsam voran.

»Moment, das verstehe ich nicht. Warum sollen Kieselalgen in Pelzigs Kleidung den Täter überführen?«

»Genau das hat Ekki auch gefragt. Fossile Kieselalgen sind mikroskopisch klein und Jahrmillionen alt. Bis vor wenigen Jahren wurden die Zwischenräume von Panzerschränken mit unbrennbarer Kieselgur gefüllt, um den Inhalt vor Feuer zu schützen. Und diese Kieselgur besteht aus Schalen urzeitlicher Kieselalgen. So ist das auch bei dem Safe des Juweliers, da er schon älter ist.«

Beaufort sah Anne an, als erwarte er Applaus und Bewunderung.

»Ich steh noch auf dem Schlauch. Was hat das mit dem Mord zu tun?«

»Das ist doch völlig klar. Schopflocher hat den Safe von hinten angebohrt und aufgeschweißt. Dabei ist Staub entstanden, auf seinen Blaumann gerieselt und ins Gewebe eingedrungen. Staub, der Kieselalgen enthielt. Und diese winzig kleinen Partikel ließen sich in seinem Overall nachweisen. Das ist der mikroskopische Beweis dafür, dass Schopflocher den Safe geknackt hat, was er ja nicht bestreitet. Aber genau dieselben Kieselalgen haben sich in kleinsten Spuren auch in Pelzigs Mantel gefunden.«

»Und da Pelzig den Safe nicht geknackt hat, diese Kieselalgen aber an seiner Kleidung waren, können sie nur von Schopflocher stammen. Wahrscheinlich ist es beim Tragen der Leiche passiert. Frank, das ist genial.«

Beaufort nahm einen Schluck Sekt und strahlte sie an.

»Das ist genau das Adjektiv, mit dem ich es auch beschreiben würde.«

Anne ließ diese Bemerkung ausnahmsweise unkommentiert.

»Und was sagt Schopflocher zu dem erdrückenden Beweis?«

»Er hat gestern Abend gestanden. Ekki hat in der Nacht noch angerufen, um es mir mitzuteilen. Schopflocher wusste im ersten Moment gar nicht, wen er erschlagen hatte. Erst als der Tote neben ihm im Wagen lag, hat er ihn sich genauer angesehen und ihn als den Vorsitzenden von ProNürnberg erkannt. Das brachte ihn auf die Idee, wie er die Leiche loswerden könnte. Anstatt sie irgendwo im Wald zu verscharren, brachte er sie in den Augustinerhof und arrangierte sie so, dass wir alle auf der falschen Fährte waren.«

»Was ist mit der Tatwaffe? Ich nehme an, dass die Gasflasche an seinem Schweißgerät grau ist – wie die Metallpartikel, die sich in Pelzigs Kopfwunde befunden haben.«

»Das Schweißgerät und Pelzigs Brille, die er in seinem Wagen auf dem Boden fand, hat er vergraben. Ursprünglich wollte er beides in die Pegnitz werfen, aber ihm fiel gerade noch ein, dass die Flasche schwimmen könnte. Ekki sagt, er will der Polizei die Stelle heute zeigen.«

»Und was ist mit dem Mord an dem Obdachlosen?«

»Den hat er auch gestanden. Schopflocher hatte das Pech, dass Breitenlohner ihn in der Mordnacht im Augustinerhof gesehen hat. Daraufhin ist der Penner erst einmal ein paar Tage untergetaucht, entweder aus Angst oder um Schopflochers Fährte zu folgen. Irgendwie ist es ihm dann gelungen, das schwarze Auto ausfindig zu machen, vielleicht wegen des silbernen Pferdes auf der Abdeckung des Ersatzrades. Der Lieferwagen gehört einem Reiterhof in der Nähe von Nürnberg, und Schopflochers Freundin leiht ihn sich öfter aus. Der Obdachlose hat ihr in einem Parkhaus aufgelauert und sie erpresst. Schopflocher hatte ihr den Mord an Pelzig gestanden, damit sie ihm notfalls ein Alibi geben konnte.«

»Und Schopflocher war klar, wo er nach Breitenlohner suchen musste.«

»Sieht so aus. Nachdem die erste Erpressung so reibungslos geglückt war, dass der Obdachlose sich sogar meine Whiskymarke leisten konnte, wähnte er sich wohl in Sicherheit und ist in den Augustinerhof zurückgekommen. Wenn ich bedenke, dass ich ihn dort als Erster entdeckt, jedoch nicht erkannt habe, in welcher Gefahr er schwebte …«

Der Gedanke daran ließ Beaufort etwas kleinlauter werden.

»Und du meinst, er hat Breitenlohner vorsätzlich erdrosselt, um einen unliebsamen Zeugen loszuwerden?«

»Bei einem Alkoholiker konnte Schopflocher nie sicher sein, ob der sein Geheimnis auch für sich behalten würde. Deshalb entschloss er sich, Breitenlohner zu töten. Die Drahtschlinge dafür hat er sich vorher besorgt.«

»Das sieht aber böse aus für Schopflocher. Der Mord an Pelzig hätte ja noch als Totschlag durchgehen können. Vielleicht hat er mehr im Affekt zugeschlagen, und er wollte ihn nur verletzen, nicht aber töten. Doch beim Obdachlosen war es eindeutig Mord. Heimtückisch und aus dem niederen Beweggrund, eine andere Straftat zu verdecken.«

»Das meint Ekki auch.«

»Na, das war's dann wohl«, sagte Anne und wollte aufstehen.

»Moment, wo willst du hin?«

»In die Redaktion, eine Meldung schreiben, Beiträge machen. Ich lass mir doch nicht das Ende der Story von einem Kollegen wegschnappen.«

»Und dein Geburtstag? Und unser Langlaufausflug? Und die neuen Dessous?«

»Die müssen leider warten. Wenn du mir solche Überraschungen bereitest, darfst du dich darüber nicht wundern.« Anne hatte das typisch journalistische Nachrichtenfieber gepackt. Mit einem Ruck schwang sie sich aus dem Bett und stand nackt da. Im letzten Moment hielt Beaufort sie am Arm fest und zog sie wieder ins Bett zurück. Sie rangen miteinander, bis er auf ihr zu liegen kam und sie sich ergab. Sie küssten sich.

»Komm, sei lieb, Frank. Ich muss wirklich los.«

»Ich habe aber noch ein Geschenk für dich. Es ist von Ekki.«

»Na, das hat mir gerade noch gefehlt. Was ist es? Eine vergiftete Pressemitteilung oder seine gesammelten Wutausbrüche auf Video?«

»Jetzt sei nicht so gemein. Er sendet dir ein Friedensangebot und schenkt dir dieses freie Wochenende.«

»Versteh ich nicht.«

»Ich habe ihn dazu überredet, dass er heute und morgen noch nichts an die Öffentlichkeit weitergibt. Erst Montagmorgen um sieben erhalten alle Redaktionen ein Fax mit einer Einladung zur Pressekonferenz. Sie wird um zehn Uhr im Polizeipräsidium stattfinden, sodass du sogar noch einen Beitrag für eure Mittagssendung machen kannst.«

»Und das tut er tatsächlich?«

»Erstens ist er mir etwas schuldig, zweitens will er sich wirklich mit dir versöhnen, und drittens hat er an einem Werktag mehr Medienpräsenz als am Wochenende. Und natürlich will Ekki eine gute Presse haben.«

»Kann er denn diesmal dafür garantieren, dass nichts vorzeitig durchsickert?«

»Kann er. Bis jetzt wissen nur Kommissar Miederer, drei seiner Leute, ein Gefängniswärter, Ekki, du und ich davon. Ein absolut vertrauenswürdiger Kreis.«

Anne sah Beaufort mit geschlossenen Lippen ernst an. Dann zog sie einen Mundwinkel hoch, was ihr einen verwegenen Ausdruck gab, und ließ ihren Blick über seinen Körper gleiten. Vorsichtig streckte sie ihren Arm aus, streichelte sein linkes Knie und ließ ihre Hand langsam, Zentimeter für Zentimeter, an der Innenseite seines Oberschenkels entlanggleiten.

»Wenn das so ist«, sagte sie mit verführerisch tiefer Stimme, »nehme ich das Geschenk an.«

An diesem Morgen standen sie erst sehr spät auf.

Blutige Vergangenheit

Dirk Kruse
Requiem
Frank Beauforts zweiter Fall
Klappenbroschur, 344 Seiten
ISBN 978-3-89716-200-6

Gentlemandetektiv Frank Beaufort macht Jagd auf einen Serienmörder. Zusammen mit der hübschen und ehrgeizigen Journalistin Anne Kamlin ermittelt er auf äußerst gefährlichem Terrain – dem ehemaligen Reichsparteitagsgelände in Nürnberg. Dort, wo die Nationalsozialisten einst riesige Prunkbauten errichteten, tötet ein Unbekannter Neonazis und stellt die Opfer grotesk zur Schau: Die Ermordeten sind in Hakenkreuzfahnen gewickelt und tragen SS-Runen in die Haut geritzt. Beauforts Nachforschungen zwischen Kolosseum und Zeppelintribüne, Messe und Frankenstadion bringen ihn in Lebensgefahr.
Schon bald wird deutlich: Die Vergangenheit ist noch lange nicht vorbei.

»Frank Beaufort ist ein Gelegenheitsdetektiv mit Eleganz-Repertoire.« *NDR Kultur*

»Spannend bis zur letzten Seite ...«
Nürnberger Nachrichten

Mord auf dem Campus

Dirk Kruse
Tod im Botanischen Garten
Frank Beauforts dritter Fall
Klappenbroschur, 316 Seiten
ISBN 978-3-86913-170-2

Aus der Schatzkammer der Erlanger Universitätsbibliothek verschwinden wertvolle Bücher und Kunstwerke. Verzweifelt bittet Frank Beauforts alter Doktorvater den bibliophilen Gentlemandetektiv um Hilfe. Doch kaum hat dieser die Ermittlungen aufgenommen, ereignet sich ein tragischer Todesfall in der Philosophischen Fakultät. Warum musste der Wissenschaftler sterben? Beaufort folgt den Spuren und gerät dabei selbst in große Gefahr …

»Autor Dirk Kruse beweist eine fundierte Kenntnis der Örtlichkeiten in Erlangen wie in Bamberg: Daraus bezieht der Krimi seine Authentizität. Mit spitzer Feder spießt Kruse akademische Eigentümlichkeiten und Verschrobenheiten auf und kann sich Seitenhiebe auf wissenschaftliche Qualitätsarbeit nicht verkneifen. Das bringt Farbe ins dröge Akademikerdasein und dem Leser reichlich Abwechslung. Wer nun der Bösewicht ist, bleibt bis zum überraschenden Schluss unklar. Ein kurzweiliger Krimi für lange, dunkle Winterabende.«

Nürnberger Zeitung

Die Jubiläumsedition

978-3-86913-303-4

978-3-86913-307-2

978-3-86913-304-1

978-3-86913-302-7

jeder Band 12,50 €

978-3-86913-291-4

978-3-86913-287-7

978-3-86913-286-0

978-3-86913-288-4

ars vivendi